A Scot in The Dark
by Sarah MacLean

公爵と忘れられた美女

サラ・マクリーン
辻 早苗[訳]

ライムブックス

A SCOT IN THE DARK
by Sarah MacLean

Published by arrangement with Avon,
an imprint of Harper Collins Publishers
through Japan UNI Agency, Inc., Tokyo

公爵と忘れられた美女

主要登場人物

リリアン（リリー）・ハーグローヴ……………土地差配人の娘
アレック・スチュアート……………アレックの被後見人
デレク・ホーキンズ……………第二一代ウォーニック公爵
スタナップ伯爵……………画家・役者
バーナード・セトルワース……………リリーの交際相手候補
アロイシャス・アーチボルド・バーナビー・キングズコート（キング）……………事務弁護士
ソフィ・キングズコート……………エヴァースリー侯爵
ダンカン・ウェスト……………タルボット家の五女
ジョージアナ・ウェスト……………エヴァースリー侯爵夫人
セシリー・タルボット……………新聞社オーナー
セレステ・タルボット……………王立美術院選考委員
セリーヌ・ランドリー……………ダンカンの妻

タルボット家の次女
ワイト伯爵令嬢
タルボット家の三女
ワイト伯爵令嬢
タルボット家の四女
資産家マーク・ランドリーの妻

一八三四年五月九日（金）

醜聞と放蕩者

第二巻／第一号

公爵の向こう見ずな被後見人

信頼できる情報筋によると、とある公爵がロンドンに戻ってきた理由は、それほどうら若くもない被後見人についてのうわさ話は自分に利をもたらさないという苦言を呈するためであると、セントジェームズの予想屋たちは賭けているとのことだ。すがすがしい春が訪れたいま、ウォーニック公爵は縁結びという外套をミス・リリアン・ハーグローヴのためにまとおうとしている。上流階級に衝撃をあたえ、スコットランドの放蕩者を南へと呼び出す原因となった淫らな絵画について聞いたことのある者（あるいは、見たことのある者！）には、〈ミス・創作の女神〉として知られている女性だ！〈ハイランドの悪魔〉（別名、〈粗悪な公爵〉）の到着により、刺激的なできごとが起きると期待されている。確実に言えるのは、春がさらなるタータンを街に……そして上流社会にもたらすということだ。続報を待たれたし。

プロローグ

公爵領の危機！
死と暗黒の二週間

一八二九年三月

バーナード・セトルワースは、自分の名前を宿命だと信じていた。貴族の事務弁護士を務める一族の三代めであることを考えれば、信じないほうが無理というものだ。バーナードは自分の仕事に計り知れないほどの誇りを持っており、一年中ほぼ毎日勤しんでいる。なんといっても、イングランドの貴族階級は、彼のような者たちが勤勉に働くからこそ成り立っているのだから。帳簿の計算や広大な所領の管理に長けたバーナード・セトルワースのような人間がいなければ、上院は崩壊し、残るのは古くさい家系と富の残骸だけになってしまうだろう。

彼は、貴族階級が崩壊したり弱体化したりしないように努めているのだ。

すべての業務に誇りを持ってあたっていたが、新たな相続人と会うことほど楽しみにしているものはなかった。なぜなら、まさにそのときこそセトルワースという名前の意味が生きてくるからだ——財産（ワース）を処理（セトル）するのだから。

バーナードは仕事のその面をなによりも楽しんだが、ウォーニック公爵家が不幸に見舞われた際はそうも言っていられなくなった。

侯爵ふたり。伯爵と准男爵が六人。地主とその三人の息子。教区牧師。船長。帽子屋。馬の飼育人。そして公爵。

馬車の事故、狩猟中の災難、単純な強盗が殺人に発展した事件、テムズ川での溺死、流行性感冒による不幸なできごと、さらには心騒がす鵜（う）との事故などの悲劇で、次々と物故者が出た。

一七人の公爵が亡くなったのだ。それも、二週間で。

イングランド史上未曾有（みぞう）の——一七件もの——非常事態だった。

バーナードはもともと献身的な事務弁護士だったが、これほど由緒正しい爵位と所領（一七人が相次いで亡くなり、子孫のいない者も数名いたため、どんどん広大になっていった）と莫大（ばくだい）な財産（これも同様の経緯で増大した）を守る立場になったとあって、なおさら職務に没頭した。

そんなわけで彼はいま、強風吹きすさぶスコットランドの寒い荒野に建つ、ダンワージー城の大きな石造りの玄関広間におり、ウォーニック公爵の継承位が一七位だったものの、いまでその爵位を継ぐ最後のひとりとなったアレック・スチュアートと対峙(たいじ)しているのだった。

いや、対峙しているというのは正確ではない。若くてかわいらしい女性に招じ入れられたあと、壁に乱雑にかけられた巨大なタペストリーや大昔の武器に囲まれて、待たされていたのだ。

彼は待った。

さらに待った。

四五分が経(た)ったころ、見たこともないほど大きくて獰猛(どうもう)そうな猟犬が二頭やってきた。二頭はわざとらしいくらいのんびりと近づいてきた。バーナードは石壁にぴたりと体を押しつけ、犬たちがもっとおいしそうな獲物を探しに行ってくれるよう願った。だが、二頭は彼の足もとに座り、胸まで届きそうな顔をにやつかせて見上げてきた。かなりおいしそうだと思っているにちがいなかった。

バーナードは同意しかねた。事務弁護士になってはじめて、この仕事はそれほど楽しいものではないかもしれない、という疑念が浮かんだ。

そのとき、犬よりも獰猛そうな男が現われた。黒っぽい髪をした、六フィート半を優に超える大男で、贅肉(ぜいにく)など少しもついていない筋肉質のがっしりしたその体は二八〇ポンドはありそうな、とんでもない巨漢だった——これほどの大男をバーナードは見たことがなかった。贅肉がついていないとわかったのは、男がシャツを着ていなかったからだ。それどころか、ズボンも穿いていなかった。

男はキルトをまとっていた。そして、手には広刃の剣を持っていた。つかの間バーナードは、スコットランドに来るときに時空も旅してしまったのだろうか、と訝った。だが、男が三世紀前からやってきたように見えたとしても、いまは一八二九年だ。大男がバーナードを無視して剣を壁に向かって投げると、剣は男の意志の力だけで壁にかかったかのように見えた。男はバーナードに背を向けてその場を立ち去ろうとした。

バーナードが咳払いをすると、その音は石造りの空間に思っていた以上に大きく響き、男がふり向いて自分よりうんと小柄な事務弁護士をねめつけた。長い沈黙のあと、男が口を開いた。「何者だ？」

少なくとも、バーナードにはそう聞こえた。訛りが強すぎてよくわからなかったのだ。

「わ――私は――」バーナードは、恐ろしげな人間と犬の両方に囲まれながらもなんとか落ち着きを取り戻そうと努め、口ごもらないよう続けた。「こちらのお城の主にお目にかかるのを待っているところです」

男が低く太い声を発した。おもしろがっているらしかった。「気をつけろ。この城に主がいるときみが考えているのを聞いて、ここの石壁は気を悪くするかもしれない」

バーナードは目を瞬いた。頭のいかれたスコットランド人の話は聞いたことがあったが、まさか自分がその実例と会うとは思ってもいなかった。巻き舌のRや発音されない音節に惑わされて聞きちがえたのかもしれない。「お赦しを」

男は長々とバーナードを見つめた。「おれと城のどっちに言ってるんだ？」

「それは……」バーナードはなにを言えばいいのかわからなかった。自分は城に謝罪しているのではない、よな？ 小首を傾（かし）げる。「ミスター・スチュアートはご在宅でしょうか？」

巨漢の男がふんぞり返ったのを見て、バーナードは自分が気まずい思いをしているのを相手におもしろがられていたのだ、とはっきり感じ取った。相手のほうは、半裸で城内をうろついているというのに、少しも居心地の悪い思いをしていないようだった。「ああ（アイ）」

「ミスター・スチュアートにお目にかかるために、かれこれ一時間近くもお待ちしているのですが」

男のいらだちを感じ取った犬たちが、気分を害したように立ち上がった。バーナードは唾を飲んだ。

「アンガス。ハーディ」二頭は即座に大男のそばに下がった。

それを見て、バーナードは悟った。半裸の男に目をやる。「あなたがそうなのですね」

「アイ。だが、きみが何者なのかはまだ聞いていないが」

「アレック！」若い女性の声が城内に響きわたった。「男の人が来てるわよ。ロンドンの事務弁護士ですって！」

新たなウォーニック公爵は、バーナードから目を離さないまま大声で返事をした。「一時間もおれを待っていると言ってるぞ」

「ロンドンから来たお洒落（しゃれ）な事務弁護士の用件なんて、いい話じゃないに決まってるもの」

歌うような声だ。「鍛練のじゃますることもないでしょ?」

「たしかにな」アレック・スチュアートが言う。「すまなかった。妹はイングランド人が嫌いなんだ」

バーナードはうなずいた。「もう少し内密にお話のできる場所はありませんか?」

「おれは妹に輪をかけてイングランド人が嫌いだから、形式にこだわるつもりはない。いまここで用向きを話してくれ。それがすんだら帰ってほしい」

世襲貴族になったと聞けば、イングランドに対する気持ちも変わるだろう、とバーナードは思った。それもただの世襲貴族ではなく、きわめて裕福な世襲貴族なのだから。「わかりました。これをお伝えするのは私にとってたいへん光栄なことなのですが、一二日前をもって、あなたはウォーニック公爵になられました」

長年この仕事をしてきたバーナードは、相続を聞いたときのさまざまな反応を見てきた。愛する父親を亡くして打ちひしがれる者たちを目にし、それほど愛していなかった父親を亡くして期待に目を輝かせる者たちも目にしてきた。相続するとは思ってもいなかった遠縁の者が驚愕(きょうがく)するのも、一瞬で運勢が変わって喜ぶ顔も目撃してきた。さらには、爵位とともに、とても返済しきれないほどの借金という重荷を継いだことがわかったときの顔も。

しかし、貴族階級でも上位の人たちのために働いてきた二〇年以上の経験のなかでも、無関心を向けられたのははじめてだった。わざわざ国境を越えてやってきたというのに、目の前のスコットランド人は静かにこう言ったのだった。「けっこうだ(ネイ)」そして背を向け、犬たちを引き連れて立ち去ろうとした。

バーナードは困惑で口ごもった。「か……閣下？」

敬称で呼ばれた相手は、腹の底から長々と笑った。「イングランドの爵位にはなんの関心もない。閣下と呼ばれたくもない」そう言い捨てると、国王並みに裕福で、継承権を持つ最後の男である第二一代ウォーニック公爵は、姿を消した。

バーナードはそのあとも城のなかで一時間待ち、最寄りの町に一軒だけある宿に三日間滞在したが、公爵は彼とふたたび話すことに関心を示さなかった。

その後の五年間、公爵はめったにロンドンに顔を出さず、顔を出したときは貴族的なものをことごとく避けた。何カ月もしないうちに、ロンドンの上流階級は公爵から蔑視されているのに気づき、自分たちのほうが公爵を軽蔑しているのだという態度になった。〈粗悪な公爵〉になど時間も愛想も費やす価値などないと決めつけたのだ。なんといっても、継承位一七位というのは、実質的に公爵でもなんでもないのだから。

誇り高きスコットランド人のアレック・スチュアートには願ったりかなったりで、爵位にまつわるあれこれに頓着することなくこれまでの生き方を続けた。彼も怪物ではないため、細心の注意を払って広大な所領を管理し、公爵家を頼みの綱としている者たちの暮らし向きが安定するように努めたが、ロンドンは忌避した。イングランドが自分を無視しているかぎり、自分もイングランドを無視できると信じて。

そして、イングランドはたしかに彼を無視した。そうできなくなるまで。

所領や使用人や絵画や絨毯とともに、彼が利用するつもりもない爵位とともに、まったく別のものも相続していたと告げる書状が届くまで。

それは、女性だった。

1

〈麗しのリリー〉が〈ミス・ミューズ〉に！

一八三四年四月
王立美術院の展覧会
ロンドン、サマセット・ハウス

ミス・リリアン・ハーグローヴは、イングランド一の美女だった。

それは経験的事実であり、その領域における専門家に肯定してもらう必要などこれっぽっちもなかった。彼女を目にしさえすれば、最高の古典的彫像を彷彿(ほうふつ)させる磁器のようななめらかな肌、左右対称の顔立ち、高い頬骨、ふっくらした唇、優美な曲線を描く耳、まっすぐな鼻筋に気づき、彼女がイングランド一の美女であると納得するからだ。

そこに、どぎついのではなく神々しい夕映えを連想させる、あざやかな金色の混じった赤毛と、夏の嵐のような灰色の瞳がくわわれば、疑問の余地もなかった。

リリアン・ハーグローヴは完璧だった。

あまりに完璧すぎて、なんの後ろ盾もないこと――爵位も、社会的地位も、持参金もなく、夫でもないロンドン一の芸術家によってどことも知れないところから引き抜かれたこと――など、彼女が部屋に入ってくるとどうでもよくなってしまう。結局のところ、美ほど紳士(爵位があろうとなかろうと)の目を眩ますものはなく、それゆえにオールマックス社交場への招待状を受け取った、適齢期の娘を持つ母親を不安にさせた。

貴族女性たちが一八三四年四月二四日の王立美術院における現代美術展の初日を極端なまでに楽しんだのも、それが理由だった。その日、リリアン・ハーグローヴ――ゴシップ各紙の現在のお気に入り人物――は完全なる醜聞となったのだから。

そして、破滅した。徹頭徹尾。

のちにその同じ貴族女性たちは、読んだこともないときっぱり否定するゴシップ紙のインクで黒くなった白い手袋の指先を隠しながら熱心にささやき合い、最後に決まってぞっとした顔でうれしそうに「かわいそうに、まさかこんなことになるとは思ってもいなかったのでしょうね」と言うのだ。

そう、こんなことになるとは彼女はたしかに思ってもいなかった。

それどころか、人生で最善の日になるだろうと思っていた。

生まれてからずっと――二三年と四八週――待ち続けていた日だった。デレク・ホーキンズから求婚される日だったのだ。

とはいっても、生まれたときからデレクを知っていたわけではない。六カ月と三週間と五日前に、その年の残り少ない暖かな陽光を楽しみながらハイドパークにいた聖ミカエル祭の午後に近づいてきて、きみと結婚するつもりだと彼が言ったときがはじめての出会いだった。「きみは天啓だ」洗練された歯切れのいい声で話しかけられ、リリーは読んでいた本から顔を上げた。

息もつけなくなったのは、不意に彼が現われたせいだと言う人もいるかもしれないけれど、リリーにはそうではないとわかっていた。片隅で無視された自分を見つけてくれた彼が息を奪ったのだと。美人なのに孤独で世間に気づいてもらえず、三度も孤児になった――最初は土地差配人の父が他界し、次いで公爵家の後見人たちが立て続けに亡くなり、最後は現公爵に完全に無視されて。

孤独のなかで過ごすうち、リリーはだれにも気づかれずにいるのがとてもうまくなった。だから、デレク・ホーキンズが自分に気づいたとき――目も眩むほど力強いまなざしで自分をしっかりと見たとき――リリーは完全に恋に落ちた。あっという間に。

けれど、彼のことばになんの影響も受けていない風を精一杯装った。なんとなれば、この五年間に発行されたロンドンの女性向け雑誌のすべてをむだに読んできたわけではないからだ。顔を上げ、やわらかな微笑(ほほえ)みを浮かべるよう心がけた。「お目にかかったことはありませんけれど」

彼が隣りにしゃがみこんで、リリーのひざから本を取り上げた――輝かんばかりの白い歯と、びっくりするほどの厚かましさでリリーを魅了した。「きみのような美人さんは本なんて読んでちゃだめだよ」

リリーは目を瞬いた。ロンドン中に、いや、世界中にふたりきりであるかのように見つめてくる、涼しげな青い瞳に吸いこまれそうだった。「読書が好きなんです」

彼が頭をふった。「本より私のほうを好きであるべきだ」

傲慢なもの言いにリリーは笑った。「ずいぶんご自分に自信がおありのようですね」

「きみに自信があるんだよ」彼はリリーがひざに置いていた手を取って、手袋の上から温かなキスをした。「デレク・ホーキンズだ。きみは私がずっと探していたミューズだ。きみを私のものにする。永遠に」

その誓いのことばにリリーは息を呑んだ。もっと正式な別のことばを呼び起こされて。

当然ながら、デレク・ホーキンズとの出会いは衝撃的だった。彼について書かれたものは何年も前から読んでいた――伝説的な芸術家であり舞台の人気者で、当世の演劇界で屈指の人物としてロンドンより遠くまで名を馳せていた。才能と眉目秀麗さが有名だった――才能については評判どおりに思われた。

けれど、リリーが彼に心を奪われたのは、有名人だからではなかった。頭が空っぽの女ではないのだ。有名な求婚者など夢見てはいなかった。

夢見ているのは、二度と孤独にさせずにいてくれる求婚者だ。

なぜなら、リリーは生まれてこの方ずっと孤独だったから。

その後の何日か、何週間か、デレクは彼女に言い寄り、秋祭りや冬の催し物へといざない、人目に触れる外出の際には年配の女性使用人を付き添い役につけることまでして、完璧な紳士としてふるまった。

そして、一月のある寒い午後、リリーは彼の差し向けた馬車で仕事場――彼の芸術家としての世界における聖域――へ連れていかれた。

ひとりきりで。

陽光が燦々と降り注ぐ部屋で何十枚という画布に囲まれ、彼はさまざまなことばや約束を口にし、リリーの美貌と完璧さを崇め、けっして放さないと誓った。永遠に。

彼のことば――あまりに美しくて誘惑的で、並はずれてハンサムで有能で高く評価されている男性に言ってもらいたいと願っていたとおりのことば――は、想像もおよばないほどの幸福感と希望をもたらした。

二カ月と五日のあいだ、リリーはデレクの仕事場に何度も通い、冬の陽光と彼のまなざしの温もりに包まれながら、少なからぬ誇りを持ってポーズを取った。彼の頼むすべてに応えた。恋をしている者ならそうするものだから。

そう、ふたりは愛し合っていた――王立美術院の展覧会場で、ロンドンでもっとも輝いていて名声のある人々に囲まれているいまこの瞬間に裏打ちされた事実だ。リリーは薄黄色のフロック・ドレス（彼女の好みとしては胸もとがやや深くくれすぎだが、デレクが選んだもの）を着て、髪をきついツイスト（彼の好みどおり）に結い、デレクの右肩から半歩下がったところ（彼の好みの場所）に立っていた。

展覧会場へは馬車で向かった。雨が律動的に屋根を叩く、外界から遮断された馬車のなかで、デレクは彼女の手を取ってささやいたのだった。「今日はすべてが変わる日だ。永遠に。今日以降、なにもかもがちがったものになる。私の名前は世界中でささやかれることになる。それに、きみの名前も」

リリーは目を瞬き、胸をどきどきさせながら彼を見た。デレクが言わんとしているのはあれしかない。結婚だ。笑みを浮かべてささやき返した。「ふたり一緒に」

ちょうどそのとき馬車が速度をゆるめ、展覧会場に到着した。彼の返事は激しい雨音をついて聞こえた。

ふたり一緒に。

そしていま、ふたりはここにいて、リリーはこれまでにないほど誇らしく感じていた。じきに夫になる男性を。自分自身をも。なんといっても、孤児になった土地差配人の娘が、愛する男性とともにロンドン中の人々の前に立つ栄誉に浴することなど、めったにないのだから。

会場はとても広く、天井まで二〇フィートもある壁がすべて芸術作品で埋められている。会場奥の演壇背後の中央をのぞいて、だが。その場所には、大々的に公開するにふさわしいものであるとばかりに、カーテンのようなものがかかっている。

デレクがふり向いてウインクをした。「あそこは私たちの場所だよ」

　リリーはにっこりした。わたしたち。なんてすてきなことばなのだろう。

〝わたしたち〟の一部になりたいと、どれほど昔から願ってきたことか。

「ミスター・ホーキンズ」王立美術院の秘書が会場の中央でふたりを迎え、しっかりと握手をしたあと、熱をこめてデレクに耳打ちした。「やっとおいでいただけて安堵しました。差し支えなければ、すぐに発表したいと思います」

　うなずいたデレクは、勝ち誇った大きな笑みを浮かべていた。「こういう発表ならいつだって差し支えありませんよ」

　リリーは会場を見まわし、展覧会の開始を待っているおおぜいの人々に目を留めていった。ロンドンでも有名なひと握りの顔に気づき、爵位や財産を持った人々に囲まれていることに気後れを感じた。体がこわばり、デレクが昨日求婚してくれればよかったのにと不意に思った。そうすれば、彼に触れてもかまわなかっただろうに――人々の視線にさらされてふらつかないように。

「彼はあのハーグローヴを連れてきてるのね」聞こえよがしの小声で自分の名前を言われ、リリーはふり返りたい気持ちをぐっとこらえた。わざとだったのだろうと思ったからだ。

「当然ですわね」意地の悪い口調の返事があった。「彼は溺愛がお好みですもの。ほら、彼女が彼を追う目をごらんになって。まるで骨を狙っている子犬みたいじゃありませんこと」

　最初の女性が不愉快そうに舌打ちをする。「あんな見かけをしているだけでは足りないとばかりですわね」

リリーは聞かないよう自分に強いて、黒髪が完璧な渦を巻いているデレクの後頭部にじっと視線を据えた。

ほかの人たちなどどうでもいい。

たいせつなのはデレクだけ。

ふたり一緒の将来だけ。

わたしたち。

「ああいう見かけの人がどこまでも破廉恥なのは、だれでも知っていることですわ。あんな女性を彼がここへ連れてきただなんて信じられませんことよ。よりにもよって今日という日に。公爵さまたちだってご出席の場だというのに」

「女王陛下もいらっしゃるかもしれないと聞いていますわ」

「それがほんとうなら、なおさら彼はあの女性を連れてくるべきではなかったわね」

自分たちが賢いと思っているかのような得意げな口調だった。

賢いだなんてとんでもない。

自分がデレクの婚約者以外の存在であるかのようなもの言いに、リリーはむっとした。不面目な存在みたいな言われように。それなのに——愛は破廉恥なものでもなんでもないのに——リリーの頰が赤くなり、部屋がますます暑くなるように感じられた。

デレクに目をやり、彼女たちがなにを言っているか聞いてと念じる。こちらを向いて、彼女たちは単に出すぎたことを言っているだけでなく、将来の妻について出すぎたことを言っているのだと、はっきり教えてやってと念じる。

けれど、彼は聞いていなかった。リリーから離れ、自分の傑作が布で隠されている場所へと弾む足取りで段を上っているところだった。その作品はリリーも見せてもらっていなかった。それでも、リリーは彼に才能があることを知っており、彼がどの作品を選んだとしてもロンドン中を夢中にさせるとわかっていた。

ほんの数分前に、彼自身からもそう聞かされた。

ロンドン中が夢中になったとき、リリーの背後にいる女性たちは、先ほどのことばがまちがっていたと思い知るだろう。

デレクが演壇の中央にたどり着き、布の後ろを覗き見る仕草をしてから集まった人々のほうを向いたとき、王立美術院院長のサー・マーティン・アーチャー・シーが観衆に挨拶をはじめた。威厳に満ちた彼はアイルランド訛りの力強い声で、王立美術院とその展覧会のすばらしい歴史についてみごとな談話を披露した。

会場に展示された作品の数々はたしかにすばらしかった。デレクの技量にはおよばないものの、芸術的だった。何点かとてもいい風景画もあった。

そして、いよいよその時が来た。

「王立美術院は、毎年特別な作品を展示することを誇りにしております――イングランドの現代美術界でも指折りの芸術家の初展示です。過去にはトマス・ゲインズバラやジョセフ・ターナー、さらにはジョン・コンスタブルといった画家のすばらしい作品を展示してきました。今年は舞台と絵画で名を馳せている芸術家、デレク・ホーキンズ氏の特別展示を開催できる運びとなったのをたいへん光栄に思います」

デレクは自慢げに胸を張った。「私の代表作です」

唐突にことばをはさまれたサー・マーティンがそちらをふり向いた。「では、その作品についてお話しいただけますかな？」

デレクが前に進み出る。「作品をお見せしたあとに詳しくご説明したいので、いまはこれだけ言わせてください。われわれの時代において最高傑作の裸体画です」いったん間をおいてから続ける。「いや、どの時代においても最高傑作でしょう」

会場が静まり返った。とはいえ、耳のなかで轟々と音がしていたリリーにはなにも聞こえなかったのだが。

裸体画。

リリーの知るかぎり、デレクの描いた裸体画は一枚だけだ。ルーベンスも形なしだと彼は言ったのだった。画室でリリーが繻子のクッションやたっぷりの布地に囲まれてコバルト色の寝椅子に休んでいるときだった。ティツィアーノよりもすばらしいぞ、と。

けれど、それは記憶のなかのことばではなかった。デレクがいままさにそう言いながら、観衆に傲岸なまなざしを送っていた。「フランス人画家のアングルだって学びなおしたほうがいいとすら思えるほどのできばえです」デレクは院長に向きなおった。「学びなおすのは、もちろん王立美術院でですよ」

彼の自慢——現代でもっとも偉大な芸術家への侮辱——を聞いて観衆がざわつきはじめ、リリーを焼き尽くさんばかりの猛烈な熱に耳障りな声がくわわった。

「聞くに堪えないな」近くにいるだれかが言う。

彼は自分だけのための絵だと誓ったのに。

「こんなにうぬぼれたことばは聞いたこともない」

ほかのだれにも見せないと約束したのに。

リリーの背後にいた女性がまた口を開いた。悪意に満ちた嫌みな口調だ。「そうでしょうとも。だから彼女を連れてきたのでしょうし」

わたしの絵であるはずがない。

ありえない。

「ほんとうですわね」同意の声がした。「モデルになるくらい卑しい女性ですもの」

「モデルだなんてよく言いすぎですわよ。モデルには価値がありますでしょう。あの女にそんなことばはもったいなくてよ。ここに入れたのだって厚情が——」

リリーがふり向くと、女性がことばを呑んだ。真実を衝かれて思わず涙がこみ上げた。女性たちは動じずにリリーを見つめ返した。まるで排水溝のごきぶりを見るような目で。

「彼女の後見人は、美が人の価値とはなんの関係もないことを明らかに理解しているようね」

リリーは顔を背けた。残酷なことばに背中を押されて行動を起こした。はじめはただ、このとんでもない女性たちから逃れるために。それから、自分自身の恐怖から逃れるために。そして、デレクが彼女をさらし者にするのを止めるために。

まだ隠されている絵と演壇に押し寄せはじめている人混みをかき分ける。サー・マーティンがふたたび話しはじめていたが、演壇にたどり着こうと懸命のリリーには聞こえていなかった。

あの絵までたどり着かなくては。

きまり悪さよりも遥かに強力ななにかに駆られ、段を上る。

恥辱感だ。

自分のしでかしてしまったことに対して。彼を信頼してしまったことに対して。彼を信じてしまったことに対して。

自分が自分以上になれるなどと信じてしまったことに対して。

〝わたしたち〟という約束を信じてしまったことに対して。

ついに演壇に上がると、デレクがこちらをふり向き、リリーの姿に衝撃を受けた観衆がふたたび静まり返った。リリーというじゃまが入って仰天したのだ。院長が目を丸くして彼女を見つめた。

デレクはというと、完全にくつろいだようすでリリーのほうに腕をさっと広げた。「ああ！私のミューズの登場です」

今度はリリーが目を丸くする番だった。デレクは彼女を破滅させた。まるで、ロンドン中の人々の前で彼女が服を脱いだかのように。それなのに、それがわからないみたいに彼女に笑顔を向けてきた。「私の麗しのリリー！　私の才能の泉。ほら、にっこり笑っておくれ、愛(いと)しい人」

そのことばを聞いて、これほど激怒しようとは想像もしていなかった。リリーは立ち止まらなかった。それに、にっこり笑いもしなかった。「だれにも見せないと誓ったじゃないの」

人々があえいだ。会場の壁そのものが息を呑んだかのようだった。

デレクが目を瞬く。「そんなことはしていない」

嘘(うそ)つき。

「自分だけのためのものだと言ったわ」

それが説明になるとばかりに、彼が微笑んだ。「愛しい人。私の才能は分かち合わずにいるには途方もなさすぎるんだよ。世界のための才能なんだ。時代を問わず」

リリーは観衆に目を転じた。集まった人々の視線を受けてわれに返る。ひざに力が入らなくなった。心臓の鼓動が速くなった。

怒り狂った。

ふたたびデレクに向く。「わたしを愛していると言ったじゃないの」

彼は小首を傾げた。「そうだったかな？」

リリーは場ちがいに感じた。調子はずれに。自分の体がもはや自分のものではなくなっていた。この瞬間も。彼女は頭をふった。「言ったわ。言ったのよ。おたがいに言った。結婚するって」

デレクが笑った。笑ったのだ。人々があえぎ、ささやくただなかで、その笑い声がこだましたが、リリーにはどうでもよかった。彼の笑い声だけでじゅうぶんな打撃だった。「ねえ、きみ」茶化すような声だ。「私のようなすぐれた男は、きみのような女性と結婚なんてしないんだよ」

ロンドン中の人たちの前でデレクは言った。リリーが自分もそうなりたいとずっと憧れていた人々の前で。暮らしたいとずっと夢見てきたこの世界の前で。

彼は一度もリリーを愛したことはなかったのだ。

彼はただ、リリーに恥ずかしい思いをさせただけだった。

リリーはひとつの思いだけを抱いて布に向きなおった。彼が自分を破壊したように、自分が彼の代表作を破壊してやろうという思いだ。観衆にその絵を見られることになるのは気にもならなかった。

布を思いきり引っ張ると、分厚い赤のベロアがなんの抵抗もなく――リリーの憤怒に満ちた力のせいで――はずれ……。

むき出しの壁があらわになった。

壁にはなにも飾られていなかった。

さっと観衆をふり向く。驚きの笑い声や、憤慨のあえぎ声、それにささやき声が号砲のようにリリーのなかで轟いた。

絵はそこになかった。

熱く強烈な安堵に襲われる。愛した男を勢いよくふり返る。裏切り者を。「どこにあるの？」

デレクが白い歯を見せた。「安全な場所に」大声で言ってふたりに注目が向くようにして、彼は観衆のほうを向いた。「彼女をごらんください、みなさん！　彼女の情熱を目の当たりにしたでしょう！　彼女の感情を！　彼女の美貌を！　一カ月後の展覧会最終日にここへ戻ってきて、そのすべてがもっと美しいものに、もっと情熱的なものに注ぎこまれているのをしかと見届けてください。私の作品を前にすれば、大の男ですらすすり泣くでしょう。神の顔を見た人のように」

会場に喜びのあえぎ声が響いた。これを芝居だと思いこんでいるのだ。そして、リリーを役者だと。

リリーの人生が破滅したことなど、彼らは気づいていない。完璧に磨かれたデレクのブーツで彼女の心が踏み潰されたことなど。

公衆の面前でリリーがまっぷたつに引き裂かれたことなど。

それとも、気づいているのだろうか。

気づいているからこそ、浮かれ騒いでいるのかもしれない。

2

スコットランド人、奔放な被後見人のせいで南へ呼び出される

二週間と四日後
バークレー・スクエア

被後見人。それも、ただの被後見人ではなく、イングランド人だと。

ふつうなら、セトルワースからひとことあってしかるべきだろう。ふつうなら、何十もの屋敷や馬車、何百もの使用人、何千もの借地人、何万もの家畜のほかに、若い女性がひとりいることは言及に値すると、セトルワースは考えてしかるべきだろう。

書類上はまったくなんの特徴もないが、スコットランド人の後見人と顔を合わせたら気絶することまちがいなしの若い女性。

イングランド人女性というのは、気絶するものだから。

三四年の人生で、気絶しそう、と大げさで騒々しくてばかげた脅しをかけてこないイングランドの女性にはお目にかかったことがなかった。

だが、セトルワースは、その若い女性についていっさいなにも言わなかった。〝そうそう、被後見人がひとりいるんですがね、それがまたとんでもなく厄介な存在でして〟と、ついでのように話すことすらなかった。少なくとも、被後見人が大問題を起こして、アレックがロンドンに行かなくてはならなくなるまでは。そうなってはじめて、かくかくしかじかで、公爵さま、醜聞になりまして、早急にお越しいただいて彼女の評判を回復していただく必要があるのです、ときた。

なにが古今を通して最高の事務弁護士だ。貴族階級の力になる気がアレックにあったなら、『ニュース・オブ・ロンドン』紙に広告を出して、セトルワースはどうしようもない無能だと警告していたところだ。

被後見人については、後見することになった当のはじめから知らされておくべきで、極端にばかなことをして救出を切に必要としてからであるべきではないはずだ。

良識があれば、呼び出しなど無視していたところだ。

だが、どうやら良識に欠けているらしく、誇り高きスコットランド人で、いやいやながら第二一代ウォーニック公爵を継承したアレック・スチュアートはここ――バークレー・スクエア四五番地の階段――にいて、いまいましいドアをだれかが開けてくれるのを待っていた。

この三分で三度めに懐中時計をたしかめた彼は、ふたたびノックをして大きなマホガニー材のドアにいらだちをぶつけた。それからドアに背を向けて、門があって手入れの行き届いた青々した広場(スクエア)を見渡した。ロンドンでもこの非の打ちどころのない区域の住人のためだけに作られた広場だ。あまりにイングランドらしく、アレックは鳥肌が立つのを感じた。

いまいましい妹め。

「被後見人ですって！」事情を知ったキャサリンは歓声をあげたのだった。「すてき！　華やかで美しい人だと思う？」

経験からいって美貌は最悪の醜聞の原因であり、この被後見人を助けることに関心がないとアレックが言うと、キャサリンはすぐさま荷造りをしなくてはだめと兄を思いのままに操った。「彼女がひどくそしられていたらどうするの？　ひとりぼっちだったら？　お友だちや擁護者を必要としていたら？」兄に向かって大きな青い目を瞬く。「わたしが彼女の立場だったら？」

妹という存在が、前世の悪行に対する罰であるのは明らかだった。

現世の悪行に対しても。

アレックが胸の前で腕を組むとウールの上着が肩のところで引っ張られ、鉄と石壁でできたこの建物と同じように彼を締めつけた。イングランドなど大嫌いだった。

〝イングランドがおまえを破滅させるだろう〟

隣りの四四番地からかしましい女性たちが出てきて、待っている馬車に向かって階段を下りた。彼を見た若い女性が目を見開き、はっとたじろいで視線をそらし、ほかの女性たちにひそひそと話しかけた。すぐさま全員が同時に彼を見て、あんぐりと口を開けた。

彼女たちのまなざしは燃え立つ炎のように熱く感じられた。いちばん年長の女性——母親かおばだろう——が声高にこう言うと、熱さがさらに募った。「彼女なら殿方を待たせて見せびらかしても当然ね」

「あの人ったらまさに野獣みたい」

女性たちがくすくす笑うのを聞いて、アレックはすっと熱さが引くのを感じた。野獣と言われてこみ上げた憤怒を無視し、ドアに向きなおる。

使用人はいったいどこにいるんだ？

「彼女は部屋を貸しているのかもしれないわね」女性のひとりが言う。

「貸しているのは部屋だけじゃないかもしれなくってよ」嫌みっぽい返事があった。「不埒な人だから」

被後見人はどんな醜聞を起こしたんだ？

セトルワースの手紙は極端に事務的で、被後見人の存在をもっと早く知らせなかったことを謝罪し、その若い女性をアレックに押しつけたのだ。〈彼女は醜聞のまっただなかにいます。あなたさまが大至急いらしてくださらなければ、とてもこれを生き延びられるとは思えません〉

アレックはイングランドのすべてを憎んでいるかもしれないが、怪物ではないのだ。若い女性を狼の群れのなかに放っておくつもりはなかった。隣家の雌狼を目にしたいま、ここに来てよかったと思った。哀れな彼女はすでに雌狼どもの餌食になっているからだ。イングランド女性の手にかかるのがどういうものなのか、アレックにはよくわかっていた。さっさと馬車に乗りこんでまっすぐ地獄へ行け、と彼女たちに言いたい気持ちを懸命にこらえ、アレックは拳を上げてもう一度ドアを叩いた。

即座にドアが開いた驚きから気を取りなおし、見たこともないほど冴えない灰色のドレスを着たメイドらしき女性をにらみつけた。

彼女は二五歳くらいで、頬骨は高く、肌はなめらかで、唇がふっくらしており、薄暗い玄関広間にいるというのに赤毛がなぜか黄金色にきらめいていた。まるで、自分の太陽を引き連れているかのようだ。

冴えないドレスであろうとなかろうと、誇張でもなんでもなく、イングランドでもっとも美しい女性だった。

当然だな。

イングランド美女ほど、ひどい日をさらにひどくするものはない。

「やっとか」アレックは不平がましく言った。

メイドのほうもようやく驚きから気を取りなおし、アレックの胸もとに据えていた視線を顔へと上げていく過程で眉をどんどんつり上げていった。

アレックは呆然と立ちすくんでいた。彼女の瞳は灰色だった――石板色でも鋼色でもなく、銀色の光が射すもっとも暗い雨雲の色。体がこわばった拍子に小さすぎる上着が肩のところで引っ張られ、おかげで自分がイングランドにいることと、この女性が何者だろうとなんの関係もないことを思い出した。関係がないとはいえ、自分とスコットランドへの帰国のあいだに立ちふさがっているのは事実だ。

「入れてくれ、娘っ子(ラス)」

赤い眉が片方上がった。「お断りします」

彼女はドアを閉めた。

アレックは目をぱちくりした。驚きと信じられない思いがほんの一瞬せめぎ合い、すぐに忍耐力が切れた。あとずさりしてドアを値踏みし、それから体当たりを食らわせて打ち破った。

ドアは大きな音とともに玄関広間に倒れた。

こらえきれず、目を見開いて固まっている隣家の女性たちをふり返った。

「野獣らしくご期待に添えたかな、ご婦人方?」

そのことばを合図に、彼女たちはわれ先にと慌てて馬車に乗りこんだ。満足したアレックは自分の屋敷に注意を戻し、肩の痛みを無視して戸口をくぐった。

メイドはすぐなかにいて、マホガニー材の巨大なドア板を見つめていた。「わたしは死んでいたかもしれないんですよ」

「そうかな。このドアはそこまで重くない」

メイドが険しい目つきになる。「一八番ね」

それ以上ないほどの侮蔑がこめられたことばだった。アレックは返事をせず、ドア板を起こして戸口に立てかけた。訛りを意図的に強調する。「つまり、おれがだれか知ってるってことだな」

「あなたのことをすぐにわからない人がロンドンにいるかどうか、怪しいものだと思いますけど。とはいえ、話している内容を相手に理解してもらいたかったら、知っているということばを学んだほうがいいでしょうね」

小生意気なことばを聞いて、アレックは片方の眉をつり上げた。「自分の屋敷の外で長々と待たされるのは気に入らない」

メイドはあてつけがましくはずれたドアに目をやった。「気に入らなかったらなんでも壊すのですか？」

アレックは思わず否定したくなるのをぐっとこらえた。おとなになってからの大半を、粗野な人間ではないと証明することに費やしてきた。粗暴ではないと。野蛮ではないと。だが、この女性に弁解などするつもりはなかった。「そういう特権のために莫大な金を払っている」

彼女が天を仰ぐ。「すてき」

アレックはぎょっとした顔をすまいとした。貴族の使用人とことばを交わした経験はほとんどなかったが、主人に口答えするなどふつうではないはずだ。餌に飛びつくようなまねはせず、申し分のない屋敷の内部を見ていった。曲線を描く広々とした主階段、壁にかけられた大きくてすばらしい油絵の風景画の数々、けばけばしさではなく現代的な雰囲気を醸し出している、ここかしこで使われている金。ゆっくりと体をまわし、さらに見ていく。玄関広間の高い天井。高い位置にある窓から射しこむ光をとらえて反射し、自然光を行き届かせているいくつもの大きな鏡。近くの開いたドアからちらりと見える、色彩豊かな絨毯と火が勢いよく燃えている暖炉。

感嘆するほどりっぱな血統の公爵が住むような屋敷で、内装は先代の公爵夫人が決めたと思われた。

アレックははっとした。

先代の公爵夫人はいるのだろうか？　一七人の公爵が亡くなっているのだから、過去に最低でもひとりは公爵夫人がいたはずだ。

そう思ったらうなり声が出た。醜聞で窮地に陥った被後見人と怒りっぽい使用人だけでなく、公爵未亡人の相手までしなくてはならないのか。

問題の使用人が彼のうなり声を聞きつけた。「あなたが〈粗悪な公爵〉と呼ばれているのは知っていますけど、それでもまさかこれほど……」

生意気なメイドは最後まで言わなかったが、アレックには続きのことばが聞こえた。野獣じみている。粗暴。野暮。忍耐が切れた。「レディ・リリアンを呼んできてもらおう。いますぐにだ」

「ミス・ハーグローヴです。彼女は高貴な生まれではありませんから」

アレックが片方の眉をくいっとやる。「ここはイングランドだろう？　規則が変わったのか？　使用人が公爵を嬉々として正せるようになったのか？」

「公爵さまがまちがっている場合は、そうします。でも、大丈夫ですよ。あなたの訛りはひどすぎて、正しいかまちがっているかなんてわかる人はほとんどいないでしょうから」

「きみはじゅうぶんわかっているようだが」

彼女がわざとらしく愛想のよい笑みを見せた。「とっても幸運なことに、と言っておきます」

アレックはすばやく言い返してきたことに笑いたくなる気持ちをこらえた。彼女は愉快でもなんでもない。解雇寸前の身だ。「爵位を持つ人間に対する敬意はどうなったんだ？」

「その爵位に感銘を受けた人が払うものなんでしょうね」

「きみは感銘を受けないと？」

メイドが腕を組んだ。「格別には」

「どうしてだか訊いてもいいか？」

「五年間で一八人の公爵さまがいらっしゃいました。もっと正確に言うならば、二週間で一七人ですね。そして、あなたが公爵さまになって五年。ここにあなたが足を踏み入れるのははじめてにもかかわらず、このお屋敷は――なかにあるものもすべて――あなたのものです。きちんと手入れされてきました。あなたのために。顔も見せないのに。これが爵位などばかげているという証拠でなくてなんでしょう」

彼女のことばはまさにアレックが考えていることだった。だからといって、彼女が腹立たしい存在ではないということにはならないが――この屋敷にいるもうひとりも同じくらい腹立たしい女性なのだろう。「きみの反抗心には感服するし、その意見にもまっ向から反対するものではないが、そろそろ終わりにしたい。おれはミス・ハーグローヴと話をするつもりだから、気に入ろうと入るまいと、きみの仕事は彼女を呼んでくることだ」

「なぜここにいらしたんですか?」

アレックは無情な沈黙が長々と落ちるに任せた。彼女をおびえさせてこちらの言うとおりにさせようとしてのことだ。「女主人を呼んでくるんだ」

メイドはまったくおびえていなかった。「彼女をこのお屋敷の女主人と言うなんておもしろいわ。まるで、ここの囚人ではないみたいな言い方ですね」

アレックが気づいたのはそのときだった。

被後見人はどうやら気絶する類ではないようだ。

だが、アレックが口を開く前に彼女が続けた。「スコットランドの大柄な野蛮人よろしくあなたがあっという間に壊したドアと同じく、まるでこのお屋敷の付属物ではないみたいに」

アレックにはそのことばを聞くつもりなどなかった。

それなのに、この非の打ちどころのないイングランドの広場に建つ、非の打ちどころのないイングランドの邸宅にいる、非の打ちどころのないイングランド人女性の前に立ち、着心地の悪い三つ揃いを身につけて空いた戸口をかろうじて通れたアレックの耳に、否が応でもそのことばが届いてしまった。

そして、きわどく動揺をもたらすものを感じた。まるで、首もとのきつい幅広のタイのように。

美しい女性たちから何度同じことを言われただろう？　畏怖の念でひそひそとささやかれた。女性たちはアレックほどの大柄な男を、田舎の祭りで賞品として出される雄牛のように欲しがるらしかった。

がっしりとして野獣じみている。

そのことばは女性たちの欲望に名誉をあたえ、アレックの名誉を傷つけた。

母のことばが彼を傷つけたように。母は後悔のことばを彼に向かって吐き出した——母にとって申し分ない息子でいるにはいつだって大きすぎた。母に尊敬されるには大きすぎた。粗野すぎた。スコットランド人らしすぎた。

失望だらけの母の人生を思い出させる存在。

母はアレックの体の大きさを忌み嫌っていた。彼の力を。彼が父親から譲り受けたものを。その気持ちが強いあまり、母は家を出た。ひとり息子にただひとことを残して。

野蛮人。

だから、この場所できれいなイングランド人女性の口からたっぷりの軽蔑をこめて発せられたことばを避けられなかった。

そして、自分を抑えきれずにやり返してしまった。「きみが美人じゃなければいいと願っていたんだが」

彼女が目を険しくする。「あなたが言うとほめことばには聞こえないのですけど」

ある場面が頭にぱっと浮かんだ。このすばらしい女性がベッドに横たわり、白いシーツに髪を炎と黄金のように広げ、ピンクの唇を開いて長い腕でこっちへ来てと手招きしている。痛いほどの欲望に貫かれ、アレックは自分の立場を懸命に思い出そうとした。

自分は彼女の後見人なのだ。彼女は自分の被後見人なのだ。

おまけにイングランド人だ。

彼女は自分のものではない。

「ほめことばじゃないからな」アレックは言った。「そのせいでそういうことになったんだろうし」

彼女の瞳はみごとなほど美しく、アレックの想像力がおよばないほど表情豊かだった。その目がすぐさま挑んできた。「そういうことって?」

「破滅を招いたってことだ」

怒りがなにかほかのものに変わったが、あっという間に消えたので、アレック自身にとってもいやになるほどなじみのある感情でなければ気づかなかったかもしれない。

恥辱感だ。

その恥辱感を目の当たりにし、それが自分の心に影を落としたのを感じて、アレックはいまのことばを後悔した。消し去りたかった。「言うべきでは――」

「どうして？　ほんとうのことだわ」

アレックはじっと彼女を見つめ続けた――すっと伸びた背筋、いからせた肩、高く掲げた顔。あるはずのない力強さを名誉のごとく見せつけてくる。

「はじめからやりなおそう」アレックは言った。

「そもそもはじめたくありません」そう言うと、彼女はアレックに背を向けて立ち去った。

アレックは開けっ放しとなった戸口を通して広場から漂ってくる音だけを供に残された。


リリーには〈粗悪な公爵〉など必要なかった。

玄関広間から離れた居間のドアを閉めてそこにもたれると、彼が屋敷からも自分の人生からもいなくなってくれることを願いつつ、長い吐息をついた。この五年間、彼はリリーになんの関心も示してこなかったのだから。

でも、当然ながら彼はいまここにいて、文字どおりに屋敷のドアを打ち破った。復讐(ふくしゅう)の後見人の王であるかのように。リリーとその醜聞は彼のものであるかのように。

もちろん、そうなのだけれど。

セトルワースと彼の詳細な手紙が恨めしい。

招かれも望まれもしていないのに、ここまでやってきた公爵も恨めしい。

リリーには計画があり、そこに公爵の手助けは必要なかった。でも、彼を煽(あお)ったりするのではなかった。侮辱もすべきではなかった。酢では蝿をつかまえることはできないのに。そして、公爵は太った蝿だった。

リリーは居間の奥のサイドボードまで行った。

ううん、太ってはいなかった。

琥珀色の液体をグラスに注ぐ。

彼の全身が力強さを発散していた。大きなマホガニー材のドアが紙でできているかのように蝶番からはずれた場面は忘れられそうになかった。それに、家ほど大きくて並はずれてハンサムな彼がドアのなくなった戸口に立ち、天国から送りこまれたかのように後光が射していた光景に息を呑まずにいられるとも思えなかった。

リリーははっとした。

なんてばかなことを。この二週間と四日、ロンドンの人たちから隠れて屋敷にこもっていたせいで、あの人がドアを壊した拍子に流れこんできた新鮮な空気に頭が混乱してしまったんだわ。

ドアの件だけでも、どんな女性だって不安になるだろう。

ハンサムな男性にだまされた経験のある女性ならなおさらだ。

がっしりした肩にも、茶色の瞳にも、やわらかいと同時に引き締まって見えるとても誘惑的な唇にだって興味はない。それに、スコットランドで指折りの鍛冶屋が鉄で作ったみたいな頬や鼻や顎にも気づかなかった。

リリーはグラスのウイスキーをすすった。

そうよ、ただひとつウォーニック公爵に関心があるとしたら、それは彼に消えてもらうことだけ。

「リリアン」さっとふり向くと、いつの間にか開いていた戸口に彼女の興味のない相手が立っていた。茶色の目が、リリーの手にあるグラスに向けられた。「まだ朝の一〇時半だぞ」

リリーはわざとまたウイスキーを飲んだ。お酒を飲むのにふさわしい時刻があるとすれば、まさにいまだった。「ドアを正しく開ける方法をご存じだったみたいね」

彼は長々とリリーを見つめてから言った。「酒を飲むなら、おれももらおう」

リリーが彼に背を向けてふたつめのグラスにウイスキーを注ぎ、渡しに行こうとふり向くと、彼はすでに音もなく近づいてきていた。さっと離れたい衝動をこらえる。彼はあまりにも大きい。あまりにも堂々としている。

あまりにも人を惹(ひ)きつける。

彼がグラスを受け取る。「ありがとう」

リリーはうなずいた。「あなたのお酒ですから。お好きに飲んでください」

彼は酒に口をつけないまま暖炉のところへ行き、古典主義の大きな油絵をじっくりと見た。明るくなりつつある空を背景に、美しい女性に見下ろされながら柳の木の下で眠る裸の男性が描かれたものだ。同じくその絵を見たリリーは歯を食いしばった。裸体画。思い出して落ち着かない気分に――。

「醜聞があるんですか？」

いやよ。

リリーの頬がまっ赤になった。それが気に入らない。「醜聞について話し合おうか？」

彼がリリーをふり向く。「さあな」

「まあ、まっ昼間にあなたがドアを壊した話は広まるでしょうね」

彼の目でなにかがきらめいた。おもしろがっているようなものが。リリーはそれも気に入らなかった。「ほんとうなのか、ラス？」

温かでいて荒々しく、耐えられないほどのやさしさのようなものがにじんだ巻き舌のスコットランド訛りで発せられた簡素なそのことばを聞いたとたん、リリーはここ以外のどこかにいられたらと願ってしまった。なぜなら、そう訊いてくれたのは彼がはじめてだったから。

そして、ちがう返事ができたら、と願うのは一〇〇万回めだった。「帰ってください」

彼は長いあいだ身じろぎもせず、それからこう言った。「助けに来たんだ」

リリーは乾いた笑い声をあげた。「すごく気づかいのある後見人みたいに聞こえて感服しました、公爵さま」

「きみが困ったことになったと聞いて、すぐに駆けつけたんだ」

どうやらわたしは語り草になっているようね。「はるばるスコットランドまで伝わったんですね？」

「経験から言って、うわさというものは電光石火のように伝わるものだ」

「うわさについてかなりの経験がおありなの?」

「認めたくないほどにね」

そのことばのなかにリリーは真実を聞き取った。「あなたについてのうわさはほんとうでした?」

無言が長引き、彼には答えるつもりがないのかもしれないと思ったので、あっさりと「ああ」と言われたときはとても驚いた。

ひとことにこれほど興味を引かれたのは、リリーにとってははじめてのことだった。もちろん、ばかげたことだ。彼の醜聞がなんであれ、自分のものとはちがう。彼は醜聞で身を滅ぼしていない。

逃げ出すよう追い詰められたりしなかった。

リリーは彼と目を合わせた。「それで? ご自分の評判を守ろうとやってきたということ?」

「自分の評判などどうでもいい。きみの評判を守るためにここに来た」

そんなのは嘘だ。リリーの評判を気にかけてくれた人などひとりもいなかった――父親が亡くなったあとは。保護者も友人もいたことがなかった。

恋人も。

そう思ったら不意に熱い涙で目がひりつき、腹が立った。鋭く息を吸いこみ、彼に見られないようにサイドボードのほうを向いた。「どうして?」

彼は眉根を寄せた。「どうして、とは？」

「わたしのことを知りもしないのに」

彼がためらった。「おれはきみに責任がある」

リリーは笑った。思わずふり向かずにはいられなかった。「わたしのことなど一度だって関心を持たなかったのに。わたしが存在していることすら知らなかったのでは？」彼の目がやましそうになった。思ったとおりだ。「もう一方よりましでしょうけど」

「それは？」

「何年も前からわたしの存在を知っていたのに、ただ無視していたということ」

そうだとしても、それは彼だけではなかったけれど。

「もし知っていたら……」彼のことばが尻すぼみになる。

「なんなんですか？　何年も前にロンドンに戻ってきていた？　すぐさま後見人と救世主の幟を掲げていた？」

彼がきまり悪げに身じろぎをしたので、リリアンは反省した。彼を責めるのはお門ちがいだとわかっているのに。それでも謝りたくなくて、舌を嚙んでこらえた。彼が帰ってくれたらいいのに。ここへは来ずにいてくれたらよかったのに。

望むだけならなんでもできるわね。

「おれは怪物じゃない」ついに彼が返事をした。「責任を背負いこませてくれと頼んだおぼえはないが、それでもためらうことなく必要なものをそろえるよう手配したはずだ」

昔からそうだった。お金を渡そう。食事つきの住む場所を用意しよう。簡単に解決できるあれこれは約束してもらった。

でも、たいせつなすべてが欠けていた。

リリーはさっと手をふって美しい屋敷を示した。「ちゃんと養ってもらっています。わたしが暮らす美しい鳥かごを見ればおわかりになるでしょう」彼の返事は待たずに続ける。「いずれにしても、それは問題ではないけれど。あいにく、あなたは来るのが遅すぎたみたい」彼を押しのける。「後見人も救世主も求めていません。この何年かで学んだことがあるとすれば、自分でなんとかするのがいちばんだということ。自分で自分の後見人になるんです」

リリーが居間のドアのところに行くまで、彼は口を開かなかった。「きみはおれが想像していたより歳（とし）を食っている」

リリーは足を止めてふり向いた。「いまなんて？」

彼は動かない。「何歳なんだ？」

同じようにお節介な質問をくり出す。「あなたは何歳なの？」

「ふつうの被後見人よりもきみが年上だとわかるくらいには歳を重ねている」

「ご自分の被後見人に対して長年無関心でいなければ、答えがわかっていたはずなのに」

「あてつけに取らないでもらいたい」

「長年無関心でいたことを？」

「きみの存在を知ったいま、おれはかなり強い関心を持っている」

「みんなへの警告として、指をさされるガラスのなかの見世物になったわたしには、たしかに関心を持つでしょうね」

彼は黒い眉を上げて、分厚い胸のところで腕を組んだ。「ちょっと前、きみは鳥かごのなかの鳥だったと思うが」

「あなたが関心を寄せるのはごちゃ混ぜの隠喩なの？」リリーが言い返す。

躊躇（ちゅうちょ）のないことばが返ってきた。「いや、関心があるのはきみだ」

リリーの体が熱くなった。そんな反応をするべきではないのに。「それは残念ですね。わたしはあなたに関心がありません」

「関心を持つべきだな。おれの理解では、後見人は被後見人に対してかなりの支配力を持つようだから」

「わたしはウォーニック公爵領の被後見人です。あまり所有欲をむき出しにしないほうがいいですよ」

「おれはウォーニックじゃなかったか？」

「それは長続きしないかもしれないもの。あなた方公爵は死ぬ癖があるみたいだし」

「それを願っているのかな？」

「女だって夢くらい見てもいいでしょう」彼の唇がひくついた。ほんとうのところ、リリーは彼をおもしろがらせたという事実を楽しんでいた。でも、ほんとうのことに関心などない。

「悪いがおれはまだ死んでいないから、しばらくのあいだがまんしてもらうしかないな、リリアン。質問に答えてもらおう」しばし間をおいたあと、先ほどと同じ内容をくり返した。

「きみは被後見人にしては歳を取っている、だろう？」

もちろんだ。騒動のなかで忘れ去られたのだ。父が亡くなったとき、当時の公爵に庇護されて数年間は順調だったけれど、それもその公爵が亡くなるまでのことだった。そのあとさらに一六人の公爵が他界した。それから、この男性――イングランドのものすべてを避け、開封勅許状（君主によってあたえられる権利および特権の証書）を受け取るためですら一度も議会に出席したことのない男性――が責任を負うことになった。

そしてリリーは忘れ去られた。

持参金なし。社交シーズンもなし。友人もなし。

リリーは彼に目をやった。このすべてを彼に話す方法があればいいのに。自分で観なおすことなく、この人生というむちゃくちゃな芝居における彼の役割を理解してもらえたらいいのに。でも、そんな方法はなかったから、ただこう言うに留めた。「ええ、かなり」

リリーは華奢で美しいチッペンデールの椅子に腰を下ろし、こちらを見ている彼を見つめた。彼はリリーを理解しようとしていた。しっかり長く見つめれば、リリーが自分をさらけ出すとでも思っているかのようだ。

皮肉なのは、一年前にそうされていたら、自分をさらけ出していたかもしれないことだ。彼に心を開き、彼の質問にすべて答え、裸の自分をさらしていたかもしれない。

そう思ったら、悲しげな笑みが唇に浮かんだ。丸裸をさらしていたかも。幸い、彼は来るのが一年遅く、リリーは完全に別人になっていた。

「結婚するまでは公爵領の被後見人のままです」

「どうして結婚しなかった?」

リリーは目を瞬いた。「いまのは不適切な質問だと思う人は多いでしょうね」

彼は片眉をつり上げて玄関のほうへ目をやった。「おれが礼儀作法にこだわる男に見えるか?」

見えなかった。

結婚しなかった理由はいくらでもあった。孤児になり、無視されて、孤独で、それからまちがった男性に夢中になってしまったことと関係のある理由が。けれど、それを彼に話すつもりはない。だから、簡単な真実を答えた。「一度も求婚されませんでしたから」

「それはありえなさそうだが」

「どうしてですか?」

「男はきみのような女を前にすると腑抜けになるからだ」

いや、いや、きみのような女。リリーは体をこわばらせた。この人は美が悪いことのように言う。「お気をつけて。お世辞を言われて図に乗るかもしれませんよ、公爵さま」

彼がリリーの座っているのと対になっている椅子に腰を下ろした。大柄な彼が座ると椅子がとても小さく見えた。「アレックだ」

「はい？」

「アレックでいい」

「スコットランドの未開地ではそう呼ぶのがふつうでも、ここではそれは完全に不適切です、公爵さま」

「また礼儀作法か。いいだろう。それならスチュアートと呼んでくれ。きみの頭に浮かんでいただろうほかの悪口でもいいぞ。公爵さまと呼ばれるくらいなら、そっちのほうがましだ」

「でも、あなたは公爵さまではないですか」

「おれが選んだわけじゃない」やっとウイスキーに口をつけ、ごくりと飲んでから顔をしかめた。「うわっ。なんだこのまずい酒は」残りを暖炉に投げ入れる。

リリーはそんな彼に対して片方の眉をつり上げた。「ご自分の爵位と、その爵位が買ったスコッチを軽蔑するのですね」

「まず第一に、これはスコッチと呼ばれるべきではない。せいぜいが安酒といったところだ」いったんことばを切る。「第二に、おれは爵位を軽蔑してはいない。嫌いなだけだ」

「まあ、かわいそうに、ひどい扱いを受けているんですね。これまでの歴史でも屈指の富と由緒のある公爵位がひざの上にいきなり落ちてくるなんて。特権のあるおぞましい人生を送るのは、さぞや困難なことでしょう」彼は自分の持っている力が、特権が、まったくわかっていない。それを手に入れられるなら、リリーはなんだってするのに。

彼は小さな椅子にもたれた。「おれは自分がスコットランドで正当に稼いだ金で暮らしている。公爵領に頼っている借地人や使用人が安寧に暮らせるよう心を配っている。だが、爵位を望んだわけじゃないから、付随してきたものには関知しない」

「わたし自身をふくめて」リリーはこらえられずに言っていた。

「おれはここに来た。ちがうか？　被後見人に呼び出されてだ。少しは認めてもらえるんじゃないか？」

「わたしはあなたを呼び出したりしていません」

「おれに手紙を書いたわけじゃないかもしれないがな、ラス、国境越しにおれの名前を叫んだも同然にきみはおれを呼び出したんだよ」

「先ほども言ったように、あなたの助けは必要ありません」

「世間の考えはちがうようだが」

「世間なんてくそ食らえだわ」暖炉に顔を向けて続ける。「あなたも」

「きみを助けに来たおれにもう少し感謝してくれても罰はあたらないと思うが」

彼の傲慢さには呆れる。「わたしったら、どうしてそこまでの幸運に恵まれたのかしら？」

リリーのことばに皮肉を聞き取って、彼がため息をついた。「きみがすねても、おれは善処するつもりだ、きみの……」適切なことばを探して逡巡する。「……状況を」

リリーの眉が両方ともくいっと持ち上がった。「わたしがすねても」

「否定するのか？」

きっぱりと。「すねるというのは、おやつはだめだと言われた子どものすることです」

「すねるがだめなら、なんと言えばいい？」

激怒している。愚か。いらだっている。必死。

恥じ入っている。

ようやく口を開いた。「それはどうでもいいことだわ。ちっぽけなことだし、もう手遅れだから」少しの間をおいてから辛辣に続ける。「わたしには計画があって、そこにはあなたはふくまれていないの、公爵さま」

彼がちらりとリリーを見た。「爵位が嫌いだなんて、きみに話すべきではなかったんだろうな」

「敵にはけっして弱みを見せるな、です」

「では、おれたちは敵同士なのか？」

「友人でないのはまちがいありませんね」

彼のいらだちが伝わってきた。「もうたくさんだ。いまからはじめるのはどうだろう。セトルワースの話では、きみはロンドン中の人たちの前で身を滅ぼしたらしいが」

自分でも同じことを何度も考えていたものの、他人から言われると傷ついた。恥辱感にどっと襲われたが、それを気取られまいと懸命になった。

うまくいかなかった。「どうして破滅したのがわたしのほうで——」

はっと口をつぐむ。

それでも、なにを言おうとしていたのか彼にはわかってしまった。「では、男がいたんだな」

リリーは彼と目を合わせた。「知らなかったふりをする必要はないわ」

「ふりじゃない。セトルワースはほとんどなにも教えてくれなかった。だが、おれもばかではないから、きみを見れば男がいたとわかる」

「わたしを見たら」そのことばにどれほど傷ついているか、彼にはまったくわからないだろう。

彼はリリーのことばを無視した。「ということはだ、きみは自分で身を滅ぼしたのではないわけだ。破滅させられたんだ」

「似たり寄ったりだわ」リリーがぼそぼそと言う。

「いや」きっぱりとした口調だ。「そのふたつは別物だ」

「世間の人たちにとっては同じなの」

ためらい。「なにがあった?」

彼は知らないのだ。嘘みたい。わたしがなにをしでかしたのかを知らないなんて。どんな恥をかいたかを。彼は予想外に事務弁護士に呼び出されたことから想像するしかないのだ。その状態が変わらないかぎり、わたしは過去から自由だ。

〈麗しのリリー〉、〈ひとりぼっちのリリー〉、〈恋人に捨てられたリリー〉など、ゴシップ紙はさまざまなあだ名をつけてくれた。そのわたしの醜聞が彼の耳に入るのも時間の問題だとわかってはいても、いまはまだ知られたくなかった。

だから、話さなかった。

「それが重要ですか？」

彼は頭のおかしな人間を見る目つきになった。「あたりまえだろう」

リリーは頭をふった。「ちがうわ。それほどには。彼らの信じこんでいることが重要なの。醜聞とはそういうものよ」

「事実が重要なんだ、リリアン。なにがあったか話してくれ。いま以上にひどいことになったら、文書で真実を知らしめる」

「後見人と擁護者を同時に持てるなんて、わたしは果報者だわね」彼がいらだって質問攻めをやめてくれることを願い、皮肉をこめた。

すると彼がゲール語でなにやらつぶやいた。意味はわからなかったが、悪態だとすぐに見当がついた。彼は窮屈そうなクラバットをぐいっと引っ張った。上着は肩のあたりでぴんと張っているし、ズボンの太腿もきつそうだ。この男性のなにもかもが大きすぎる。だから、リリーの真実もすぐさま理解したのかもしれない。彼女の欠点がはっきりと見えたのかもしれない。

欠点は欠点に気づく。

彼が英語に戻して言った。「詳細がわからなければ、おれたちが状況を解決するのは無理だ」

「わたしたちなんてありません、公爵さま」きっぱりと断言する。「あなたは今日までわたしを知らなかったでしょう」

「すぐにあれこれ知ってみせる」

でも、それはリリーから話すものではない。ばかみたいだけれど、それが重要だった。そうすれば、他人の目に映っているのとはちがう自分を彼に見てもらえるような気がした。

「気に病むことはないわ。一〇日後にはわたしの状況は解決しますから」

どう転ぶにしても。

何度もそう言っていれば、そのうち信じてもらえるようになるかもしれない。自分でも信じられるようになるかもしれない。

「一〇日後になにがあるんだ？」

あの絵が公開されるのよ。

でも、それだけではなかった。「二四歳になるの」

「だから？」アレックは椅子に座ったまま体を乗り出し、ひざに肘をついて両手を組み合わせた。

だから、あの絵が公開される。ロンドンの人たちの前で。

リリーはそんな思いを無視して彼に目をやった。それはどうでもいいこと。彼女には計画があるのだ。「後見人の規定によれば、わたしはお金を受け取ってロンドン――と醜聞――をあとにできることになっているんです」

彼の眉が両方ともつり上がった。「それで記憶からきみを消し去れるのだとしたら、相当な額の金にちがいない」

「ええ、そうよ。ロンドンを去って二度と戻ってこずにいられるの。だからね、公爵さま」声に勝利感をにじませる。「わたしには自分を救う計画があるから、後見人は必要ないんです。逃げ出すつもりです」

リリーはその計画が気に入っていなかった。デレクが勝ちをおさめる結果になるのがひどくいやだった。ロンドンが勝ちをおさめるのが。望んでいた人生に手が届かなくなるのが。でも、ほかに選択肢はなかった。自分に永遠に刻まれる醜聞を生き延びるには、ほかに方法がなかった。

アレックは長々と彼女を見つめたあと、一度だけうなずいて椅子に背を戻した。「きみを救うひとつの方法ではあるな」

リリーは彼のことばが気に入らなかった。「ひとつの方法」

「彼を愛しているのか?」

リリーの顔から血の気が引いた。「なんですって?」

「その男のことだよ。愛しているのか?」

「男性がいるなんて認めたおぼえはありませんけれど」

「例外なく男がいるものだ、ラス」

結婚するはずだったのよ。また涙がこみ上げてきた。熱く、怒りに満ちた涙が、望んでもいないのにあっという間に。なんとか意思の力で抑えこむ。「あなたになんの関係があるのかしら」

彼とかかわりを持たなければよかった。出会わなければよかった。

こんなに――。

こんなに恥ずかしい思いをしたくはなかった。

リリーの心の声を聞いたかのように、彼がうなずいた。なにかが決定されたかのように。

「では、それでじゅうぶんだ」

やはりなにかが決定されたらしい。リリーは首を傾げた。「じゅうぶん？」

彼が立ち上がると、不意にこれまでより堂々として見えた――ドアを倒したときよりも。出会ったばかりの男性ではなく、リリーの王であるかのようだった。彼が口を開いたとき、確固たる自信に満ちていたので、ほんのつかの間にしろそのことばを信じた。

「逃げるべきではない」

3

堕天使の反撃
〈スコットランドの野蛮人〉、自慢屋の伊達男を容赦なくやりこめる

アレックは、成人男性のための家具をロンドンで唯一そなえた場所を気に入った。そこに自分の蒸留所から輸入されたスコッチや、戦う気になれば上がれるリング、カード・テーブルに玉突き台があり、自分が嫌っていないひと握りの男たちがいたのはおまけだった。

「ウォーニックのご帰還だ」エヴァースリー侯爵――キングとして名を馳せている――がアレックの向かい側の椅子にどすんと腰を下ろした。「新聞社に知らせないと」

「もう勤務時間外だよ」アレックの隣りに座っている新聞王のダンカン・ウェストがそっけなく言う。「〈粗悪な公爵〉から呼び出されたとあっては、興味津々にならざるをえないけどね」

〈堕ちた天使〉――イングランドでもっとも高級な賭博場――の会員になる方法は、財産や爵位はほぼなんの関係もなく、紹介によってのみだ。そのため、〈ホワイツ〉や〈ブルック

ス〉や〈プードルズ〉にしょっちゅう顔を出すような貴族は、たいていの場合〈堕ちた天使〉の会員に誘われることはない。

キングもウェストも会員だった。ウェストは〈堕ちた天使〉の共同経営者たちと公の場で何度もやり合った新聞社経営者であるにもかかわらず、だ。アレックは会員ではなかったが、友人と呼ぶふたりのおかげで歓迎されてありがたく思った。イングランドの賭博場がスコットランドのものとは異なるのは認めざるをえなかった。いや、世界中のどことも異なるだろう。

アレックはキングに目をやった。「招待してくれてありがとう」

キングが眉をつり上げる。「招待を命じられたも同然なのだから、礼などしなくていい」

「うまい酒が必要だったんだ」

「〈堕ちた天使〉がスチュアート家のスコッチを飲めるロンドンで唯一の場所であることを考えたら、会員になる招待だって手に入っただろうに」キングの目がアレックの上着に留まった。「いまよりましな仕立屋を見つけられたらの話だがね。どこでそんな上着を買ったんだ?」

アレックは上着できつく締めつけられた肩をすくめた。「モスバンドだ」

キングが大笑いをした。スコットランドとの国境をはさんで、かろうじてイングランド側に位置する町ともいえない町だったからだ。「道理で」

アレックは友人のことばを無視した。「ロンドンの服もクラブも、スコットランドでは必要ない」

「でも、ロンドンではロンドンのクラブを楽しんでいるじゃないか」ウェストが口をはさんだ。

「おれもばかじゃないからな」アレックは言い返し、酒を大きくあおってから大きな革張りの椅子に背を預け、重々しい表情でウェストを見た。この男はイングランドでもっとも収益を上げている新聞社五社の所有者で、そのうち三社は現代報道界の最高峰と広く信じられている。

だが、アレックが関心を持っているのは正統派の新聞ではなかった。

興味があるのは『ザ・スキャンダル・シート』だ。

「今夜のきみは勤務時間外じゃない」アレックはウェストに言った。

新聞社経営者が椅子に深く座る。「どうもそうらしいね」

「おれには被後見人がいるみたいなんだ」

ウェストのブロンドの眉がくいっと持ち上がった。「みたい？」

「事務弁護士がおれに伝えるのを失念した」

「言わせてもらえば、ひどい事務弁護士だな」

「公爵位を継承したときに、ロンドンのお飾りには関心がないと言ったおれのことばを額面どおりに受け取ったらしい」

キングがくつくつと笑った。「その事務弁護士は、彼女をお飾りだと思ったのか？　参ったな。彼女には言うなよ。私の経験からすると、女性はそういう風に思われるのを喜ばない」

そうだろうな。たしかにリリーが喜ぶとは思えなかった。「だが、いまは彼女のことを知っている」

「いまはだれもが彼女のことを知っているよ」ウェストが言う。

「醜聞がもとで」アレックは返した。

「彼女がもとで、だ」ウェストが明確に正す。「彼女はロンドン一の美女とあまねく信じられていて――」

「そのとおりだろうな」アレックはリリーほど美しい女性を見たことがなかった。

「それはちがう」キングとウェストが異口同音に否定した。

アレックが呆れた顔になる。「きみたちの奥方をのぞいてだよ、もちろん」

ふたりは満面の笑みになり、それからウェストが続けた。「ミス・ハーグローヴは興味をそそる存在でもある。美人で公爵領と関係があり、正式に社交界デビューはしていないものの、社交界でもっとも崇拝されている見栄っ張り男としょっちゅう一緒にいるところを見られている」

それを聞いたアレックは嫌悪感を必死でこらえた。「それが醜聞のもとなんだな?」

「詳しいことを彼女に訊いてみないのかい?」ウェストだ。

あからさまに恥じ入ったリリーの顔がいきなり思い出された。「彼女にはおれに話す気はないと思う」

「ふうむ」

アレックが渋面になる。「それはどういう意味だ？」

「女性は常に私たち男に話す気などないって意味だよ」新聞王は、自身が醜聞だった女性――公爵の妹で、未婚で娘を産んだのだ。いまではウェストもその娘を実の子同然に誇りに思っている――と結婚している。

「幸い、この女性は私の問題ではなくなる」アレックは言った。

「彼女たちはいつだって私たちの問題なんだよ」キングが割りこむ。

「リリアン・ハーグローヴはちがう。ロンドンの人間とはちがって、おれは二週間前まで彼女のことを知らなかった。二週間後にも彼女を知っているつもりはない。彼女に恥をかかせた男の問題になる」アレックはウェストに目を転じた。「その男がだれなのかを知りたいだけだ」

ウェストの視線がカード・ゲームのフェローをやっているテーブルに向き、そのまま長いあいだ見つめた。アレックもその視線を追った。三人のテーブルに白い服を着た男がくわった。ディーラーににっと笑いかけ、かなりの額の金をテーブルに置いた。

アレックは友人たちに向きなおった。「あれはだれだ？」

キングがウェストに向かって眉を上げてみせると、ウェストは椅子に背を戻した。「きみの被後見人の状況について知っていることを話そうか？」

アレックはうなずいた。フェローのテーブルのことは頭から消えていた。

「絵があるんだ」

アレックは眉をひそめた。「どんな絵だ？」

ためらい。それからキングが答えた。「うわさだが、裸体画らしい」

アレックは固まった。キングのことばが耳のなかで轟々と鳴っている。ちがう。裸体画ということばだ。長い手脚。ふっくらとした唇。高く盛り上がった胸。丸みを帯びた臀部。シルクのようになめらかな肌。銀色の嵐のような瞳。

やめるんだ。

「だれの裸体画なんだ？」

わかりきったことじゃないか、と言わんばかりにウェストが両手を広げた。

もちろん、わかりきっている。

アレックはさっと上体を乗り出した。「うわさでは、だな。キングはうわさだが、と言った」

ウェストが答える。「うわさじゃない」

アレックが新聞王を見る。「見たのか？」

「私は見ていないが、妻が見た」しばしのためらい。「ジョージアナは王立美術院の選考委員会の一員なんだ」

アレックの心臓が鼓動を速めた。「それはリリアンを描いたものなんだな」ウェストが黙ったままなので、アレックは別の解決策にしがみついた。「彼女が実際にモデルになったかどうか、どうしてわかる？　きみもおれも、醜聞が真実であることが稀なのは知っているじゃないか」

「この場合は真実だよ」ウェストが言った。

「どうしてわかるんだ？」

ウェストがアレックを見た。「なぜなら私は仕事において有能だし、ゴシップと事実のちがいをわかっているからだ」

アレックは数時間前に会った女性を思い浮かべた。彼女はたしかに美人だが、ばかではない。彼は頭をふった。「この場合はちがう。おれは彼女に会った。彼女が裸体画のためにポーズを取るなどありえない」

「愛は人間に奇妙なことをさせる」キングのことばは簡素で単刀直入で、アレックはそこにある真実の響きが気に入らなかった。

真実を認めたくなどなかった。彼女が男のために裸になっているところなど想像したくなかった。彼女の裸を想像などしなくても、すでにじゅうぶん厄介なことになっているのだ。

それでも。「じゃあ、彼女はその男を愛しているんだな」

先ほども同じことを訊いた——彼女は無言で答えた。ことばにする必要はなかった。彼女の目のなかに悲しみを見たのだ。もの悲しさを。その男が居間に現われることを願っているかのような。

願望ならアレックもよく知っていた。それに、誤った感情のせいで、操られ、虐げられる隙をどこかの冴えない芸術家にあたえてしまったのだということも、ほかのだれよりも理解できた。アレックはウェストの目を見た。「その絵はどこにある?」

「だれも知らないんだ。一〇日後に、王立美術院の展覧会の最後の出展作として公開される予定になっている。委員会は最高のものを選んだんだ、ウォーニック。そしてこの作品は――類を見ないほどすばらしいとジョージアナが言っていた」

「絵画史上もっとも美しい肖像画だ」キングが割りこむ。

「モデルが彼女かどうかわからないじゃないか」

「彼女が認めたんだよ、ウォーニック」

アレックがまた固まった。「彼女がなにをしたって?」

「演壇に突撃したんだ。騒動を起こした。愛を告白した。そして、拒絶された。ロンドン中の人間の前で」ウェストは言った。「上流階級の人間からしたら、それだけで彼女は破滅だが、仕組まれたことだと信じる人たちがいるんだ。彼女が彼と一緒になってその絵の評判が巡回前に各地方に、世界中に届いているようにひと芝居打ったんだと」

アレックは悪態をつき、頭をふった。「彼女がなぜそんなことをする? どうして自分を破滅させる? 彼女は屋敷に引きこもって、逃げる資金が手に入るのを待っているんだぞ」

女性が逃げるのを見てきた。自分自身も逃げた。そして、逃げるのをやめたときになにが起きるかを知っていた。

リリアン・ハーグローヴには逃げさせない。

「彼女はきみから金をもらいたがっているのか？」口を開いたのはキングだった。

アレックは首を横にふった。「一〇日後に彼女はちょっとした金を相続するんだ」

ウェストがグラスのスコッチを揺らす。「すごい偶然だな。問題の絵も一〇日後に公開される」

アレックは彼と目を合わせた。「なにが言いたい？」

ほっそりした肩がすくめられた。「《モナ・リザ》を想像してみてくれ」

アレックはいらだちの息を吐いた。「いまいましい《モナ・リザ》なんてだれが気にする？」

「非常におおぜいの人間、だろうね」

アレックは彼をにらんだ。「きみの叩き上げの頭脳にはもううんざりだ、ウェスト」

新聞王が気取った笑いを浮かべる。「きみだって自力で叩き上げてきたんじゃないのかい？足りないのは頭脳だけだ」

「そんなに大柄なのに、残念だな」キングがひやかす。「巷(ちまた)で言われていることはほんとうなんだな。すべてを手に入れることはできないって」

アレックはふたりをののしった。「わかったよ。《モナ・リザ》だな。それがなにか？」

「モデルになった女性の名前がわかれば、彼女がどれほど有名になることか」

衝撃に襲われる。「リリアンが有名になりたがっていると言うのか？」記憶が突然よみがえる。嵐雲のような悲しみの瞳。「ありえない」

キングが片方の眉をつり上げた。「私の妻は〈危険な娘〉だ。名声に喜びをおぼえる人間もいるという生きた証拠じゃないか」キングことエヴァースリー侯爵は、約一年前に、ロンドンでもかなり有名な家族のひとりが彼の馬車にこっそり乗りこんでいたのを発見したのだった。その無賃乗客が思いがけず旅の仲間となり、その話が世間の知るところとなると、家族のもっとも破廉恥な一員になったのだ。そして、エヴァースリー侯爵夫人に。

「おれがいなければ、きみは結婚できていなかったよな」

キングがにらみつける。「ああ、そうだとも。あのできごとにおけるきみの役割はたしかにありがたかったよ。償いをせずにすんだからな」

「償いをすべきことがあって、きみは幸運だ」アレックは言った。「だれかがきみに分別を叩きこまなければならなかった」

「それについては永遠に感謝するよ」心からの思いのこもることばだった。

「うへえ」アレックは顔を背けた。「奥方を愛している貴族ほどひどいものはないな」

「気をつけろよ、公爵。しぶしぶであろうとなかろうと、きみもいまでは貴族なんだからな――あと必要なのは奥方だ」

そんなことはけっして起こらない。それを考えるたびに教訓を学んだのだ。金がない、爵位がない、洗練さがないと無視されるたびに。体だけを求められるたびに。〈スコットランドの野獣〉。

アレックは頭をふった。「悪いが、女問題はもうごめんだ」

「それはきみがかわいい女性たちをこわがらせるせいだろ」キングがアレックの訛りをまねて茶化した。

「リリアンはおれをこわがっていない」それどころか、ためらうことなく言い返してきた。

「少し不安を感じたほうがいいくらいだ」

「それもまた、彼女が醜聞にひと役買っていたかもしれないと考える理由になるね」ウェストが言う。「あらゆる年代の人間にとって、不滅の存在となった〈麗しのリリー〉」

アレックはそのあだ名がたまらなくいやだったが、それを気取られるつもりはなかった。

「彼女が自分をリリーと呼んでいたとは知らなかったな」また酒を飲む。このふたりが自分よりも彼女について詳しいというのが気に食わなかった。

それに、ふたりが正しいかもしれないというのも気に入らなかった。リリアンが男のために躊躇なく自分自身を破滅に追いこんだかもしれないというのが。アレックは先刻会ったリリアンを思い浮かべた。彼女は自分の醜聞を誇らしく思っているようではなかった。栄誉の象徴としてまとってはいなかった。アレックは彼女の目に後悔を見た。恥辱感を。

自分の恥辱感と同じくらい鋭くそれに気づいた。

アレックは首を横にふった。「彼女は醜聞に加担してなどいない」

「だったら、王立美術院での芝居は……」キングだ。

ウェストがあとを引き受ける。「芝居などではなかった」そう言ってアレックを見た。「彼女もかわいそうに。これからどうする?」

〝逃げ出すつもりです〟

彼女にそんなことはさせない。たとえロンドンの隅々まで徹底的に引き裂かなくてはならないとしても、彼女をこの街に留め、評判を回復してみせる。イングランドというのは不都合な人間をいとも簡単に破壊する国だが、彼女を追い払ったり破壊させたりはしない。

解決策がひとつ残っている――安全で、迅速で、完全に満足のいくものが。迅速なのはまちがいなくありがたい。思っていた以上に厄介な存在になりつつあるリリアン・ハーグローヴからもロンドンからも遠く離れたスコットランドのわが家に、すぐにも戻れるということだからだ。

「きみが彼女と結婚するという手もある」キングのことばに驚いたアレックは、はっともの思いから覚めた。

「だれと結婚するって?」

ウェストが気取った笑みを浮かべる。「ロンドンの空気で頭が鈍らされたんだな。彼女だよ。ミス・ハーグローヴ。キングはきみが彼女と結婚すればいいと言っているんだ」

リリアンの姿がぱっと浮かんだ。簡素な灰色のドレスを着て、肌は磁器のようになめらかで、瞳は燃えさかる炎のような、美しくて完璧な姿。以前のアレックなら美貌に目が眩み、その心を勝ち取りたいあまりにその場で求婚していたかもしれない。リリアンを自分のものにするために。

図体の大きさなど顧みず。優雅さに欠けることも顧みず。

だが、いまは分別がついた。自分は結婚よりも卑しい行為にしか向いていない男だ。

「おれが彼女の後見人ではなかったとしても——」

キングが割りこむ。「ばかげてる。被後見人と結婚する後見人のすべてに一ポンドずつ賭けていたら、罪深いほどの金持ちになれるだろうな」

「すでに罪深いほど金持ちじゃないか」アレックは返した。「いずれにしろ、彼女はおれなんかとは結婚しない」ウェストとキングに凝視されていると気づくのにしばらくかかった。

「なんなんだ?」

最初に気を取りなおしたのはウェストだった。「キングも同じ意見だと思うが、彼女はきみに求婚されたらひざまずいて神に感謝するだろうね」

〈スコットランドの野蛮人〉。

とんでもなく大柄。とんでもなく野獣じみている。肉体作業向き。

記憶が彼を苛んだ。睦みごと以上は断ってきたイングランド人女性が何人いた? 結婚には別の男を選んだ女性が? たとえ自分がリリアンに関心を持っていたとしても。たとえ自分がスコットランドを離れる原因となったリリアンが、厄介な美人以上の存在だったとしても……。アレックは首を横にふった。「彼女の夫はおれじゃない」

キングが自分を見ているのはわかっていた。それでも、学生時代から知っているキングに目をやらなかった。彼にこう言われたときも。「だったら、どうするんだ?」

「おれは公爵だ。ちがうか？」

キングは時間をかけて残りのスコッチを飲んだ。「それを裏づける証書もあるしな」

「公爵は望みのままにできる」

ウェストが作り笑いをした。「それが公爵の特権だと聞いている」

アレックがうなずく。「彼女を破滅させた男。そいつが彼女と結婚する」

そばのフェローのテーブルから歓声があがり、アレックのことばにかぶさった。そちらに目をやると、上着もズボンも白い男にまた注意が向いた。愕然とした表情を浮かべているところからすると、見栄っ張り男はかなりの負けを喫したようだ。

それが賭博場だ。勝ったと思った次には負ける。

女性についても同じだということを、リリアンを傷つけた下劣野郎はすぐにも知るだろう。アレックは友人ふたりに向きなおった。「頭に拳銃を突きつけて無理強いしなくてはならなかったとしても、そいつには彼女と結婚してもらう」

キングが目を瞬いた。「ほんとうにそうしなければならないかもしれないな」

「野蛮なスコットランド人なのが役に立つだろう。この計画は盤石だ」そう言ったあと、アレックはウェストを見た。「名前を教えてくれ」

「それ以上を教えられるよ」ウェストは酒を飲み干してカード・テーブルを示した。「名前と居場所だ。きみが捜しているのは画家で天才役者のデレク・ホーキンズで、負けてがっくりきている白服の男がそうだ」

ありえない。

アレックには、その男がリリアンと会話をしているところだって想像できなかったのに、ましてや……。まさか。正直すぎる女性があんな見栄っ張り男とかかわり合いになるはずがない。否定してほしくてキングを見る。「ちがうよな」

キングが首を横にふった。「そうなんだ。画家で、天才役者で、ひどいまぬけ野郎だ」

自分がどんな男を想像していたのか、アレックにはわからなかった。もっとたくましい男。もう少しめかし屋でない男。圧倒的に眉目秀麗な男だとか、信じられないほど裕福な男、あるいは反吐が出るほどの魅力を発散している男なら驚かなかっただろう。だが、この男――この気取ったためかし屋――は、ぬかるみに外套を敷いてリリアンが歩くのを手助けするような類には見えなかった。

〝彼女を愛しているのか?〟

彼女にふさわしい男を想像していたのに。

不意に、自分の計画がそれほど完璧に思われなくなった。

アレックは頭に浮かんだ唯一の疑問を友人ふたりに投げかけた。「どうしてだ?」

ふたりが返事をする前に、カード・テーブルがまた騒々しくなった。ホーキンズが賭博場から金を借りる交渉をしようとしているように見えた。責任者が呼ばれ、ホーキンズが訴えた。「私の名前はじきに世界中に轟くようになるんだ！　よくも断ってくれたものだな」

賭博室の責任者は眼鏡をかけなおし、頭をふった。

「いいか」ホーキンズがどなりちらした。「私が金を都合してもらえなかったと知ったら、きみの雇い主はまっ青になるぞ。私は史上もっとも有名なイングランド人になるんだからな！　ニュートン？　ミルトン？　シェイクスピア？　ホーキンズにくらべたら色褪(いろあ)せるさ。今後、礼遇させてくれと懇願しても私は断るぞ、きみの——」責任者の眼鏡に向けて手をふる。「——あからさまに近視眼的な態度のせいでな」

「なんてことだ。思っていた以上にあいつはひどい」アレックが言った。

「調子が出るのはこれからだよ」ウェストは酒のおかわりを頼んだ。

「金がなければ遊べないんだよ、ホーキンズ」ゲームに戻りたいらしい客のひとりが言う。

「金ならある。ここに持ってきてないだけだ」ホーキンズが責任者に向きなおる。「目が見えないだけでなく、耳も聞こえないのか？　私が史上もっとも偉大な画家だということがわからないのか？」

テーブルが野次で湧き、アレックもがまんならないほど傲慢な男を思わず笑った。友人たちに顔を戻す。「きみたちの情報はまちがいだな。あいつが彼女の醜聞の原因だなんて、なにがどうあってもありえない」リリアンはこんな尊大な男には一分だって耐えられないだろう。彼女ならすぐさまこいつの本性を見抜くはずだ。

まぬけ男は自信たっぷりに続けた。「私はデレク・ホーキンズなんだぞ！　自分の作品のできを誇張などしない！　私の才能は世界でも類を見ないものだ！」

アレックはキングを見た。「あいつはいつもああなのか？」

「ああっていうのが尊大でいやなやつという意味なら、答えはイエスだな」そっけない口調だ。「しばらくのあいだ、私の義理の姉と交際していたことがあった。彼女がどうしてやつの求婚を断ったのか想像もつかないよ」

「リリアンを無理やりあいつと結婚させるわけにはいかない」

「彼女はあの男を愛しているんだと思ったが？」

「かまうものか」アレックは言ったが、それは本心だった。ぜったいにリリアンをこんな道化に嫁がせはしない。

この状況にはほかのやり方で対処するしかない。

「経営者を出せ」ホーキンズが食い下がっていた。

すると、召喚されたかのように、〈堕ちた天使〉の共同経営者のひとりが姿を現わした。経理を担当している、長身で赤褐色の髪の男が落ち着き払って言う。「ホーキンズ、あんたは不運すぎるから担保なしに貸元になることはできない、と何度言わなくてはならないんだ」

「芸術をちっとも理解していないな、クロス」ホーキンズがきっぱりと言った。「目の見える人間を連れてきてくれ」別の共同経営者がいいと懇願する。「ボーンがいい。チェイスでも。彼なら道理をわかってくれるはずだ。私の担保は私の名前だ。私の作品だ。私は今年の展覧会の花形だ。知らなかったのか？」

「今年の展覧会に関心があるだれかと私をまちがえているようだな」クロスと呼ばれた男は

感銘を受けてはいなかった。「金を持って戻ってきたら、あんたの席を用意できるかどうか話し合おう。とりあえずのところは、ゲームはあんた抜きで再開する」ディーラーにカードを配るよう身ぶりで示す。

「勘ちがいしているようだな。あの絵が公開されたら、こんなところに来てやるものか。ルーベンス以来の最高の裸体画なんだから」〝裸体画〟ということばが体のなかで跳ねまわり、アレックは歯を食いしばった。「いや、ルーベンスなど目じゃない。私はレオナルドなんだ。ミケランジェロなんだ。私のほうがすぐれている。きみは利益が上がったことを楽しんでいられたはずなのにな。私に戻ってきてくれと頼みこむことになるぞ」

「ずいぶんな大口を叩いてくれるが、だれもその絵を見てないぞ、ホーキンズ！」だれかが言った。「一〇日後に戻ってこいよ。そうしたら、あんたがどれほどの天才かおれたちが判断してやる」

ホーキンズがその男をふり向いた。「一〇日後に絵が公開されるのを知ってるってことは、見る気満々なんだろう」

〈麗しのリリー〉の裸なんだろう？　そりゃ、見るに決まっているじゃないか」

アレックは考える間もなく拳を握りしめて立ち上がっていた。

「ウォーニック」キングが即座に隣りに来た。「気をつけろ。事態を悪化させかねないんだぞ」

ウェストは立ち上がらなかった。「心配しなくちゃならないのはうちの新聞だけじゃないのちになってアレックは、男を八つ裂きにしたかったのに踏みとどまった自分を誇らしく思うことになる。怒りのせいでいつも以上に強い訛りでしゃべりながら、解決策が思い浮かんだ。「おれがその画家に金を貸す」

賭博場がしんと静まり返り、全員がアレックをふり向いた。

「あなたはだれです？」ホーキンズは、アレックの登場に困惑と安堵のせめぎ合う顔をしていた。

アレックはそしらぬ顔で両手を大きく広げた。「贈り物の馬の口を検めるのか？」

「いや。かならずしもそうとはかぎらない。でも、だれに金を借りるのか知っておきたい」

アレックがうなずく。「それが重要か？　今夜きみに金を貸そうという人間はおれしかいないが」

ホーキンズが目を細め、小首を傾げてアレックを見つめた。その視線が窮屈すぎる上着に包まれた広い肩や腕に落ちた。きつい訛りも気になるようだ。「じゃあ頼むと言ったら？　そのあとは？」

「ゲームをすればいい」

ホーキンズが頭を傾けた。「それから？」

「きみが勝てば、きみの勝ちだ」

「もし負けたら？」

「金を返してもらう。利子をつけて」

ホーキンズが目を険しくする。「その利子は？」

「絵だ」

ホーキンズは目をぱちくりした。「展覧会に出す絵のことか？」

「そうだ」

ホーキンズは、このやりとりを見ていたキングとウェストに目を向けた。だれだか気づいたらしく、視線をアレックに戻す。この画家はアレックが思っていたほどばかではないようだ。「ウォーニック公爵か？　姿を見せたこともないリリーの後見人の！」

リリーだと？　アレックはめかし屋に彼女の名前を口にされるのがまったく気に入らなかった。「ミス・ハーグローヴと呼べ」嚙みつくように言った。

ホーキンズは名前などにとらわれていなかった。「あなたに気づかないところでしたよ。でかいといううわさだったけど、あなたほどの財産があればまともな仕立屋くらい見つかっただろうに。その上着なんて裁ち方が――言語道断だ」肩をすくめ、軽蔑に満ちた笑い声をたてながら袖をまっすぐにした。

「金が欲しいのか欲しくないのか？」

「カード・ゲームに金を貸したくらいで最高傑作が買えると思ってるんですか？」誇りと見当ちがいの自信で胸を張る。「天才の作品なんだ。あなたみたいな人にはその意味がわかるとも思えませんがね」アレックを見上げるのと見下すのを同時にやってのける。「この先ずっと人々の息を奪うものなんだ」

アレックは彼に一歩近づいた。「息を奪われるのがどういうものなのか教えてやる」

「ウォーニック」ふたたびキングだ。アレックには続く警告が聞こえた。

これ以上事態を悪くするな。

喧嘩のにおいを嗅ぎつけて、そばにいる客が三倍にもなっていた。

アレックは大きく息を吸った。「二万だ」

途方もない額だった。絵の価値を遥かに超えていた。

ホーキンズの目のなかでなにかがきらめいた。強欲とでもいうべきなにかが。「あれは売り物じゃない」

「どんなものでも売り物だ」アレックはだれよりもそれを知っていた。「二万」

集まった男たちからいっせいにあえぎ声が出た。二万ポンドあれば、ホーキンズは何年も暮らせる。いや、一生だって。

だが、値をつり上げたのはまちがいだった。必死さが出てしまったからだ。なにがなんでもリリアンを救いたがっていることがあらわになった。そのせいでホーキンズに力をあたえてしまった。

ホーキンズが気取った笑みになった。「一年前にあなたがここにいたら、その見当ちがいの責任感がなにを防いでいたでしょうね」

アレックは動かなかった。餌に食いつくまいとした。首をへし折るという当然の罰をあたえるのをこらえた。

ホーキンズが続けた。「あなたがそんなじゃなかったら、彼女を救えていたかもしれないのに、公爵さま」

そのことばがアレックを触発するとは、ホーキンズは知る由もなかった。そのことばがどれほどの力を持っているか、予知できたはずもなかった。アレックの拳が握りしめられ、体中がこわばり、いまにも殴りかかりそうだった。殴りたくてたまらなかった。「おまえの行ないからってことだな」

ホーキンズの目が輝いた。「言っておきますが、彼女だって当事者なんですからね、公爵さま」いやらしいことをほのめかす口調だった。「とても積極的でしたよ」

リリアンの破滅を示すそのことばに、周囲の男たちは野次を飛ばしたりわめいたりした。鎖から解き放たれた犬であるかのようにアレックが動くと、笑い声と叫び声がはっと息を呑む音に変わった。

アレックはホーキンズの凝った薄手の上着の襟をつかみ、軽々と持ち上げた。「まちがいだったな」

「下ろしてくれ」キンキン声で言いながら、両手でアレックの拳を引っ掻く。

ウェストが立ち上がった。「ここではだめだ、ウォーニック。おおぜいの目がある」

アレックは人間のくずを床に落とした。のしかかるように見下ろしてもう一度言った。

「いくらだ？」

ホーキンズはよろよろと立ち上がった。「暴力で言うことをきかせようとしてもむだだ。私は――」

「おまえが何者だろうとどうでもいい。絵はいくらだ？」

「あなたにはぜったいに手に入らない」ホーキンズは吐き捨てたが、虚勢を張ったその声は甲高くおびえていた。「一〇倍の値を言われても、あなたの金は受け取らない、スコットランドの暴漢め。ふたりはお似合いだよ。あなたも彼女と同じくらい安っぽい。ただ運に恵まれていただけだ」

そのことばで、自分がなにをしようとしていたかをアレックは思い出した。このろくでなしを無理やりにでもリリーと結婚させようと考えていたのだと。

こんなやつをリリーに二度と近づけてなるものか。

彼女と同じ空気を吸わせてなるものか。

「おれはこれでもかというくらい礼儀正しくふるまってきた」集まった男たちが騒々しくしゃべったり不平をこぼしたりするなか、アレックはホーキンズに迫ってあとずさりさせた。ざわめきを越えて大声が響いた。「スコットランド人に二〇ポンドだ！」

アレックはその声を無視した。「絵に喜んで金を払うつもりだった。正当な額を。いや、それ以上を」

「そんな賭けにだれが乗るものか。彼を見てみろよ！　拳なんてハムの塊くらいあるぞ！」

その拳が握りしめられたりゆるめられたりした。

「喧嘩を見るためだけだって金を払うぞ！」

「彼ならホーキンズを祭壇に引きずっていきかねないな！」

「それに一〇ポンドだ！」

ホーキンズは口を閉じていられなかった。「素性が卑しくて、孤独で、惨めなリリアン・ハーグローヴなどを相手にするものか。天才はミューズとは結婚しない。私はだれだって選べるんだ。王族だってね」

「こいつをリングに上げてくれ、ウォーニック！　いらだちを示してやれ！」

「リングは必要ない」アレックはいらだっているのではなかった。殺人も犯しかねないほど怒り狂っていた。「おれの話をよく聞くんだ」どすのきいた声で、怒りのあまり訛りがきつくなってなにを言っているのかほとんどわからなかった。「おれのことばを頭に叩きこめ。この先二週間、おれがどうやってそれを成し遂げるのかと気になって仕方なくしてやりたいからだ」

「成し遂げるってなにを？」ホーキンズはおびえきっていた。

「おまえを破壊することだ」

ホーキンズが目を瞬き、返事をしようとしているのか喉が動いた。ついに彼は頭をふり、背中を向けて走った——まっすぐカーテンに向かい、客たちの笑いやあざけりに追いかけられながら賭博場のドアから夜のロンドンへと出た。

長い数秒が過ぎたとき、キングがアレックのそばに来た。「やつも愚かじゃなかったってことだな。逃げるのはいい選択だった」

〝逃げ出すつもりです〟

リリアンの惨めそうなことばがアレックの頭のなかでこだまし、やはり逃げ出して破壊された別の人間を思い出させられた。

ぶるっと頭をふる。「たとえおれの死骸が腐ろうとも、あいつのせいで彼女がロンドンから追い出されるようなことはさせない」

ウェストがふたりにくわわった。「じゃあ、あの画家と彼女を結婚させるのは取りやめなんだね？」

そのことばで、ホーキンズの腕に抱かれたリリーの姿を想像してしまった。髪は背中に流れ、ホーキンズの指にからまっている。ふたりは唇を重ねている。アレックは手近のカード・テーブルをひっくり返したくなった。

それでも、なんとかこう言った。「ロンドン中の金を積まれても、ない」

「それならどうする？」

「相手がだれだろうとかまわない。ただ、彼女には結婚してもらう」

キングとウェストは顔を見合わせたあと、変更した計画に固執するアレックに視線を戻した。アレックはどちらかがなにか言うのを待ったが、ふたりとも口を開かなかった。「なんだよ？」

かなりの間があったあと、ウェストが答えた。「なにも。すばらしい計画だと思う」

キングは片方の眉をくいっとやった。「失敗するとはとうてい思えない」

その声に皮肉を聞き取ったアレックは、きついゲール語訛りでののしったあと、くるりと背を向けて賭博場内のボクシングのリングへと向かった。殴り合いをしたい気分だった。

4

〈粗悪な公爵〉と犬たちが暮らしはじめる

朝の八時にメイドが階段の前を急いで通り過ぎるのを見たときに、なにかがおかしいと気づくべきだった。

重要人物の来訪があったかのように屋敷が震えながら沈黙している状況から、そうと気づくべきだった。でも、気づけなかった。

ハムのにおいを感じるまでは。

この五年、リリーは紅茶とトーストの朝食をとるために、毎日同じ時刻に同じ階段を下りてきた。紅茶とトーストが好みの朝食というわけではなかった――供される食事がそれだったというだけだ。料理人に忘れられ、自分で朝食になるものを探さなければならないことすらあった。それでも、それはまだましな日々だった。厨房(ちゅうぼう)に入り、使用人たちと一緒にいることを許されていたからだ。

リリーはバークレー・スクエア四五番地の生活の欄外に生きていた。貴族でも使用人でもなかった――使用人たちの仲間に入れてもらうには高貴な生まれすぎ、彼らから敬意を示されるほど高貴な生まれではなかった。はじめの年は使用人たちと友だちになりたくてたまらなかったが、二年めのころには、歓迎されないわけではないものの……彼らの周囲をうろつく透明人間のようになっていた。

彼らの無関心が大嫌いだったけれど、最近ではかえってほっとするようになっていた。なぜなら、この屋敷の外では、リリーはもはや見えない存在ではなくなってしまったからだ。

見えないどころか、見えすぎる存在になってしまった。

ただ、見えない存在は朝食にハムを供されはしない、という事実は変わらない。メイドが長い廊下の先に消えていき、ハムのにおいが朝食室から誘っていることから、リリーはこの屋敷に自分ひとりでないことに気づいた。

つまり、公爵さまがこの屋敷に住むことに決めたのだと。

ドアを押し開けると、彼が新聞を掲げて読んでいて、その前には料理がうずたかく盛られた皿が置かれていた。見えるのはシャツの袖だけだった。

シャツの袖。この人は食事にふさわしい服装をする礼儀すら持ち合わせていない。

そういう相手に対して礼儀作法を守る気は持ち合わせていなかった。「ここに泊まったんですか？」

リリーが朝食室に入ってきても、アレック・スチュアートは新聞を下げなかった。「おはよう、リリアン」

スコットランドの訛りが強いそのことばが、リリーのなかで轟いた。あんな低い声なんて好きじゃないわ、と自分に言い聞かせる。あまりにもの憂げだもの。あまりに親しげ。

でも、親しげなのも当然なのかもしれない。なんといっても、彼はリリーのダイニング・テーブルにわがもの顔で座っているのだから。たしかにこの場所は彼のものではあるけれど。

大きなテーブルのなかほどで立ち止まる。「ここに滞在されるのは困ります」そのとき、彼をはさんで犬が二頭座っているのに気づいた。艶やかな毛並みで、舌をだらりと出した巨大な灰色のウルフハウンドだ。一頭は数インチもある涎を垂らしている。「犬たちはぜったいにだめです」

「犬は嫌いか？」まだ新聞を下げない。

ほんとうのところ、犬は好きだった。昔から飼いたいと思っていた。「これが犬？　小型の馬かと思いましたわ」

「こいつはアンガス」新聞の陰から片手を出して、左側の犬の大きな頭をなでた。「で、こっちがハーディだ」右側の犬も同じようになでる。「ただの子犬だ。きっと好きになる」

「あなたはこの屋敷に滞在しないのですから、好きになる機会もないと思います。ロンドンにはあと八カ所もお屋敷があって、それ以外にも街にいらしたときに泊まった場所があるでしょうから、お好みの場所がきっと見つかるでしょう、公爵さま」

彼が新聞のひと隅を下げた。「前にロンドンに来たことがあるとどうしてわかる？」

「なんてこと。その顔はどうしたんですか？」

「淑女なら気づかないはずだ」

彼の左目は腫れ上がって開かず、黒やぞっとする緑色になっていた。「その淑女は目が見えないのですか？」

腫れた唇の一方が持ち上がり、かすかな笑みになった。「相手の男を見てほしいな」彼は新聞に戻った。

リリーは彼が拳を受けたことに感謝すべきだった。おかげで唇がとても気を散らすものではなくなったから。これまで男性の唇に注意を引かれたことなどなかったのに、いまではあの腫れが残りませんようにということばかり願っている。あんな唇が永遠に損なわれるのは悲劇だろう。

彼の唇に関心があるわけではないけれど。

関心なんてまったくない。

リリーは咳払いをした。「相手になにをされたんですか？」

「なにも」この朝が完璧にふつうだとばかりの口調だった。「ボクシングをしたかっただけだ」

男性には永遠に困惑させられるのだろう。「いったいなんのために？」

「いらいらしていたからだ」そう言って新聞を脇に置いた。

リリーが目を丸くする。「プレードを着ているんですか」

深紅色のプレードが上半身に斜めにかけられ、肩の向こうへ行き、そこで白目のピンで留められていた。その姿は、彼がここに、この屋敷に――しぶしぶ継承したこの世界にどれほど似つかわしくないかを強調していた。

以前はリリーがどうしても欲しくて、いまではどうしても逃げ出したいこの世界。

彼がまた新聞を持ち上げた。「このほうが快適なんだ」

「ズボンは穿いているんですか?」考える間もなくそのことばが口から出ていた。

腫れていないほうの茶色の目が、貫くようにリリーを見た。「いや」

リリーはその簡素なたったひとことに、これほど恥ずかしい思いをしたことがなかった。テーブルの下に潜りこみたくなった。恥ずかしさの原因に近づきすぎることになるのでなければ、そうしていたかもしれない。

ありがたいことに、彼が話題を変えた。「答えがまだだが」

リリーはなにを訊かれたのか思い出せなかった。どうがんばっても、思い出せるのは自分が最後にした質問だけだった。屈辱的だった。

「前にロンドンに来たことがあるとどうしてわかる?」彼が質問をくり返した。

「あなたと同じでわたしも新聞を読みますから。あなたが街に来ると、みんなのお気に入りの特別な存在になるんです」

「ほう?」知らなかったような口調だ。

「ええ、そうなんです」リリーはゴシップ紙が彼をどう描写していたかを思い出した。レディたちの邪な夢、だ。長身でがっしりした野蛮な類の男性が好みなら、彼はうってつけなのだろう。リリーはそれが気に入らなかった。まったく。「あなたがお茶に来たときにそなえて頑丈な家具を出しておくよう、街中に通告されるんですよ」

彼の頬がかすかに引きつるのが見えた。痛いところを突いてやったとわかって勝ち誇った気分になるかと思っていたのに、そうはならずに驚いた。勝利感どころか、かすかに罪悪感を味わう始末だった。

謝るべきだとわかっていたが、彼が石のように動かず冷ややかに見つめてくる落ち着かない沈黙が長引くなか、舌を噛んでいた。犬の長い涎が絨毯に垂れなければ、ふたりは意地を張り合ってずっとそのままでいたかもしれない。

リリーは涎の垂れた場所に目をやった。「その絨毯は三〇〇ポンドもしたんですよ」

「なんだって?」

驚いている彼を見て、リリーは作り笑いを浮かべた。「それなのに、あなたの犬の涎という洗礼を受けてしまったわ」

「どうして絨毯に三〇〇ポンドも払ったんだ?　人に踏みつけにされるものに?」

「わたしの好きに内装をしていいと許可してくださったじゃありませんか」

「そんなことはしていない」

「ああ、そうでしたね。許可したのはあなたの事務弁護士だったわ。この鳥かごのなかで生きなければならないのなら、贅に飽かせたっていいとは思いません?」

「また鳥の暗喩に戻るのか？」

「羽を切られた鳥のね」

彼がふたたび新聞を上げ、砂のように乾いた声で言った。「きみの羽はとてもよく動いていると思うがね、小さなミソサザイくん」

そのことばにこめられた心騒がす意味が気に入らず、リリーは体をこわばらせた。もともとの話題に戻す。「このお屋敷にはなんの関心もお持ちじゃなかったのですから、滞在する必要はないと思いますけれど、公爵さま」

彼が新聞の背後から返事をする。「いまは関心があるとわかったんだ」

冷ややかに返されて、朝食室に入ったそもそもの理由を思い出した。大きく息をする。

「ここに滞在されては――」

「困る、だろう。耳が聞こえないわけじゃない」

彼の聴覚を疑ってはいなかった。疑っているのは彼の常識だ。でも、それはどうでもいい。お金が手に入って彼から自由になるまで避け通せるくらいこの屋敷は大きい。それに、ロンドンからも自由になるまで。

けれど、リリーがそう言う前に執事のハジンズがやってきた。「公爵さま」年老いた執事が杖(つえ)に体重をかけながら入ってきて、しわがれ声で言った。細長い封筒を小脇に抱えている。

「お手紙でございます」

リリーは執事に手を貸そうとふり向き――怪我(けが)をするのではないかと、いつだってひやひやするのだ――封筒を取った。「ハジンズ、無理をしてはだめよ」

執事は侮辱された表情になり、封筒を奪い返した。「ミス・ハーグローヴ、私はロンドンでも指折りの優秀な執事でございます。お屋敷の主に手紙くらいお運びできます」

尊大なことばを聞いて、リリーの体が熱くなった――きまり悪かったのだ。ぴしゃりと言い返されたそのことばは、執事が気を悪くしたことを示すだけでなく、貴族でも使用人でもない彼女の立場を思い出させるものでもあった。公爵の前で使用人に指図するなど許されていないことも。

リリーがどう埋め合わせればいいかと考えていると、執事がよろよろと公爵のもとへ行き、手紙をテーブルに置いた。

「ありがとう、ハジンズ」アレックが低く静かに発した巻き舌の声が部屋中に轟いた。「部屋を出ていく前に、きみに頼みたいことがあるんだが」

リリーの存在は忘れ去られていた。執事は年老いた体を精一杯しゃんと伸ばした。まだまだ主人の力になれると示したくて意気ごんでいるのだ。「もちろんでございます、公爵さま。なんなりとお申しつけください。使用人一同、だんなさまのお役に立てれば幸いでございます」

「これは非常にだいじなことなので、きみひとりに任せたい」

リリーは眉をひそめて公爵をふり返った――ハジンズは年寄りなのだとはっきり伝えたくて。伝統的な意味での執事の仕事はもはやしていないのだと。毎日執事の装いをしてはいるけれど、来訪者に応対するくらいしか仕事をしていなかった。それだって、ノックの音が聞こえたときだけだし、聞こえないことのほうがますます増えている。ハジンズは静かで快適な引退生活を送っていいころ合いだ。公爵にはそれがわからないの？

「この屋敷のいくつかの部屋にある値打ち品すべての目録を見たい。絵画、家具、彫像、銀器……」ことば尻がすぼんだあと、つけくわえた。「絨毯」

どういうこと？　なぜなの？　リリーの眉がさらにひそめられた。

「かしこまりました」執事が言う。

「すべての部屋じゃないぞ。重要な部屋だけでいい。いちばんいい応接間、居間、図書室、温室、それとこの朝食室だ」

「かしこまりましてございます、公爵さま」

「調べ終えるのに一カ月はかからないだろう。できるだけ詳細に頼む」

一週間もかからないはずだが、リリーはそう言うのを控えた。

「それだけあればじゅうぶんでございます」ハジンズが答えた。

「すばらしい。もう下がっていいぞ」

「失礼いたします」ハジンズはわかるかわからないかという程度にお辞儀をし、よろよろと朝食室を出ていった。リリーはその後ろ姿を見つめ、長々待ったあとにようやくドアが閉まると公爵をふり向いた。

「爵位をいやがっている人にしては、使用人に指示を出すのは楽しんでいるみたいね」ふたたび彼に近づいた。「なんてばかな指示かしら！ 屋敷の調度類の完全なる目録だなんて。あなたは文字どおり何百万ポンドという資産を持っているのよ。それにハムも」

最後のは思わず口走っていたのだった。

彼が首を傾げる。「ハムと言ったか？」

リリーは頭をふった。「それは関係ありません。先週まで存在すら知らなかった屋敷の居間の壁になにが飾られているかなんて、どうでもいいくせに」

「そうだな」

彼の返事などほとんど聞いておらず、リリーは続けた。「それに、単調な仕事でもあるわ――執事はきっと何日も言われた部屋を占領するでしょうね。仕事を辞めて余生を――」はっと口をつぐむ。

彼は左側にいる犬にハムを投げた。

「そうだったの」

右側にいる犬にはパンがあたえられた。

「居間。応接間。図書室。この朝食室」彼はなにも言わなかった。「どの部屋にも快適な家具があるわ。各部屋の中身の目録を作るのに一カ月」

「ハジンズは誇り高き男だ。暇潰しの仕事をあたえられたと知らせる必要はない」

リリーは目をぱちくりした。「やさしいのね」

「心配はいらない。きみに対しては野獣の役割を続けるから」犬の頭をなでる大きな手にリリーは魅入られた――日焼けした肌と、第一関節の一インチ下からはじまる白く長い傷痕に。あの手は温かいのかしらと思いながら、長々と凝視した。きっと温かいとわかっていた。

「教えてくれないか。あの執事だけなのか？　それともきみを見下しているのは使用人全員なのか？」

リリーは顎をつんと上げた。彼に気づかれたのがいやだった。「おっしゃってる意味がわからないのですけど」

彼はしばらくリリーを見つめたあと、テーブルの手紙を手に取った。長い指が蠟の封印を開けて一枚の紙を取り出すのをリリーは見ていた。

「手紙は読まないのだと思っていたわ」

「気をつけろよ、リリアン。この手紙は無視してもらいたくないはずだ」

リリーの鼓動が跳ね上がった。「なぜです？」

彼はリリーには読めないくらい遠ざけて手紙を置いた。「きみの計画を聞いたあと、セトルワースに手紙を書いた」

リリーが息を呑む。「わたしのお金」

「おたがい正直になるなら、おれの金だ」

リリーは彼をにらんだ。「九日間はね」

公爵が椅子に背を預ける。「蜂蜜のほうが蝿をたくさんつかまえられるということばを聞いたことがないのか？」

「蝿をつかまえなくてはならないのが、一度も理解できなかったわ」わざとらしく勝ち誇った大きな笑みを顔に貼りつける。「でも、手遅れね。この先はあなたのことをとても大きな蝿だと思ってしまうでしょう」手紙を指さす。「なぜわたしのお金に関心を持つの?」

彼は手紙の上に手を置いた。「最初はまさにただの関心だった」

世界中のなによりも重要に感じられる手紙に置かれた、日に焼けた大きな手からリリーはなぜだか目が離せなかった。自由になる計画を明確にしてくれる手紙。それが約束してくれることに気を取られていたため、思わず聞き逃すところだった。彼は過去形を使った。

はっと彼に注意を戻すと、茶色の目が注意深くこちらを見据えていて不安をおぼえた。

「それからどう変わったの?」

彼はわざとらしくトーストを犬にやった。ハーディだったかしら、とリリーは思った。うん、アンガスだわ。でも、そんなことはどうでもいい。「ゆうべある男と出会った。ことばにならないほど気取っていて、傲慢で、不快な男だった」

リリーの心臓が信じられないほどどきどきした。「鏡を覗いていたのではないのはたしか?」

彼がきっとにらむ。「ああ。おれが見ていたのはデレク・ホーキンズだ」

リリーの心臓が止まった。

幸い、なにもしゃべらずにすんだ。彼が続けていたからだ。「やつを探しに行ったんだ」

つまり、彼は知ってしまったのだ。すべてを。わたしの愚かさを。わたしが捨て鉢だったことを。デレクの頼みをなんでも喜んで聞いたことを。世間知らずだったことを。恥ずかしさでかっと熱くなった。自分に嫌気がさした。そんな思いをまた味わわせた彼が憎かった。

リリーはごくりと唾を飲んだ。「どうして?」

「信じようと信じまいと」彼自身が驚いているような口調なのを、リリーは聞き取った。「無理やりにでもあいつをきみと結婚させようと思っていた」

彼はいまなんて言ったの? 聞きまちがいにちがいない。狼狽の気持ちがこみ上げた。この人は頭がおかしいの?

「まさか!」

「じつは考えなおしたんだ。会ってみたら、たとえなにがあろうとも、きみをあいつとくっつけるなんてできないと気づいた」

くっつける。リリーはそのことばがひどく気に入らなかった。その荒っぽさが。捨て鉢な気持ちがこもっているようで。強迫観念に満ちているようで。不愉快でばかみたいな渇望でいっぱいのようで。

〝わたしを愛していると言ったじゃないの〟

自分が甲高い鼻声で必死にそう言ったのを思い出すと同時に、また恥辱感にどっと襲われた。ロンドン中の人たちの前であんなことを言って、みんなにあざ笑われた。デレクにも。

そして、いま、第二一代ウォーニック公爵であり、ロンドンでただひとりリリーの恥の状況を知らなかったアレック・スチュアートも、ついに真実を知ってしまった。もっと悪いことに、彼はリリーを救おうとしている。

恐慌状態に陥る。「彼とくっつけてほしいなんて一度も頼んでいません」

「きみがそう頼んだと聞かされたんだが、ラス。おおぜいの前で」

リリーは思わず目を閉じた。彼の姿が見えなければ、真実は耳に届かないとばかりに。彼は知っていた。デレクとのことすべてを。それなのに、なぜか彼には真実が見えていないようだった。リリーが欲したすべて、リリーが夢見たすべては……いまとなってはかなわないのだと。

わたしが自分で招いたことだ。

体の脇で拳を握って目を開けると、魂まで見透かそうとしているようなまなざしの彼に見られていた。すぐさま顔を背ける。「ロンドンの人たちの前で破滅したら、望みなんて跡形もなく潰されるんです」

彼はリリーがふたたび自分に目を向けるのをじっと待った。

リリーにはそうできなかった。

とうとう彼が長々と吐息をついた。「こんなことを言ってもどうにもならないかもしれないが、リリアン、ホーキンズはおれが不幸にも出会ったなかでもっとも忌まわしい男だと思う」

リリーは彼に信じてほしくて目を合わせた。「デレクなんて望んでいないわ。あなたの助けもね。望んでいるのは自分だけの人生です。それと、自由になること――」

醜聞から。恥辱から。

そのことばを口にしたくなくて、リリーは頭をふった。「すべてから」

逃げるのだ。人生をやりなおす。そしていつか、昔からずっと夢見てきたことを忘れる。結婚、家族、どこかに属すること。

ありがたいことに、それをウォーニック公爵に説明する必要はなかった。彼はテーブルに置いてあった新聞を手に取った。「おれがその人生をきみにあたえてやる、リリアン」

深く耐えがたいほどの安堵が押し寄せた。わたしを嫁がせるという考えを彼は捨ててくれた。喜びを抑えきれずに微笑んだ。人生を新たにはじめられる。デレク・ホーキンズにいいように操られたことを、彼の美しい嘘を、忘れられる。「アレック・スチュアート、あなたは世界一偉大な後見人だわ」

結局のところ、リリーにも蝿をつかまえられたようだ。

そのとき、彼が立ち上がり、椅子が二本の脚で揺れたあと、どすんという音とともに浮いていた二本が床についた。リリーの口のなかがおがくずだらけのように感じられた。すばらしいプレードが完璧なひだを作って彼のひざにはらりとかかる場面を目にしてしまったからだ。その下にはリリーが見たこともないほど完璧な筋肉質のふくらはぎがあった。

ああ、どうしよう。彼はヘラクレスだわ。

女性たちが彼を崇めるのも当然だ。

視線がプレードの縁へと行き、彼のひざの曲線やへこみに見とれた。リリーは苦労して唾を飲みこんだ。ひざの形になぜいままで気づかなかったのだろう。

リリーは頭をふった。ばかみたい。ひざなんてどうでもいいのに。自由がテーブルに載っているのだ。

「わたしのお金は？」

彼がテーブルにもたれかかり、手紙に目を落とした。「おれの理解によれば、きみは二四歳の誕生日に五〇〇〇ポンドを受け取ることになっている」

血がどっと駆けめぐり、考えるのがむずかしくなった。長い吐息をつき、笑った。明るく美しい安堵が湧き起こり、久しぶりに幸福を感じた。

これまでにないくらいの幸福だ。

偉大なるスコットランド人の情け深さに幸あれ。

それだけあればロンドンを出ていける。どこかにコテージを買える。人生をやりなおせる。

「九日後ね」

「あの絵が公開されるのと同じ日だ」彼が言う。

「誕生祝いのうれしい贈り物と不愉快な贈り物というわけね」卑下の笑いを小さく漏らす。

「皮肉なものだわ。最後に誕生祝いの贈り物をもらったのがいつだったか思い出せないのに」

「きみに話しておくことがある、リリー」

幸福感のなかで、彼がはじめてリリーと呼んだのを耳にした。自分で使っている名前——

デレクと分かち合った名前。彼が大喜びでゴシップ紙に明かした名前。〈麗しのリリー〉と〈ひとりぼっちのリリー〉となった名前。

リリーははっと彼の目を見た。

落とし穴があるのだ。

「きみは未婚だから、金を受け取れるかどうかはおれの裁量で決まる」彼はそこでことばを切ったが、リリーには続きを聞く前に彼の言おうとしていることがわかった。その瞬間、彼を憎んだ。「きみには結婚してもらう」

5

〈麗しのリリー〉、青ざめ……公爵に反抗！　姿を消す！

「結婚を無理強いなんてできるはずがないわ」

彼女がそう言うのも、これでもう六度めだった。リリアンはいらだつと同じことをくり返すらしかった。さらには、そういうときには彼を無視するようだった。

それが最善なのかもしれなかった。というのも、後見人の条項と彼女を結婚させる計画を話したときの激しい怒りの表情からして、できるものならば嬉々として彼を殴り倒したいと思っているのが明らかだったからだ。

いや、実際にそうするかもしれない。だからアレックは彼女が部屋をうろうろと歩きまわるのを離れたところから見ていた。前夜のリングですでにじゅうぶん殴られていたからだ。

彼女は部屋の反対側で足を止め、大きな窓から屋敷裏手の美しい庭を眺めた。アンガスとハーディは暖炉のそばに陣取り、大きな灰色の頭を前脚に乗せて彼女のスカートの裾を目で追っていた。アレックが見ていると、彼女がそのスカートをいじってからふり向いた。怒りが戻っていた。「あなたって人は――」ことばを切り、深呼吸をした。

全財産を賭けてもいい。彼女ははなはだしく淑女らしからぬことを言おうとしていたにちがいない。彼女が庭に向きなおり、「できるはずがない」と言ったときには、その自制心に感銘を受けたのか、がっかりしたのかわからなかった。

彼女のことは知りもしないのだ。こんな状況に陥って、どんな気持ちでいるかなど慮らなくてもいいはずだ。彼女の気持ちなど関係ないはずだ。イングランドを離れるのに一歩近づいたということだけが重要なのだ。

いまいましいイングランドめ。

こんな愚かしさが重要になるのは、世界中でイングランドだけだ。

それでも彼女には同情した。「セトルワースによれば、きみが正しい。おれにはきみを無理やり結婚させることはできない」

彼女がくるりとふり向いた。「やっぱりね！」

それでも、彼女には結婚してもらう。腕を組んで暖炉にもたれる。「ご両親が亡くなったとき、きみは何歳だった？」

話題をもとに戻させようとでもいうように彼女が近づいてきたが、またもや気を取りなおしたらしかった。「母はわたしが一歳になったばかりのころに。出産時に胎児とともに」

アレックは彼女の目のなかに悲しみを見た。無念さを。かなえられないものへの願望を。

アレックはそのなじみの感情に、引き綱につながれた子犬よろしく引き寄せられた。彼女に近づく。「気の毒に。子ども時代を孤独に過ごすのがどういうものか、おれにはわかる」

「ご両親は？」

アレックは頭をふった。「ほとんどいない。そのほうがいいんだ」

「妹さんがいらしたのでは？」

キャサリンのことを考えたら、隠しきれない笑みが自然と浮かんだ。「腹ちがいの妹は一六歳下で、生まれたのはおれが……」思い出して口ごもった。咳払いをひとつ。「おれが学校にいるときだった。おれが一八のときに父が亡くなって、妹の面倒をみるために家に戻るまで会ったことがなかった」

「お気の毒に。お父さまのこと」

アレックは正直に返事をした。「おれは残念だとは思っていない」

彼女が目を瞬いたので、アレックはすぐさま話題を変えた。「キャサリンはおれと両親が同じかと思うほど厄介な存在なんだ」

それに答えたときの彼女の目は、北海そっくりの灰色をしていた。「わたしはずっとひとりだったから、それがどれほど厄介なのかわからないわ」アレックがなにか返す前に彼女が続けた。「少なくとも、父が亡くなってからはね。一一歳のときだったわ」

彼女のことばをきっかけに、アレックは自分が質問した目的を思い出した。彼はうなずいた。「お父上はきみをたいせつに育てられたんだな」

おれの父親がおれにしてくれたよりもずっと。おれはいつだって母の忘れ形見だった。そしてその母にとって、おれは手に入らなかったものを思い出させる存在だった。

彼女が乾いた笑い声をあげた。「父は親戚でもない人たちにわたしの世話を託したのよ。わが家よりもずっと地位の高い……」

ことば尻がすぼんだが、アレックには続くことばを聞かなくてもわかった。「お父上はどうして公爵家をご存じだったんだ？」

「公爵さまの下で働いていたんです。土地差配人として。当時の公爵さまがわたしを引き受けてくださったことからして、父はかなり優秀だったようです。いまの公爵さまが同じように感じてらっしゃらないのが残念ですけど」顔を背けた彼女を、どんよりした朝のこの世のものとも思えない光が包んだ。ああ、彼女は美しい。ホーキンズの絵が本人が言い張るように大傑作であることをアレックは疑いもしなかった。

裸体画のことを思い出して、アレックはもの思いから覚めた。親切に聞こえるよう心を砕く。慰め口調になるように。後見人らしく。「おれはきみを気にかけているんだよ。きみに対する責任を全うしようとしているんだ。きみの望む人生をあたえてやろうとしているんだ、リリー」

「その呼び方をしないで」

「どうしてだ？」

「あなたが使っていい呼び名じゃないからです」

ホーキンズだって同じだったが、それでも彼はきみをリリーと呼んでいたじゃないか。

アレックはそう言いたいのをぐっとこらえた。彼女の言うとおりだ。リリーという呼び方はあまりに親しげだ。どう譲歩したところでリリアンと呼ぶのが精一杯だが、本来ならミス・ハーグローヴと呼ぶべきなのだ。リリーなどもってのほかだ。

おれがリリーと呼びたかろうと関係ない。

それに、彼女にどんな風であってほしいかなど望む権利はない。彼女はおれの被後見人で、後見人的観点からの責任と問題があり、それ以上でも以下でもない。

よし。冷ややかで無神経で無情なイングランドの後見人らしくふるまおう。ほんとうは後見人になどなりたくないのだが。アレックは一からやりなおした。「後見人の条項には、きみも知っている要素がふくまれている。公爵領による明白な承認がなければきみは結婚できず、二四歳の誕生日に金を受け取れることになっているが、当然ながらきみは結婚するものと考えられていた。というのも、その金を信託にする権限がおれにあたえられていると示す条項がついているからだ。万が一……」

今度はアレックがことば尻を濁した。

彼女ははっきりさせたがった。「万が一、なんですか?」

「責任能力がないと判断された場合は、だ」

彼女の頬がまっ赤になった。「あなたはもちろんそう判断した」

「いや」きちんと考えもせずにアレックは返事をした。

「いいえ、そう思っているのよ。被後見人がこんなとんでもない醜聞を巻き起こしたら、どんな後見人だってそう思うのでは？」彼女の声にまたあれが戻っていた。恥辱感だ。

機会があったときにデレク・ホーキンズを殺しておくべきだった。

「きみに責任能力がないとは思っていない。だが、逃げ出したいという望みは良識的ではないと思う」

彼女はアレックをひるませるようなまなざしを送った。「知りもしない男の人と結婚するのは良識的だと？」

アレックは片方の肩をすくめた。「知っている男を選べばいい。好きな男を選べばいい」

彼女が癇癪を爆発させた。「ほかに男の人なんて知りません。信じてもらえるかどうかわかりませんけど、すぐに男性とお近づきになるような女じゃないんです。デレクは知っています。いまはあなたも。失礼ながら、公爵さま、夫として好ましいかという点において、ふたりは似たり寄ったりです。ただひとつのちがいは、デレクは服を着るときには脚を隠すということ」

ただひとつのちがいだと？　アレックは頭のいかれた彼女に言い返さずにはいられなかった。「そうか。だが、おれが見たとき、あいつは色素欠乏症の孔雀みたいな格好をしていたから、それよりはタータンのほうがよっぽどましだと思うがな、ラス」

彼女がいらだちの渋面を作った。アレックは自分を止められなかった。「ほかにもおれとあいつの相違点を数え上げてやろうか？」

「あなたを止められるふりなどしませんわ、公爵さま」

彼女はただ怒っているのではなかった。激怒していた。「明白なところからはじめようか。おれは、ロンドン中の人の前で破滅させる目的できみに近づいたわけではない」

「ほんとうに？」

その質問はすばやくあっさり発せられ、完全にアレックの心を乱した。「どういう意味だ？」

彼女は答えず、この先永遠に無言を貫くとばかりに唇をきつく結んだ。

アレックはいらだちの息を吐いた。「いずれにしても、おれはまだ求婚していないぞ、リリアン」

「ありがたいことにね」

アレックは舌を噛んでこらえた。彼女はこちらを傷つけようとしたのだが、それがどれほど強烈なものだったのかは知る由もないのだ。記憶がうねりとなって押し寄せた。恥辱感が。けっしてじゅうぶん高貴だと思ってくれない女性たちへの欲望が。けっしてふさわしくなれない。ぜったいに水準に達せない。

リリーにはふさわしい男を見つけてやる。「堂々めぐりだな。きみには結婚してもらう」

「あなたの選んだ人と結婚したくなかったら？」

「無理強いはできない」

彼女が頭をふる。「法律ではそうかもしれないけれど、だれだって知っているわ、結婚を強制――」

「そうじゃない。おれが結婚を無理強いできないのは、後見職に別個の条項があるからだ。きみは自分で夫を選べる。そして、結婚するまでは公爵領の庇護下に留まる」

彼女が口をあんぐりと開け、それから閉じた。

「わかるか、リリアン？　お父上はきみをたいせつに思ってらしたんだ」彼女の目が潤み、アレックは彼女を抱き寄せて自分自身で世話をしてやりたい、という強烈な気持ちに襲われた。だが、そんなことはできなかった。だから、こう言うに留めた。「そういう事情だから、きみはキリスト教世界で最年長の被後見人であり、ともかくもおれの問題のままでいるわけだ」

そのことばが功を奏した。涙は流されないまま消え、まなざしが険しいものになった。

「あなたが自由をくれれば、わたしは喜んで自分自身の問題になりますわ、公爵さま。あなたがわたしを背負いこみたいと頼んだわけではなかったのと同じように、わたしだって重荷になりたいと頼んだおぼえはありません」

皮肉にも、アレックがもしそうしたら――彼女に金を渡して送り出したら――即座にスコットランドへの帰途につけるのだ。

だが、そんなことはできなかった。それではじゅうぶんではないからだ。

「どうしてなの？」アレックの思いに彼女のことばが割りこんだ。声に出して言ってしまったのだろうか。

彼女に目をやる。「どうしてって？」

「どうしてしつこく結婚しろと言うの？」

結婚しなければ破滅だからだ。彼女と同じように衝動的な一六歳下の妹がいて、ホーキンズのようなろくでなしの餌食になるところがたやすく想像できるからだ。キャサリンが同じ状況に陥ったら、妹のために命だって捨てるだろうからだ。それに、ロンドンの公爵領には背を向けられても、リリアンに背を向けることはできないと思っている自分がいたからだ。

「結婚は——女ならするものだからだ」

彼女が両の眉をつり上げた。「男の人だってするものだけど、あなたが祭壇へ急いでいるとは思えません」

「男がするものじゃない」

「そうかしら？　それなら、祭壇に向かう女性たちはだれと結婚しようとしているの？」

彼女には腹が立つ。「同じではない」

またあの乾いた笑いがあがった。「いつだってそうよね」

アレックは気に入らなかった。守勢にまわるのが。なにを戦っているにしろ、自分が負けそうなのが。

「アレック」名前を呼ばれてまた衝撃を受ける——やわらかでおだやかで、彼女のかわいらしい唇と同じくらいそそられた。「行かせて。ロンドンを離れさせて。いまいましい絵なんて彼らにやって、わたしを行かせて」アレックは説得されていたかもしれなかった。不可能な話ではなかった。だが、そのとき彼女が小さな声で必死に訴えた。「それが生き延びるためのただひとつの方法なの」

〝それが生き延びるためのただひとつの方法なの〟

アレックは鋭く息を吸った――以前にも聞いたことのあることばだった。言ったのは別の女性だったが、やはり耐えがたい確信がこもっていた。

〝行かなくてはならないの〟アレックの細い肩に手を置いて、母はそう言ったのだった。〝ここは大嫌い。このままだと死んでしまう〟

母は出ていった。そして、どのみち死んだ。

アレックにはそうなるのを止められなかった。

だが、またそうなるのは止めてみせる。

「逃れきることはできないぞ、リリアン」彼女が困惑に眉を寄せたので、アレックは続けた。「あの絵だ――王立美術院の巡回展示の目玉になる予定だろう」

彼女が小首を傾げる。「それがなんなの？」

「あの絵はイングランド中を旅する。それに、世界中を。パリ。ローマ。ニューヨーク。ボストン。きみはぜったいに逃れられない。いまのきみは有名だと思っているのか？　まあ待ってろ。きみがどこへ行こうと、ニュースが手に入って淫らなゴシップの好きな人間がいるかぎり――おれの行ったところすべてがそうだった――きみは気づかれる」

「気にする人なんていないわ」彼女は背筋を伸ばしていたが、その口調に本心が表われていた。そうではないとわかっているのだ。

「だれもが気にする」

「わたしに気づく人などいないわ」その声には捨て鉢な気持ちがにじんでいた。

ああ、彼女は美しい。背が高くてたおやかで完璧だ。まるで天国が開いて、堕落する運命にあるこの場所に神自らが彼女を降ろしたかのようだ。彼女に気づく人間がいないなど、彼女を思い出す人間がいないなど、荒唐無稽すぎる。アレックは口調を和らげた。「みんながきみに気づくよ、ラス」頭をふる。「たとえきみに倍の金をやっても。一〇倍にしても、あのいまいましい絵はきみを追ってくる」

いからせていた肩が落ち、彼女の気持ちが揺れているのだとアレックにはわかった。「わたしの不名誉ね」

「判断を誤っただけだ」アレックが正す。

彼女は作り笑いを浮かべた。「ただ遠まわしに言い換えただけだわ」

「まちがいを犯さない人間などいない」どうにもばかげていたが、アレックは彼女の気を楽にしてやりたかった。

彼女が目を合わせてきた。「あなたは？　そういうまちがいを犯したことがある？」

数えきれないくらいだ。

「おれはまちがいの王だ」

彼女はアレックを長いあいだ見つめた。「でも、男の人には不名誉は永遠につきまとわない」

アレックは彼女から目をそらさなかった。多くの人間が信じているそのことばから目をそらさなかった。

彼女がうなずく。彼は嘘をついた。「ああ、そうだな」アレックは思わず彼女に手を伸ばしそうになった。涙がこぼれそうになっていた。彼女に触れたらすべてが変わるのをとっさに感じた。

彼女がドアのほうに向かったとき、アレックは手を伸ばさなかった自分にほとほと嫌気がさした。「わたしと結婚してくれる男の人を探すつもりなんでしょう。ばかみたい」

「きみには持参金をつけた、リリアン」

彼女は取っ手に手をかけたところで止まったが、ふり返りはしなかった。

じっとしているのはこちらに耳を傾けているからだろうとアレックは取った。「持参金はもともと用意されていなかった。公爵領の被後見人になったときのきみがまだ幼かったからだろう。それに、求婚をされたことがなかったせいもあるだろう。だが、いまは用意されている。二万五〇〇〇ポンドだ」

彼女は閉まったドアに向かってしゃべった。「ずいぶん高額ね」

夫をつかまえるのに必要となる以上だ。

持参金などなくても夫をつかまえられるだろうが。

「だれか見つける」彼女の将来を金で買わなくてはならないことに突然胸がむかついた。前夜はとても簡単な解決策に思われたのに。だが、彼女と同じ部屋にいるいま、すべてが手のなかからこぼれていくように感じていた。「だれか見つける」もう一度くり返す。「善良な男を」

　必要とあれば、その男を祭壇へと引きずっていく。

「あと九日ある」アレックは言った。

「世間がしっかり目撃する前に、醜聞のあるわたしを娶(めと)るようその人を説得するのに」

「きみは醜聞など無視してもいいくらいのすばらしい褒美だとそいつを説得するのに、だ」

　彼女が灰色の目をぎらつかせながらふり向いた。「褒美」

「美貌と金だ。この世界を動かしているもの」それだけではない、もっとあると言いたかった。

　彼女がうなずいた。「あの絵が公開される前に。あとではなく」

　返事をしようと口を開いたアレックだったが、ふさわしいことばはなかった。もちろん、公開の前だ。裸の絵が世間の目に触れたが最後、彼女は――。

「わたしの恥が完全に公になる前に」彼女の声は静かだった。確信に満ちていた。「あとではなく」

　アレックはその話題を無視した。「結婚はきみの望みをすべてかなえてくれるんだぞ、ラス」

「わたしの望みがなにか、どうしてわかるの？」

「女性が人生になにを望んでいるかは知っている」アレックは彼女と目を合わせられなかった。「結婚だ。金ではなく」

彼女はふふっと小さく笑った。「そうね、できる女は両方を欲しがるわ」

食いついたな。「きみは両方手に入れられる。望んでいたとおりに」

「わたしは愛する人と結婚したかったんです」

その考えにアレックはひるんだ。愛はばかげた目標だ——怪しげなだけでなく、実在しない。アレックはだれよりもそれをわかっていた。だが、彼には妹がいるから、女性について多少の知識はあった——そして、女性が心の大いなる欺瞞を信じていると知っていた。だからリリアンに嘘をついた。「それなら、愛せる男を見つけよう」

彼女がふり向いた。小首を傾げ、気持ち悪いのに引きつけられてしまう生き物を顕微鏡で見るかのような目つきだった。「それは無理だわ」

「どうしてだ?」

リリアンは片方の肩をすくめた。「愛は幸運な人のものだから」

「どういう意味だ?」彼女のことばが頭のなかで暴れまわる。その不気味な真実はありがたくもないものだった。

「わたしは幸運な人間のひとりには数えられないという意味です。愛した人はひとり残らずいなくなりました」

アレックは返事ができなかった。彼女がすでに戸口をくぐって行ってしまったからだ。あとには犬と、空っぽの部屋にこだますることばだけが残った。

イングランドの女性はおとなしくて従順のはずだ。

どうやらだれもリリアン・ハーグローヴにそう教えなかったらしい。

好きな男と結婚できるよう持参金を持たせると話したとき、礼を言われて気恥ずかしくなるかもしれないとふと思ったのだった。なんといっても二万五〇〇〇ポンドは国王並みの富なのだ。いや、何人もの国王の富を併せたほどなのだ。選んだ男――それがだれであろうと――とともに彼女が望みの人生を買うのにじゅうぶんな額だ。彼女の欲する愛に近いもの。

リリアン・ハーグローヴはたしかに気絶する類の女性ではないが、感謝くらいしたところで罰はあたらないだろうに。涙のひと粒かふた粒を流したところで場ちがいにはならなかった。

それなのに、彼女はこちらの申し出を拒絶した。

彼女に思いなおす――その考えに慣れ、アレックの決断が少なくとも善意によるものであると気づく――時間をあたえるため、今日のところはそっとしておいた。なにしろ、彼女だって一度は結婚を望んでいた――相手がどうしようもない愚か者だったとしても――のだし、こちらの解決策をじっくり考えたら、それが最善だときっとわかってくれると自信があった。

この悲惨なできごとの数々は、結婚と子どもたちといわゆる保障といった、女性の夢見るもので終わりにすることができるのだ。

〝わたしは幸運な人間のひとりには数えられません〟

ばかな。運は変わるものだ。

リリアンが愛を望んでいるのなら、手に入れさせてみせようじゃないか。自分は愛を信じていないかもしれないが、必要とあらば意志の力で愛を存在するものにしてやる。

彼女の後見人なのだから、しっかりその役割を果たしてやる。彼女の評判を回復してスコットランドに戻るのだ。そうなれば、彼女は別の人間の問題となる。それでおしまいだ。

そうするしかないのだ。彼女が隠遁（いんとん）者としての人生を喜んで送るというのでないかぎり、あの絵から逃れる方法はない。この先一生を公爵領の被後見人としてバークレー・スクエア四五番地の屋敷で過ごすのはぜったいに無理だ。いまだって被後見人にしては彼女は歳を重ねすぎている――四〇歳になったらどう見える？　六〇歳になったら？

ばかげている。彼女にもぜったいにそれがわかるはずだ。

アレックは彼女が来るまで書簡に目を通しておこうと、早めに昼食の席についた。良識が働いて、彼女が謝罪とともに現われるのならなおよい。

一五分が過ぎ、アレックは昼食を頼んだ。三〇分後、書簡を読み終えたが、彼女を待っていたと思われるのがいやでそのまま読んでいるふりをした。四五分後、食事が冷めてしまったため、新しいものを運んでくるよう頼んだ。

そして一時間後、ハジンズを呼んだが、執事がほとんど這（は）うようにして顔を出したのはそれからさらに一〇分後だった。

「ミス・ハーグローヴは具合でも悪いのか？」執事がやってくるとすぐにたずねた。

「私は存じません。呼んで参りましょうか？」

執事がリリアンの部屋にたどり着くまでに、アレックなら屋敷中を探せるはずだった。だから、執事の申し出を断って自分で探した。

リリアンは厨房にも図書室にも温室にも複数ある居間のどこにもいなかった。階上へ行き、自分が寝起きしている〝公爵の部屋〟と呼ばれる続き部屋のある階から寝室を探しはじめた。廊下に並ぶのは、明らかに使われていない大きくて風通しがよく完璧に美しく設えられたいくつもの部屋のドアだった。いったいこの屋敷に何人暮らすと思われているんだ？

だいたい、ここにないとしたらリリアンの部屋はどこなのだ？

三階に上がる。自分の部屋と同じくだだっ広くて私物でいっぱいの部屋が見つかるだろうと想像する。寝室などの個室以外の場所に、彼女がここで暮らしていると示すものがなにもないことにふと気づく。ここに滞在して二日だが、なにひとつ乱れているのを見たことがなかった。脇テーブルに放置された本も。ティーカップも。ショールも。

キャサリンは森のなかにパンくずを残していくかのように、スコットランドの城中にいろんな物を散らかしているというのに。女性はみんなそうなのだと勝手に思いこんでいた。

三階は二階よりも薄暗く、廊下は狭かった。最初のドアを開けると、そこはかつては育児室か勉強部屋として使われていたらしい大きな部屋で、木と石板のにおいが残っており、射しこんでくる午後の陽光のなかで埃が舞っていた。ドアを閉めて薄暗い廊下を進むと、若いメイドが燭台のろうそくを代えているところに遭遇した。

「失礼」スコットランド訛りのせいなのか、丁寧なことばのせいなのか、あるいはアレックの巨体のせいなのか、メイドを飛び上がるほど驚かせてしまった。

「こ——公爵さま？」しどろもどろに言ったあと、女王に謁見したのかと思うほど深々とひざを折ってお辞儀をした。

緊張を解いてやろうとアレックは笑みを向けた。メイドは壁へと身を縮めた。アレックも反対側の壁に身を寄せた。この狭い廊下で不意に自分をとても場ちがいに感じたのだった。家具がマッチ棒のように壊れてしまいそうな、この救いようのない国にいるといつも感じるように、もっと小柄だったらよかったのにと思った。

そんな思いを脇に押しやり、目の前のメイドに話しかけた。「ミス・ハーグローヴの部屋はどれだい？」

さらに目を見開いたメイドを見て、アレックは即座に理解した。「不埒なことをしようというんじゃない、ラス。彼女を探しているだけだ」

メイドは首を横にふった。「いなくなりました」

意味がわからなかった。「彼女がどうしたって？」

「いなくなったんです」ぼそりと言う。「ここを出ていきました」

「それはいつの話だ？」

「今朝です、だんなさま」悲惨な朝食のあとだ。

「いつ戻ってくる？」

メイドはいまにも気絶しそうだ。「戻ってきません」

ふむ。そいつは気に入らないな。「彼女の部屋に案内してくれ」

メイドはすぐさま従い、屋敷の裏手まで案内した――上階にある使用人たちの部屋へと続く細い螺旋(らせん)階段へと。妙なところへ連れていかれるものだと思ったアレックは、メイドにもう一度指示をしかけた。こちらをこわがるあまり、聞きまちがえたのだろうと思ったのだ。

だが、そうではなかった。メイドは小さなドアをノックしてから少しだけ開け、すぐにアレックが通れるように下がった。

「ありがとう」

「と――とんでもありません」メイドが驚いた声でつかえながら返したので、感謝のことばと使用人階級に対するばかげた規則を持つこの国が、アレックは改めて嫌いになった。地位がどうあろうと、人はなにかをしてもらったら礼を言うものだ。いや、地位があるからこそ、そうしなくてはならない。

「もう下がっていいぞ」やさしく言ってからドアを押し開けると、リリアンの部屋が現れた。あまりに狭いため、ドアが小さなベッドの脚にあたって大きく開けることもできなかった。

部屋の一角は使用人用階段のせいで傾斜が急な天井になっていて、極度の閉所恐怖症になりそうだった。先ほど見た育児室には温もりが感じられたが、それは射しこむ陽光のおかげばかりではなく、調度類のおかげもあったのかもしれない。

ここにはリリアンのすべてがあった。屋敷という森のほかの場所にはなかったパンくずが。

そこかしこに積まれた本。色とりどりの刺繡糸でいっぱいの籠がいくつか。木製の吊り籠からあふれ出さんばかりの古い新聞。瓦屋根と春の木々を描いた未完成の風景画が載った画架——部屋の奥の壁に穿たれた小さな窓からの眺めだ。

ベッドには、アレックが目にしたどんな大きなベッドよりもたくさんの毛布や枕が載っており、そのすべてに統一の取れていない明るい色のカバーがかけられている。

この部屋でいちばん衝撃的だったのがそれかもしれない。狭さでも、散らかりようでも、屋敷のほかの部分からできるだけ離れた場所にあることでもなく——もちろん、このすべてにも驚いたが——その色だ。これでもかというほどの色でいっぱいだった。

これまで見た彼女とはなにもかもが異なっていた。

最新の様式と無数の女性雑誌の助言に従って、彼女が装飾した屋敷のほかの部分とはあまりにかけ離れていた。この部屋、この突飛ですばらしい空間を満たすのは、さまざまな物の山と色と……。

ストッキング。

ベッドの足もとには、きれいなシルクのストッキングひと組が、なんの飾りもない木枠にかけられていた。そのあまりのぞんざいさを見て、リリアンは大慌てで脱いだのだろうとアレックは思った。

片脚を色彩豊かなベッドに乗せ、ストッキング上部の白くて細いリボンをほどき、くるくると巻きながら脱ぎ、ベッドの枠に放り投げ、枕に倒れこんで休む彼女の姿を一瞬でも想像しなかったと言ったら嘘になる。

とはいえ、ストッキングを脱いだあとの彼女がすることとして最初に頭に浮かんだのは、〝休む〟ことではなかったが。想像したのは、小さなベッドに横になり、髪はくしゃくしゃになって枕に広がり、目は半ば閉じ、唇を開き、手招きしている彼女だ。

アレックを。

あっという間に体が反応し、そんな自分に腹を立てた。咳払いをする。おれは彼女の後見人なんだぞ。彼女はおれの被後見人だ。いや、いなくなった被後見人。だから、彼女を見つけるためにこの部屋に来た。彼女がストッキングを穿いていようといまいと。

その思いに落ち着かなくなり、アレックは身じろぎした。穿いている、だ。ストッキングを穿いている彼女を見つけるのだ。

心を騒がすストッキングから顔を背け、体の反応を無視し、部屋をじっくりと検めた。ここがリリアンの聖域であるのは明らかで、そこに入ろうとしている自分が最悪の犯罪者のような気になった。戴冠用宝玉を狙う泥棒。聖具室に入った平信徒。それでも、この奇妙で小さな部屋に入るまいとしてもできなかった。

ドアをできるだけ開けたままにして足を踏み入れたアレックは、低い天井の下に押しこまれた小さな机に注意を引かれた。一見乱雑ながら整理されている便箋の山があり、その上に置かれたペンがきれいな便箋にインクのしみを作っていた。頭をかがめてそこへ行き、淡褐色の便箋をなでながら別の手紙のことを考えた――油断していたらこちらの頭をおかしくさせかねないこの女性のもとへと自分を呼び出した手紙のことを。

彼女は頭がおかしいとしか思えなかった。寝室なら五、六部屋から、日中を過ごす部屋ならさらに一〇部屋以上から選べるのに、こんな小さな穴蔵みたいな部屋を選んだのだから。

机の隣りの壁ぎわには、大きな蝶番のついた収納箱が置かれていた。掛け金はかけられていない。アレックは身をかがめて収納箱を開けた。手紙でいっぱいだった。すり切れた封筒の状態からして、何度も開けてなかの手紙を読みなおしていたらしかった。

いけないと知りつつ一通を手に取った。ろくでなしの仕業だとわかっていたが、封筒に黒いインクで大きく走り書きされたリリアンの宛名に目が釘(くぎ)づけになって、自分を止められなかった。手紙を広げると、すぐに署名に目が行った。

ホーキンズ。

人間があっという間にだれかを憎むようになるのは驚くべきことだ。

内容にざっと目を走らせる……上っ面だけの意味のない美しいことばだらけだった。

〝ロンドン一美しい女性〟

〝私のミューズ〟

余白に一輪の花が描かれていた。美しくて大胆で完璧な百合(リリー)。才能が評判におよばないことを願いつつも、これを描いたのはおそらくホーキンズだろうと思った。

〝私のリリー〟

自信たっぷりに走り書きされたその名前を見て、アレックは固まった。前日の彼女のことばが頭のなかで響きわたる。〝その呼び方をしないで。あなたが使っていい呼び名じゃないからです〟

いいだろう。だが、このホーキンズとかいうまぬけが使っていい呼び名でもない。それに、彼女がホーキンズのものだなんてことがあるものか。

彼女はおれのものだ。

その思いが浮かんでぎょっとした拍子に天井に頭をしたたかぶつけ、アレックはとんでもない悪態を大声のゲール語で長々と吐いた。

片手を頭にあてて立ち上がりながらも罵倒を続けた。しかし、痛みがおさまってくると、頭をぶつけたおかげで文字どおり良識が叩き戻されたのだと気づいた。

リリアン・ハーグローヴはおれのものではない。

彼女を過去のものにすべく、必死であれこれやっているではないか。

金をやったらどうだろう？　決められた五〇〇〇ポンドではなく——二万五〇〇〇？　五万？　イングランドを去るのにじゅうぶんな額。大陸へでも、アメリカへでもいい、まったくちがうどこかへ。好きな場所で女王もかくやという将来を手に入れるにふさわしい額をやろう。

パリでシルクやサテンのドレスを着た彼女を想像する。空に届かんばかりのかつらをつけ、世界をひざまずかせている。そこでは、彼女がかつてロンドンにいて、使用人用階段の下で暮らしていたことなどだれも気にしない。

結局のところ、彼女は妹ではないのだ。妹のキャサリンは一八歳になったばかりの子どもで、まったくの世間知らずだが、リリアンには年齢相応の知識と女性ならではの知識がある。裸体画のモデルになったくらいなのだから。ちがうか？

彼女は自分でこの状況を招いたんだ。そうだろう？　もっと分別を働かせてもよかったのに。結果がどうなるかはわかっていたはずだ。

それでも不名誉は彼女につきまとう。

それがどういうものか、アレックにはだれよりもよくわかっていた。皮膚の下に潜りこんでけっして消えないのだ。夜にささやくのだ。彼女は、不名誉をまとわせようとする人間からは逃れられても、その感覚からはぜったいに逃れられない。

アレックがそうであるように。

別の手紙を読もうとした彼は、手紙の下から覗いているものに気づいた。しゃがみこみ、何通もの手紙をどけると白い布の山が出てきた。服だ。

小さくて白い子供服。刺繍が施されて襟がレースのもの、ドレスに縁なし帽に毛布。清潔で、明らかに使われたことのない子供服に、アレックは思わず手を伸ばした。持ち上げた小さなドレスには、裾に沿ってかわいらしい青い花が一列に刺繍されていた。別のドレスには、黄金色の鞍（くら）と端綱（はづな）をつけた茶色の揺り木馬がずらりと刺繍されていた。三枚めのドレスには、月と星が上品な黄色で。

リリアンが作ったのだとすぐにわかった。彼女の子どもたちのために。おそらくはあのまぬけのホーキンズとのあいだにできるのを願っていたのだろう。

アレックはなにも考えずに収納箱を漁（あさ）り続け、小さな縁なし帽や靴下や、靴底が赤い革になったやわらかな木綿のブーツを見つけた。ブーツを持ち上げて靴底を鼻につけ、肌に上質の革のやわらかさを感じながらにおいを嗅いだ。頭のおかしな人間のように。

ブーツが燃えているかのようにぱっと手を離したが、子ども用とは思えないサテンやレースの上に落ちたあとも目がそらせなかった。

肩越しに開いたドアをちらりと見る。使用人がたまたま通りかかったらなんと言えばいいだろうと一瞬考えたが、見つかったとしてもそれほど気になるわけではなかった。すでにこの特別な道を進みすぎていた。

ドレスを収納箱から持ち上げると、それがなにかすぐにわかった――清純な白で、上に載っていた子供服と同じく未使用なのに、どういうわけかそれより遥かに尊いもの。遥かにたいせつなもの。

リリアンのウエディング・ドレスだ。幸せと、愛と家族に満たされた将来を夢見ながら縫ったにちがいない。

彼女は結婚したがっていた。

結婚を夢見、家族を作ることを夢見ていた。

ウエディング・ドレス――彼女の願望の証（あかし）、ひとりきりでいることは望んでいないという証、たったひとりで人生を送ることなど夢見ていなかったという証——を手にしながら、アレックは自分の計画を遂行する決意を新たにした。

彼女はおれが守る。面倒をみる。ぜったいに。彼女を結婚させてやる。夢をかなえさせてやる。

もちろん、そうするにはリリアンを見つけなくてはならないが、情け深く言っても使用人階段下の戸棚としか呼べないこの部屋にぼうっと突っ立っていてはそれもかなわない。彼女はおそらく友人のところにでも行っているのだろう。

その思いが騒々しい音にさえぎられた。ドンという音がしたあとバタンバタンと何度かし、くぐもった笑い声が聞こえてきたのだ。この部屋は小さいだけでなくうるさかった。壁の向こう側にいる使用人たちの声が聞こえる。

どうしてリリアンはこんなところで寝起きしていたんだ？

しかし、それについて考えている暇はなかった。だから、この瞬間に使用人たちが近くにいたのは幸運だった。アレックは部屋を出て使用人用の階段を覗きこみ、従僕とふたりのメイドが下りてくるところをつかまえた。「そこのきみたち」

三人はぴたりと動きを止め、若いメイドのひとりが短く金切り声をあげた。

最初に口を開いたのは従僕だった。「公爵さま？」

「ミス・ハーグローヴをいちばんよく訪問してくるのはだれだ？」

沈黙。

アレックはもう一度言ってみた。「彼女の友だちだ。だれが彼女に会いに来る？」

メイドが首を横にふる。「だれもいません」

アレックが眉をひそめる。「ひとりも？」

もうひとりのメイドがうなずいた。「ひとりもです。ミス・ハーグローヴにはお友だちがいません」

薄暗い階段にそのことばが重々しく響き、驚いたアレックはとっさに〝ありえない〟と言いそうになるのをこらえなければならなかった。リリアンは美しくて利発で背後には公爵家がついているのだ。どうしたら友だちがいないなんてことになる？　ひょっとしたら、リリアンの友人たちはこの屋敷を訪問しないだけなのかもしれない。

アレックはきっぱりとうなずいた。「ありがとう」

「公爵さま？」従僕は困惑していた。

「そうか。スコットランド人はイングランド人よりも感謝を口にするようだな。檻のなかのライオンを見るみたいにおれを恐れることはないぞ」

三人はそろって目をぱちくりした。「かしこまりました、公爵さま」

アレックは踊り場に戻り、三人はまた下りはじめた。「そうだわ！」直後にメイドのひとりが声をあげ、戸口から顔を覗かせた。「彼女、事務弁護士とは会ってます」

今度はアレックが目をぱちくりする番だった。「なんだって？」

「年配の男の人。眼鏡。スターウッドとかそういう名前の」

「セトルワースか?」

メイドがにっこりする。「それです! ひと月に一度ここにいらっしゃいます。使用人のあいだでは、リリアンはそれで――」言いなおす。「ミス・ハーグローヴはそれでお金をもらうんだって言ってます」少しの間。「彼女のお金を」

それはそうだ。

金なくして彼女は屋敷を出られない。そして、財布の紐を握っているのはセトルワースだ。立ち去りかけたとき、また別の思いが浮かんだ。もう一度ふり向くと、そのメイドがこちらを見ていた。「どうして彼女はここで寝ているんだ?」部屋を示しながらたずねる。

メイドは目を瞬き、これまで見てみようとは考えつかなかったかのように、狭い部屋に視線を向けた。そして、頭をふった。「わかりません」やっと口を開くとそう答えた。「前からずっとこうでした」

満足のいく答えではなかったが、アレックはうなずいて礼を言い、事務弁護士の事務所へと向かった。

6

公爵、犬たちのところへ！

結婚させたいのなら、彼はまずわたしを見つける必要がある。

ウォーニック公爵領はロンドンに八軒の屋敷を持っていることを自慢にしている。ウェストミンスター市のメイフェアに点在する町屋敷が四軒に、東部のテムズ川沿いの屋敷、収入目的（公爵領が収入にこと欠いているとは思えなかったけれど）だと聞いているフリート街の貸間、ケンジントンにある広大な庭つきのだだっ広い邸宅、それからすきま風が入るらしいテンプル・バー東部の小さな家だ。

リリーは以前から、バークレー・スクエア四五番地の屋敷がいちばん好きだった。自分のよく知っているウォーニック公爵が住んでいたので、心が慰められるからかもしれない。その公爵が五年前に亡くなってから不幸がはじまり、さらに一六人のウォーニック公爵が亡くなることとなり、跡継ぎや妻や家族がないままだったため、公爵領の屋敷が増えたのだった。ロンドンの公爵領の管理を任されているバーナード・セトルワースが、各公爵の死後処理としてその年月のあいだに地所を購入した。その結果として、一八番めにあたるアレック・スチュアートがそれらを自分の財産としているのだけれど、おそらくそんな財産があることすら知らないだろう。

でも、それは彼の問題だ。

片やリリーはといえば、それらの存在を知っていた。そして、それを使うことを憚(はばか)るつもりもなかった。

まあ、実際にほかの屋敷を目にしたことがあるわけではないけれど。

これまではさしたる関心を持っていなかった。部外者としての関心くらいはあったけれど、そういった屋敷は公爵領の財産に組みこまれて、使用人が最小限にまで減らされていた。一緒にいるなら知っている悪魔であるべきだ、とかねがね思っており、少なくともバークレー・スクエア四五番地は、一五分以上爵位を保っていた公爵が亡くなった屋敷だった。

それでも、リリーは贈り物に難癖をつけるような人間ではなく、バークレー・スクエアの屋敷のほかに、体を休められる場所が七カ所あるという事実はすばらしい贈り物だった。

そういうわけで、リリーは前夜にグローヴナー・スクエア三八番地に来て、庭師と朗らかな家政婦のスラッシュウィル夫妻に温かく迎えられたのだった。ふたりは軽い夕食をリリーと分かち合ってくれ、ひと部屋を開けてくれた――まさにこういう場合にそなえて誇りを持って清掃し、空気を入れ替えていた部屋だ。

ベッドに入ったリリーの頭は、結婚市場に自分を出すというウォーニック公爵のとんでもない計画をどう避けるか、という思いでいっぱいだった。

第一段階はウォーニック公爵を避ける。

彼はわたしを探しまわらなければならないわけだから、グローヴナー・スクエア三八番地はなかなかにすばらしい出だしだろう。この屋敷のおかげで時間稼ぎができる。二日か、ひょっとしたらもう少し。

暗闇でぱりっとした清潔な寝具に包まれた彼女は、二週間と五日ではじめて安堵を感じた。自分の船の船長であるかのような感じをはじめて味わった。

その感覚はあまりにもすぐに消え、代わりに王立美術院の開場のときから居座る思いに占められた。デレクの思いに。そして、自分自身の愚かさに。

彼の真実が見えてさえいれば。デレクはわたしを崇めたことなどないと。そうするつもりもなかったと。彼の約束のすべて、耳に心地いいことばのすべては嘘だったのだと。

静かな屋敷の暗い部屋に横たわったまま、その嘘を何度もくり返し考え、自分の胸がうずいたことや、願望で満たされたことを思い出した。願望よりももっと危険な希望で満たされたことも。

だれかに気づいてほしいと何度夢見ただろう？　愛されたいと？　崇められたいと？

そのすべての可能性を自分はどれほど完全に破壊してしまったのだろう。

バークレー・スクエアで朝食中のアレックの目のなかに真実を見たのだった。そこには同情があった。いいえ、同情ではない。

哀れみだ。

彼が来たのは哀れみからだ。哀れみからロンドンに留まり、巨額の持参金と夫というばかげた約束をしてくれたのだ——あと八日でどうしたらそれが可能なのか……骨折り損になるだけなのに。

でも、ほかの選択肢は……。

〝あの絵はきみを追ってくる〟

不名誉が自分を追ってくるのだ。

〝判断を誤っただけだ〟

そのことばが憎かった。彼女が自分で自分の名を汚したのだという暗黙の了解がこめられているからだ。けっしてそこから抜け出せないのだと。信じたくなかったけれど、そこには真実の響きがあった。結局のところ、たとえ結婚できたとしても、上流社会はぜったいに自分を受け入れてはくれないだろうから。それに、そんな自分と喜んで一緒になる男性も。どれだけ裕福であろうとも。

またしても、ひとりの男性のせいでリリーの醜聞がしっかり固められてしまった。不在だった後見人が、非常に高貴な意図でそうしたという事実は完全にどうでもいい。

彼にそれが見えさえしたら。

彼に見えないのはそれだけじゃないわ。リリーは誓った。暗闇が後悔を包むなか、夜更けまで枕を濡らす涙はぜったいに彼に見せない。

いた。

ぐっすり眠れなかったせいで疲れ果て、目が覚めるまで屋敷のことは考えなかった。家政婦がかなり早く起き出して数々のおおいをはずしており、犬だらけの屋敷があらわになっていた。

リリーの想像を遥かに超える数の犬がいた――猟犬の絵画、彫像、タペストリー、シルクの壁紙に刺繡された黄金色の犬、幅木に精密に彫られた牧羊犬、町屋敷の玄関の両脇で見張りについている犬、そして、壁つき燭台に緻密に細工されたスパニエル犬。

リリーは階段を下りる歩みをゆるめて狂気の沙汰の装飾をゆっくりと見ていき、最下段まで来ると、マホガニー材の手すりの端に彫られた精巧なブルドッグの頭に触れた。これがもっとも不安になる犬かもしれない――口を開けて鋭い歯をむき出しており、小さな舌までがだらりと垂れてきそうだ。

目を丸くしてその場でゆっくりとまわる。これだけの数の犬を目にすると、公爵から隠れるのにグローヴナー・スクエア三八番地のこの屋敷を選んだのは失敗だったのかもしれないと思う。

そのとき、彼の声が屋敷の奥のほうから聞こえ、失敗を確信した。できるだけ長くアレック・スチュアートから隠れていようと決意していたので、リリーは出口に向かった。

公爵領の別の家に隠れるしかない。

「このお屋敷を開けるとうかがったのは、ほんのゆうべなんですよ、公爵さま」家政婦の甲高い声がした。「できるだけの準備はいたしましたけど、使用人を増やしていただかなくてはなりません」そこでいったんことばを切ったが、すぐに続けた。「こちらでの滞在をお考えでしたら、バークレー・スクエアの使用人に来てもらうこともできますが」

逃げ出す時間があまりない。

「まあ！　ミス・ハーグローヴ！　おはようございます！」ミセス・スラッシュウィルが声をかけてきた。

玄関のドアまであと半分というところでリリーは凍りついた。

「どこかへ出かけるのかな、ラス？」

リリーはまっ赤になってふり返り、アレックの茶色の目と、片方が持ち上がって傲慢な笑みを浮かべている完璧な唇にとらえられた。明るい笑顔を顔に貼りつける。「広場をお散歩してこようと思ったんです」家政婦に向きなおる。「おはようございます、ミセス・スラッシュウィル」

家政婦が微笑み返す。「お部屋は快適でした？」

「とっても」

ミセス・スラッシュウィルが公爵に言った。「だんなさまのお部屋にもすぐに風を通します」

なんですって？　だめよ。「公爵さまは滞在なさらないわ」

「そうなんですか」家政婦は落胆があらわだった。「てっきり――」

「いや、滞在するよ。よろしく」公爵が言う。

「そうなんですか」家政婦が先ほどのことばをくり返す。「もちろんですとも。よろしゅうございます」ひざを折ってお辞儀をすると、急いで立ち去った。親切で丁寧でハンサムな公爵のことをみんなにふれまわるためにちがいない。

ちがう、ハンサムじゃない。

巨人はハンサムじゃない。リリーの人生をめちゃくちゃにしようとしている巨人は特に。

「目のまわりがいろんな色のあざになっていますよ。紫とか黄色とか」リリーは言った。

「散歩だって？」公爵が蒸し返す。

毒を食らわば皿までだわ。「自然が大好きなんです」

「自然ね」

リリーはうなずいた。「とっても」

「グローヴナー・スクエアに自然はない」

「緑がいっぱいあるでしょう？　木々が」

「四方を柵と建物に囲まれているじゃないか」

「よくよく考えたら、すべての自然は建物に囲まれているとおわかりになるのではないかしら」リリーが指摘する。「あなたはただ、境界というものを正しく認識していないのかもしれませんね」

彼はいらだちの返事をできなかった。その瞬間に屋敷が犬の装飾だらけであることに気づいたからだ。「これはいったい……」ことば尻がすぼみ、壁に飾られたことさらけばけばしいグレイハウンドの絵に目が留まった。グレイハウンドは細長い脚をからみ合わせ、細くなめらかな頭を赤いサテンの枕に乗せて休んでいる。「あれは王冠か？」

リリーは犬が頭にかぶっているものをよく見ようと近づき、絵の下の金縁で囲まれた浮き出しの題を検めた。「《王冠をかぶった宝石（ジュエル）》」声に出して読む。「この犬の名前がジュエルだと思います？」

「この犬はひどい虐待を受けていると思う」

リリーは彼に向きなおった。「アンガスとハーディも王冠をかぶりたがっているかもしれないですね」

彼が憤慨の顔になる。「この屋敷は胸が悪くなる」

「わたしはかなり気に入ってますけど。わが家という感じがしますもの」犬だらけであろうとなかろうと、この屋敷にはなにか貴重なものがあった。

「きみは犬が好きじゃないと思っていたが？」

「あなたは好きじゃありませんでした、公爵さま？」

彼は痛烈な皮肉を無視した。「おれたちはここに滞在しない」

「おっしゃるとおりだわ。わたしたちはそんなことをしません。わたしはあなたにバークレー・スクエアのお屋敷を明け渡しました。喜んで。ドアがちゃんとついているお屋敷のほうがいいので」

「きみは逃げ出した」

「逃げ出したりしていません」

「こうやってここで見つかったわけだから、逃げるのがうまいとは言えないな。ところで、セトルワースがよろしく伝えてくれと言っていたぞ」

リリーはまなざしを険しくした。「セトルワースは裏切り者だわ」

「彼は立場を守ろうとしているだけで、重要な情報をおれに教えられるのを喜んでいた」

「わたしの居場所が重要な情報になったんですか？」

リリーは彼のため息を聞いた気がした。「もちろんじゃないか」

「ああ、そうでしたね」彼がいい意味で言ったとは信じたくなくて、嚙みつくように返した。「自分の問題がどこにいるかを知っているのが最善ですものね」

「おれから逃げることはできないぞ。だから協力しないか？　一緒に状況を正せば、おれはスコットランドに戻れる。きみもそれを望んでいるはずだ」

「とってもいい案に聞こえますけど、あなたの筋書きだと、わたしが知りもしない男の人と結婚する結果で終わるのよ」

「好きな男を選んでいいと言ったはずだが。きみのじゃまをするつもりはない」

「わたしは自分を選びます。あなたやほかのだれかに頼るより、自分に頼ったほうがまし。自分のほうが頼りになるとわかったので」

彼がまたため息をついた。いらだちとなにか別のものに満ちたため息だった。リリーが大嫌いななにか。

「やめて」リリーは憤怒に駆られて彼をふり向いた。「哀れみはやめて。そんなものは望んでいません」

彼は驚いた顔をするだけの礼儀をわきまえていた。「おれが感じているのは哀れみじゃない」

「じゃあ、なんですか？」

気にかけてくれているとつかの間でも信じられるのであれば、悲しげとも呼べるような、片方の口角だけを上げた笑みが彼の口もとに浮かんだ。「後悔だ」

呼び出しに応じたことに対する後悔だろう。わたしを背負いこむはめになった後悔。「人間はみんな、後悔することをしてしまうわ、公爵さま」リリーはだれよりもそれをよくわかっていた。

長い沈黙があったあと、彼が話題を変えた。「このひどい屋敷を所有していたのはだれだ？」

リリーは即座に答えた。「一三番よ」

「そうか。羊に殺されたと言われている公爵だな」

「ええ」

「ほんとうはなにがあったんだ？」

リリーは目を瞬いた。「それがほんとうに起きたことだわ。彼は羊に殺されたの」

彼が眉根を寄せる。「冗談だろう」

「いいえ。崖から落ちたのよ」

「一三番が？」

「羊が。公爵さまは日課の散歩をしていたの。崖の下で」リリーはぱんっと手を打ち合わせた。「ほとんどぺちゃんこになったの」

彼の唇がひくつく。「まさか」

リリーが片手を上げる。「ほんとうだと誓います」

彼はごてごてした部屋を見まわした。「犬が警告してくれてもよさそうなものなのにな」

リリーはこらえきれずに笑った。「犬たちは生き残ったわけだから、動物王国が共謀したのかも」

彼が野太く轟くような笑い声をあげ、リリーは認めたくないくらいの心地よさを感じた。認めたくないくらいそそられた。

リリーははっとして気を取りなおした。「人の不運を笑ってはいけないわ」

彼も真顔になって近づいてきた。「人間はだれしも不運に見舞われる。それを笑えないなら、どうすればいいんだ？」

リリーは彼をきっとにらんだ。「あなたの恐ろしいほどの苦しみをまた思い出させられたわ。並はずれて裕福で力があるという苦しみをね。それもこれも、かわいそうな一七人の男性が、落ちてくる羊に衝突されたからなんだわ」

彼はどんどん近づいてきた。「落ちた羊は一頭だけだと思ったが？」

「公爵家に根深い恨みを持つ一頭の羊よ。荒野にいるときは気をつけたほうがいいわ」

「グローヴナー・スクエアの荒野ってことか？」

「用心に越したことはないでしょう」

彼がまた笑った。「一三番夫人は？　彼女はどうなったんだ？」

「一三番は男やもめだったの。子どもはいなかった。相続する親族もいなかった」

「親族がいなくて犬だけがいた？」

「犬たちは装飾には興味がなかったという話よ」

彼がくすりと笑うとリリーの心が温もった。これほど近くにいなければ聞こえなかったかもしれない、おもしろがっている声に浸る。彼はいつの間にそばに来たの？　それに、どうしてこんなに爽やかでさっぱりしたすてきな香りがするの？　どうしてほかの男の人みたいに鼻につく香水のにおいをさせていないの？

気をつけていないと、彼を好きになりはじめてしまいそう。

彼のほうもわたしを好きになりはじめるかもしれない。

「どうしておれから逃げた、リリアン？」そっとたずねる低い声が彼女のなかでうねった。

「どうしてここに逃げてきた？」

ほかに行く場所がなかったからよ。

まあ、そう言うわけにはいかないけれど。

適切な返事を考えつく前に彼が続けた。「どうしてきみは孤独なんだ？」

その問いにリリーは凍りついた。冷たくなったあと、かっと熱くなった。孤独。なんておぞましいことばだろう。なんておぞましくて、率直で、うんざりするほど適切なことばなのだろう。あとずさったリリーは絵の飾られた壁にぶつかった。サテンの枕に休む、王冠をかぶった犬。

わたしなんかよりも遥かに愛された犬。

彼が頭をふって下がった。「すまない。いまのは訊くべきではなかった。おれはただ——」ことばを切る。言いなおす。「おれが言いたかったのは、どうして社交界デビューしてないんだってことなんだ」

「したくなかったからよ」嘘をついた。

「女性はだれだって社交界に出たがるものだ」

リリーは別の言い訳を口にした。「わたしは貴族じゃないもの」

「きみはイングランド屈指の裕福な公爵領の被後見人だ。後援者がひとりも見つからなかったのか？」

「悲しいけれど、女性が後援者についてもらうのに、お金は決め手にならないのよ、公爵さま」

彼が片方の眉を上げた。「女性？　それともきみのような女性ということか？」

リリーは安堵を感じた。いまの質問でふたりが敵同士という堅牢(けんろう)な立場に戻ったからだ。目を険しくする。「それはどういう意味かしら？」

「裸体画のモデルをする女性という意味だ」

怒りが燃え上がる。怒りと、二度と考えないと誓ってしまいこんだ苦痛が。「どんな女性でもよ」辛辣に答える。「社交界に出るにはつてがいるんです」

「きみにはつてがあるだろう。おれは公爵なんだぞ」

「わたしがいることもご存じなかったじゃないですか」とうとうリリーは言った。「だれからも相手にされなかったから、後援者がつかなかったの。背後に公爵さまの存在がうっすらあるくらいでは、ロンドンに気づいてもらうにはじゅうぶんではないのでしょうね。まさかとお思いでしょうけど」

「いまはここにいるじゃないか」

リリーは眉をつり上げた。「そうですね。でも、驚くかもしれませんけど、あなたの公爵領はちょっとばかり失ってしまったんですよ……影響力を」

「どういうわけで？」

リリーは彼の肩から胴体、さらにはひざの上でひだを作っているところまでプレードをわざとらしく見ていった。「どうしてか見当もつかないわ」

彼が渋面になる。「きみは社交界に出る。今年」

狼狽したリリーは笑った。「そんなことはしたくありません」人目にはじゅうぶん以上にさらされているのだ。ゴシップ紙はすでに自分のことをこれでもかというくらい知っている。それも、デレクがかかわってくる前から。

「悪いが、きみの気持ちはどうでもいい。それが、おれたちがきみを結婚させる方法なんだ」

「わ、わ、わたしたちなどありません、公爵さま。わたしが結婚することも。言ったはずです。わたしは自由を望んでいるのだと」

「おれに自由をあたえてもらいたいのなら、結婚という形しかない、ラス」

「自分自身と結婚するって想像もできませんか？　自分に責任を持つための持参金をくれません？」

彼の顔に作り笑いが浮かんだ。「男と結婚しろ」

「ひとりの支配者から別の支配者のもとへ行けと言うんですね」

彼が眉をぐいっと上げる。「相手の男は好きに選ばせてやると言っているだろう。ロンドンの男ならだれでもいい」

「だからひざまずいて礼を言えとでも？」

「莫大な持参金なんだから、感謝してくれても罰はあたらないだろう」

リリーは耐えられないとばかりにため息をついた。「結婚はいやだと言ったら？」

彼はとても深刻ななにかを言おうとしたようだが、考えなおして一度は開いた口を閉じた。大きく息を吸いこみ、いらだちとともに吐き出してからリリーと目を合わせた。「金が欲しければ結婚することだ」

「そうしたら、夫がわたしのお金を手に入れることになってしまう」それと、破滅した妻を。

彼は重々しい顔つきで長いあいだリリーを凝視したあと言った。「どこへ行くつもりだ、ラス？」

リリーは片方の肩をすくめた。「ここでなければどこでも」

「その将来はどんなものだ？」

以前は愛と結婚と子どもたちが見えていた。牧歌的で、満足から来る幸せが見えていた。安全な将来。すばらしい人生だとわかっている将来。

家族が欲しかっただけなのに。

〝私のようなすぐれた男は、きみのような女性と結婚なんてしないんだよ〟

かつては彼女の美貌をほめたたえ、畏敬の念をこめてそれをささやき、彼女を自分のミューズだと断言した男のことばを思い出し、リリーは目をつぶった。

そんな思いを頭をふって追い払い、現実に立ち戻った。アレックの問いに答えるために。

「将来はロンドン以外の場所にあるわ」自分の声にいらだちがこもっているのがわかった。

彼が首を横にふった。「ちがう。それはどんな場所かってことだ。おれが訊いたのは、どんなものかってことだ」

恥辱感のない人生に見える。

苦痛に満ちた、禁じられたそんな思いが浮かんだ。そこには、リリーが自分で自分の破滅を招いたという真実があった。愛だと信じたものにすべてを賭けてしまったのだと。

そう思ったら、彼が憎くなった。なにもかも見透かしているこの偉大で、予想外で、不本意な公爵が。けれど、彼に真実を答えるつもりはない。彼はリリーを自分が解決すべき問題だと思っているけれど、それはまちがいだ。リリー自身の問題だ。だから、自分で解決してみせる。彼の助けなしに。

「幸福に見えるわ」

彼は信じていなかった。信じるはずもなかった。

彼がいらだちの息を吐いた。「幸福はそんなに簡単に見つかるものじゃないぞ、リリアン。金をやって自由にしてやるというような単純なものじゃないんだ」

そのことばには真実がこもっていたので、リリーは思わず言っていた。「どうしてわかるの？」

「わかるからだ」リリーは説明を待った。続きを切に聞きたかった。そのままふたりで長々と立ち尽くした。ついに彼が口を開いた。「この話はもうたくさんだ。きみのシーズンは今夜はじまる」

「わたしのシーズン」

「エヴァースリーが舞踏会を開く。きみも招待されている」

舞踏会。リリーの胃がよじれた。舞踏会に出る以上にいやなことを思いつけなかった。

「いいえ、けっこうです」

「きみに選ぶ権利があると誤解しているようだな」

それを聞いてリリーはかっとなった。「ロンドンにはわたしが隠れられるお屋敷がここ以外に七カ所あるんですけど」

「おれに見つけ出せないとでも思っているのか?」

「今夜はじまるわたしのシーズンに間に合うように見つけるのは無理です」

身をかがめてきた彼の低いスコットランド訛りの重々しいことばを聞いて、名状しがたい震えがリリーの背筋を伝った。「おれはきみを見つける、ラス。どんなときも」

そのことばにリリーはあんぐりと口を開けた。そこにこめられた強い意志に。

自分は探す価値のある人間だという考えに。

彼が背筋を伸ばすと、その瞬間は消えた。「ドレスを見つけるんだ、リリアン。九時半に出かけるぞ」

「従わなかったら?」意図したよりも弱々しい口調になってしまった。咳払いをして皮肉をにじませる。「そうしたらどうなるの、公爵さま?」

あざにも負けない美しい茶色の目をきらめかせて、彼がじっくりとリリーを見た。あまりに長く見つめられて、きまりが悪くて身じろぎしてしまうほどだった。

「ドレスを見つけるんだ」彼がくり返す。「おれが見つけるものは気に入らないだろうからな」

彼が部屋を出ていき、あとに残されたリリーはすさまじい数の犬の装飾に囲まれながら、彼のことばに心騒がす温もりを感じていた。

リリーはその感覚に抗った。
彼に心を乱されたりするものですか。
ドレスを見つけ、反対にこちらが心を騒がせてやるわ。

7

〈麗しのリリー〉、とんでもない姿で社交界に出る

その晩の九時半、アレックはジュエルの視線を避けながら主階段の下にいた。宝石で飾られてばかげたサテンの枕に休んでいる犬は、絵のなかからすべてを見透かし、彼をあざけっているように見えた。

玄関広間で歩哨（ほしょう）のごとく座っているアレックの犬も、同じように彼をあざけっているようだった。

おかしな格好をしている自覚があったので、犬たちの意見ももっともに思われた。

その日のうちにサヴィル通りで見つけた仕立屋は〝公爵さまに完璧に合う正装用の服〟をご用意できますと請け合ったくせに、その服は彼の体のどこにも合わず、なんとか醸し出したかった優雅さなどみじんもないのが最悪だった。媚（こ）びへつらう仕立屋にそう指摘したところ、〝こういう仕立てが決まり（ド・リゲール）〟なのだときっぱりと言った。

だが、アレックはばかではなかった。上着はきつすぎた。正直に言えば、ズボンもだ。

〝こんなに大きいなんて。スコットランドの巨大な野獣ね〟

〝なにひとつあなたには合わないわね、野獣さん〟

イングランドなど大嫌いだ。

だが時間がなく、体に合う服を待ってはいられなかった。今夜、願わくはこのうえなく短いイングランド滞在の終わりをはじめるのだ。リリアンに莫大な持参金があることを記事にするようウエストに頼んだので、エヴァースリー・ハウスに到着するや否やロンドン中の若者がいそいそと立候補すると確信していた。結局のところ、リリアンは裕福で、美人で、公爵の被後見人なのだから。

夜明けまでには彼女はすっかりその気になっているだろう。

彼女はただ姿を現わせばいい。階段を見上げる。リリアンの姿はない。片隅にある大きな時計に目をやる。振り子が犬たちと一緒に揺れている。一〇時二〇分前。遅い。

リリアンが屋敷にいるのはわかっていた。アレックは少年ふたりを雇って屋敷の出口を見張らせ、彼女が逃げようとしたらあとを尾けて居場所を突き止めるよう言い渡してあった。とはいえ、屋敷にいるからといって快く舞踏会に出席するつもりだとはかぎらない。階上に探しに行こうとしたとき、リリアンが姿を現わした。

正直になるならば、最初は彼女に気づかなかった。ハーディが気づいてすぐさま階段の下から彼女を見上げ――アレックがひどく驚いたことに――興奮の吠え声をあげた。

「いったい――」犬の視線を追っていくと、衝撃のあまりことばが続かなくなった。

アレックにわかるかぎりだと、リリアンは犬として装っていた。逃げたり避けたりするよりもいい計画を、彼女なら持っていると察するべきだった。その計画は当然ながら、今夜のアレックの計画に精一杯逆らうものだった。これは意志の戦いになるのだ——そして、彼女の第一弾はみごとだった。

アレックは流行に目ざとい男ではなかったが、このドレスは人目を引かないわけがないとわかった。金色と青銅色の奇怪なもので、スカートは階段をふさぎ、袖は彼女を呑みこみそうだった。自分だって呑みこまれそうだ、とアレックは思った。それだけでは足りないとばかりに、スカートには金色と青銅色のケシ玉が犬を思わせる形に縫いつけられており、ボディスは——体に合わせる手なおしをするのにほんの数時間しかなかったにもかかわらず、感嘆するほどぴったりしていた——金の凝ったボタンでびっしりとおおわれていた。ボタンはそれぞれちがう犬——スパニエル犬、テリア、ブルドッグ、ダックスフント——の形だ。

彼女のウエストに視線を落とすと、大きな金色のベルト——跳躍する一頭のグレイハウンドがウエストの端から端まで届いている——が体の曲線を強調していて、けばけばしい展示品のようだった。

ベルトの犬はジュエルにちがいない。

ようやく頭部に気が行くと、赤褐色の巻き毛が凝った形に結い上げられ、犬の形をしたピンで留められ、ウサギに飛びかかろうとしている猟犬のついた金色の棒状の髪飾りが突き刺されていて、そのウサギはというとバネかなにかを使っているのか高い位置にぶら下がっている。

「なんてこった」こんな光景を見せられては、それしかことばは出てこなかった。

リリアンはためらいもせず、女王さながらの優雅さで階段を下りてきた。忌まわしいとしか言いようのないドレスを着ていることに彼女は気づいていないのかと思ってしまいそうだ。リリアンは並はずれた女性だ。

下から三段めで立ち止まってアレックと目線が同じになると、リリアンはわざとらしい大きな笑みを浮かべた。「なにか不都合でも、公爵さま?」

「不都合だらけだ、ミス・ハーグローヴ」

彼女が巨大なスカートをわざとらしくふわりとさせた。「五年以上も着られていなかったドレスだから、ちょっと流行遅れかもしれないけれど、ドレスを見つけろと言ったのはあなたですからね」

「そうだな。そのドレスが流行遅れという事実がまさに問題なんだ」リリアンの手提げ袋に目をやる。手首から下がっているのは小さなテリアをかたどったものだった。「それは毛皮か?」

リリアンも手提げ袋を見た。「犬の毛皮ではないでしょうね」

「一三番夫人が自分の取り憑かれているものを身につけるなんて、想像もできないな」リリアンが忍び笑いをした。その声をちょっとばかり楽しみすぎたアレックは咳払いをした。

「さてと。いざ行かん、ミス・ハーグローヴ」

リリアンがためらった。

やったぞ。「そのドレスみたいに小さなことで、おれに計画を思いとどまらせられると思ったりしていないよな？」

「このドレスに小さなものはひとつもないわ」

「馬車に乗りこめたら奇跡だな」アレックは背を向けて玄関に向かったが、彼女がついてきていないことを鋭く意識していた。ふり向くと、灰色の目と目が合った。「行くぞ、リリアン。おれがそんなに簡単に諦めるなんて思ってなかっただろう？」

「こんなドレスを着ているのを人前で見られたら、わたしと結婚しようとする人などいなくなると気づくくらいには、あなたは頭がいいと思っていました」

「判断を誤ったな」

「流行に対するあなたの感覚の？」

アレックは餌に食いつかなかった。「きみの美しさの、だ」

そのことばにリリアンは驚いた。「わたし――」言いかけたことばを呑みこむ。

「みんなからそう呼ばれている、ちがう（ネイ）か？　ロンドン一の美女と？」

「ちがう（ネイ）わ」スコットランド訛りを強調して茶化す。「このドレス姿ではね」

それがほんとうであったら、とアレックは思った。彼女を見てもその美しさが目に入らなければと。だが、経験的真理というものがあり、リリアン・ハーグローヴの美しさはまさにそれだった。犬の道化みたいな格好をしているいまですら。

彼女の美貌をどうこうする意図はまったくないが。美しい女性に関しては痛い目に遭った経験があり、またそれをくり返すつもりはなかった。

アレックは馬車の扉を開けて彼女をけしかけた。「さあ、乗って、ミス・ハーグローヴ……それとも怖じ気づいたかな？　もう少しけばけばしくないドレスに着替えたいか？」

彼女が肩をいからせる。「とんでもない。このドレスでなんの問題もないわ」

リリアンは背筋を伸ばし、頭上でウサギを揺らしながら彼の前を通ると、ためらうことなく馬車に乗りこんだ。好奇心と少なからぬ敬意を感じながら、アレックもあとから馬車に乗った。

リリアンの向かい側の座席に座り、薄手のスカートをよけてわずかに残った狭い空間に長い脚をよじってなんとかおさめると、きつすぎるズボンのせいで脚の血流が止まりそうになった。彼女がたずねてくる。「あ、あ、あなたのほうは問題ありません？」

「きみには関係ないだろう？」自分がよく口にしていることばを返されたリリアンがいやがるのをわかって言ったのだった。

彼女のいやがることをしたのは、そうすれば彼女を崇拝してしまう気持ちを無視するのが楽だったからだ。

いや、おれは彼女を崇拝などしていない。

「そうですね」リリアンのことばにアレックは驚いた。「礼儀正しい会話をしようとしていただけですけど」

アレックは会話などごめんだったので、返事の代わりにうめき、窓の外を流れていく建物を眺めた。

リリアンは窓の外に目をやらなかった。彼女はアレックを見つめた。

時が過ぎていくにつれてアレックの窮屈さがますます募っていった。とうとう優位に立とうとしてみた。「ドレスを着替えればよかったと思っているんだろうな」

リリアンは少しも動揺しなかった。「とんでもない。わたしはあなたにご同情申し上げただけですわ。上着が体に合っていないあなたとわたしは、なかなかの組み合わせですね」

服のことを言われて身じろぎすると、彼女のことばが真実であるのが強調された。「そうか？」

リリアンがうなずき、体を前に乗り出して強度をたしかめるかのようにアレックの袖口を引っ張った。「ええ」彼女と自分の手袋がかすめたが、反応を示すまいとこらえた。つかの間、彼女の手をつかみ、自分の手に重ねる場面を想像してしまった。そのとき、リリアンの視線が彼のひざに落ちたのを見て、今度は太腿でぴんと張ったズボンに彼女の手を押しつけるところを思い描いた。アレックが恥ずかしい思いをする前に彼女が続けた。「ズボンも合っていませんね。もっといい仕立屋を見つけないといけないわ」少ししてから、からかい口調でつけくわえる。「イングランド人の仕立屋がいいと思います」

アレックの目は彼女の手に釘づけになったままだった。彼女の手の感触が気に入らなかった。

彼女の手の感触が気に入っていた。

どちらなのか決めかねているうちに、彼女が手を離した。しっかり吟味してどちらか決められるように、その手を戻してくれるよう説得できないものだろうかと――ばかみたいに――考えた。

実際にはそうせず、咳払いをして座席にもたれただけだったが。「これはイングランド人の仕立屋で買ったものだ。腕がいいと聞いたのでね」

「全然よくないわ。わたしのほうがましな三つ揃いを作れるくらい」

「そうか。でも、きみがいま着ているものを考えたら、哀れな仕立屋を変えずにいるほうがよさそうだ」

リリアンがむっとする。「失礼だわ。ドレスのほうからわたしの体に合わせてきたのではないのよ」ボディスが皮膚のようにぴったりしている脇の縫い目を手でなでる。アレックは思わずその手の動きを追っていた。そうしないほうが失礼にあたっただろう。

おまえがあの縫い目に触れているところを想像するよりも失礼か？

アレックは自分の思いに答えずにすんだ。リリアンが続けたからだ。「わたしは針仕事が得意なんです」

そのことばで、バークレー・スクエアの彼女の部屋が思い出された。収納箱いっぱいのウエディング・ドレスと子供服。それにブーツ。

あのブーツのにおいはいまでもおぼえていた。

「悪かった」思い出したせいで気詰まりになり、もぞもぞした。「きみのせっかくの腕前が、ドレスのほかの部分に気を取られて影が薄くなってしまった」

薄暗い馬車のなかで微笑んだリリアンの白い歯が光り、思わずうれしくなってしまったのが彼は気に入らなかった。「言っておきますけど、このドレスの仕立てはとてもすばらしいんですよ、公爵さま。ただ醜いだけです。でも、あなたにはもっといい仕立屋が必要だわ」

仕立屋はアレックにびくついたのだった。彼を恐れるあまり、その大きな体に合うできあいの服の在庫はないと言えなかったのだ。それでも、やはり彼を恐れるあまり、別の店に行ってくれとも言えなかったのだ。

なんといってもアレックは公爵で、平民は公爵を拒絶しないものだから。

美しく磨かれた冷ややかで完璧なイングランドにまったくそぐわないほど巨大な公爵でもだ。

〝まるで野獣ね〟

〝ほとんど飼い慣らされていない〟

〝野蛮……〟

不快感に貫かれたが、それは服とは無関係で、ちゃんとした仕立屋にもなおせないなにかのせいだった。「別の仕立屋が必要になるほど長くイングランドにいるつもりはない。きみを婚約させて、おれは夏のスコットランドに帰る。そこは悪臭に満ちていたり、玉石敷きの道から湯気が立ち上ったりしていない。本物の自然がある」

「柵で囲われていない場所ね」

「少なくとも鉄製の柵じゃない」

「ロンドンがお嫌いなのね」

「ロンドンには気を悪くしないでもらいたい。おれはイングランドが嫌いなんだ」

「それともイングランド人が嫌いなのかしら」

「好きなイングランド人は少ないな」

「なぜ？」

イングランドはおれに苦痛しかあたえなかったからだ。

アレックは返事をしなかった。

リリアンが眉根を寄せる。「イングランドにはすてきなものもあるわ」

アレックが両の眉をつり上げた。「三つ挙げてみろ」

「お茶」

「それは東洋から運びこまれたものだ。まあ、なかなかがんばったと言ってやろう」

リリアンは吐息をついた。「わかりました。シェイクスピア」

「シェイクスピアなど、スコットランドの国民的詩人のロビー・バーンズの足もとにもおよばない」

リリアンが彼を見た。「ばかなことを言わないで」

アレックは両手を大きく広げた。「それなら続けてくれ。シェイクスピアでいちばんすばらしいと思う作品はなんだ？」

「どれも最高だわ」抜け目ない返事だ。「シェイクスピアですもの」

「どうやら張り合えるほどのものを考えつけないようだな」

なぜ彼にはわからないのか想像もつかないとばかりにリリアンは顔を背けた。「わかりました。〝気前のよさは海のように果てしなく、愛は海と同じくらい深い。愛を捧げれば捧げるほどに、愛が増える、どちらもきりがない〟」

アレックは片方の眉をくいっとやった。「子どもの恋物語だな」

リリアンが呆然とする。「『ロミオとジュリエット』なのよ」

「分別のない赤ん坊だ。のぼせ上がって殺し合った」

「古今を通してもっとも偉大な恋物語のひとつだと言われている作品です」

アレックが一方の肩だけをすくめた。「もっといいものを知らなければ、そう思うのも仕方ないんだろうな」

「あなたのバーンズがその〝もっといいもの〟ということかしら？」リリアンはあざけった。

アレックは身を乗り出し、わざときつい訛りを使った。「まさにそうだ。ロマンスを求めているのなら、スコットランド人に訊け、だよ」

リリアンも負けじと体を前に倒した。いかれた犬のドレスなんてくそ食らえ。そして、同じように訛りを使った。「証明して」

その瞬間に馬車の速度が落ち、上流階級の半分が待っているエヴァースリー・ハウスへの到着が間もなくだとわからなければ、その夜はどんな風に進んだだろうか、とアレックは訝った。

直感に従ってこの大胆で勇敢でこちらをからかうリリアンをひざに引き寄せ、自分なりに精一杯証明していただろうかと。

幸いなことに、それはわからないままになった。

なぜなら、馬車はたしかに速度を落としたからだ。そして、ふたりはエヴァースリー・ハウスに着いたからだ。

リリアン・ハーグローヴにキスをするのは問題外だ、と思い出させられた。

リリーは、自分を結婚させようとしている彼の決意の強さを見誤った。

犬のドレスを着て人前に出たときに、どれほどきまりの悪い思いをするかについても判断を誤った。エヴァースリー・ハウスの外階段の下に立ち、窓が黄金色の明かりできらめいているのを目にし、浮かれ騒ぐ声がパーク・レーンにこぼれてくるのを耳にしたリリーは、恐怖に焼き尽くされた。

貴族が近くにいるときはたいてい落ち着かない気分——貴族仲間に歓迎されるほど地位は高くないが、無視されるには貴族の世界に近すぎて、完全に場ちがいな気分——になるから、まったく未知の感情というわけではなかったけれど。社交シーズンであろうとなかろうと。デレクと出会ってさえいなければ、無視してもらえていたかもしれない。

けれど、デレク・ホーキンズは常に注目されたがり、八カ月前にサーペンタイン池のほとりでぶらぶらしている彼の目に留まった瞬間から、リリーも見られる宿命を背負ってしまったのだった。あの午後の記憶を脇に押しのけ、大きく息を吸いこんだ。そうすることで勇気を持って前に進めるとばかりに。

「衣服(サートリアル)の選択はほんとうにそれでいいのか?」耳もとでアレックがそっけなく訊いた。低くささやかれて快感が走ったのを無視する。「白状すると、あなたがサ、ー、ト、リ、ア、ルなんてことばをご存じなことに驚きましたわ、公爵さま。ご自分の服装には問題がおありなのに」

彼はくつくつと笑い、リリーの腕に手をかけて前へといざなった。守られていると感じさせるその感触を、彼女は喜ぶと同時に憎んだ。「スコットランドにも本はあるんだ、ミス・ハーグローヴ」

「そうおっしゃってましたね。シェイクスピアよりもいいと」

「アイ」玄関に立つ従僕に近づきながら、彼がリリーだけに聞こえる低い声でつぶやいた。

「まだ証明してくれていませんけど」屋敷のなかに足を踏み入れたらどうなるかと狼狽していた。自分は逃げようとしているのに、彼が無理やり引き入れようとしているこの世界に足を踏み入れたら。

ほんとうは、昔から密(ひそ)かにその一員になりたいと願っていた世界。

ううん、ちがう。そんな思いを認めはしない。

リリーが体をこわばらせると、彼はすぐさまそれを感じ取ったようだ。バークレー・スクエアの居間にいるかのように話し続けたからそうとわかった。「〝彼女を見たら愛さずにはいられない、彼女だけを、永遠に……〟」

そのことばに衝撃を受け、リリーは階段を上がりきったところではたと固まった。彼をふり返る。「いまなんて言ったの？」

彼はそのまま続けた。「〝ここまで深く愛し合っていなければ、ここまで盲目的に愛し合っていなければ……〟」リリーの耳にだけ届く舌先を歯茎にぶつけるスコットランド訛りが邪に響き、自分がどこにいるのか、なにを着ているのか、なかでなにが待ち受けているのかを忘れた。「〝出会っていなければ——別れていなければ……〟」

リリーはもやを晴らそうとでもするように頭をふった。ふたりはたがいを知りさえしない。わたしはただ詩に惹きつけられているだけ。ロビー・バーンズという詩人はとても才能があるらしい。

「〝心破れることもなかったのに〟」

最後は低く陰鬱なすばらしいささやき声で、リリーは胸が潰れるような悲しみを味わった。不意に涙がこみ上げてきたので、彼から目をそらして大きな袖や色あざやかなシルクの旋風となって踊っている人たちを見た。

「ラス？」リリーの肘をつかむ手に力がこめられた。鋼のようにたくましいその手はリリーを安心させようとするものだったが、安心感ははかないものだと彼女に思い出させただけだった。すべての感情のなかで悲しみがもっとも正直なものだと。悲しみと後悔が。

ちょうど屋敷に入ったのをいいことに、リリーは彼の手から逃れて外套を従僕に預けた。従僕はリリーのひどいドレスを目にして驚きを隠しきれなかった。その瞬間を利用していまいましい涙を拭ってから公爵に向きなおった。「あなたのバーンズも悪くはないかもしれないわね」

彼はなにも言わず、リリーがぜったいに自分からは明かそうとしない答えがそこに出ていないかと顔を探った。「リリー……」つかの間、ふたりきりだったら彼はなにを言っただろうとリリーは訝った。なにをするだろうと。

「〈ハイランドの悪魔〉がご臨席の栄を授けてくださったぞ！」

エヴァースリー侯爵が現われたおかげでリリーは救われた。この状況で救われることがあるとするならば、だが。

「ハイランドに住んでいるわけでもないのに」アレックがぶつぶつと言う。

エヴァースリー侯爵は力強い手でアレックの肩をぴしゃりと打った。「ロンドンの第一の決まりごとだ、友よ。真実などだれも気にしない。きみはハイランドに蒸留所を持っている。だから〈ハイランドの悪魔〉ってわけだ。おいおい、その目はひどいな」彼はリリーに微笑みかけ、そのドレスに気づくと驚きに両の眉をつり上げた。それでも、すぐさまその表情を隠し、手を取ってお辞儀をしたところはさすがだった。「ミス・ハーグローヴ。あなたは評判どおりの方ですね。伝説になっているとおりに美しい」

「そこまで大げさに言う必要はないだろう」リリーの背後にいるアレックがうなるように言った。「犬のドレスを着た女性だぞ」

「完璧だと思うがな」エヴァースリーが彼女から目を離さないまま答えた。「妻にも同じドレスを買ってやりたい」

リリーは思わず侯爵と同じ勝ち誇った笑みを浮かべた。エヴァースリー侯爵がゴシップ各紙から〈放蕩王者〉と呼ばれているのも納得だった。彼なら同席のどんな女性だって魅了してしまうだろう。とはいえ、いまでは新たな異名――〈首輪をつけられた夫〉――があたえられ、妻にぞっこんなのをロンドン中の人間が知っていた。

「奥方がミス・ハーグローヴと同じくらい美しいのを気づかれたくないからだろうが」

リリーはアレックがさりげなく自分を形容したことばを無視しようとした。もちろん、美人だと言われたことは以前にもある。ゴシップ紙にそう書かれたこともある。目があり、姿見もあるのだから。それでも、彼の口からそう言われると、なんだかちがって感じられた。

真実味が増すと同時に、それほど重要なことではないと。

エヴァースリー侯爵がアレックにうなった。「妻の美しさをだれにも気づかれたくないと私が思っていることをよくおぼえておけよ、公爵。特にきみにはな」

アレックは呆れた顔になり、上着のポケットから一枚の紙を取り出した。「これを実行できるか？」

「おい、ウォーニック、例のばかげた名簿を持ってきたのか？」

リリーは眉根を寄せた。「なんの名簿?」

男性ふたりが同時にしゃべった。

「なんでもない」エヴァースリー侯爵だ。

「名簿なんてない」問題の紙を見ながらも、アレックは言った。

「ふたりとも嘘が下手ね」ふた組の目が彼女を見た。リリーが手を伸ばすと、取られまいとして腕を高く掲げたアレックの上着がぴんと張った。リリーは手を下ろした。「子どもみたいなふるまいをしているわよ」

アレックが腕を下ろす。「なんでもないんだ」

「なんでもないはずがないでしょう。舞踏会でわたしを相手にゲームをしているのなら」

彼はリリーの髪から突き出ている猟犬とウサギに目をやった。「今夜ゲームをしているのはおれだけじゃないぞ、ラス」

彼の気がそれた機に乗じ、リリーは紙を奪ってすぐさま背を向けた。そこには五人分の名前が書かれていた。伯爵がひとり、子爵がふたり、男爵がひとり、それに公爵だ。

リリーは彼に顔を向けた。「これはなに?」

アレックは答えなかったが、頬をかすかに赤らめた。とてもいけないことをしているところを見つかったかのように。おそらくそうなのだろう。リリーはもう一度名簿に目をやり、共通点を探した。

全員が爵位を持っている。全員がかなり広大な地所を持っている。

うわさ話を信じていいのなら、全員がきちんとした人だ。

そして、全員が教会に棲むネズミくらい貧しい。

この人たちは求婚の候補者なのだ。リリーは顔を上げてアレックを見た。「どうしてチェーピン公爵さまの名前の横に疑問符がついているの？」

アレックはエヴァースリー侯爵を見やり、侯爵は突然足もとの絨毯にじっと見入った。

リリーには無視されるつもりはなかった。「公爵さま？」敬称で呼びかけられた彼が顎をこわばらせるのは、見ていて愉快だった。

彼がリリーに注意を戻した。「結婚したいと思っているかどうか確信が持てないからだ」

リリーはまなざしを険しくした。「市場に牛を出すみたいに、わたしを売ろうというわけね」

「大げさなんだよ、リリアン。こういうやり方がふつうなんだ」

大げさにするというのがどういうものか、彼はまだ理解しはじめてもいない。「醜聞まみれの被後見人を結婚させるやり方ということ？」

彼はリリーを見ずに言った。「きみはことをたやすくしてくれなかったからな。名前を言ってくれれば、そいつをつかまえてやるぞ」

「結婚したくないと言ったはずです」

「それならこの名簿を使うしかない」

リリーは名簿を見た。「チェーピン公爵さまとはぜったいに結婚しません」

「だったらその名前を名簿から消せばいい。代わりに肉屋でもパン屋でも、なんだったら燭台職人でもいいから名簿にくわえろ。だが、たとえおれが殺されようとも、きみは結婚する」

「ウォーニック」エヴァースリー侯爵が注意した。「ことばに気をつけろよ」

リリーはためらわなかった。「あなたを殺すのが結婚の唯一の利点かもしれないわね」

エヴァースリーに聞こえないよう、アレックがリリーに身を寄せてきた。彼の目がただの茶色でないと見て取れるほど近くまで。茶色に金と緑と灰色の斑点が混ざっていた。その目を持った人物を見るのもいやだと感じていなければ、美しい目だと思っただろう。悪党にしか見えないのに、彼は自分を英雄だと思っている。

「きみはシェイクスピアが好きだから、こういうのはどうだろう。〝売れるときに売っておけ〟、リリアン・ハーグローヴ。〝きみはどこの市場でも買い手がつくという代物ではないのだから〟（シェイクスピア『お気に召すまま』に出てくる台詞）」

リリーははっとした。「それはどういう意味ですか？」

「時間にはかぎりがあるということだ」

恥辱感でいやな熱さを感じた。心臓が飛び出しそうになり、リリーはその瞬間、彼を憎んだ。すっと背筋を伸ばして肩をいからせ、王族も顔負けの威厳を見せる。「あなたは最低(バスタード)の人ね」

「残念ながら私生児(バスタード)ではない。きみがそうあってほしいと望むのは理解できるがね。なんといっても、おれが嫡出子だったせいでふたりともこんな状況に陥ったわけだからな」

リリーは返事をせず、彼を押しのけて舞踏室へ向かう人の流れについていった。ばかげた犬のドレスを着た自分がどう見えるかなど、急に気にもならなくなったのだ——耳もとで血がどくどくいっていて、自分に気づいた上流階級の人々がささやき合う声も聞こえなかった。

それでも、アレックが小さくついた悪態は完璧に聞こえたし、そのあとのエヴァースリー侯爵の「いまのは汚いやり口だったぞ、ウォーニック」ということばも聞こえた。

よかった。お友だちに叱られればいいのよ。ひどいふるまいをしたのだから。

アレックも、彼の粗野さも、もうたくさんだった。エヴァースリー・ハウスの玄関で萎れて死ねばいいのよ。彼も、彼の癪に障る名簿も、スコットランドの美しい詩も、くそ食らえだわ。

いますぐ道を分かてたら幸せというものだ。

舞踏室に足を踏み入れると、まばゆい黄金色の明かりにすぐさま注意が向いた。天井高くに吊されたシャンデリアや、至るところにある突き出し燭台や枝つき燭台など、部屋中でろうそくが赤々と燃えていた。けれど、もっとも明るく輝いていたのはろうそくではなかった。人々だった。ロンドン中の貴族が興奮もあらわに、目や髪の色に合ったあざやかなシルクやサテンをまとってここへやってきたように思われた。

舞踏室のすぐ内側で足が止まった。狼狽して動けなくなったのだ。次はどうなるだろう？自分は舞踏室にいて、完全に不適切なドレスを着ていて、立腹して、いらだって、傷ついて、この悲惨な状況の出口を必死で探していた。

熱く容赦のない視線が自分に向けられ、おしゃべりの声が消えていくなか、リリーは肩をいからせて顎をつんと上げ、気持ちを強く持つのよと自分に言い聞かせた。集まった人々に目をやると、あちらの視線が毛皮に載ったシルクのようにすべって離れていった。扇が持ち上げられ、顔が背けられ、ささやきがはじまった。

きまりの悪さに襲われ、リリーは大きく息を吸いこんだ。自分はここに来てしまった。舞踏室のただなかに。なんとか前に進むしかなかった。

そう心を決めた直後、だれかが助けに来てくれた。

複数のだれかが。

8

〈ひとりぼっちのリリー〉、〈外聞の悪い姉妹たち〉につかまる
大胆な美女団がウォーニックの被後見人の味方となる

「まあ、ひどい。このドレスはすぐに燃やしてしまうべきね」

「しーっ！」別の声が諭す。「彼女のお気に入りかもしれないでしょう！」

「なにを言っているの。好きな人がいるわけがないじゃないの」リリーがふり向くと、四人の女性がすぐそばにいた。そのうちの中心人物がためらいもせずにリリーの目を見た。「好きじゃないんでしょう？」

単刀直入に訊かれて驚くあまり、即答していた。「ええ」

黒っぽい髪で完璧な装いをしている四人の美女が、いっせいに笑顔になった。正直に言うならば、ひとまとまりになるとかなり人目を引く四人だった。それぞれのドレスはあざやかな黄色、緑、青のシルクで、赤を着ている中心人物が言った。「つまり、ある特別の効果を狙ってそれを着ているわけね」

「男の人のためでしょう」青いドレスの女性がボディスのくれ具合をじろじろと見た。その日の午後にリリーが手なおしして襟ぐりを下げたのだ。「みごとだわ」そう言って身を寄せる。「殿方のため？」

「どうして男の人のためにこんなものを着るのよ？」緑のドレスだ。「おびえて逃げるように仕向けるため？」

今度は黄色のドレスが口を開く。「彼の意見など気にしてないってところを見せるためでしょ」

「それはやめておくべきね」赤いドレスの女性がリリーの目の前に立った。「男って自分の意見がわかっていることが稀なの。こんなドレスを着るくらい勇敢なんだから、長い目で見たらその男性の意見なんてほとんど重要じゃないってわかる程度には頭がいいはずよ」

リリーは首を横にふった。「彼は男の人じゃないの。いえ、彼の意見なんて気にしていないの」

やわらかな笑みを浮かべた黄色のドレスの女性を見て、こういう状況でなければ地味だと思っていただろうとリリーは気づいた。でも、地味ではなかった。微笑んだときは。「ということは、男の人がいるのね」

「あなたがおっしゃるような意味の男性ではありません」リリーは言った。

「じゃあ、どういう意味の男性なの？」緑のドレスがたずねる。

「男の人と言ったときの彼女の口調がうっとりするものだったでしょう」四人を相手にして

に」

目眩を感じながら指摘した。「まるで、彼に対して嫌悪感以外の感情がわたしにあるみたい

「嫌悪っていうのは愛の反対の感情じゃないのよ」黄色のドレスの女性だ。

「おえっ」リリーの気持ちを赤いドレスの女性が代弁した。「この人の話は聞かなくていい

から。ソフィが愛ある結婚をしたとき、わたしたちみんな残念に思ったのよ」

ソフィ。

それでリリーには四人組がだれなのかがわかったのだった。

「あなた方は〈危険な娘たち〉なのね！」そう言ってしまったあと、そのことばを閉じこめ

ようとでもするように片手で口をおおった。

四人の笑顔がにやつき笑いに変わった。「大当たりよ」ソフィが言う。

ソフィは旧姓をタルボットといい、約一年前にひどい醜聞のなかで結婚してエヴァースリ

ー侯爵夫人となり、将来はライン公爵夫人となるレディ・エヴァースリーだ。つまり……リ

リーは残る三人のなかでいちばん小柄な緑色のドレスを着た女性に向いた。「あなたはレデ

ィ・セレステで、もうすぐクレア伯爵夫人になる人で……」リリーはいちばんの美人に顔を

向けた。「あなたはミセス・マーク・ランドリーですね」女王のごとく裕福で、その結婚相

手は莫大な財産がなければ貴族社会にそっぽを向かれるほど騒々しくて粗野な人だ。

ミセス・ランドリーが会釈する。「レディ・セリーヌと呼んでちょうだい」

彼女たちは、炭鉱業で爵位を買ったワイト伯爵の五人の娘のうちの四人だ。成り上がり者

いた。

の彼女たちはロンドンのゴシップ各紙から〈危険な娘たち〉と呼ばれていた。もうひとつのもっとひどいあだ名――〈薄汚れたSたち〉――よりもうんとましだとリリーは常々思って

そして、四人のうち三人の正体がわかったいま、最後のひとりがだれなのかもわかった。ふくよかな体にぴったりの赤いドレスは、とても長身で美しいレディ・セシリー・タルボット以外の者が身にまとったら、とんでもなく破廉恥なものになっていただろう。ところが、彼女が着るとただただきらびやかだった。この女性にくらべたら、リリーは自分がとても色褪せて見えるのを思い知らされた。

ほんの一年前、デレク・ホーキンズとかかわりがあった女性。

唐突に、この女性たちが現われて暗黙のうちに受け入れてくれたことにそれほど元気づけられなくなった。

「あなたはわたしたちを知っている」レディ・セシリーが言った。「そして、ここにいるほかのみんなはあなたを知っているようね。で、あなたはどなた?」

「セシリーったら」レディ・エヴァースリーが注意する。「無作法よ」

リリーは名乗りたくなかった。デレクとの過去のせいで彼女たちに嫌われたくなかった。競争相手とみなす人に女性たちがどんなことをするか、耳にしたことがあったからだ。リリーはこの一団がかなり好きだったのに。

彼女たちをほんとうに知っているわけではなかったけれど。でも、ゴシップ紙を読んで好

きになっていた。それに、扇の陰でひそひそ話をするのではなく、直接話しかけてくれたのもうれしかった。

彼女たちは扇を持ってすらいなかった。

レディ・エヴァースリーがリリーを見た。「とはいえ、あなたはわたしの家にいるわけだから、お知り合いになれたらうれしいわ」その顔にはおもしろがっているような笑みが浮かんでいた。

「そのとおりよ、ソフィ。わたしよりもうんと上品な話しぶりだったわね」

セレステが笑う。「わたしたちのひとりでも上品だったことがあるみたいじゃないの」

セシリーがリリーの両手をつかんだ。「この人は犬のドレスを着ているのよ。上品さなんて気にするわけないじゃない。それに、襲いかかろうと手ぐすね引いている狼たちから守ってあげるなら、どうしても名前を教えてもらわなくっちゃ」そう言って身を寄せる。「狼は犬を襲うものなのよ」

「野生動物のことなどなにも知らないくせに。最後にロンドンから離れたのはいつよ？」セリーヌが姉を鼻で笑った。

やはりリリーは彼女たちが好きだった。だから、さっさと決着をつけようと心を決めた。

「リリアン・ハーグローヴです」

一拍の沈黙が落ちた。リリーは、セシリーが手を放して自分を押しのけるのを待った。よりきつく手を握られてこう言われるとは思いもよらなかった。「ずっとずっと会いたかった困惑が湧き上がり、疑念と不安と失望がごちゃ混ぜになった気持ちが続いた。そして、その芯にはひと粒の希望があった。

リリーは顔を赤らめた。「わたしと知り合いになりたかったんですか？」

セシリーが小首を傾げる。「もちろんよ。ロンドン中の人たちがそう願っているわ」それから身を近づける。「なかにはただの知り合い以上になるのを望んでいる人もいるでしょうけどね」

それを聞いたリリーの頬がまっ赤になった。

「セシリーったら！」

「だってそうじゃない。彼女を見てごらんなさいよ。うわさどおりの美しさじゃないの」

「彼女が言わんとしているのは、ホーキンズのことがあるのに自分と知り合いになりたかったのか、ということよ」そう言ったのはミセス・ランドリーのセリーヌだ。どうやら有名な夫と同じく、彼女も無遠慮なふるまいを誇っているらしい。それからリリーに向かって言った。「セシリーはホーキンズのことなどこれっぽっちも気にしていないのよ」

「軽蔑すべき男にふさわしく惨めな人生を送ってくれればいい、と思うくらいには気にしているけれどね」セシリーはリリーに向きなおった。「それで犬のドレスのわけがわかったけれど。なかなかのものね。でもね、そんなドレスを着ていたってあなたの美貌は少しも損なわれていないわよ」

リリーがなにか言う前に、エヴァースリー侯爵夫人が口をはさんだ。「セシリーのことは気にしないで、ミス・ハーグローヴ。頭に浮かんだことをそのまま口にせずにはいられない人なの」

「はん。慎重にとろとろやっている時間なんてだれにもないのよ」セシリーは手をひらひらとふった。「デレク・ホーキンズには、男性としてとても受け入れられないふたつの面があるわ。がまんならないほどうぬぼれが強いことと、しゃにむにみんなに崇められようとすること。ひとつなら目をつぶってあげる気になるかもしれないけれど、ふたつとなると――」

最後にとても淑女らしくない音をたてた。

「それに、お金づかいが荒いしね」セレステだ。

「イングランド一裕福な貧乏人よね」セシリーが同意する。「ポケットに穴が開いているんじゃないかと思うくらい。入った硬貨がそのまま地面に落ちるのよ」リリーに目をやる。「そんな人が才能にあふれているなんて最悪じゃない？　わたしたちみんな、彼の才能に目を眩まされてしまうのよ」

リリーはセシリー・タルボットのあけすけなことばに衝撃を受けていたので、なんと返事をすればいいか思いつくのに時間がかかってしまった。すると、レディ・エヴァースリー――五人姉妹のなかでいちばんもの静かでやさしいという評判――が代わりに言ってくれた。「セシリー、お姉さまは彼女をぎょっとさせているわ」姉をたしなめたあと、リリーに向かって言う。「姉には返事をしなくていいのよ。好き勝手なときに無作法にふるまう人なの」

「無作法になろうなんて思っていなかったわよ！」

「公正を期するなら、セシリーは無作法にふるまおうとしていないときでもそうなの」セリーヌが指摘する。

侯爵夫人が笑ってリリーの両手を取った。「今夜来てくださってほんとうにうれしいわ。白状すると、公爵さまがここであなたを社交界に出そうとしているとキングから聞いて、とても興味をそそられたの」リリーの髪に飾られた猟犬とウサギにちらりと目をやる。「実際にお目にかかったらもっと興味をそそられたわ。だって、あなたには……趣味のよさがあるもの」

「ありがとうございます、マイ・レディ」あいかわらず四人の姉妹に圧倒されていた。「でも、いまは社交シーズンではありませんよね。ほんとうの意味では」

侯爵夫人がうなずいた。「ソフィと呼んでちょうだい。うちの夫とあなたの公爵さまはとても近しい仲だから、〝マイ・レディ〟なんて呼ばれるのはおかしいもの」

リリーはとっさにソフィの肩の向こうに目をやった。いまのことばに呼び出されたかのように、舞踏室の入り口にアレックが侯爵とともに姿を現わした。体に合わない服を着ているのに、なぜかここにいるだれよりも堂々として見えた。リリーの心臓が鼓動を速めた――彼の許しがたいふるまいに激しい怒りを感じているからにちがいなかった。「彼はわたしの公爵さまなんかじゃありません」

「やったわ」セシリーがリリーのすぐ後ろからアレックをじっと見つめて言った。「じゃあ、わたしのものにしてもかまわない？　彼にはちゃんとした仕立屋が必要だけれど、今夜のところは見逃してもいいわ」

だめ。

この大胆で美しい女性とアレックが一緒にいるという考えを反射的に嫌悪したが、それがどこから来るものかリリーにはわからなかった。けれど、どうしてもいやだった。アレックがだれを公爵夫人に選ぼうと、わたしが気にすることではないでしょう？

気になどしていない。

少しも。

「すきま風の入るスコットランドのお城の女王としてあなたを迎えられたら、彼は幸運だと思いますわ」リリーは嫌悪感を押しやって言った。

セシリーが鼻にしわを寄せた。「公爵領とお城という響きはいいけれど、だれがスコットランドなんかに住みたがるかしら？　恐ろしくつまらない場所じゃないの」

「それが最善だと思うわ、セシリー」セリーヌがからかう。「キングは、あなたには近づくなとお友だちに強く注意するでしょうし」

「ばかなことを言わないで」セシリーが言い返す。「近づくなと注意されるのはわたしのほうでないとおかしいでしょう――だって、だれだって〈スコットランドの野蛮人〉の征服者ぶりを知っているもの」リリーに身を寄せる。「もちろん、面と向かって彼をそう呼ぶ人はいないわよ。でも、うわさはほんとう？　彼って恐ろしく精力的なの？」

リリーは目を丸くした。なんですって？

アレックにはそんなうわさがあるの？

そのとき、彼のあだ名が頭のなかでこだました――〈スコットランドの野蛮人〉。そのあだ名が大嫌いだった。彼の背後でこそこそささやかれているというのも気に入らなかった。彼がうわさの種にされているというだけでたまらなくいやだった。

彼がロンドンを嫌っているのも当然だ。いまこの瞬間は、リリーも同じ気持ちだった。

思わず彼に目をやってしまい、その完璧な口に長々と見入ってしまった。頭のなかでは〝精力的〟ということばがぐるぐるとまわっていた。彼のことは嫌いだったと思い出すまでは。「さあ、わたしにはわかりませんわ」

「ふうーん。じゃあ、そうでもないのかもしれないわね」セシリーが作り笑いを浮かべた。

「勘弁してよ、セシリー。もうやめて」セリーヌだ。

「取っ組み合いに飛びこむ前に、そういうことを知っておくのが重要なのよ！」

「ううっ。あなたは彼と結婚すべきね。上流社会はあなたを厄介払いできて大喜びするわよ」

セシリーは目をきらめかせながらリリーをふり向いた。「この人たちの言うことなんて聞いちゃだめよ。上流社会はわたしに夢中なんだから」

「蓼食う虫も好き好きよね」セレステがからかい、みんなで笑った。リリーも唇がひくつくのをこらえられなかった――タルボット姉妹の感情と活力は否定しがたかった。彼女たちはリリーの思い描いてきた姉妹が、家族が、友人が、まさに現実になった感じだった。

彼女たちのあいだには紛れもない愛があった。

勝手に燃え上がった嫉妬心をリリーは懸命に抑えこんだ。妬んだりしたくなかった。強く結びついた彼女たちをうらやましがったりしたくなかった。

けれど、うらやましかった。全身全霊で。

それも、人生で恥じた経験など一度もないかのように、上流階級から見下されても全員が恐れ知らずであることだけがうらやましいのではなかった。ユーモアと愛と信頼と心の底からの忠誠心が響きわたる彼女たちの笑い声を聞いているうちに、胸が締めつけられ、自分も彼女たちのひとりになりたいと思った。とても真剣に。

彼女たちが人前で騒々しくうわさ話をするという事実も、そんな気持ちに水を差しはしなかった。

「手遅れだったようよ、セシリー。彼を追っているのがだれか見てごらんなさい」セリーヌがリリーの肩の向こうに視線を据えたまま、なにげなく言った。

リリーがふり向くと、美しい女性がアレックとエヴァースリー侯爵に近づいていくところだった。離れていても、アレックが体をこわばらせるのがわかった。近づいてくる女性を上から下まで眺めるのが見えた。上流階級の人でいっぱいの場所にいることを考えたら、近づきすぎるほどに彼女が近づいた。

「あれはだれ?」リリーは思わずたずねていた。

「レディ・ロウリーよ」セシリーの口調はけんもほろろだった。「とんでもなくハンサムでとことんろくでなしのロウリー伯爵の奥方。伯爵はわたしたち全員を狙っていたときもあったわね。きっと梅毒持ちでしょうから、相手にしなかったけれどね」

「セシリーったら！」ソフィがたしなめる。

「やめてよ。あなただってそう思ったことがあるでしょうに」

「そうだとしても、舞踏室で梅毒の話なんてしないものなの！」

そばを通りかかった紳士がぎょっとした顔になったのを見て、姉妹はどっと笑った。セリーヌが手をひらひらとふる。「あなたはなんの心配もいりませんわ」それから姉妹に向きなおる。「これでわたしたちは梅毒持ちだと、オーウェル男爵に思われてしまったわ！」

「ちがうんですよ、オーウェル卿」セシリーが大声で言ったので、リリーは顔をまっ赤にした。「ロウリー卿の話をしていただけなんです。伯爵が梅毒持ちだろうという件についてご意見はあります？」

「いや、ないね」軽蔑しきった口調で言ったあと、男爵は急いで離れていった。

全員で笑い、リリーも楽しんでいたが、それもアレックに注意が戻るまでだった。彼はあいかわらずロウリー伯爵夫人としゃべっていた。セシリーがリリーの視線を追った。「あらま。結婚の誓いを破ろうとしているのは伯爵だけではないようね」リリーも同感だった。アレックと触れ合ってはいないものの、ロウリー伯爵夫人は人前でかろうじて服を脱いでいないだけで、胸を押しつけんばかりだ。

アレックがだれの胸に触れようと、どうでもいいことだけど。

「あの微笑みは完璧なものにするのに何年もかかっているわね」セリーヌの声には賞賛がにじんでいた。

リリーは唇をきつく結んでアレックと伯爵夫人から目をそらした。「そうでしょうね」

「あのふたりは知り合いだと思う？」訊いたのはセレステだ。「彼はぜひともつかまえたい男性だという評判だけど、彼女とは似合わない気がするのよね」

リリーも同じ意見だった。似合うかどうかなど考えたいわけではないけれど。

「まだだとしても、じきに知り合いになるわよ」セシリーが言う。

リリーには気にもならなかった。まったく。すばやく肩をすくめて、またふたりに目をやった。「知り合いになればいいのよ」

「あらら。公爵さまには仕立屋が必要かもしれないけれど、無視する腕前はかなりのものみたいね」セシリーが言った。

リリーはふり向きたい気持ちをこらえた。

「伯爵夫人はご立腹のようよ」ソフィは畏怖の面持ちで言ったあと、なぜかうれしそうに声を大きくした。「ほら、彼らが来たわ！」

「参ったよ」エヴァースリー侯爵の声が背後でしたので、リリーはふり返るしかなかった――それが礼儀だからだ。侯爵はくつろいでいて陽気で、朗らかなタルボット団の五人めとして大歓迎されているようだった。けれど、アレックは顔色が悪くて堅苦しいようすだった。

またリリーの近くに来たせいにちがいない。

「ミス・ハーグローヴを堕落させないでくれよ、きみたち」エヴァースリー侯爵がからかう。

「彼女がロンドンの舞踏室に顔を出すのははじめてなんだからね」

「そんなこと、夢にも思いませんわ」

「少なくともはじめての夜は」

「でも、次の機会にはきっとそうするでしょうね」セシリーはそう言うと、アレックに向きなおって手を伸ばした。リリーはその動きに感銘を受けた。しなやかに片手を出し、彼にその手を取るしかないように仕向けたのだ。「公爵さま」喉を鳴らすように言ってひざを折ってお辞儀をする。「ぜひおうかがいしたいことがあるのですけど……」

アレックは一団に注意を引き戻されたようだった。「うん?」

セシリーが黒いまつげの下から上目づかいをすると、リリーですら彼女に引きつけられた。

「あなたはこの先一生スコットランドで暮らすと固く決めてらっしゃるのかしら?」

「じつはそうなんだ」一瞬の躊躇もなく答える。

セシリーが手を引き抜く。「残念だこと」それから舞踏室全体に目を向けた。「いちゃつく相手をほかに見つけなくてはならないようね」

「だれもこの人といちゃついてはだめだと言ってないでしょ」セレステが指摘する。「気を惹いた相手と結婚しなくちゃならないわけでもあるまいし」

「たしかに」セシリーはため息をつき、上の空で部屋を見まわした。「でも、そういう可能性があったほうが楽しくなるわ。わたしはスコットランドに骨を埋める気はないの。気を悪くなさらないでね、公爵さま」

「大丈夫だ。おれが謝るべきかな?」

「そうしていただいても困りはしないわ」セシリーが返事をする。

アレックは胸に手をあてた。「当然ながら、おれの損失だ」

セシリーがにやついた。「ハンサムで、裕福で、爵位があって、おまけに頭もいいなんてね。ほんとうに残念だわ」

みんなが笑ったのでリリーもまねしたが、アレックのユーモアをたやすく引き出すセシリーがうらやましくて仕方なかった。自分自身にもユーモアが欲しかった。

はっと体がこわばる。ううん、そんなものは欲しくない。

彼を好きになどなりたくない。

彼から離れて新しい人生をはじめたい。彼から遠く離れて。

楽団が演奏をはじめると、クレア伯爵とマーク・ランドリーが魔法のように現われ、タルボット姉妹のそれぞれの相手をダンスに誘った。エヴァースリー侯爵は妻に向かって仰々しくお辞儀をした。「愛しのきみ？」約束のように低く邪な声だ。

ソフィがかわいらしく頬を染め、夫の手を取った。「わたしは舞踏会の女主人だから、ほかの人とも踊らなければいけないのはわかっているわよね」

エヴァースリー侯爵が眉根を寄せる。「それなら、これ以上は催し物を主催することに興味はないとはっきり言っておこう。ウォーニックとは踊ってもいいが、彼だけだ」

ソフィは笑い、夫にダンス・フロアへと引っ張っていかれながら肩越しにアレックに呼びかけた。「わたしを押しつけられてしまってごめんなさいね、公爵さま！」

セシリーとともに残されたリリーは、感謝の祈りを捧げた。アレックとふたりきりになるなんて耐えられなかった。彼に手ひどく裏切られたのだから。残ったセシリーをダンスに誘うようアレックに念を送った。けれど、セシリーに先を越された。彼女がふたりに向かってこう言ったのだ。「あなたたちも踊ってこなくちゃ」

「わたしは——」リリーは胸をどきどきさせながら言いかけたが、アレックにさえぎられた。

「いや、けっこう」

そっけなく言われてがっかりしたけれど、そんな気持ちを無視した。がっかりなどしていない。彼とはいっさいかかわりたくない。だから、ダンスなんてぜったいにしたくない。彼に触れるなんて問題外。

どうやらセシリーには別の考えがあるようだった。「断る選択肢はないの。これは彼女のはじめての社交シーズンのはじめての舞踏会でしょ。それに彼女が着ているのは……ええっと……こういうドレスだわ。あなたは彼女を知っている人のなかでもっとも地位が高いのだから、彼女と踊らなくてはだめなの」

「おれがだれなのか、だれも知らない」彼が言う。

セシリーの顔に作り笑いが浮かんだ。「公爵さま。あなたは独身の公爵で、国王陛下並みに裕福でしょ。あなたがだれなのかだれも知らないなんて本気で信じるのは、相当の愚か者くらいよ。キリスト教世界で最悪の仕立屋を使っているかもしれないけれど、それでもあなたは愚か者ではないでしょ?」

その件に関してはリリーなりの意見があったが、黙ったままでいた。

「おれは彼女の後見人だ。リリーにはリリーなりの意見があったが、黙ったままでいた。

セシリーが眉をつり上げる。「ロンドンにいる後見人の半分は被後見人と結婚するはめになるの。伝染病みたいなものよ」

リリーはこれ以上黙っていられなかった。「この後見人はちがいます。この被後見人も」

アレックが彼女をにらんだ。「よく聞いてくれ、レディ・セシリー。それはぜったいにない」

セシリーはふたりをじっと見つめてから言った。「そうでしょうね。それでも、踊らなければだめよ」

巨大なスコットランド人はため息をつき、リリーに手を差し出した。セシリー・タルボットのきびしい目に見つめられるよりは、被後見人とダンス・フロアでくるくるまわるほうがましだと判断したらしい。「それなら踊ろう」

リリーはぱっと手を引いた。「けっこうです」

セシリーがリリーを注意深く見た。「この場面で愚か者があなただとは思わなかったわ」

「わたしは愚か者なんかじゃありません。ただ彼とダンスをすることに興味がないだけです」

セシリーはアレックを上から下まで眺めた。「あなたに対して乱暴なの?」

「いいえ。今夜ここに来るよう無理強いしたことを数に入れなければ」

「それは数には入らないわね」それから身を寄せて静かに言った。「〈麗しのリリー〉、あなたに選択肢はないのよ。公爵さまと踊って、ドレスを着ていないあなたを見られる前に、犬のドレスを着ている姿をロンドンの人たちにしっかり見せつけてやりなさい」

リリーは固まった。

セシリーが片方の眉をくいっと上げた。「あの絵のことはみんなが口にしていると知っているでしょう。デレク・ホーキンズが今夜ここに現われたのよ。よりによって片足を棺桶に突っこんだ年寄りの未亡人と一緒に、歓迎されないネズミのごとくね。未亡人に気に入られたら、財産を遺してもらえると思っているのよ、あのろくでなし野郎」

セシリーのことばづかいにぎょっとしている余裕はリリーにはなかった。いらだちだけでなく、狼狽も湧き起こったのだ。必死の思いでアレックに目をやったが、彼は部屋の奥に視線を据えていた。リリーは喉のつかえを呑み下した。「帰りたいわ」

「だめだ」アレックににべもなく断られ、リリーは文句を言おうとした。

最初に口を開いたのはセシリーだった。「聞いてちょうだい、リリアン・ハーグローヴ。ホーキンズが女性にどんなことをさせられるかは、だれよりもわたしがよく知っている。これを生き延びたいのなら、なんでもしてあいつを悪党に見せることよ。ロンドンの人間にあなたを愛させるのがその第一歩なの。そして、そのとっかかりがあなたの公爵さまと踊ることなのよ」

彼はわたしの公爵さまじゃないわ。

衝撃と恐怖が体中を駆けめぐっていたせいで、リリーに思いついたことばはそれだけだった。そのせいで、アレックのやわらかなことばを危うく聞き損ねるところだった。「おいで」彼をふり向くと、手を差し出しながら濃い茶色の目でリリーの目をとらえていた。リリーをとらえていた。

差し出された手に手を置いたが、ほんとうはそうしたくなかった。セシリーのことばが頭のなかでこだましていても。ダンス・フロアにいざなわれ、そばに引き寄せられても。

別の時、別の場所であったなら、第二一代ウォーニック公爵を継ぐのに乗り気でなかったアレック・スチュアートが、とてもダンスがうまいことにリリーは気づいていたかもしれない。上流社会のすべてを避けている彼が、なぜダンスに長けているのかをたずねていたかもしれない。けれど、リリーは別の男性のことで頭がいっぱいだった。かつては愛していると信じていた男性のことで。

自分に嘘をついた男性のことで。

耳に心地よい約束で誘惑した男。信じられる人だと思いこませた男。結果がどうなるかを考えずにポーズを取ってくれと頼んだ男。公になったらどうなるかを考えずに。

世間からリリーがどんな女とみなされるかを。

デレク自身はなんの汚点もこうむらずに。

それどころか、ほめたたえられすらしている。

そして、この舞踏会に顔を出した。

無言のアレックにリードされて踊りながら、リリーはライオンの巣穴に入りこんでしまった事態をなんとか理解しようとした。おそらくデレクと鉢合わせするだろう。こんないまいましい犬のドレスを着た姿を見られてしまう。クラバットの上から覗くアレックの喉もとにちらりと視線を向ける。唾を飲んだ拍子にその喉仏が動いた。

詮索がましい貴族の衆目にさらされているのも、この人のせいなのだ。

視線を上げていく。力強そうな顎、ふっくらした唇、長い鼻、そして目。きっと自分以外のところを見ているだろうと思っていた。

まちがっていた。

訳知りの茶色の目にまっすぐ見つめられていた。目が合うと、彼を意識してしまった。ちがう。意識したのではない。

感じたのは激しい怒りだ。

「あなたのせいよ」アレックが無言のままだったので、リリーは彼を責め続けた。「あなたのせいで彼と同じ部屋にいるはめになってしまったわ。貴族の非難やうわさ話の格好の餌食よね。わたしがここにいるのはあなたのせい。あなたのとんでもない計画のせいなの」

「きみの将来を救うにはその方法しかないからだ」

「みんなの前でわたしの醜聞を強調することが？　それをつまびらかにすることが？」

「きみを結婚させることがだ。名簿は――あそこに載っているのは善良な男たちだ。彼らの評判については、エヴァースリーが太鼓判を押してくれた」

「チェーピン公爵さまは、祭壇に花嫁が現われなかった経験を三回もしているのよ。公爵さまなのに。よほどの欠点がないかぎり、ふつうはありえないでしょう」

「たとえば？」

「わたしにはわからないけれど、結婚直前に捨てられたとなると、鱗でもあったんじゃないかしら」

「鱗が理由じゃなかったとは思うが、彼を名簿からはずしてもいいと言っただろう」

「そもそも彼を名簿に載せるべきではなかったのよ」

アレックがため息をついた。「だったら自分で名簿を作れ」

「名簿なんていりません！」必死になって言ったことばは大きすぎ、そばで踊っていた男女の注意を引いてしまった。リリーは声を落とした。「どうしてそこまでこだわるんですか？どのみちわたしは面目を失ってしまったのだから、このまま行かせてくれればいいでしょう？　タールを塗った上から鳥の羽根でおおう私刑みたいな目にどうしてわたしを遭わそうとするの？」

彼がためらったのを見て、これから言おうとしていることがすべてを変えてしまうのだ、とリリーは気づいた。彼の目を見れば、真実を言おうとしているのがわかったからだ。

彼がとうとうそれを口にした。

「リリー、おれはきみのウエディング・ドレスを見たんだ」

リリーは凍りつき、息が吐けなくなった。「いまなんて？」

彼がリリーのウエストを、手を引っ張った。「ダンスをやめるな」

リリーは動かなかった。その場に立ち尽くして先ほどのことばをくり返した。「いまなんて？」

彼が目を険しくする。「見つけたんだ」静かな声だった。リリーの胸を狙って撃たれたなかで、もっともやわらかな銃声のようだった。「それに、将来の赤ん坊のためのかわいらしい服の山も。底がやわらかな赤い革の小さなブーツも。きみはあのブーツを赤ん坊に履かせるのを夢見ていた、リリアン・ハーグローヴ。これはその夢をかなえる最高の機会なんだ」

信じられない思いに襲われて、リリーは呆然と彼を見つめた。一歩下がり、彼に握られた手を引き抜く。「よくもわたしの物を勝手に漁ってくれたわね」

「姿を消したきみを見つけ出さなくてはならなかったんだ」彼がまた近づいてきた。そばで踊っている人たちとぶつからないように周囲に目を走らせている。

リリーにはそんなことはどうでもよかったのに。彼はわたしの物を漁った。

ウエディング・ドレスを見つけられてしまった。赤ちゃんの服も。丹精こめて作ったものを。愛することのない夫のために。生まれてくることのない赤ちゃんのために。けっして手に入れられない人生のために。

彼に見つけられてしまった――もっとも秘密にしておきたいものを。

それなのに、感じたものはなぜか怒りではなかった。きまりの悪さだった。

ドレスに服に小さな靴下にブーツ――そのすべては、いまのリリーよりももっと若くて世間知らずだった少女の夢だった。夜、使用人用階段の下の部屋で横になり、明るく美しい将来に思いを馳せながら、願望をこめてささやいた約束だった。

けっして自分のものになることのない将来。

あんなのは見栄えのよい嘘っぱちだった。いまではそれがわかる――収納箱に詰めてあったのには理由があったのだ。

それなのに、彼が見つけてしまった。

これまで経験したきまり悪さよりも熱い恥辱感が、どっと押し寄せた。裸体画のことを知っていると彼に言われたときよりも熱い恥辱感が。ドレスを着ていないことよりも、簡素な白いドレスのほうがよほど恥ずかしいなんてどういうことだろう?

「じゃあ、あなたはわたしのものを漁ったわけね……」リリーはためらって顔を背けた。彼に見られたものを思ってぞっとしていた。自分について彼が知っているかもしれないことにも。「……まさにスコットランドの巨大な野蛮人にふさわしく。あなたの顔など見たくもないわ。わたしの人生から出ていってほしい。ひどい目に遭わせる女性ならほかで見つけて。あなたはそういうことに長けているといううわさだし。評判はみんなの耳に届いているわ」

彼が身じろぎもしなくなったせいで、リリーは自分がとんでもなくひどいことを言ったのではないかと不意に心配になった。

心配なんてすべきではないけれど。

低く陰鬱な怒りのことばが彼の口から発せられた。「きみは自分の立場を忘れているようだな。おれの被後見人であるきみの持ち物はおれのものだ」

リリーがはっと彼の目を見る。「なんてひどい人なの」

彼が唇を真一文字に結んだ。「そしてきみは、ロンドン一の美女だ」美しいことがもっとも醜いと言わんばかりの口調だった。「おれたちはいい組み合わせだな、〈麗しのリリー〉」

あだ名を口にされて衝撃を受ける。リリーは彼からあとずさって舞踏室を逃げ出した。

9

後見人？　それとも番犬？

リリアン・ハーグローヴほどアレックをいらだたせる人間ははじめてだった。

ばかげたドレスを着た彼女が立ち去る姿を見送った。彼女が歩くたびに青銅色と金色と銀色の布地が揺れ、頭上の高いところで猟犬とウサギが跳ねている。怒りと、気まずさと、いらだちと、彼女をエヴァースリー・ハウスに置き去りにしてスコットランドに帰りたいという強烈な願望に襲われる。

それは、彼女を追いかけたいという衝動と同じくらい激しかった。

アレックは小さく悪態をついた。彼女を傷つけてしまった。ウエディング・ドレスを見たなどと言うべきではなかったのだ。

彼女には最善を望んでいるとだけ言うべきだった。彼女を守りたいだけだと。いや、彼女を守ってみせると。彼女のもとへと呼び出す手紙がスコットランドに届いた瞬間から、それだけを望んでいたのに。アレックも怪物ではないのだ。務めは務めと理解しているし、それを果たすつもりだ。

彼女と一緒に過ごすほどに、その思いは強くなっていった。貴族たちからの注目を浴びるぎゅう詰めの舞踏室にいるのでなければ、この思いのすべてを彼女に話せていたかもしれない。きつすぎる服や、自分の体の大きさや、どうあっても上品で優雅にふるまえないことを強く意識してさえいなければ。

つい先ほど到着したマーガレットに気もそぞろになってさえいなければ。レディ・マーガレット。いまはロウリー伯爵夫人だ。二〇年前よりもさらに美しくなっていた。同級生の姉の彼女は当時はペグと呼ばれており、アレックはしゃにむに彼女を欲したのだった。そして彼女を自分のものにできたとき、ふたりは永遠に一緒だと信じた。

〝結婚してほしい〟

アレックは薄暗い明かりのなかで悪態をついた。ずっと昔の彼女の笑い声が、今夜向こうから近づいてきたときの記憶を強調した。まるで、いまでもアレックを自分のものだと思っているかのようだった。こじゃれた伯爵と結婚しているというのに——ずっと昔から彼女が望んでいたとおりに。彼女があまりにもそばに来たせいで、かつてはどれほど親密な仲だったかを思い出してしまった。

彼女がアレックの心を奪って握り潰し、去っていったことを。

〝女はあなたみたいな男性を夢見るものなのよ、愛しい人〟

〝でも、それは一夜かぎりのこと。一生ではないの〟

今夜彼女が来ることをキングから聞いてはいなかったが、予想しておくべきだったのだろう。社交シーズンがはじまったばかりで、将来のライン公爵夫妻が子どもが生まれてから催すはじめての舞踏会なのだから。キングが悪名高いタルボット姉妹の義弟ではなかったとしても、ロンドン中の貴族が興味津々で出席していたことだろう。

そうだとしても、キングはペグのことを前もって教えてくれてもよかったはずだ。

アレックは破れた心と打ちひしがれた精神の不快な思い出を押しのけ、リリアンの当然の怒りだけを考えた。

あの怒りにうまく対処すべきだった。和らげてやるべきだった。

ペグを見て衝撃と苦痛を感じたりしていなければ、そうできていたかもしれない。彼女を思い出しさえしていなければ。そして、リリアンに野蛮人だと言われ、別の美しい唇から発せられた同じことばを思い出してしまったのだ。別の時。別の女性。あのときも不完全な彼がひとりで残されることになったのだった。

そのあと、傷ついたリリアンが激しく非難した。〝評判はみんなの耳に届いているわ〟くそったれ。

そんなものは、あんなふるまいをした言い訳にはならない。リリアンを守ってやるべきだったのに――皮肉なことに、自分にできないただひとつのことが彼女を守る務めのようだったが。それが後見人としての唯一の必要条件だというのに。

リリアンがあれほど美しくなければ、後見人の務めをもっとうまくこなせたかもしれない。

あの灰色の目がすべてを見透かしているように思われなければ。自分が不適切なことを言うたびに、彼女がそれを指摘せずにいてくれれば。見下げ果てたふるまいをするたびに。彼女があんなに強くて自立していて、自身のために積極的に戦おうとしていなければ。

彼女があれほど完璧でなければ、一緒にいるときのおれはもっとよい人間になれたかもしれない。

彼女に言われたとおり、自分は獣だ。どういうわけか、彼女の影響で獣になってしまった。それとも、リリアンはただ真実を見抜き、獣のように感じているおれを舞踏室のまん中に置き去りにしただけなのかもしれない。

演奏が終わり、楽団員が次の曲の準備をはじめると、アレックの周囲で踊っていた人たち――彼を凝視すると同時に無視しようと懸命な人たち――が散らばっていった。その動きにはっとわれに返ったアレックはくるりと向きを変え、ただひとつの目的――うまい酒を見つけること――に集中した。

舞踏室を横切り、客間が並んでいたはずだとうっすらおぼえている薄暗い廊下に出た。この近くにスコッチが保管されているだろう。

スコッチを飲んだら、リリアンを見つけにかかる。きっと女性用の客間に隠れ、もっとふさわしいドレスを着てくれればよかったと反省しているだろう。ダンスの曲が終わってもいないうちにアレックを舞踏室のまん中に置き去りにしたことを後悔してくれていればなおいい。

彼女が逃げ出したのは自分のせいなのだから、おそらく後悔などしていないだろうが。

恥をかいたのは自業自得だ。

彼女にはちゃんと謝らなければ。

そう、ちゃんと埋め合わせをする。名簿のなかのひとりという形で。名簿に載ったやつを見つけて彼女のもとへ届ける——ワルツと飲み物を一緒に味わってもらうために。部屋のなかを散歩するなりして、この国が必要とするばかげた交際をすればいい。

もしおれが彼女の交際相手だったら、部屋のなかを散歩などしないが。

舞踏室の外の暗いテラスに連れ出し、屋敷の明かりが届かず見えるのは星だけの庭へ行き、おれと結婚したくなるまで彼女に口づける。イエスということばしか思い出せなくなるまで。それからひんやりした地面に彼女を横たえ、ドレスを脱がし、夜空だけが見ているなかで貪る。

そのあとスコットランドへ連れていき、結婚する。すぐさま。

そんなことをしたら、彼女は後悔するぞ。永遠に。

片手で顔をこする。この手が彼女に触れる——彼女の完璧さを汚す——と思ったら、ここ以外のどこかに行ってしまいたくなった。

ああ、くそっ。

リリアンを結婚させなければ。たとえ自分が命を落とそうとも、正しいことをして彼女を結婚させるのだ。

だが、まずは酒がいる。

最初のドアを開けて暗い部屋に入る。ドアは閉めず、すでに弱まっている明かりが入るようにした。目を細めると、書斎らしきその部屋の奥にサイドボードがあるのがわかった。デカンターが呼んでいる。

アレックはそちらに向かった。舞踏室と、貴族と、ロンドン全体から離れて、つかの間の静けさを楽しめるのがありがたかった。エヴァースリー侯爵夫妻はスコットランドとの国境から数マイルのところで子ども時代を過ごしたから、デカンターのなかの琥珀色の液体は当然ながらウイスキーのはずだ。

指二本分を注いで飲むと、なじみの豊かな風味に包まれた。満足感が全身を満たす。アレックのウイスキー――スチュアート家の地所で蒸留し、瓶詰めしている――を屋敷にそなえているとは、キングはいい友人だ。そのうちリリアンにスコットランドのすばらしいウイスキーについて教えてやらなければ――これもまた、彼女のイングランドが勝てないものだ。

サイドボードにもたれて息を吐き、自分の姿を隠してくれる暗がりを楽しむ。ロンドンで人目につかないのは稀なことだったので、その瞬間はイングランドにいるにしては完璧に近く、温もりと喜びを感じた。

そのときリリアンが部屋に入ってきて、イングランドがどれほど完璧でないかをアレックは思い出させられた。この国は自分を破壊し、彼女を破滅させかねないのだ。

批判的な目と無意味な規則だらけのこの場所から遠く離れたスコットランドにいれば、彼女は安全で幸せになれるのに。つかの間、自分の国の荒野にいるリリアンを想像する。オーバンのほとりにいる彼女を見てみたかった。フォース湾の上にそびえる崖に立つ彼女も。見渡すかぎり紫色の炎のように広がるヒースの野にいる彼女も。

スコットランドは彼女にぴったりだろう。

渇望に襲われ、夢想から現実に引き戻された。

すぐさまなにか言うべきだった。自分がここにいると知らせるべきだった。彼女が部屋の反対側の窓辺へとまっすぐ向かっていなければ、そうできていたかもしれない。月光なのか、舞踏室の明かりが裏庭にうっすら届いているのか、明かりを受けたその姿はこの世のものとも思われない美しさで、アレックは息もできなくなった。

彼女は窓ガラスを三本の長い指でなで下ろしていき、長く官能的な息をついた。いらだちのこもった息を。悲しみと、もっと強い感情のこもった息を。渇望だ。

その感情にはなじみがあったせいで、アレックの息が激しい勢いで戻ってきた。

その瞬間は、彼もまた渇望していたからだ。

アレックは動揺した。おれは彼女の後見人だ。彼女はおれの被後見人だ。

彼女は成人した女性だ。被後見人というのは専門用語にすぎない。

それは重要ではなかった。専門用語であろうとなかろうと、彼女はアレックの被後見人だ。守ってやる存在だ。これまでのアレックは彼女を守りきれていなかったかもしれない――彼女の評判や感情を守るのに失敗したかもしれない――が、彼自身からはぜったいに守ってみせる。

それに、美しい女性たちに関心はない。そういう女性たちは、耳には心地よいが、あっという間に嘘に変わる約束みたいなものだ。

その思いで現実に引き戻されたアレックは、彼女に謝罪をしてやりなおそうと思った。自分の役割を完璧に果たし、彼女の望む人生を一緒に見つけようと言うつもりだった。りっぱな男性。愛すべき家族。彼女にふさわしい、家と暖炉と幸福に満ちた将来。彼女の望むものはなんでも。

ところが、物陰から話しかける前に部屋のドアがそっと閉まり、ふたりそれぞれに驚いて、入ってきたばかりの影のような人物をふり向いた。「やあ、リリー」

ホーキンズだった。

リリアンとふたりきりでいるところをだれかに見られる危険を冒したこの男を、アレックは即座に破壊してやりたい衝動に駆られた。未婚女性と暗い部屋にいる醜聞という、運命に挑むようなまねをまたしたこの男を。

たしかについ先ほどまでは自分自身が彼女とふたりきりではあったが、あれは別だ。その矛盾を深く掘り下げている時間はなかった。アレックが気に入らないほどすばやく、ホーキンズがリリアンに近づいていったからだ。姿を現わしてホーキンズを八つ裂きにしてやろうと身がまえたとき、リリアンが口を開いた。

「デレク」彼女の美しい唇からやわらかに発せられた名前が薄暗い部屋で渦巻いた瞬間、アレックはホーキンズを憎んだ。「どうしてここに来たの?」

「ロンドンは社交シーズンだからね。ここに来るに決まっているじゃないか」ホーキンズが言った。「私はどこにでもいる」片手をふる。「空気と同じさ」

アレックは天を仰いだ。

「あなたはお金持ちの未亡人と一緒に来たとセシリーが言っていたわ。お金目当てなのだと」

よく言った。彼女が感じているべきは、まさに軽蔑の念だ。

「セシリー・タルボットは取るに足らない人間だ。その家族全員と同じように安っぽい」なんたる完全なる大ばか野郎なんだ。

「彼女の家族と会ったばかりよ。みなさん安っぽいどころかとっても高価そうだったわ。それに、びっくりするほど正直だったわね。ほかの人たちとくらべて」

「輝くものかならずしも金ならずって言うだろう、かわいいリリー」

「セシリーは金よりもうんと強いものでできていると思うわ。短期間にしろあなたと交際していたのが原因で上流社会の無情な批判にさらされたのに、嘲笑されても高潔な態度を貫いている。わたしもあんな風に強くなれたらと思うわ」それからホーキンズを非難することばが続いた。「彼女は、あなたのせいで破滅させられるのを拒絶したのだもの」

「私はきみを破滅させてなどいないよ」

「させたわよ。なんの気の咎めもなくね」怒った声でも傷ついた声でもなかった。ただ正直に述べているだけで、アレックは賞賛と嫌悪を同時に感じた。彼女は傷ついているべきだ。

怒っているべきだ。

彼に。

「かわいそうな〈麗しのリリー〉……」ホーキンズが、ありえないほどやわらかいにちがいない彼女の頬を指でなで下ろした。「きみは……私の非凡な才能を映す鏡だった」

ホーキンズに触れられて、リリーは目を閉じた。あるいは、彼のことばを聞いて、だったのかもしれない。いずれにしろ、苦痛の混じった彼女の渇望の表情がアレックは気に入らなかった。その場でデレク・ホーキンズを破壊してやろうと決めた。リリアンに触れたから。リリアンを傷つけたから。

こてんぱんにして、この暗い部屋に置き去りにしてやる。エヴァースリー侯爵夫妻に謝罪をし、替わりの絨毯を買わなければならないだろうが、この胸の悪くなるようなずる賢い男などいないほうが世界はよくなると、リリアンもきっと理解してくれるはずだ。

しかし、アレックが行動を起こす前に彼女が口を開いた。「絵のことはだれにも言わないと約束してくれたじゃないの。自分だけのための絵だと言ったじゃないの」

「はじめはそうだったんだよ、愛しい人」

「その呼び方はやめて」鋼のように硬くて鋭い口調だった。

「どうして?」ホーキンズが笑う。「ああ、リリー。そんな陳腐な人間になるなよ。きみは私のミューズだったんだ。きみが役割を誤解したのは悪かったと思う。きみは私の芸術の泉だった。私が時を超えて影響をおよぼす人間だという真実を世間にわからせるための器だった。あの絵は私の《聖母子像》なんだ。この先何世紀も、あの絵を見た人たちは畏怖の念をこめて私の名前をささやくんだ」効果を狙ってことばを切り、それから自分のことばを実践してみせた。「デレク・ホーキンズ」

なんてくだらないんだ。すでにこいつを忌み嫌っていなかったとしても、いまので忌み嫌っていただろう。

「わたしの名前はどうなるの？」リリアンがたずねた。

「わからないかい？　きみがどうなろうと、どうでもいいんだ。これは芸術なんだ。永久に。きみは美への生け贄なんだ。真実への。永遠への。私にどうしろというんだ、リリー？　あの絵を隠せとでも？」

「そうよ！」

「そんなことをしてなんになる？」

「あなたはりっぱな人になるわ！」リリアンが叫ぶ。「高貴な人に！　わたしが――」

アレックの体がこわばった。続くことばを彼女が口にしたかのように、はっきりと聞こえたのだ。

わたしが愛した人に。

「これは私にできる高貴な行ないなんだよ、愛しい人」

長い沈黙があり、アレックにはリリアンの落胆が実際に感じられた。彼女がついに口を開くと、それは小さくてやわらかな声だった。「あなたに愛されていると思ったのに」それを聞いたアレックの胸が破裂しそうになった。

「私なりにきみを愛していたのかもしれないよ、かわいい人。でも、結婚は――ありえない。私は現代でもっとも偉大な芸術家なんだ。いや、現代だけでなく古今を通して、だな。きみは美人だよ……でも……さっきも言ったように……きみの美は私の才能のための器として存在するんだ。それがどれほどのものか、じきに世間は知ることになる」

ホーキンズは彼女の頰に手を添えた。「愛しい人、きみを押しのけたことはないよ。きみといられて幸せだった。これからもきみといてもいい。それを言いたくてここまで追ってきたんだ」

あのろくでなし野郎め。

リリアンがはっとホーキンズの目を見たので、アレックは凍りついた。「これからも?」ホーキンズが身を寄せ、アレックは憤怒の雄叫(おたけ)びを懸命にこらえた。気取った愚劣な男がささやいた。「これからも。いまも」そこに性的な約束がこめられているのは明らかだった。

「きみもそれを望んでいるんだろう? ちがうかい?」

もうたくさんだ。アレックはホーキンズに飛びかかった。

だが、リリアンに先を越された。

男性の鼻に拳骨(げんこつ)を食らわせるのは、すばらしくいい気分だった。

そんなことをしてはいけないのはわかっていた。そうしたところで問題が解決するわけではないのも。デレクを怒らせ、結果的に自分を破滅させようとしている彼をもっと意固地にさせるだけだ、というのもわかっていた。

自分の恥辱感を大きくするだけだ——自分の気持ち、ふるまい、この結果に対する恥辱感を。

それでも、女にだって耐えられることには限界がある。彼からまた恥辱を味わわせられて——彼にもたらされた苦痛と悲しみと疑念は言うにおよばず——自分を抑えきれなくなったのだった。

「痛い！」デレクは自慢の鼻の状態を手でたしかめた。「殴ったな！」

「殴られるようなことをするからよ」リリアンは手をふって痛みを払おうとした。なにかを殴ったのはこれがはじめてで、こんなに痛いものだとは思ってもいなかった。

「このくそ女！　後悔させてやる！」

「彼女にそういうことばづかいをしたおまえのほうが後悔するぞ」暗がりからスコットランド訛りの低い声がした。

リリーが驚いてきゃっと叫んでふり向くと、筋骨たくましい六フィート半の怒れるアレックがひとつの目的に向かってくるところだった——リリーのはじめた仕事を終えるために。

彼の拳はリリーのよりもかなり大きく、驚くほど衝撃をあたえる殴打をくり出した。リリーは肉と骨がぶつかる音を楽しむべきではないとわかってはいたが、正直になればかなり興奮した。

デレクが穀物袋のように床に倒れたのにも。

そして、アレックが追いかけるように体をかがめ、デレクをたくましい片腕で起き上がらせてもう一度殴ったのにも。さらにもう一度殴ったのにも。

四度めに殴ろうとしたとき、アレックの上着が背中の縫い目からまっぷたつに裂けた。その音を聞いてリリーはやっと声を出せた。「やめて！」

彼女に紐で操られているかのように、アレックが凍りつく。そして、肩越しにふり返った。

「こいつが欲しいか？」

その問いかけと怒りで強くなった訛りのせいで困惑し、リリーは頭をふった。「なんですって？」

「こいつが。欲しいか」アレックがくり返す。「夫として」

「なんだって？」唾を飛ばしながら言ったのはデレクだった。

アレックが犠牲者に注意を戻す。「しゃべっていいとおまえに言ったおぼえはない」リリーに向きなおる。「欲しければ、こいつはきみのものだ」

彼は本気だとリリーは思った。ミセス・デレク・ホーキンズになりたいと言えば、アレックがかならずそうなるようにしてくれるだろう。夜が明ける前に夫婦となっているだろう。何カ月も夢見心地で見つめていた男性と。数えられないほど何度も泣きながら眠ってしまったわたしの想い人と一緒になれるのだ。

アレックなら彼をわたしにくれるだろう。

一週間前なら、それを望んだかもしれない。でも、いまは……。

「けっこうよ」ささやき声だった。

「ぜったいだな、ラス」

「けっこうです」先ほどよりもしっかりした声で言う。「彼なんかと結婚させようとするなんて、あなたはよっぽどわたしを嫁がせることに執着しているのね、公爵さま」

「彼女と結婚なんてしないぞ！」デレクが大声で言った。「無理強いなんてできないからな！」

アレックがデレクをにらみつける。「おまえの意見などこれっぽっちも興味はない」

リリーはデレクの目を見た。「はっきり言っておくけれど、彼はウォーニック公爵さまだから、わたしとの結婚をあなたに無理強いできると思うわよ、ミスター・ホーキンズ」デレクに爵位がないことを強調する呼び方をする。彼が嫉妬で気も狂わんばかりになるとわかってのことだ。それからアレックに注意を戻す。「でも、あなたと結婚するようわたしに無理強いすることは、公爵さまにもできないわ。相手があなた以外の男性でも」

つかの間、アレックの唇がひくついたように思えた。自分の意見をはっきり言ったのをおもしろがっているのだろうか。少しは誇らしく思ってくれているかしら。

正直な話、リリーは自分自身をかなり誇らしく思っていた。

「きみを無理やり結婚させようなんて夢にも思わないさ、ミス・ハーグローヴ」

「それはほんとうじゃないとおたがいわかっていますよね」リリーが言い返す。「でも、いまの選択肢には興味がありません」

「ありがたい」アレックが混ぜっ返す。

「私と結婚できたらきみは果報者なんだぞ」デレクが吐き出すように言った。

アレックがすぐさま彼に顔を向けた。「またしゃべったな」拳を上げてふたたび彼を殴った。「今度しゃべったら、歯を折ってやるからな」

アレックの躊躇のない反応にリリーはぞくぞくするものを感じた。彼がすぐさま守ってくれたことに。気に入りすぎなくらい。

気をつけていなければ、デレクがそうだったように、アレックも危険な存在になりかねない。

ううん、デレク以上に、だ。

「もうじゅうぶんよ、公爵さま。たっぷり痛めつけたでしょう」アレックは立ち上がるときにデレクも引っ張り上げた。彼がすぐに手を離さなかったので、リリーは言った。「彼を放して」

アレックは最後にひとこと言わなければ気がすまないようだった。身を寄せて、デレクのまぬけな顔に恐怖が浮かぶのを楽しんでいる。「おまえを破壊すると言ったはずだよな？だが、それはおまえが彼女に触れる前の話だ。彼女を侮辱する前の話だ」

アレックが手を離すとデレクはどさりと床にくずおれ、甲虫（かぶとむし）のようにちょこまかとあとずさって、血まみれになった鼻に触れた。「鼻を折ったな。私は役者なんだぞ！」

アレックはポケットからハンカチを取り出し、拳についた血を拭った。「また彼女に近づくようなことがあったら、鼻を折るどころではすまないからな。舞台に上がれなくしてやる。ためらいもなく。大喜びで」

「そんなことをしてもなにも変わらない」デレクが嚙みつくように言った。「私の絵を見たら、世間も真実がわかるだろう」リリーに顔を向ける。「だれもまじめにきみを迎えようとしなくなる。きみを相手にするのはそこの野蛮な公爵と、ひと握りの男だけになるんだぞ――文字どおりきみと親しく交わりたがる男だけに」

恥辱感がまたリリーを襲う。熱く、荒れ狂い、捨て鉢な恥辱感が。それなのに、アレックがいまのを聞かないでいてくれたらよかったのに、という思いだけがなぜか浮かんだ。

彼には自分をもっとましな人間だと思ってほしかった。

でも、そう思ってもらえるはずもなかった。ほんの一時間前に、舞踏室のまん中で彼も同じようなことを言ったのではなかった？

〝売れるときに売っておけ〟

アレックは、けれど、その類似性に気づいていないようで、またデレクに近づき、リリーがかつて愛した男性の足が床から離れるまで襟をつかんで持ち上げた。リリーが目を丸くして見つめるなか、デレクがアレックの手首を虚しくつかんだ。「いますぐおまえを殺してはいけない納得できる理由をひとつでいいからくれ」

デレクが抵抗の金切り声をあげた。

「彼を放して」リリーは言った。

「どうしてだ？」アレックは彼女を見なかった。

「いずれにしてもわたしは破滅してしまったからよ。彼を殺すことに良心の呵責を感じようと感じまいと。それに、わたしがそうしてとあなたに頼んでいるから」

ようやく彼がリリーをふり向くと、そのハンサムな顔を美しい月光が照らした。上着が破れ、目をぎらつかせているいまでも、彼はリリーが出会ったなかでもっとも眉目秀麗な男性だった。

特にいまは。

「わたしがそうしてとあなたに頼んでいるから」彼の目を見ながらくり返す。

アレックがデレクを下ろした。

デレクは両肩をまわし、上着の袖をなでつけた。顔とクラバットに血がついていることに気づいていないらしい。アレックにやられたあとに。

リリーの名誉のために。

これまでリリーの名誉を気にかけてくれた人はひとりもいなかった。それが気に入っているかどうかよくわからなかった。

いいえ、気に入っていた。

でも、気に入っている時間はなかった。だから、デレクに向かって言った。「朝目が覚めて太陽を拝めたときに、このことを思い出して。あなたが拒んだものをわたしがあなたにあげたことを思い出して」

「私はきみの命を脅かしたことなどないぞ」

リリーは大きく息を吸った。「いいえ、あなたはまさにそうしたのよ」

「リリアン」注意するような口調のアレックを、リリーは片手を上げて制した。彼は不満そうだ。アレックはリリーの後見人かもしれないけれど、人生を操らせはしない。彼の向こうにまわりこみ、かつては愛した男性と対峙した。月にも手が届く人だと信じて崇めた男性と。「周囲の人の、上流階級の人の意見を変えることはわたしにはできない。あの絵をあなたが公開したときにみんなが持つ意見を」リリーはことばを切り、大きく息をした。「この大失態に対して感じる恥辱を取りのぞくことはできない」アレックに目をやり、彼の言うとおりだと認める。彼の計画が最善のものだと。「それより速く逃げることはできない」

アレックの茶色の目に理解が燃え上がり、リリーが決断したことに気づいて勝利感をたたえるのを待った。

男性を見つける。そして結婚する。

ほかに選択肢はないからだ。

「出ていって、デレク」

デレクは最後に吐き捨てずにはいられなかった。「私ほどの男でなければ、きみを罰するために今夜絵を公開するところだ。きみの野蛮な後見人を罰するためにも。だが、私は寛大な人間だ。世界が見たこともないほど洗練された男だ。だから、きみに慈悲を授けてやる……」デレクは彼らしい間をためた。リリーが絵のモデルをしていたときもいつもそうだった。きっとすばらしく聡明なことばが続くだろうと、リリーは固唾を呑んで待ったものだ。でも、いまは真実がわかった——デレク・ホーキンズの口から出るものは汚物だけだと。「これは贈り物だと考えてくれ、かわいいリリー。霊感による着想に対する礼だ」彼からにじみ出ることばを聞いて、リリーは後悔で吐き気を催した。「一週間できみの野獣をもう少し残忍でないようにさせてみてはどうだろう」

アレックが凍りつき、リリーの手を見下ろしてからデレクに向いた。「おまえを八つ裂きにするのを止めているのは彼女の慈悲だけだ、もったいぶった羽虫め。出ていけ」

ほとんど抑制されていないそのことばは恐ろしく、デレクは慌ててドアのほうに駆けた。

彼の姿が消えたあともリリーは長々とドアを見つめていたが、やがてそのドアに向かって話しはじめた。アレックを見ることはできなかった。「教えて。彼が男性の裸体画を描いていたら、ロンドンの人たちはこんなに呆れ返ったかしら？」アレックがなにも言わずにいると、彼女は自分で答えた。「もちろん、そんなことにはならなかったわよね」

「リリアン」彼が小声で言った。つかの間、リリーは彼にあだ名で呼ばないでと言ったことを後悔した。結局のところ、あだ名で呼んでいい人間がいるとしたら、ためらいもせずに自分のために戦ってくれる男性ではないのだろうか？　そんなことをしてもらえる価値もない女なのに？

リリーは大きく息を吸いこんだ。「わたしが評判を地に落としたのは、女だからです。女は人間扱いされません。世間のものなんです。体も心も」

「きみはだれのものでもない。そこが重要なんだ。もしだれかのものだったら、こんな大きな醜聞にはなっていなかった」

リリーは眉をつり上げた。「わたしはあなたの支配下にあるんじゃなかったんですか？」

「ちがう」

返事がすぐさま来たので、リリーは唇をゆがめた。「忘れていましたわ。あなたはわたしを背負いこみたくなかったんでしたよね」

だれもわたしを望んでくれない。どうでもいいことは別にして。

今度はアレックが頭をふった。「そういう意味で言ったんじゃない」

「だからといって、それがほんとうじゃないことにはなりません」

彼は食い入るようにリリーを見つめた。「なにが真実かはどうでもいい。重要なのは、きみがなにを信じるかだ」

「じゃあ、わたしたちは意見が一致していますね。責任がだれにあるかを追及することに興味はありません。興味があるのは、ただこの部屋から出て、わたしを妻として背負いこむ幸運な紳士を決めて魅了することです」

彼がまた悪態をついた。リリーはそれを退室の合図ととらえ、先ほどデレクが出ていったドアに向かった。そこでふり返ると、アレックがあいかわらず月光を浴びて立ち尽くしていた。上着はずたずたで、ズボンも片方の縫い目が破けていた。小さな居間の華奢な家具に囲まれた彼は、破廉恥な小説から出てきたように見えた――りっぱな屋敷に強盗に入った犯罪者のように。

そして同時に、なぜかかなり完璧にも見えた。

彼がわたしを望んでくれたとしたら？

リリーはそんな思いを押しのけた。

「わたしにこの船の船長をやらせて。岩にぶつけて深みに放り出されるかもしれないけれど、少なくともそれは自分の行ないの結果だわ」

彼に返事をする間をあたえずにくるりと背を向けてドアを力任せに開けると、そこにはロウリー伯爵夫人がいた。伯爵夫人は、リリーが暗い部屋にいたのを知っても少しも驚いていないようだった。それどころか秘密めいた笑みを浮かべながら身を寄せてきた。「アレックはなかにいるのかしら、あなた？」

その馴(な)れ馴れしい言い方を聞いて、リリーはどきりとした。「アレック？」

伯爵夫人がわかるように言いなおす。「あなたの後見人よ」

リリーは乾いた笑い声を小さく発し、ドアをさらに大きく開けて彼がいるのを示した。

レディ・ロウリーの目が餌を見つけた捕食動物のようにきらめいた。「そうだと思ったの。ついさっき、あなたの元恋人が破壊的な獣に襲われたみたいな格好でこの廊下を出てくるところを見かけたものだから。それで、わたしの破壊的な獣さんの仕業だとわかったの」それを聞いてリリーの体がこわばった。美しい伯爵夫人の唇から吐息混じりに発せられた声が大嫌いだった。彼を自分のものと言わんばかりの口調が気に入らなかった。けれどなによりも、彼が人間ではなく飼い慣らされる運命にある熊であるかのように見くびり、性的な面しか見ていないようなもの言いが憎かった。

「アレック、勇ましい野獣さん」レディ・ロウリーが甘え声を出す。「どこか暗いところであなたを見つけたいと思っていたのよ、愛しい人。そして、改めてあなたと親しくなりたいと」

伯爵夫人の意味するところは疑念の余地もなかった。

ふたりは恋人同士だったんだわ。

リリーは失望の痛みを無視した。失望したとすれば、恋人を選ぶ彼の趣味がもっといいだろうと思っていたからだ、と自分に言い聞かせる。

彼に恋人がいたという思いとはまったく関係ない。

肩越しにアレックをふり向くと、彼はリリーが見たこともないほど激しいまなざしでまっすぐレディ・ロウリーを見ていた。リリーはある感情が押し寄せるのを止められなかった。裏切られたという思いだ。

「愛しい人」伯爵夫人が吐息に乗せて言う。「いやだわ、上着がずたずたじゃないの。あいかわらず大きくてがっしりしていてたくましいのね。ああ、会えなくてさみしかったわ」

リリーは彼の返事が聞こえる前にドアを閉めた。返事を聞きたくなどなかった。彼は今夜は愛人と一緒に過ごせばいい。痛めた拳と自尊心を彼女に手当してもらえばいいのよ。リリーはこの部屋から離れたかった。この屋敷から。人によって規則が異なるこのいまいましい世界からも。

そう、彼なしで出ていくつもりだった。

なんといっても、ひとりきりになるのはこれがはじめてではないのだから。リリアン・ハーグローヴはひとりぼっちの人生を送ってきた。大柄なスコットランド人が来たからといって、それは変わらない。

舞踏室の入り口に来ると、なかからの騒々しい話し声が耳を聾するほどだった。楽団が完璧なカドリールを演奏しているというのに、だれも踊っていなかった。数人ずつで集まって、頭を寄せ合い、扇をパタパタやり、楽しそうに小声で話していた。社会的地位のちがいを強調するはずの催し物にもかかわらず、うわさ話は人々をひとつにしていた。

リリーはばかではなかった。おしゃべりの話題がなんなのかわかっていた。そして、自分がじきにその一部になるのも。

セシリー・タルボットが近づいてきて、リリーの両手をつかんで低い静かな声でこう言う前から。「びっくりだわ！　あなたとウォーニック公爵でホーキンズを悪党にすべきだと言ったけど、死ぬほど殴ってやれという意味ではなかったのよ！」

「死ぬほど殴ってなどいないわ」リリーは言った。

「でも、頬は腫れ、唇は切れ、目はボクサーですらたじろぐほどだったのよ」セシリーがひと息入れる。「そんな彼を見るのを楽しまなかったとは言わないけれど」

リリーは思わず微笑んでしまった。「きっと楽しんだんでしょうね」

「彼はもっとひどい目に遭わされても当然だもの。ウォーニックが彼をやっつけるのを見ているのは刺激的だった？　ウォーニックはすばらしい野蛮人ですものね」

リリーはそのことばが大嫌いになりつつあった。「彼は野蛮人なんかじゃないわ」

「もちろんよ」セシリーはすぐさま同意した。「彼は明らかにあなたをとても気にかけているようね」

そのことばで感じたものがリリーは気に入らなかった。たっぷりの困惑と、吐き気にも似たなにか。「みんながデレクを見たのかしら？」

「すばらしかったわよ」セシリーがほくそ笑む。

「わたしったら、また別の醜聞の中心になってしまったみたいね」

「はん」セシリーが手をひらひらさせてそのことばをうっちゃった。「同じひとつの醜聞よ。あなたはタルボット姉妹にはかなわないけれど、これだけは言えるわね。舞踏室への登場の仕方を心得ているって」セシリーはリリーのドレスに目をやった。「そして、それにはどういうドレスを着るべきかも」

リリーにはおもしろいと思えなかった。それどころか、心が折れそうになった。後悔の念に苛まれ、どこでもいいからここ以外の場所に行きたかった。「自分がなにをしているか、全然心得てなどいないんですけど」

「聞いてちょうだい」セシリーは断固とした口調で言い、リリーの両手をきつくつかんで目を合わせさせた。「彼らを勝たせてはだめ。ぜったいに。勇気を持ちすぎた女性をずたずたにするのがなによりも好きな人たちなのよ。そして、相手を粉々に破壊できないことほど彼らを怒らせるものはないの」

リリーはセシリーをしげしげと見つめた。ロンドンの中心に降り立った女戦士（アマゾン）だ。きついほど体にぴったりの赤いドレス——ほかの女性を嫉妬に狂わせるにちがいないドレス——を着た美女。セシリーはリリーとは正反対だった。自信に満ちている。自分の立場をよくわかっている。そして、それでも幸せでいる。

そういう人間になるのはどんな気分だろう。

その自信に触れたのが、話そうと思ったきっかけなのかもしれない。ひょっとしたら言うべきでないことを言ってしまう大胆さ。「デレクが、また愛人にならないかとわたしに言ったの」

「デレクは最低の男よ」

リリーは笑った。笑うか泣くかだったからだ。「そうですね」

「傲慢で、頭のいかれた、意地悪な最低男」

なかなか独創的な侮辱のことばを聞いて、リリーが目を丸くする。「でも、わたしを破滅させる大きな力を持っている人だわ」

セシリーがまたリリーの手を取った。温かい手にしっかりと握られて、心が慰められた。

「わたしたち、一緒に生き延びましょう」

〝わたしたち〟と言われ、リリーははっとした。「一緒に？」

「もちろんよ」セシリーは肩をすくめた。「それが友だちのすることでしょう。生き延びるために助け合うのが」

友だち。

リリーには友だちがいたためしがなかった。けれど、本で読んだことはあった。彼女は頭をふった。「どうしてそこまで親切にしてくださるの？」

セシリーの顔に一瞬だけ陰がよぎった。「あの人たちに忌み嫌われるのがどういうものか、よくわかっているからよ。それに、あの人たちがほかの人を追い払うところも見てきた。わたしたちみたいな女は団結しなくてはいけないわ、〈麗しのリリー〉」

リリーにはもっとたずねたいことがあったが、それはかなわなかった。ちょうどそのとき、上着とズボンが破れ、手袋にデレクの血がついた姿のアレックが入ってきたからだった。

「うわっ！　賞金稼ぎのボクサーみたい。ううん、それよりひどいかも」セシリーは、近づいてきてリリーの肘に手をかけるアレックをずっと凝視した。「上流階級の女性はみんな、今夜のあなたになりたがってるわよ、リリアン・ハーグローヴ」

リリーにはその理由が想像もつかなかった。なぜなら、アレックはだれかを殺したがっている顔をしていたから。すでにだれかを殺したような顔をしていたから。

「いますぐ帰るぞ」アレックはセシリーを無視してうなるように言った。茶色の目をぎらつかせ、顎をこわばらせている彼には逆らわないほうがいいとリリーは悟った。

セシリーはリリーの頬にキスをして、その機にささやいた。「気をつけてね。経験から言って、ああいう顔をした殿方はキスか人を殺すかのどちらかをするつもりだから。そして、殺すほうはもうやろうとしたわけよね」

10

じっとして、相手を負かしたスコットランド人さん！

〈粗悪な公爵〉、デレクを懲らしめる

アレックは自分がなにを言ってしまうか確信が持てなかった。

エヴァースリーの舞踏室にいるロンドンで最悪の人間たちに囲まれ、見ないふりをして見てくる視線に焼かれている状態では。リリーを連れて舞踏室を出るとき、あんなささやきが聞こえてくる状態では。〈粗悪な公爵〉……ホーキンズの血にまみれて……彼女は厄介者でしかない……かわいそうなホーキンズ……。

この茶番で同情に値するのがホーキンズだという見解について、落ち着いてしゃべれる自信などあろうはずもなかった。

まるでリリーは批判されて当然とばかりに言われては。

〈スコットランドの野蛮人〉。

この最後のことばが耳に入ると、アレックはそちらに顔を向けた。そばにいた女性の目にはなじみのものがあった。訳知りの色だ。そのことばが頭のなかでこだまして、アレックは歯を食いしばった。ずたずたの服にはペグの甘ったるい香水のにおいがまだ残っていた。ペグの両手で胸をなでられたその感触が、自分をベッドの支柱に刻む印としか思っていなかった無数のイングランド人女性に対する嫌悪を呼び覚ました――ベッドに連れていくにはいいが、それ以上はありえない。

征服の印。スコットランドの大きな獣。

〝わたしに会いに来て、愛しい人〟ペグはそうささやき、慣れた手つきでアレックの胸に触れた。彼が自分のものであるかのように。引き綱につながれた子犬のごとくあとを追いかけてくるとでも思っているかのように。彼女の住所が書かれた名刺をポケットにすべりこませられると、アレックはふたりの過去を、自分より下に見ていた彼をたやすく操った彼女を、痛切に思い出した。不相応。

何人の人間が同じことを思っただろう？

彼自身がどれくらい何度も同じことを思っただろう？

おれはこの場に属していない。美しく、イングランド人で、どこまでも完璧なリリアンのいるこの場には。

アレックは無言のまま、リリアンとともに舞踏室をあとにした。驚愕しているキングとすれちがうときですら、立ち止まって別れの挨拶もしなかった。馬車の扉を引きちぎらんばかりに開け、リリアンを持ち上げて乗りこませたときも無言を貫いた。

けれどリリアンのほうは、驚きの甲高い声を出したあと思ったことを口にした。「踏み台くらい自分で上がれます、公爵さま」

アレックは返事をせず、彼女のあとから馬車に乗りこんでおざなりに扉を閉め、天井を二度叩いて出発の合図をした。

アレックはいらだちと気まずさと恥ずかしさと激しい自己嫌悪でいっぱいで、返事ができなかったのだ。服は破れるわ、ホーキンズと戦うわ、ペグがやってくるわで、もうこのおぞましい街にはうんざりだった。その昔、全身全霊でイングランドを毛嫌いして略奪のかぎりを尽くしたスコットランド人よろしく、煉瓦（れんが）をひとつ残らず引っこ抜いて街全体を破壊し、北へ戻りたかった。

彼女を連れて。略奪品だ。

アレックは顔をこすり、ここ以外のどこかにいられたらと思った。これまでの人生でここまで場ちがいに感じたのははじめてで、なにをしてもまちがっている気にさせられた。それにリリアンだ。くり出される強打を年齢の割に熟練の技でかわし、正しい行ないをするのに完全に失敗したことをアレックに思い出させた。

だから、リリアンがまた口を開き、ふたたびそれを思い出させることばで馬車を満たしたとき、アレックは少しもうれしくなかった。「やれやれ。今夜のことがあったあとは、ロンドンでも指折りのお屋敷に大歓迎されるでしょうね」

アレックは夜に投げつけたい悪態を呑みこみ、無言を保った。

しかし、リリアンのほうは無言でいることを選ばなかった。「ホーキンズのミューズと結婚したがる人がいるなんて、本気で信じているわけではありませんよね？」

アレックは彼女をにらみつけた。「自分をそんな風に呼ぶな」

「わかりました。では、ホーキンズの愛人にします」

アレックはさらに気が立った。「そうだったのか？　あいつの愛人だったのか？」

リリアンは彼の目を見た。「それが重要ですか？」

あいつはきみをたいせつにしなかったんだぞ。きみにふさわしくないんだぞ。

「だれかはきみと結婚する。自分の名簿を作れ。おれがぜったいになんとかしてやる」

「アレック」その口調は、雲からクロテッド・クリームは作れないのだと子どもに説明する母親のようだった。「デレクはあざだらけだった。あなたは血まみれだった。最初の醜聞に目をつぶってくれる人がたとえいたとしても、今夜のことで事態はさらに悪くなったのよ」

アレックは窓の外に目をやった。「それは結婚の妨げにはならない」

リリアンは少しもおもしろくなさそうな笑い声をたてた。「わたしは上流社会をよく知らないけれど、妨げになるのはぜったい確実よ、公爵さま」

「それなら持参金を倍にする。三倍でもいい」

リリアンが暗がりに向かってため息混じりに彼の名前をつぶやいた。アレックはそこに諦めを聞き取った。それが気に入らなかった。「結婚したかった」彼女が言うと、アレックははっとした。そのことばの真実に激しい興味をおぼえた。「家族と将来の約束が欲しかった。

それに、そう、愛も。でも、もし身を落ち着けなければならないのなら……」ことばがとぎれ、それから先ほどよりもきっぱりと言った。「アレック、わたしは身を落ち着けたくなどありません」

ついにふたりが意見をひとつにできるものができた。「きみに身を落ち着けさせたりはしない。そうしてくれなんて言うつもりもない」

またあの信じられないとばかりの小さな笑い声をたてられ、アレックは聞いていられなくなった。「あなたはずっとそう言い続けてきたじゃないの」いったんことばを切る。「八日では、名簿の男性が身を落ち着けるにはじゅうぶんじゃないわ。八日では愛が生まれるのにじゅうぶんじゃない」

「だったらどう片をつければいいんだ、リリアン?」彼女が殴られたかのように頭をのけぞらせた。アレックはたしかに殴ったのかもしれない。いらだちと怒りで。「金を手に入れて逃げるとしようか。どこへ行くつもりだ?」

リリアンは口を開いた。閉じた。もう一度。そして、ついに言った。「遠くへ」

アレックは彼女に遠くへ行ってほしくなかった。

「どこだ?」

ためらい。「あなたにとってスコットランドはどういうもの?」

「リリアン……」

彼女が頭をふる。「ちがうの。ほんとうに聞きたいのよ。どうしてスコットランドのほうがいいの？」

アレックは肩をすくめた。「わが家だからだ」

「それはどういう意味？」リリーは食い下がった。

「つまり——」安全だ。「居心地がいいんだ」

「ここはちがって」

自然豊かで友好的なスコットランドと、規則と礼儀作法にうるさいロンドンのちがいは大きすぎて、アレックは笑ってしまった。「ここにはないものばかりだ。ここはまったくちがう」

リリーはうなずいた。「わたしが望んでいるのもそれです。ここから遠く離れたい。この世界から。あなたにはそれがかなって、わたしにはかなえられないというのはどうして？」

アレックは彼女の望みをかなえてやりたかった。ヒースの野原のなかに立ち、空が割れて雨が心配を洗い流してくれる感覚を彼女に知ってもらいたかった。

だが、いくらスコットランドでも過去を消すことはできない。

「この世界がきみを見つけ出さないとでも？　どこかで裕福な未亡人として暮らせるとでも思っているのか？　パリに行って上品な女王となって君臨する？　アメリカに渡って手に入れた金で帝国を築く？　どれも無理だ。この世界はきみに取り憑こうと戻ってくる。そういうことが起きるんだ——」

リリーは待った。「だれに？」

「逃げる者に」

彼は逃げたことがあった。そうだろう？　けっして彼らに過去を思い出させられはしないと誓ったのだ。

それなのに、今夜のざまはなんだ？

服はずたずたで、両手は血まみれだ。

おれが逃げきれることはぜったいにない。

だが、リリアンの場合は夫を見つけられれば、生き延びられるかもしれない。

生き延びさせてみせる。

「きみはここに留まれ。男たちと会え。どうなるかやってみろ」

リリーはいらいらして両手を上げた。「神さま、お節介焼きの後見人からわたしをお救いください。わかったわ」

沈黙が落ち、アレックはありがたさとひどく落ち着かない気持ちを同時に味わった。幸い、沈黙は長くは続かなかった。

「上着が合っていないと言いましたよね」

アレックははっと彼女の目を見た。「なんだって？」

「上着です。ずたずたに裂けてしまったでしょう。ズボンも。まるで未開地からまっすぐ舞踏室に来たみたいに見えるわ」

「〈スコットランドの野蛮人〉なら当然じゃないか」

「ちがいます」リリーは即座に否定してアレックを驚かせた。「野蛮じゃありません」

そんなのは嘘だった。アレックは血まみれで、服は体から落ちかけている。野蛮人らしく見えるとすれば、いまこそその時だった。「じゃあ、どう見える?」

リリーは鋭い目で彼を見た。「お世辞を言ってもらいたいのかしら、公爵さま?」

「ただ真実を話してくれればいい」

リリアンはすくめた肩を下ろした。アレックが気に入るようになったやり方で。いや、この女性を気に入るべきではない。彼女は美しすぎて危険だ。「大きい」

たしかに真実だった。「大きすぎる」

「その上着とズボンには、そうね。でも、大きすぎるということはないわ」

「ほかのイングランド人は同意できないだろうな」

「わたしはほかのイングランド人ではありません」ことばを切り、なにを言おうかと考える。「体の大きなあなたがけっこう気に入っているわ」

それを聞いて、アレックの体を興奮が駆けめぐった。彼女はあんな風に聞こえるような言い方をするつもりではなかったにちがいない。夜と、馬車の揺れと、狭い空間にいるせいだ。

それに、彼女に何度もいまのことばをくり返してもらいたいと思うことなど重要ではない。リリアン・ハーグローヴはアレックが望んでいい女性ではない。

体がそれに耳を傾けてくれさえすればいいのだが。

「ほかのイングランド人は意見が異なると断言しよう」アレックは座席で身じろぎし、あとどれくらい乗っていなければならないのだろうと訝った。

リリアンが作り笑いをした。「あなたの伯爵夫人はちがうと思いますけど」

ペグか。アレックはそしらぬ顔をした。「おれの伯爵夫人？」

「レディ・ロウリーです。彼女はあなたを大きすぎるとは思っていないようですわ」

ペグはいまはそう思っていない。彼女自身よりも地位の高いウォーニック公爵となったアレックに対しては。だが、かつては……ペグはアレックをかなり見下していた。アレックのほうは彼女のものになることしか望んでいなかったというのに。

アレックは窓の外に目をやった。「彼女はロウリー卿の伯爵夫人だ、ちがうか？」

「じつはそうは思いません」リリーは言った。「彼女があなたに近づくようすを見ていました。まるであなたを所有しているみたいな態度でした。それに、あなたが彼女を見る目。まるで……」ことば尻がしぼむ。

アレックは黙っていろと自分に言い聞かせた。訊いてはだめだと。だが、ふたりのあいだに落ちた沈黙のどこかで、どうしても理解したいなにかがあった。「まるで？」

リリアンが頭をふり、窓の外を見た。「あなたも彼女に所有されたいと思っているようでした」

アレックはそれを望んでいた。まだ少年だったときにはじめて彼女から微笑みかけられ、欲望というものを見せてもらったときから。彼女がアレックをどんな人間にするかも知らないうちから。彼女のために自分がどんな人間になるかを。彼女に頼まれたらなんでもしたかったし、なんでもした。恋煩いの子犬のように彼女のあとをついてまわった。彼女がすべてをはっきりさせるまで。

〝かわいいアレック、わたしみたいな女の子は、あなたみたいな男の子と結婚なんてしないのよ〟

だが、そんなことをリリアン・ハーグローヴに話すつもりはなかった。

「ペグはおれの伯爵夫人ではない」

「でも、あなたはペグのものだった」ばかげた犬のドレスを着ているリリアンは、骨をくわえた犬になりつつあった。

アレックはため息をつき、つかの間窓の外に目をやった。「ずっと昔の話だ。彼女は同級生の姉だった」

「そして、そのときのあなたは公爵ではなかった」

アレックはふっと笑った。「そうだ。もし公爵だったら……」今度はアレックがことば尻を濁した。

「もし公爵だったら？」促されてアレックが目を転じると、リリアンはじっとこちらを見て待っていた。返事をもらえるまで永遠に待てるとばかりに、背筋を伸ばして身動きもしていない。だが、返事をするつもりはなかった。

アレックは頭をふった。

「あなたは彼女を望んでいたの？」

それまでなかったほど激しく。彼女の象徴するすべてが欲しかった。してもらえなかった美しい約束のすべてが。

アレックはなにもかもが欲しかった。ばかみたいに。

リリアンは長いあいだ動かず、アレックはなにを考えているのかとたずねるのを拒んだ。結局、言ったのはこうだった。「そういうことだから、望みの縁組みがかなえられないのがどういうものかわかっているんだ」

リリアンがうなずく。「そのようですね」

ふたりのあいだに沈黙が落ち、アレックは薄暗がりのなかで彼女のことをますます意識した。シルクのスカートに隠れた長い脚、子山羊革の手袋に包まれてひざの上で組み合わされている優美な手。

アレックはその手に取り憑かれはじめた。彼女の手を見つめ、手袋をしていなければよかったのにと思ってしまう。素肌の手を見たい。素肌の手に触れたい。

その手に触れられたい。

アレックははっとして背筋を伸ばした。彼女は触れていい相手ではない。

それに、自分は彼女に触れてもらえるような男でもない。

ふたたび窓の外に目をやる。いまいましい犬屋敷まであとどれくらいあるのだ？　どうやらまだまだのようだった。

そのとき、リリアンが小さな声で言った。「彼に愛されていると思ったの」

そのことばでアレックはわれを忘れた。嫉妬と憤怒と、馬車を停めてホーキンズを探し出し、先ほどのことに片をつけたいという激しい思いに襲われる。右手を曲げ伸ばしし、痛めつけ方が足りなかったと思い出させてくれる拳の痛みを歓迎した。

「あいつを愛していたのか？」言ったとたんに訊いたのを後悔した。その答えは自分が知るべきことではない。

だが、リリアンは答えた。そのひとことひとことがアレックをゆっくりと破壊した。「母はわたしが小さかったころに亡くなったの。父が再婚しないまま亡くなったとき、公爵さまのところで暮らすようになったわ。親切な方だった。わたしに安定をあたえてくれた。部屋をあたえてくれ、たっぷりのおこづかいをくれた」そこでためらい、正しいことばを探した。「善き後見人になろうと骨を折ってくれた。社交界デビューもさせようと考えてくれていたの。亡くなる前に。でも、家族の代わりにはなれなかった」

「使用人たちは？」アレックは、彼らがリリアンのことをほとんど知らなかったのを思い出していた。

月明かりのなかで彼女が小さくさみしげに微笑んだ。「彼らはわたしにどう接していいのかわからないのよ。得体が知れないんでしょうね。貴族でもない。使用人でもない。家族でもない。客というわけでもない。実体のない人間なの」寒気がするのか、リリアンは自分の体を抱きしめた。「他人と触れ合わずに何カ月も過ぎることもあったわ。メイドにドレスのボタンを留めてもらうとか、馬車に乗りこむのに手を貸してもらうとかいうのは別にして」

アレックはふたたび彼女の手に目をやり、その手袋を嫌う気持ちが新たになった。「きみの部屋だが。階段下の」

リリアンはまた例の仕草で肩をすくめた。「人声が聞こえるのが気に入っているの。階段を上り下りするときの。少なくとも、世界には自分以外にも人がいると思い出させてくれるから。少なくとも、肉体的には彼らのそばにいられるから。わたしの人生に彼らはいないとしても。

女の子たちの……笑い声も聞こえるの。階段を下りながら、わたしの知らないばかげたなにかにずっとくすくすと笑ったりするの。彼女たちと立場を代われるなら、なんでもしたでしょうね。彼女たちの仲間に入れるなら。自分のいる場所——世界のはざま——から出られるなら」

「リリー」彼女がひとりきりで過ごした時間をすべて消してやりたいという思いで、アレックの胸がうずいた。

二度とひとりきりにはしない。おれがそうはさせない。

「ときどきふと思うことがあるの——二度とほかの人に触れることはないのではないかって。愛されることはないのではないかって」アレックをふり返った目には真実があった。「彼は愛されていると感じさせてくれたの」

そのことばにアレックは粉々になった。リリアンを抱き寄せて、遠くに行かせてやりたくなった。それから、彼女を利用したホーキンズを灰にしてやるのだ。「きみは？　きみは彼を愛していたのか？」

リリアンがふたたび顔を背けた。「だれにわかるかしら？」

アレックはそのことばを憎んだ。彼女の気持ちを否定しないそのことばを。おれにはわかる。教えてやるんだ。完全に否定しろと。だが、実際にはこう言っただけだった。「あいつはきみにはふさわしくない」

リリアンのすてきな唇の片端が持ち上がった。「わたしをずいぶん高く評価してくださっているのね、公爵さま。世間の人たちは、わたしのほうこそ彼にふさわしくないと言うでしょうね」

「世間の人たちなどくそ食らえだ」

リリアンが馬車の曇った窓に手をあて、一本の指でなで下ろした。「でも、わたしはやってしまったのよ」思い出に浸る小さな声だった。

「どうしてだ？」アレックは思わず訊いていた。

「そそられる約束をされたから。ときには……」彼女は最後まで言うだろうか、とアレックは訝った。言わないだろうと思うくらい長くリリアンは黙っていた。「ときには、長く待ちすぎたせいで、それを愛と感じてしまうこともあるの」

不意にアレックの胸がひどく締めつけられた。彼女はおれになにをしているんだ？

彼は身を乗り出してリリアンに近づき、ささやいた。「おれはきみを傷つけたくない」

「わかっています」

「おれはここに来るべきではなかったんだ」ロンドンにいてもよいことはなにも生まれない。特に、ロンドンにこの美しい女性がいるときは。彼女はなにもかもを混沌に陥らせる。

「あなたが来てくださったことには高潔なものがあるわ。わたしのために来てくださったことに」

その口調のせいで、魔法のように聞こえた。異教の女神であるかのごとく星空の下に裸で立ち、そこにアレックを呼び出したかのように。馬車のなかが暗かったせいだろうか、銀色の月光が彼女の磁器のような肌を照らしていて、いけないとわかっていてもその手に触れてしまった。もっともひどい過ちだとわかっていた。

リリアンがためらいもせずに手を預けてくれたので、彼はそのてのひらを上にして、手首の内側に四つ並んだ小さなボタンが見えるようにした。ゆっくりとボタンをはずし、手袋の指先を引っ張って脱がせ、リリアンのなめらかな素肌をあらわにした。

はじめのうちアレックはただ見つめるだけだった。断崖に立ち、二度と戻ってこられないだろう深淵を覗きこんでいるような感覚だった。リリアンの呼吸は浅くとぎれがちだった──それとも、彼女に触れたいという欲望に満たされたアレック自身の呼吸だろうか。

〝二度とほかの人に触れることはないのではないかとふと思うの〟

先ほどのことばがふたりの周囲でささやき、無音でこだまするなか、アレックは自分の手袋の指先をくわえて巧みに脱ぎ、脇に放り投げると──後悔してしまう前に──てのひらで彼女のてのひらをなでた。

ふたりの指が触れ合って、小さな手を大きな手にとらわれて、リリアンの息が乱れた。彼女の肌はシルクのようにやわらかだった。小さく漏れた美しい吐息の音にも似て。それを耳にしてもアレックは顔を上げなかった。上げようとしなかった。次に起こることを止められなくなるとわかっていたからだ。

だからてのひらで彼女の手をなで続け、そのくぼみをたどり続け、ついにはふたりの指先だけが触れ合う形になると、もう一度手を合わせて指をきつくからめ合った。

「てのひらとてのひら」リリアンのささやきにはかすかにからかいが混じっていた。先刻話題になった『ロミオとジュリエット』を暗に引き合いに出しているのだ。

彼女に触れるのはやめなければ。アレックは手を離すつもりだった。

よもや、「あの戯曲で唯一いい場面だな」などと言うつもりはなかった。

彼女を見て、近すぎるのにあいかわらずひどく遠く感じるつもりもなかった。動けと自分に命じる。座席に背を戻すんだ。彼女の手を放せ。

そのとき、リリアンがささやいた。「〝手がすることを唇にもさせたまえ〟（シェイクスピア『ロミオとジュリエット』の台詞）」

「シェイクスピアなど知ったことか」アレックは悪態をつくとリリアンを引き寄せ、手袋をしたままのほうの手で彼女の顎から首、そして髪へとたどっていってヘアピンを飛び散らせ、自分が飢えた男で彼女がごちそうであるかのように激しく口づけた。

彼女の唇は罪と官能と……なぜそんなことが可能なのかアレックにはわからなかったが、

荒々しくて自由で友好的なスコットランドの味がした。

彼は口づけをやめ、ほんの申し訳程度に唇を離して目を閉じた。もうやめにしなければ。こんな計画ではなかった。こんなことはあってはならない。

彼女はわが家の味がした。

キスをあと一度だけ。あと一度だけ味わいたい。さっと。なんとか乗り切り、自分に戻って息ができるまで。

「アレック?」そっとささやかれた自分の名前を聞いて、彼はわれを忘れた。文句ではなかった。困惑でもなかった。

欲望だった。

自分も感じていたから、そうとわかる。

アレックはうめいて彼女をきつく抱き、手袋を脱がせたほうの手を放してひざの上に引っ張った。そこのほうがもっとよく味わえる。馬車が轍にぶつかってもリリアンが落ちないように腕をまわして守り、彼女の唇に戻った。やさしくゆっくりと舌でじらし、彼女があえぐと、官能的な約束をこめてそのなめらかな熱をしっかりと味わった。

思いがけずリリアンがすなおなうめき声をあげると、アレックの体は鋼のように硬くなり、その声を何度も何度も聞きたくなった――彼女が悦びを得ているという証だからだ。彼女の情熱の証。

リリアンが指を彼の髪に差し入れてぐっと引き寄せ、彼の舌に舌で応えたので、ふたりで馬車もろとも燃え上がってしまいそうになった。

アレックは悦びのうなり声を発し、両手で彼女の顔を包んで口づけ、泥棒のようにそのため息を盗んだ。

そう、アレックは泥棒だった。ためらいもなく奪っていた。

それとも、泥棒はリリアンのほうだろうか。

ふたりはたがいに盗み合った。

たがいに襲撃し合った。

略奪し合った。

それは、アレックが経験したこともないほど神々しいものだった。リリアンが身を寄せてきてぼろぼろになった上着に両手をすべりこませ、アレックは彼女のスカートをまくってシルクに包まれた太腿へと両手を上げていき、彼女の体を持ち上げてまたがせた。破廉恥で神秘的で、アレックの望むすべてだった。

馬車がまた跳ね、リリアンは彼の両脇をつかんで唇を合わせたままあえいだ。「アレック」ささやき声だ。「お願い」ちがう。彼女はささやかなかった。懇願したのだ。アレックには拒絶できるはずもなかった。特に、自分のひざに彼女が身を下ろしてきては。自分のもとへ。

あまりにも下半身がこわばり、きつすぎるズボンが急にひどく苦痛になった。

アレックは彼女の名前をうめくように言い、さらにきつく抱き寄せながらふたたび唇を奪った。リリアンのパンタレットと自分のズボンを通して彼女の熱が伝わってくる。リリアンが片手を彼の胸から肩へとすべらせてふたたび髪のなかに入れ、引き寄せながら何度も舌をからませてきた。アレックは彼女をもっと味わいたくてうずいた。

リリアンはもう一方の手で彼の腕をつかみ、シルクのボディスとすばらしい肌の境目へと導いた。「触って」彼女が吐息混じりに言う。「お願い」

やめるべきだった。ふたりとも。彼は唇を離して空気を求めてあえいだ。「リリー。やめなくては」

彼女が目を開けると、欲望とそれよりもっと複雑ななにかがそこでせめぎ合っていた。リリアンに導かれて置いた手の下で、心臓が激しく鼓動していた。アレックは彼女の美しさで燃やされた。「お願い、アレック」シルクのようになめらかな声だ。「お願いだからわたしを欲して」

まるでそれが選択肢のひとつであるかのような言い方だった。彼女の全身を求めてアレックがうずいてなどいないかのような。もっとも原始的なやり方で彼女を自分のものにして、これまで彼女が欲した男たちすべての記憶を消してしまいたいと思ってなどいないかのような。

まるで、アレックが彼女にふさわしい男であるかのような。

なんとか強くあろうとしたアレックの喉が動いた。もしリリアンが主導権を取らなければ、そうできていたかもしれない。彼女はアレックの手を取ってすばらしい胸を包むよう持っていったのだ。「お願いよ、アレック」

アレックは動きたい衝動に抗った。もし動いたら、リリアンがこの狂気の沙汰の誘惑を続けかねないと不安だったのだ。もし動いたら、リリアンがやめてしまいかねないと不安だったのだ。

アレックは熱いスカートのなかから手を引き抜き、両手で彼女の顔を包みこんだ。唇が重ならないぎりぎりのところまで引き寄せて、その目をじっと覗きこんだ。窓の外のランタンがリリアンの美しい顔に邪な影を投げかけていた。「おれに見せてくれ」

アレックがほんとうに言いたかったのは、おれを使ってくれ、だった。

リリアンが目を見開いた。つかの間、彼女は仰天のあまりじっとしていてくれるかもしれない、とアレックは思った。だが、彼が見ていると、驚きは欲望に変わり、アレックの頼んだとおりにした。

言われたとおりに。

狭い馬車のなかで時の歩みがゆっくりになった。リリアンがアレックの手を導き、ぎゅっと押さえつけた。「ここに触れて」

アレックがそうすると、何層もの布地を通してでさえ彼女の体が張り詰めるのがてのひらに伝わってきた。リリアンはいらだちの吐息をつき、体を押しつけてさらにねだった。彼はリリアンを気の毒に思った。「このドレスはまた着るつもりか？」

彼女は意味が理解できなかった。「なんですって？」

「このドレスだ。こだわりがあるか？」

リリアンが首を横にふる。「おぞましいドレスだわ」

「それなら正しいことをしよう」うなるように言うと、大きな手で襟ぐりをつかんだ。そして、躊躇なくボディスをまっぷたつに裂いてリリアンの体を自由にした。

彼女が驚いてあえぐ。「あなたは――」

口論などしている場合ではなかった。「見せてくれ、リリー」

彼女はアレックの手を胸に置いた。ふたりともに快感でうめいたあと、アレックは親指と人さし指で硬くなった頂をつまんで彼女をそそのかした。やがてアレックはがまんできなくなり、反対側の頂に唇をつけた。リリアンが叫び、手を彼の髪に突っこみ、先端を軽く吸われると彼を引き寄せてもっと欲しいと無言の懇願をした。

アレックは彼女の願いをかなえ、その感触と味に浸った。天国というものがあるとするならば、いまこの瞬間こそがそれだと何度もくり返し思った。リリアンが体を押しつけてきて、そのすばらしい熱で彼を包んだ。解放を必死で求めて。その感触にアレックはうめき、自身を解放したくてたまらず、同時に解放を渋った――やめなければいけないときにやめられる自信がなく――。

そのとき、リリアンが官能的に動いた。舌と唇の愛撫(あいぶ)を受け、悦びの吐息をつき欲望のうめきをあげたのだ。なんとも美しい小さな音だった。アレックは守れない約束を自分の体にした。

彼女の体を奪いはしない。

彼女を汚しはしない。

彼女にはおれよりもっとましな男がふさわしい。

アレックは顔を上げて彼女を見た。リリアンは目を閉じており、自分では見つけられないなにかを必死で求めて彼に体をこすりつけていた。アレックなら簡単にあたえてやれるものを求めて。欲求が満たされていないのは明らかだった。

アレックもあたえてやりたかった。

彼はリリアンのスカートのなかに手を入れた。ひざの内側に彼の指先がかすめるのを感じてリリアンが目を開ける。彼女が口を開いたので、アレックは頭をふって黙らせた。「ここか？」彼女のひざをなでながらからかう。

リリアンが首を横にふる。「いいえ」

アレックはパンタレットの外側をなで上げていきながら、彼女の素肌に直接触れるのを妨げている布地に腹を立てた。だが、拒まれて当然なのだ。自分のしでかしたことに対して。彼女にとってふさわしくない男でいることに対して。そしてリリアンは、彼があたえることのできる快感を受けるにふさわしい。この瞬間に。ただ一度だけ。自分は快感を受けることなく。

「ここかな？」さらに上の場所でたずねる。もっとも秘めた場所の近くだ。アレックが次の息をするよりも望んでいる場所の近く。

リリアンはまた首を横にふったが、ことばは小さな叫びになっていた。「いいえ」

アレックはパンタレットの切れこみを見つけ、より深くへと指を動かしてやわらかな巻き毛に触れた。そこをなでると彼女があえぎ声になり、アレックは巻き毛の色を思い描いた——美しい神秘の赤褐色だ。「じゃあ、ここか?」

もうゲームはたくさんだと思ったらしく、彼を見たリリアンの目にはいらだちの色があった。そして、こう言ってアレックを仰天させた。「教えましょうか?」

彼女はべらぼうに神々しい。

アレックはすぐさま返事をした。「頼む」

すると、彼女がアレックに手を重ねてより深くへと押しつけた。巻き毛を越えて、シルクのようにやわらかで、熱くて、みごとに潤っている彼女自身のなかへと。アレックは低く野太い声のゲール語で悪態をついた。

望みのものを得られたリリアンは、悪びれもせずに彼を見つめてたったひとことだけあえぐように言った。「そこよ」

言われたアレックは長くたっぷりとキスをしながら、指で探り、なで、彼女から秘密を誘い出し、ついにはふたりとも息ができなくなった。唇を離すと、リリアンが目を閉じているのがわかった。体をアレックに向かって揺らし、手を重ね、どうしてほしいかを教えながら。

アレックは動きを止めた。彼女の目がすぐさま開かれた。怒りをたたえて。

欲望の波にうずきを感じながらも、アレックはそれをおもしろいと思ってしまった。「おれを見て」

リリアンの眉が困惑でひそめられる。

「きみの望むものすべてをおれがあたえてやる、おれの心(モ・クリーュ)。必要なものすべてだ」暗く低く、リリアンといるときは必死で消そうとしていた訛りに満ちた声で約束する。「きみに天国を見せてやる。だが、きみが見つけるところをおれに見せてくれたらだ。それがおれの代価だ」

罪深く官能に満ちたことばがふたりのあいだで宙ぶらりんになる。つかの間、アレックは最後のことばを後悔した——まるで彼女はおれに借りがあるみたいじゃないか。

彼女がおれに借りを作るなんてことはけっしてない。いまこの瞬間からは、彼女が合図するだけでおれは駆けつける。

これほど危険な女性と出会うのははじめてだった。

だが、アレックはすでに彼女に完敗していた。彼を参らせたのは彼女のやわらかな肌と、美しいため息と、彼が触れ、じらしているときの、曲線やひだやなにがなんでも入りたい暗い深部を試しているときの、すばらしいまなざしだった。リリアンは彼と目を合わせたまま体を揺らし、もっと欲しいとねだり、彼がゆっくりと淫らになでるとその目を細め、快感をあたえる場所を見つけると目を見開いた。

アレックは北海のような灰色のその目を見つめた。彼女の目はアレックに釘づけで、手は彼の手首をつかみ、呼吸を荒くし、欲望であえいでいる。アレックの名前を叫ぶと焦点がぼんやりした目を閉じ、彼に焼き印を押す叫びを何度もくり返した。彼を暗黒へと引きずりこんだ。

太陽を見せてくれた。

ふたたび目を開けてすぐさま彼を見つけると、リリアンは両手を彼の髪に差し入れ、唇を重ねて舌をすべりこませてきた。そのせいですべてをさらけ出されて完全に破壊されたアレックは、耐えられないほど熱く激しい快感に襲われた。

唇を離して息を求めてあえいだが、まだ絶頂を迎えていないかのように硬いままで、リリアンを裸にしてズボンの前を開き、彼女を自分のものにしたくてたまらなかった。ここで。いますぐ。

永遠に。

そのときリリアンの手がスカートを動かしたので、彼は声に出して言ってしまったのだろうかと訝った。彼女の手がアレックのズボンの前垂れに軽く触れ――いまいましいほど軽く――それを止めるのに時間がかかった。

リリアンがささやいた。「あら、まあ……」

そこにこもった畏敬の念をアレックは気に入らなかった。

〝女はあなたみたいな男性を夢見るものなのよ、愛しい人〟

〝でも、それは一夜かぎりのこと。一生ではないの〟

「だめだ」アレックはすぐさま唇を離し、熱く熱せられた焼き印であるかのように彼女を放した。

リリアンは困惑で目を見開いた。「でも……」

「だめだ」アレックは彼女をひざから下ろして座席に戻した。それがあまりにすばやかったので、なにが起きているのかをリリアンが理解するのにしばらくかかった。

ふたりとも荒い息をしていた。アレックは彼女からなかなか目をそらせなかった。リリアンのボディスは破れ、脚は彼の腕のなかで見つけた悦びのせいで力なく斜めになっている。アレックも力が入らなかったからそうとわかるのだ。そして、うずいている。

リリアンはあまりにも近くにいる。奪ってしまえるほどに。

きっと彼女はそうさせてくれるだろう。

アレックはなんとか座席にもたれかかり、目をそらせと自分に言い聞かせた。窓の外を見るんだ。床に視線を落とせ。リリアン以外ならどこを見てもいい。だが、できなかった。なぜなら、彼女はアレックが見たなかでもっとも美しかったからだ。

そのとき、彼は過ちを犯した。リリアンの感触を消そうと手を唇に持っていったのだ。彼女の香りが約束のようにそこについているというのを忘れていた。欲望は耐えがたいほどだった。たっぷりと指を吸って彼女を味わい、彼女に浸った。

それを見ていたリリアンの目がぱっと燃え上がり、彼はそこに真実を見た。彼女を自分のものにできる。彼女はそうさせてくれる。

ああ、おれはリリアンが欲しい。

いまでも。ヘアピンが散らばって長い赤褐色の髪がほどけ落ち、今夜頭のてっぺんで揺れていた猟犬とウサギが左耳に垂れ下がっている状態でも。まるでとことん愛されたかのように見える。

〈スコットランドの野蛮人〉に。

リリアンが望んでいるのは結婚と子どもと愛で、アレック自身にはあたえてやれないものだった。彼女だってアレックにそれを求めてはいない。大きすぎ、スコットランド人すぎ、野蛮すぎる。

結婚にはふさわしくない。

彼女にふさわしい男ではない。

おれはなにをしてしまったんだ?

彼女から離れなければ。

アレックが天井を叩くと、馬車はすぐさま速度を落とした。

彼がぼろぼろになった上着を脱ぎはじめると——彼女の破れたドレスを隠すものが必要だった——リリアンの美しい灰色の目が困惑に曇った。「なにをしているの?」窓の外を見る。「ここはどこ?」

「それはどうでもいい」アレックは彼女の横に上着を投げ、馬車が完全に停まる前に扉を開けた。

「アレック」彼女に名前を呼ばれ、アレックの胸がうずいた。

さっと馬車を飛び降りてふり向く。「バーンズの詩の題名を訊かなかったな」

リリアンは頭をはっきりさせようとするようにふった。いきなり突拍子もない話題に変わってわけがわからないのだ。「詩なんてどうでもいいわ」

彼女はいらだっていた。

アレックと同じように。

「『やさしい口づけをひとつ、そしてお別れ』だ」リリアンがなにか言う前に続ける。「すまない、リリー。なにもかも」

そして、彼は馬車の扉を閉めた。

11

淑女のみなさん！
恐怖には自分を引き立てるドレスで対峙しましょう！

翌朝、リリーは犬のドレスを着なかった。

犬のドレスは数着あったものの、これ以上恥をかく必要はないとわかったのだ。だから、自分をかなりよく見せてくれるドレスを着た――客を迎える用途で作られた緑色のシルクのドレスだが、バークレー・スクエア四五番地には訪問客がほとんどいなかったのでめったに着ていなかったものだ。

ここ――愛情をこめて犬屋敷と呼んでいる――へ逃げこんだとき、ちょっとした気まぐれでこのドレスを持ってきたのだった。この美しいドレスのことをおぼえていてほっとしていた。

なんといっても、ハンサムな男性に馬車のなかでキスをされるなんて、毎日あることではないのだから。ううん、キスされただけじゃない。それ以上だった。

リリーの頬がまっ赤になった。同じことをまた望んでいるわけではないけれど。

嘘つき。

ほんとうのことだ。キスをしてきた相手と過ごすときには、きちんとしたドレスを着るべきだと感じただけだ。キスをされた相手。こちらからもキスを返した相手。

キスだけじゃないけれど。

これまでキスをされたこともしたこともあったけれど、どういうわけかウォーニック公爵アレック・スチュアートとのキスは、これまで経験したこともないものだった。

だからすてきなドレスを身につけ、今朝彼と顔を合わせる勇気をくれるよう願ったのだった。犬屋敷の朝食室に入って皿を取り、テーブルにふたり分の席が用意されているのに気づいて鼓動が速くなった。つまり、アレックはまだ朝食を終えていないのだ。

ダックスフントの形をしたトングでソーセージと大きなトーストを皿に載せ、テーブルの奥に座った。そして、ゆうべのような幕間（まくあい）を経験した相手の紳士と会うときに女ならそうするように、さりげなくわざとらしくなく優雅に見えるよう努めた。

あんな幕間はくり返したくもないけれど。

ああ。あれはとてもすばらしかった。でも、そのあと彼は逃げ出した。皿を見つめるリリーの目が険しくなる。卑怯（ひきょう）者。こちらが彼に触れたあとで。こちらと同じくらい彼も必死だとわかったあとで。

〝すまない、リリー。なにもかも〟

なんてばかげたことばだろう。まるで、わたしはその場にいなかったみたいじゃないの。まるで、わたしが望んでいなかったみたいじゃないの。

リリーははっきりと望んでいた。ただ、くり返したくはないだけだ。

まったく。

嘘つき。

思いが堂々めぐりするばかりで、リリーは唇をきつく結んだ。望むといえば、彼だって望んでいた。少なくとも、シェイクスピアに悪態をついてわたしを馬車に放りこみ、燃え上がらせ、見つけられるとも思っていなかった悦びを見せてくれたときは、望んでいると思われた。やめないでと懇願したくなったほどだ。

シェイクスピアに悪態をつくのは必要ないと思われた。正直に言えば、とてもすばらしかったけれど。

懇願せずにすんだのは幸いだ。もしやめないでと懇願していたら、彼がやめたときにそれまで以上に気まずくなっていただろうから。たちどころに。そして、彼は逃げた。

スコットランドの卑怯者。

ばつの悪い大災難だった。

だから、このドレスというわけだ。

まあ、いいわ。考えなくてはいけないことはほかにもあるのだ。筋骨隆々としたハンサムなスコットランド人とはなんの関係もないことが。自分の現状ともっと関係のあることが。

将来という大問題が。

夫などのことが。

それを強調するように、アンガスとハーディが毛むくじゃらの体でドアを大きく押し開けて入ってきたので、リリーは胸がどきどきした。犬たちがいるのなら、その主もそう遠くにはいないからだ。

アンガスはすぐさまサイドボードの中身を調べに行き、ハーディは前脚に低くかがみこんでリリーに挨拶をしたあと、顔を上げてにっと笑った。リリーは大きな犬のしなやかな毛並みに指を差し入れてから、耳の後ろを掻いてやった。ハーディは頭を傾げ、舌を口の横からだらりと垂らし、崇拝の吐息をついた。

リリーは微笑まずにはいられなかった。

こんな大きな犬なのに、子猫みたいだ。やさしい巨犬。

「気をつけてないと、甘やかされてだめになるぞ、ハーディ」

スコットランド訛りが戸口から聞こえてきて、リリーの胸が高鳴った。彼の目を見ようと顔を上げたものの、アレックはすでに頭を垂れ、キルトをひざのあたりで揺らしながらサイドボードに向かっていた。彼がしゃべっていなければ、自分がいることに気づいていないのかもしれないと思っていただろう。

アレックがこちらを見ないのをいいことに、リリーは彼に目を向け、プレードをまとった彼を前に見たとき――気恥ずかしくてしっかり見られなかった――よりもじっくりと見つめた。

　ばかげているけれど、ブレードはアレックをとても引き立てていた。小麦袋でも彼を引き立てていたかもしれないけれど。

　この人はまったくみごとな脚を持っている。

　これまで男性の脚についてなど、ほとんど考えたこともなかった。アレックと出会うまでは。いまではブレードをまとった彼を見るたびに、男性の脚について考えすぎるようになってしまった。

　ぎょっとするほどあるまじきことだ。

　不意に口のなかがからからになって唾を飲みこみ、今朝も完璧にふつうだというふりを精一杯した。ゆうべ、彼のせいで欲望の塊になって、ことばも発せなくなったりしていないというふりを。

　欲望の塊のことなど考えてはだめ。

「ハーディはいい子だもの、甘やかされて当然よ」

　アレックはうなり、フォークでハムをたっぷり取り、皿の焼きトマトの横に盛った。リリーは彼がなにか言うのを待ったが、返事はなかった。

　皿の料理に気を取られているふりをしてフォークでつつきまわしていると、アレックが料理を取り終えてテーブルに来たが、座ったのは反対端だった。

　リリーからできるだけ離れた場所。

彼の席はたしかにそこに用意されていたけれど。もっと近くに座ってくれたっていいでしょうに。

どこからともなく従僕が現われ――犬屋敷にはすばやさと有能さを兼ねそなえた使用人が置かれているようだ――アレックに熱々のお茶を注いだ。

「ありがとう」かわいそうに、礼を言われた従僕はなんと返していいかわからないようすだった。

公爵さまが話しかけてくださってありがたく思うべきよ、とお仕着せをまとった従僕にリリーは言いたかった。どうやら自分は会話する価値もないと思われているようだから。昨夜あんなことがあったあとなのに。

呆然とした自分を馬車に残していったあとなのに。

だめだ。あのときのことを思い出さずにいるのは無理だ。実際、アレックを見るたびに、てのひらを合わせた感触、軽々と持ち上げられたときの彼の手の感触がよみがえった。抱きしめてくれた腕。重ねられた唇。彼の舌。彼の指。

朝食室が唐突に不快なほど暑くなった。

一方のアレックは完全に快適なようすで、テーブル上座の大きな椅子にゆったりと座り、犬が彫られた銀食器で狐(きつね)狩りの絵柄の皿から料理を食べているというのに、領主然として見えた。彼は飢えたようにがつがつと食べていた。リリーがいても食欲は減退しないようだった。

リリーはといえば、朝食室に落ちた重々しい沈黙のなかで吐いてしまいそうだった。

彼女に食欲がないのを感じ取ったハーディは、ため息をついてリリーのひざに頭を乗せ、惨めそうな目で見上げてきた。まるで、自分はここにいるよと彼女に思い出させ、喜んで手伝うと訴えているかのようだった。

主の右側にいたアンガスが目ざとく気づき、すぐさまリリーの反対側にやってきて舌なめずりした。アンガスにもソーセージをひと切れあたえた。

「これでこいつらはきみのそばを離れなくなったぞ」はっと顔を上げると、アレックは料理に釘づけになっていて彼女を見てもいなかった。

リリーはいらだちを感じた。「少なくともこの子たちはわたしを認めてくれているわ」フォークが口もとへ運ばれる途中で止まるのを見て、リリーは思いを口にした自分を誇らしく思った。彼女を見たアレックの茶色の目は、クリスタルのグラスに入ったウイスキーのようにきらめいていた。「それはどういう意味だ？」

「この子たちのご主人は、おはようと言う礼儀もないという意味です」

アレックはフォークを置き、朝食室の奥の壁に消え入ろうとしている三人の使用人に顔を向けた。「はずしてくれ」

使用人たちはそそくさと出ていった。そっとドアを閉めた音が響きわたり、リリーは心臓が喉までせり上がってくるのを感じた。

彼はまたキスをする？　キス以上のことをするかしら？

そういうことには時間が早すぎないかしら？

リリーは想像した。彼がこちらに向かい、自分を立ち上がらせ、大きな美しい手で顔を包んで唇を重ね、ゆうべのこと――愛の行為は激しく、自由で、凶暴で、すばらしくなる――をもう一度示してくれると。

彼がそうするかどうかなんて、わたしにはどうでもいいけれど。そんなものは望んでいないのだから。

アレックは長いあいだ無言のまま彼女を見つめたあと、言った。「おはよう、リリアン」からかいの色も恩着せがましい色もなかった。単なる礼儀正しい挨拶だった。

ただ、リリーは野蛮なものを感じた。腹立ちを。「ほらね。むずかしくはなかったでしょう？」

「そうだな。謝罪する。またもや」

またもや。

〝すまない、リリー。なにもかも〟

「なにに対して？」

アレックが目を瞬く。「それは……」尻切れとんぼになる。

「朝の挨拶を忘れたことに対して？」

「それもある」

リリーはトマトにフォークを突き刺して汁が出てくるようすを楽しんだ。よくよく考えれば、ぞっとする気味の悪い光景なのだろうけれど、そういうものをますます強く求める気分になりつつあった。

「ほかには？」訊いてはいけないのに。わかっているのに。それでもがまんできなかった。

アレックは返事をためらわなかった。「この悲惨な芝居におけるおれの役割に対して」

「どの役割かしら？」リリーは彼を追い詰める自分がとても誇らしかった。

リリーに目をやったアレックは、彼女がなにをしているのかを瞬時に悟った。あっぱれなことに、彼は退却しなかった。「きみをさらなる醜聞にさらす危険のある役割だ」

「あなたが彼を狙うずっと前に、わたしは醜聞にさらされていたわ。デレクとの友情はことさら秘密にしていたわけではないから。そこへあなたが登場して、ゴシップ紙はわたしにいいいろんなあだ名をつけたのよ、まったく」

「そこへおれが登場した？」

リリーはひらひらと手をふった。「デレクと一緒にいたときは〈麗しのリリー〉だったけど、ハイドパークやオックスフォード通りだとかで姿を見られたときは〈ひとりぼっちのリリー〉で――」

アレックがさえぎった。「おれがそれになんの関係がある？」

「〈悲惨な被後見人〉」

彼が目に怒りをたたえて小声でつぶやいた。「知らなかったんだ――」

「わたしが存在することを、でしょ。知っているわ。わたしなら、そんなことを気に病んだりしないわ、正直なところ」

「おれは気に病む」うなるように言う。「ホーキンズよりもな。ゆうべのおれ自身よりも。きみが気に病むべきだったよりも」

リリーはまなざしを険しくして彼を見た。「なんですって？」

彼は自分がどれほど崖っ縁に近づいているかに気づいていなかった。だから、リリーが子どもであるかのようにいまのことばを説明した。「きみには母親も付き添い婦人も、あるいはきみくらいの年齢の女性が必要とする人もいなかったのは認めるよ、リリアン。だが、そんなきみだって、ホーキンズとふたりきりで過ごしたら評判が犠牲になるとわかっていたんじゃないのか」

リリーは長々と彼を見つめた。「だからわたしがいけなかったのだと」

アレックはためらった。「もちろんそうじゃない」

彼女にはそのためらいしか聞こえなかった。「でも、そうなのよ。わたしは無理強いされたわけじゃない。薬を飲まされたわけでもない。自分で裸体画のポーズを取ったの。愛していると思った男性のために。わたしを愛してくれていると思った男性のために」そのことばとともに怒りが湧いてきた。「あれは彼のためだったの。彼だけの。あなたに見せるものじゃない。ほかのだれにも見せるものじゃない。永遠に飾られるものじゃない。でも、わたしがモデルになったのは事実なの、アレック。だから、いけなかったのはわたし」

「ちがう」アレックはほとんど叫んでいた。「ホーキンズのせいなんだ、くそったれ。あいつがきみをあんな風に利用しなかったら——おれがもし——」

リリーは手を上げて彼を制した。「そういうことね。わかりました。わたしは自分の凋落(ちょうらく)を予想できると思われるほど責任があるけれど、同時に食い物にされるくらいには間が抜けているということでしょう」しばしの間。「ゆうべ、あなたはご自分がわたしを食い物にしたと勝手に得心したということかしら？」

七フィート近くも身長があり、体重は三〇〇ポンドほどのウォーニック公爵が顔を赤らめるのを見ることほど満足のいくことはなかった。前夜の件を朝食のテーブル越しにさらりと言われてまっ赤になったのだ。彼はどうやらこの会話を喜んでいないらしかった。

リリーはどうでもいいと思っている自分に気づいた。「気まずい思いをする必要はありませんわ、公爵さま。謝らなければならないこともありません」

「いや、なにもかもを謝らなければならない」アレックは切羽詰まったように大声で言った。いらだちのせいで訛りが強くなっている。ちらりとドアを見て、ふたりきりでいるのを確認したあと、声を落とした。訛りも少し抑えられていた。「あんなことをすべきではなかった。どれひとつとして」

今朝目覚めたら、とんでもなく忌まわしいことをしてしまったと悟ったとばかりの彼のことばが、リリーの胸をえぐった。鋭く。

それがいやだった。リリーはすっと背筋を伸ばし、無関心な貴族女性をまねて白々と嘘をついた。「ずいぶん芝居がかっていること。話す価値もないことなのに」

アレックが凍りつく。「話す価値もないとはどういう意味だ?」

ほんとうは話す価値はあった。永遠にくり返し思い出す価値があった。文才があったなら、この先毎晩読み返せるように、すべてのできごとを書き記していただろう。

デレクのときは、リリーの存在を気にかけてくれているという感じは一度も味わわなかった。いつだって自分を見てもらおうと努めていた気がする。でも、アレックは……。彼はリリーを宇宙の中心にいる熱くて明るい太陽であるかのように感じさせてくれる。彼の宇宙の。少なくとも、リリーはそう感じていた。彼女にそう感じさせたことを彼が謝るまでは。

リリーは表情を取り繕った。「わたしはまったくの未経験というわけでもありませんから」

アレックがすばやく立ち上がったせいで椅子が大きな音をたてて倒れ、犬たちが部屋の反対側へと逃げたが、彼は気づいてもいないようだった。「おれ以外の後見人なら、きみにその経験をさせた男をくそったれの祭壇に引きずっていくだろう」

よかった。わたしと同じく彼も腹を立てている。「あなたは経験がないの、公爵さま?」

彼があと少しでも目を見開いたら、目玉がこぼれ落ちてしまいそうだ。「いったいどういう質問なんだ?」

この傲慢な巨人を仰天させられて、リリーは思わず歓喜の叫びをあげたくなったがこらえた。「あなたが独身だから、あなたに最初の経験をさせた女性をどうしてだれもくそったれの祭壇に引きずっていかなかったのだろうと不思議に思っただけです」

アレックが目を薄い線になるまで細めた。「そういうことばづかいは感心しないな」

「へえ。また男女で異なる決まりごとだわね。それはともかく」リリーはティーカップを口もとへ運んだ。「あなたの求婚は丁重にお断りします」

彼が目を瞬く。「おれのなんだって？」

「だって、あなたはゆうべ、わたしの経験をひとつ増やしたわけだし、あなたの理論に従えば、それは結婚という結果を招くわけだから。ちがいます？」

アレックは長いあいだ立ち尽くし、リリーが巡回興行の檻のなかの動物であるかのような目で凝視した。そして、ようやくこう言った。「リリー、おれはきみに正しいことをしようとしているんだ。おれのしてきたことすべては、きみを守るためのものだった。だが、いろいろぶち壊しにしてしまった。ゆうべのことは――馬車のなかでのことだが――起きてはいけないことだった」しばしの無言。「おれはきみの後見人だっていうのに、まったく」

リリーは答えなかった。なにが言えただろう？　リリーがかつてないくらい生きていると、たいせつにされていると、望まれていると感じたできごとを、彼は後悔しているのだ。悲しいことに、彼が後悔していることで、リリーまで後悔を感じてしまった。

リリーだって、彼が朝食室に意気揚々と入ってきて求婚するとは思っていなかった。あの行為を最後までしたわけではないのだから。

それでも、これほどつらい思いをするとは予想もしていなかった。

彼に背を向けて、朝食室の奥に並ぶ窓のほうへ行った。大きく息を吸い、なじみの苦痛――あまりにしょっちゅう感じている苦痛――を無視しようとした。いないものとして扱われる苦痛だ。

わたしは愚かなふるまいをしている。　愚かなのは大嫌い。　それなのに、なにをしても愚かになってしまうようだった。

ハーディが彼女のいらだちを感じ取ったらしく、そばに来て大きくて温かな体を太腿に押しつけてきた。大きな犬の存在にはどこか心慰められるものがあり、リリーはやわらかな耳をなでながら犬屋敷の庭に目をやった。

しばらく経ってから、口を開く。「プードルの形に刈りこまれた植木があるわ」

アレックの声はおもしろがっているようではなかった。「予想を裏切らない屋敷だな」

「わたしの責任ではないわ」リリーの声は小さかった。

「もちろん、ちがうさ」つかの間、彼は本気で言ったのだとリリーは信じた。

「デレクの責任でもない。正確には」

「そこはおれと意見が合わないな」

リリーは頭をふったものの、彼に向きなおりはしなかった。「男と女でこれほど規則が異なるなんて。わたしがだれと一緒にいようが、それが世間にとってなんだというの？　男の人と個人的に会ったからって、なにが問題なの？　他人には関係ないはずでしょう。まさに個人的なことであるべきなのよ」

そのことばについて彼が考えているあいだ、長い沈黙があった。返事をしたとき、彼はリリーのすぐ背後まで来ていた。「そういう風にはならない」

ずるい。

あまりにも長くひとりきりで過ごしてきたリリーは、どんな人づき合いにも希望を抱いた。デレクと一緒にいたときは、自分の評判がどうなるかなど考えもしなかった。人との親交にそれほど飢えていたのだ。

ちょうど昨夜、アレックと一緒に馬車で過ごしたときに自分の評判を考えもしなかったように。でも、あのとき切実に欲していたのは人との親交ではなかった。

欲していたのは彼だった。

「そういう風であるべきなのよ」犬を見下ろすと、感情のこもった茶色の目はリリーの気持ちを正確に理解しているようだった。

「そうだな」

〝起きてはいけないことだった〟

彼のことば。後悔に満ちていた。リリーは目を閉じた。

いい、あるべきというのはひどいことばだ。

リリーは肩をそびやかし、彼と向き合うべくふり返った。荒削りのハンサムな顔と、ウイスキー色にきらめく目は無視しようと固く決めていた。そんなものに気づいたりはしない。広い肩だとか、額に無造作にかかる髪だとか、唇だとかにも。

特に唇にはぜったいに気づいたりしない。すでにその唇に相当の損害をあたえられてしまっているのだから。

悲しみといらだちにどっと襲われる。気をゆるめたら恥辱になりかねないなにかの奔流。でも、気をゆるめたりはしない。二度と。また別の男の人とは。最初の人よりも遥かにたいせつになった人とは。

リリーはただひとつの感情のために、そんな気持ちを脇に押しやった。

決意だ。

恥辱など感じない。今日は。ウォーニック公爵と彼の誘惑などくそ食らえだわ。交際させたいのなら、交際してあげる。絵が公開されるまであと七日で、そんな短期間で恋に落ちるなんてありえない。

恋になんて落ちられない。

リリーは頭をふった。諦めて計画を受け入れ、損失を防ぐのだ。「スタナップ伯爵」アレックのばかげた名簿のいちばん上に書かれていた名前を選ぶ。「彼にするわ」

望みがかなったというのに、そもそもなぜそれを望んでいたのかとあっという間に自問するまでになったのには驚くものがあった。

朝食室に入る前は、リリーと会うのを恐れていた。きっと最悪の類の悪党と非難され、ロンドンから離れさせるか結婚しろと迫られるものと覚悟していた。

最初の案を実行できるかどうか、ほんとうにわからなかった。昨夜この腕のなかで完全にわれを忘れた美しくて完璧で誘惑に満ちた彼女を見たあとでは。

とはいえ、彼女との結婚は問題外だった。彼女には、性的な悦びをあたえることにしか長けていない自分などよりも遥かにましな男がふさわしい。ウォーニック公爵の爵位を継承するまでは、美しいイングランドの薔薇からふさわしい相手と見てもらえなかった野蛮な獣よりも。二度めの夜をともにするなどありえない。

あまりに粗野。あまりに洗練されていない。

リリーはアレックを一〇人併せたくらいの価値のある女性だ。ゆうべのことがそれを証明していた。計画に対するアレックの気持ちが固くなった。リリーを結婚させてみせる。それを果たしたらスコットランドに戻る。そして、ロンドンには二度と来ない。

その非常に明確な規則を確立しようと意気ごんで朝食室に入ったのだった。まさか、見たこともないほどきれいな緑色のドレスを着て、子犬から育てたかのようにハーディの大きな頭をなでている美しいリリーに会うとは予想もしていなかった。

おれの犬を彼女に気に入ってもらって喜ぶべきではない。

そんなことは重要ではない。

重要なのは、彼女を結婚させることだ。

だから、彼女が相手を選んでくれてほっとすべきなのだ。だが、アレックを襲ったのは安堵の気持ちではなかった。もっと危険なものだった。彼に分別がなかったら、嫉妬にかなり似たなにかだと思っていただろう。

アレックはリリーのことばに動揺していない風を装った。「スタナップか。彼と知り合い女性はそういうものが好きなのだろう、とアレックは思った。「裕福ではないのか？」

「独身だわ」

リリーはスタナップ卿の長所を数え上げていった。「ハンサムで、魅力的で、爵位があって、

「——」アレックはばかげたことばを口にすることを思って顔をゆがめた。「——つかまえるべき男なのはなぜなのかから聞こうか」

「きみがゴシップ紙を読んでいる理由はあとで聞くとして、まずはスタナップがそれほど

「わたしがゴシップ紙を読みはじめたころからずっと、スタナップ卿は夫としてつかまえるべき男性の最有力候補なの」

リリーはため息をつき、そんなことも知らないなんて、といらだっているようだった。

アレックは無知を隠せなかった。「それはどういう意味だ？」

「彼は〈つかまえるべき貴族〉なの」それがなにか意味があるような言い方だった。

アレックは、女性向けの雑誌がどんなものかを知っている自分に満足した。「おれはおとなの男だから、それは購読していない」

リリーが小さく笑った。「『パールズ＆ペリーセズ』を購読していないの？」

彼女の言い方がアレックは気に入らなかった。まるでスタナップがすばらしい賞品かなにかのようじゃないか。「おれはスタナップのことを知らなかった」

「ロンドンにいる未婚女性なら、だれだって彼のことは知っているわ」

なのか？」

リリーの完璧な眉がつり上がった。「だからわたしの登場となるわけよ。あなたもよくご存じのとおり。そこが、あなたがわたしを結婚させる鍵なのではないの？」

そのことばは不快だった。「相手の男が望むのは金だけだとは思わないが」アレックはよく考える前に言っていた。彼女はばかじゃない。きっと訊いてくるだろう——。

「ほかになにがあるというの？」

答えるべきではなかったのだろう。だが、彼女がそこにいて、その足もとでハーディが崇めるように彼女を見上げているのを見て、アレックは答えずにはいられなかった。「きみの美貌だ」

リリーの両の眉が持ち上がり、無言の問いかけをしてきた。

真実だった。赤褐色の髪に灰色の目と、完璧なハート形をした顔と、どこもかしこも最高の体つきをした彼女は、アレックが出会ったなかでもっとも美しい女性だった。

懸命に気づかないようにしていた体。だが、昨晩、その体を押しつけられては気づかずにいるのは無理だった。記憶に刻まずにいるのは。

彼女は完全にすばらしかった。

そして、完全におれのものではない。

「あの絵がみんなの知るところとなったいまでは、傷ものの美が精一杯でしょうね」

「なにをばかな」喉がひどく乾燥していた。咳をして、お茶のところに向かった。ぐっとあおった。「きみが完璧だという事実は、あの絵が公開されても変わらない」

彼女のことばがついてきた。「あなたにそう言われると、なんだかお世辞には聞こえないのですけど、公爵さま」

「お世辞じゃないからだ」不平がましい口調になっているのはわかっていたが、どうにも抑えられなかった。先ほど倒した椅子をもとに戻す。

彼女が経験について話したときに倒した椅子だ。

椅子を戻しているとき、その経験が正確にはどんなものだったのかを頭に思い浮かべてしまった。次いで浮かんだのは、自分が彼女にあたえてやれるかもしれない経験だった。

そこには危険が潜んでいる。

「美には厄介ごとがついてくる」アレックはそう言い足した。彼女に言ったというよりは、自分に言い聞かせたのだ。

リリアン・ハーグローヴは厄介な存在だ。最悪の類の。男に愚かなことをさせる類の。たとえば、たがいに快感でぐったりするまで馬車のなかで口づけをするとか。

アレックはそんな思いを無視し、せっせとお茶を飲んだ。もう二度と快感でぐったりなどしないぞ。彼女とは。ぜったいに。

ドア枠に頭をぶつけたり、相手を血まみれにするときに服を破いたりするようなスコットランドの無骨者などより、遥かにいい男が彼女にはふさわしいのだ。おれみたいに粗暴でない男が。王子のような洗練された男が。

おれとは正反対の男。

きっと〈つかまえるべき貴族〉――それがどういう意味だろうと――がまさにふさわしいのだろう。スタナップが適任ならば、おれは満足だ。そう、リリーに必要なのは〈つかまえるべき貴族〉だ。夫として理想的だとみなされている男なら、ふたりの結婚はニュースになる。それがあの絵の影を薄くする。

　リリーの裸体の影を薄くするものなどあるとすればだが。アレックにはあるとは思えなかった。彼女は美しすぎるから。

「スコットランドの空気のせいで頭がおかしくなったんじゃありませんか、公爵さま。たいていの人は、美は恩恵だって言いますよ」

「おれはたいていの人ではない。物事をわきまえているんだ。きみのような美貌は恩恵などではない」

　リリーは口を開けた。閉じた。ふたたび開けた。「お世辞でこんなに侮辱されたのは生まれてはじめてだわ」

よかった。侮辱されたと感じたなら、おれを避けてくれるだろう。「心配はいらない、ラス。きみの長所を利用して結婚させてやる」

「わたしの長所」

「そうだ」

「つまり、美貌でしょ」彼女がアレックに近づいてきた。彼女のいらだちを感じ取り、昨夜彼女が放った右フックを思い出し、アレックはふたりのあいだにテーブルをはさむようにして移動した。「それと、持参金」

「そのとおりだ」少なくともそこの部分を彼女は理解してくれた。

「わたしの頭脳はどう？」

アレックはためらった。その質問が危険なものであると瞬時に感じたのだ。「いい頭脳だ」

「無理してそんな凝ったお世辞を言ってもらわなくてもけっこうよ」

アレックはむっとしてため息をつき、天井を見上げた。「おれが言いたいのは、頭脳は必要ないってことだ」

リリーが目をぱちくりした。

どうやらまちがった答えだったようだ。「まあ、おれはこの計画にはきみの頭脳が欠かせないと思っているが」

「あら、それはよかった」アレックはそこにこめられた皮肉を聞き取った。「でも、あなたはスコットランド人だわ」

「きみもようやくわかってきたようだな」

リリーが目を細くする。「九時から三時までわたしを外の階段に立たせて、通りかかる人たちに品物を見てもらうのが簡単でいいのでは？」

アレックは彼女を怒らせてしまったのだ。でも、それでいい。怒ったリリーならキスをせずにすむ。そのまま怒らせ続けておこうと努める。「理論的にはその計画には反対しないが、妙案とはいえないかもしれないな」

「いえないかもしれない?」

「いや、妙案ではない、だな」アレックは頭をふった。「スタナップに連絡しよう。明日会えばいい」

リリーが目を丸くした。「明日?」

「ぐずぐずしている暇はないんだ。彼をつかまえるのに七日しかないんだぞ」

おれは七日もきみに抗わなければならないんだ。アレックの頭にそんな思いが浮かび、思わず歯がみした。

「彼がすでにほかの予定を入れていたら?」

「考えなおさせる」

リリーは赤褐色の完璧な眉を片方つり上げた。「爵位を嫌っている割には、それにともなう並はずれた傲慢さはしっかり身につけてらっしゃるのね、公爵さま」

アレックはかっとなった。「きみは男を選んだ。だからおれはその男をつかまえてやろうとしている。ちがうか?」

長い長い沈黙が落ち、ついにアレックは声を荒らげた自分を最悪の人でなしに感じてしまった。なにか言おうと口を開く。謝罪を。

リリーが彼を制した。「だったら、彼をつかまえてきて」

「リリー」自分のへまをなんとか挽回したかった。

彼女が険しいまなざしになる。「リリーと呼ぶことについて、わたしはなんと言ったかしら？」

その呼び方で彼には呼ばれたくないと。彼女ははっきりとそう言った。

「リリアン」アレックは言いなおした。「ゆうべのことは——おれは——あれは——」彼女のせいで、アレックは話もろくにできない愚か者になってしまった。どうしてこんなことに？　彼は深呼吸をした。「おれの野蛮さが招いたものだ」

「自分をそんな風に呼ぶのはやめて。あなたは野蛮などではないわ」

「おれは上着をずたずたにしたんだぞ」それだけじゃない。彼女のボディスもだ。ボディスのことは考えるな。

「もっと腕のいい仕立屋が必要ね」

彼女にはまったくいらいらさせられる。「そんなことをしても、おれの野蛮さが減じるわけではない」

リリーは返事をしないのではないか、と思うほど長く黙ったままだった。そして、ついに返ってきたことばは、アレックが想像もしていなかったほど最悪のものだった。「どうしてそんなことをするの？」

「なんだって？」

彼女がテーブルをまわって近づいてきたので、アレックも動いて距離を保った。「自分自身をそう呼ぶこと。野獣だと。野蛮だと」

〈スコットランドの野蛮人〉。

アレックはためらった。「きみだっておれをそう呼んだじゃないか。ちがうか?」

「怒っていたからよ。でも、あなたは本気でそう言っている」

なぜなら、おれのなかには常にその面があるからだ。だから、けっしてきみにふさわしくはなれない。

「きみが読んでいる女性向けの雑誌では、おれをなんと呼んでいる?」

「いろいろだわ。〈粗悪な公爵〉、〈ハイランドの悪魔〉——」

「おれはハイランドのスコットランド人じゃない。いまはもうちがう」

「申し訳ないけれど、だれも真実なんて気にしていないみたいですよ、公爵さま」

アレックもそれくらいはわかっていて、ありがたいと思っていた。真実など話し合いたくもなかった。「いずれにしろ、あんなことは二度と起こらない」彼女に誓えば、それを欲する気持ちが消えてくれるかもしれない。

しばらくして彼女がうなずいた。「付き添い婦人が必要だわ」

彼女はあらゆる男たちの夢だから、たしかに付き添い婦人は欠かせない。それも、目が悪く、耳はもっと悪いよぼよぼの年寄りではだめだ。この状況に非常にきびしい時間的制約があることを理解していて、同時に男が積極的になりすぎたら——必要とあらば——そいつの気を失わせることができる付き添いが必要だ。

すぐに見つかるほど、ボクシングに長けた付き添い婦人がロンドンに数多くいるとは思えなかった。

だが、理想的な解決策があった。リリーを女性ではなく被後見人として考えなくてはと自分に言い聞かせていた真夜中に思いついたものだ。アレックは自分が誇らしかった。ふんぞり返って胸のところで腕を組む。「うってつけの付き添い役がいるんだ」

あの赤褐色の眉がまたつり上がった。髪のなかに隠れるほどに。「だれかしら?」

アレックはにっこりした。思う壺だ。「おれだ」

リリーが笑った。明るく、愛らしく、誘惑の化身のような声だった。「まじめになってよ」

「おれは大まじめだ」

眉根を寄せた彼女を見て、アレックは眉間のしわを伸ばしてやりたくてたまらなくなった。

「あなたは付き添い役にはなれません」

「くだらない。おれは最高の付き添い役だ」そう言ってその理由を数え上げる。「ロンドンを出て二度と戻らずにすむよう、きみにはすばらしい縁組みをしてもらいたいと思っている――」

「ロンドンを発つお金をわたしに渡してくれたら、あなたはいますぐそうできるんですけど」

アレックは無視して続けた。「イングランド人全員を忌み嫌っている傾向があるから、年寄りの独身女性などよりも警戒心が強い」

リリーが片方の眉をくいっと上げる。「あなただって年寄りで独身じゃないですか、公爵さま。だれを年寄りの独身女性と呼ぶのか、気をつけたほうがいいですよ」

あざけりを無視する。「それに、男だから名誉を傷つけられる状況になるのを前もって防げる」

リリーは唇をとがらせてしばらく無言だった——彼女を納得させられたとアレックが思うほど長く。そのあと彼女がうなずいたので、その思いはますます強くなった。「すべてを見越して、かなり申し分なく計画を立てられたようですね」

「そういうことだ」

リリーを一刻も早く結婚させようと、早朝から起き出して計画を練ったのだ。彼女が求婚者を選んだらすぐに持参金の書類に署名をして、スコットランドに帰るつもりだった。

そして、彼女のことは忘れる。

「あなたの計画にはひとつ問題があります」

「それは？」問題などあるはずもない。あらゆる角度から検討したのだから。

「名誉を傷つけられる状況と関係のある問題です」

彼女の口から出たそのことばがアレックは気に入らなかった。あるいは、気に入りすぎてしまったのか。

そんなことは関係ない。

おれの計画に問題などない。

「つまりですね、公爵さま、あなたがロンドンにいらしてからというもの、わたしはまさに名誉を傷つけられる状況にいると気づいたんです」リリーが背筋を伸ばし、灰色の冷ややかな目を彼に向けてきた。「ゆうべ。あなたとのことで」

どうやら計画には問題があったようだ。

12

公爵の損失は伯爵の利得

翌日の午後、見知らぬ紳士とハイドパークを散歩するのにふさわしいドレスを着て犬屋敷を出たリリーは、地味な馬車で出かけるものとばかり思っていた。黒。いま滞在している屋敷を考えたら、犬の紋章くらいは描かれているかもしれないと。ところが、そこで待っていたのは、見たこともないような二頭立て二輪馬車（カーリクル）だった。

それは、若い男性が誇らしげにロンドン中を走らせるような、ふたり乗りのこじゃれた一頭立て二輪馬車とはちがっていた。淑女たちが乗ってハイドパークの午後を過ごすような華美で凝ったカーリクルでもなかった。

前代未聞の馬車だった。そしてそれは、アンガスとハーディが座席部分の中央に完璧な番犬よろしく座っているからだけではなかった。巨大で車高が高く、大きくて黒い車輪はリリーの肩にも届くほどで、全体が陽光を受けてきらめいていた。玉石敷きの通りの汚れをどうよけたのか、車輪までがきらめいていた。

車体と犬だけではもの足りないとばかりに、馬たちまですばらしかった。陽光のなかで青っぽく見えるほどまっ黒で、完璧な対になっていた――体高も幅もまったく同じだ。リリーは息を呑んだ。

そのすべてを見て取ったとき、御者が馬車をまわって姿を現わした。長身で恰幅がよく、プレードをまとっている彼は、驚くほど裕福に見えると同時に完全に野性的に見えた。というのも、日に焼けた脚があらわになっていて、肩幅は広く、目はすべてを見透かすようで、唇は……。

いけない。唇はだめ。

今日は唇のことは考えない。

ウォーニック公爵の唇のことはなおさらだ。

リリーはつんと顎を上げ、犬屋敷の階段を下りてカーリクルへと向かった。「美しいですね」

彼がにやりとしてカーリクルをふり返る。「そうだろう?」

それに対して、リリーは頭をふらずにはいられなかった。「こんなのを見るのははじめてだわ」

「ほかにないからな。特別注文で作られたものだ」

リリーが眉をひそめる。「特別注文のカーリクルを持っているんですか? いったいなんのために? みんなに見せびらかしたくて、スコットランドの田舎をしょっちゅうこれで走りまわっているとか？」

アレックの笑い声は、季節はずれの日のように暖かかった。「競走用に作られているんだ。非常に軽く、均衡が完璧に取れていて、弾丸のように速く走る。これに勝てる馬車はまずない」

ものすごい速度で傾きながら走り、命を危険にさらす彼の姿が浮かんで心配になったけれど、リリーはそれを無視した。自分は彼を心配する立場にないのだから。「あなたが設計したの？」

「じつは設計したのはエヴァースリーなんだ」

またわけがわからなくなった。「じゃあ、これは侯爵さまのものなの？」

「ちがう。交換取引をしたんだ」

「なにと？」このカーリクルに匹敵する価値のあるものなど考えもつかない。

「使い古しの鞍と」

リリーはあんぐりと口を開けた。「侯爵さまはどうしてそんなことを？」

アレックは作り笑いをしてふんぞり返った。「愚かなあいつは恋に落ちたからだ」

リリーは頭をふった。「理解できないわ」

「おれもだ。だが、こんないい申し出を断る気にはなれなかった」そう言ってから手を差し出す。「行こうか？」

リリーがためらわずに彼の手を借りて座席に上げてもらって――これまで乗ったどんなカ

ーリクルよりも高い座席だった――腰を下ろすと、ハーディがなでてもらおうとすぐに頭をひざに乗せてきた。リリーは喜んでなでた。

アレックも乗りこんできてアンガスの隣りに座った。「ソーセージと崇拝でおれの犬をだめにしそうだな」

「ばかなことを言わないで。ハーディに宝石のついた王冠をかぶせているわけでもないのに」

その冗談にアレックが微笑んだが、あまりにあっという間のことだったので、危うく見逃すところだった。けれど、リリーは彼の顔を見ていた。アレックの微笑みは美しかった。これといった理由があって気づいたわけではないけれど。ただの事実だ。空が青かったり、犬に尻尾（しっぽ）があるのと同じこと。

ばかな思いに気を取られているあいだに、リリーが経験したこともないほど静かに馬車が動き出した。車輪が動いても車体はほとんど揺れなかった。

ほんとうにすばらしいカーリクルだ。「わたしもこういうカーリクルが欲しいわ」

「買ってやろう。結婚祝いだ」

いつだって目標――リリーを結婚させること――しか考えていない彼だが、また新たな問題が生じた。「結婚祝いなら、わたしのものにはならないわ。だから――」

彼がはっとリリーをふり向いた。「なんだ？」

リリーは頭をふった。「誕生祝いの贈り物のほうがいい、と言おうとしたの」

「きみにやる金はじゅうぶんじゃないというのか？」そっけない口調だった。

「わたしのお金は受け取って当然のもの。でも、贈り物をもらうのはすてきだろうなっていつも思っていたの」

「いつも思っていた？」彼がリリーに顔を向ける。「誕生祝いの贈り物をもらったことがないのか？」

リリーは顔を背けた。彼に見られたまま返事をしたくなかった。彼はあまりにもたくさんのことに気づきすぎるから。「子どものころはもらったわ。ちょっとしたものを。でも、父が亡くなったあとは……」ためらい、頭をふる。「贈り物というのは子どもたちのためのものなんでしょうね。あなたが最後にもらったのはいつ？」

「この前の誕生日だ」

リリーは目を瞬いた。

「キャサリンが子猫をくれたんだ。どうやら、おれと同じくらい傲慢な贈り物がふさわしいと思ったらしい」

リリーは笑った。「それで？」

「妹はそのいまいましい猫にアテネの喜劇作家であるアリストファネスという名前をつけた。当然ながら、傲慢な猫だ」

「あなたはその子猫をすごく気に入った？」

「なんとか耐えてるよ」そう言いながらも、唇がやさしげな笑みを小さく浮かべたのにリリーは気づいた。「おれの枕を毛だらけにしてくれる。それに、間の悪いときに大声で鳴いてくれる」

「間の悪いときって？」

「おれがベッドで寝ているときだ」

リリーはその場面を想像して顔を赤らめた。「ベッドのお相手にとってはうれしくないことでしょうね」

少しも慌てずにアレックが答える。「この二頭が猫を追いかけて壁を上らせる騒動で起こされるまでは、ほんとうに生きているとはいえないな」

リリーは笑い、ハーディのやわらかで美しい頭をなでた。「ばかなことを言わないで。この子たちは完璧なお利口さんに決まっているもの」

アレックは目も向けずに二頭を雑になでた。最初はアンガス、それから——ハーディをなでていたリリーの手に彼の手が重なり、彼女をどきりとさせた一瞬後にアレックが手を引っこめた。

「すまない」アレックが言ったあと、ふたりは無言のままでいた。もう一度触れてくれないかとリリーが思っていると、彼が咳払いをした。「今日の午後の目標について話し合っておかなくては」

リリーは彼を見た。「目標？」

「そうだ」

彼が続けるのをリリーは待った。彼はなにも言わなかった。「絵が公開される前にわたしを婚約させるのが目標だと思っていたのだけれど」

「そうだ」

それを聞いて不快な痛みに襲われたのを無視し、リリーは顔を背けた。結婚を急かされたくはなかった。そんなことを夢見たりはしていなかった。彼女が夢見ていたのは情熱と愛と、公園を散歩するよりも強いなにかだった。部屋のあちらとこちらにいて目が合うとか。適度に人のいる部屋で目が合うのでもいい。目が合うだけでいい。

それなのに、牛のように展示されようとしている。

それも、ロンドン中がリリーの裸を見てしまう前に、妻として彼女を選んでもらうべく男性を罠にかけられることを願ってのことだ。

屈辱的だった。

そのとき、彼が言った。「魅了することがたいせつだ」

リリーははっと彼に顔を向けた。「魅了する？」

アレックがうなずく。馬車はハイドパークに向かって広い通りを飛ばしていた。「ちょっとした提案がある」

「どうやって魅了するかについて」

「ああ」

こんなことが起きているなんて信じられない。「その提案ですけど。それは付き添い役としてのものかしら？」

「男としてのものだ」

先ほど屈辱的だと思ったのはまちがいだった。いまこそ屈辱的だった。この馬車から転がり落ちたくなるほどに。かなり速度が出ているから、テムズ川まで飛ばされて泥のなかに沈むかもしれない。

ただ、テムズ川のそばを走っているわけではないけれど。残念。「続けて」

「男は自分の話をするのが好きだ」

「わたしがそれを知らないとでも？」

「ホーキンズとの友情を考えたら、知っていて当然だろうな」風がそのことばを吹き飛ばした。

「彼と友だちだったことはないわ」リリーが噛みつくように言った。

「そう聞いても驚かないな。あいつと友だちになりたがる人間がいると想像するのはむずかしい」

リリーはデレク・ホーキンズに友情以上のものを望んでいたけれど、それは関係ない。アレックを長々と見つめてから言った。「あなたはちがうのね」

「そのとおりだ。あいつにおれと同じ空気を吸ってほしくなどない。二度と」

「そうじゃなくて、あなたは自分の話をするのが好きじゃないのね、という意味で言ったの」

自身を野蛮人と呼ぶ以外は。野獣と。そんなことを信じるなんて、彼になにがあったのだろう？　自身を粗野だと考えるなんて？　アレックについて考えることを自分に許すならば、彼はすばらしく優雅でまばゆいばかりだ。筋肉と腱と顔立ちは、どこの国の男たちもうらやむものだろう。それに彼のキスといったら――。

だめ。

　ありがたいことに、手に負えない危険な思いをアレックが止めてくれた。「おれはスコットランド人だからな」それですべての説明がつくとばかりの口調だ。

「スコットランド人だから」リリーがくり返す。

「おれたちはイングランド人よりも傲慢じゃないんだ」

「イングランド人はすべてにおいてスコットランド人よりも劣るというわけね」

　アレックは片方の肩をすくめた。「それは傲慢さじゃない。事実だ。要するに、彼に質問しろってことだ。彼について。そして、べらべらしゃべらせろ」

　リリーが目をぱちくりする。「べらべらしゃべらせる。なんてロマンティックなの」

　彼は気取った笑みを浮かべて続けた。「イングランドの男が好む話題をふるんだ。馬。帽子。傘」

　リリーが片方の眉をくいっとやる。「傘」

「爵位を持つイングランドの男は天気をばかほど気にするみたいだからな」

「スコットランドでは雨は降らないの？」

「降るさ、ラス。だが、おれたちはおとなだから、雨に濡れたからって泣いたりしないんだ」

「あら、まあ。きっと雨のなかで浮かれ騒ぐのでしょうね」苦笑気味に言う。「濡れたウールのタータンほどいいにおいがするものはありませんものね」

アレックが眉をつり上げた。「ふたつめの提案だ。極力反対意見は言うな」

「あなたに対して？」リリーがぴしゃりと言い返す。

「実際のところ、そうしてくれれば助かるが、おれが言ったのはスタナップに対してだ。男は愛想のいい女性が好きだからな」

「従順な女性ってことでしょう」

「まさに」リリーがよくわかっていると知って、アレックは満足げだった。

「あら、わたしはかの有名な裸体画のモデルを務めたのよ。それが従順でなくてなんなの？」

アレックがにらむ。「おれなら裸体画の話は出さないな」

「そんなにあれこれ言われたら、わたしの小さな頭が痛くなってきましたわ、公爵さま」

アレックはため息をついた。「結婚したいのか、したくないのか？」

「あら、したいわよ」リリーがぴしゃりと言い返す。「べらべらしゃべる夫を夢見ているんですもの」

彼がまたため息になる。「わざとばかなふりをしているだろう」

「ほんとうにわざとだと確信があります？　だって、家に知性を置いてこいと言ったのはあなたなのよ。そうでしょう？」

「それで最後の提案を思い出した」

「精一杯まぬけなふりをしろって？」アレックの唇がひくつく。彼はおもしろがっている。

「この会話をおもしろがれるなんて驚きだわ、公爵さま。どうぞ最後のすばらしい提案を話してくださいな」

「いちばんいい特徴を前面に出すんだ」

リリーはぽかんと口を開けて彼を見た。「それはいったいどういう意味ですか？」

「スタナップがそんなにつかまえる価値のある男なんだったら、きっと競争相手も多いだろう」

ハイドパークに入り、ロトンロウが目の前に迫った。馬車が速度を落として停まると、数ヤード離れたところにいる身なりのいい男性がふたりに気づいた。その男性がやさしい笑みで挨拶してきた。あの人がスタナップ卿ならば、『パールズ＆ペリーセズ』に書かれていたとおりだ、とリリーは思った。長身で、髪は砂色で、眉目秀麗で、人を魅了する笑顔とやさしげな目の持ち主だった。

「ふうん。たしかに〈つかまえるべき貴族〉のようね」リリーは言った。

わくわくする気持ちを持つことさえできれば、この午後はすばらしいはじまりになっただろう。けれど、交際についてスコットランド人から助言された。自分のいちばんの特徴について。

この午後にはふさわしくない予感がする。

「ああいうのが好みならな」

リリーはアレックに顔を向けた。「ハンサムで、爵位があって、独身の男性がということ？ そのとおりよ。すごく変わった好みでしょ」

アレックがうめいたのを聞いて、このちょっとした戦いに勝った印だとリリーはとらえた。スタナップ卿が近づいてくるなか、アレックが革手袋をした手で手綱を握ったままなのに彼女は気づいた。「前面に押し出したほうがいいわたしの特徴について、あなたのご意見を聞かせてもらえるのでしょうね？」

「いや」

リリーは驚きを隠せなかった。「聞かせてくれないのですか？」

アレックがうなずく。「きみが思うままにやればいい」馬車を飛び降り、リリーに手を貸そうとぐるっとまわる。

腰をつかんで降ろされるとき、リリーは焼けるように熱いものを感じて落ち着かなくなった。彼女だけに聞こえる小さな声でアレックにこう言われると、それがさらに激しくなった。

「きみの容姿はすべて最高だ」

アレックはスタナップ伯爵を即座に嫌いになった。

困窮した伯爵にもかかわらず、女性たちが彼を好きになる理由は明らかだった。ご丁寧にリリーが長所を数え上げてくれたではないか？　ハンサム、爵位がある、そして独身。魅力的でもある。それくらいは、先端が銀のステッキを持ち、完璧に仕立てられたしわひとつないズボンと上着姿の伊達男がのんびりと近づいてきて、リリーの手に向かって深くお辞儀をし、イングランドの寄宿学校特有のしゃべり方でこう言ったときにはっきりとわかった。「ミス・ハーグローヴ、お目にかかれて光栄です」

魅力的すぎる。

すると、いけ好かないやつがリリーにキスをした。

まあ、伯爵がキスをしたのは彼女の手袋にだったし、結婚する可能性のある女性にする挨拶としては――ばかげてはいるが――完璧に妥当なものだと認めていたかもしれないが。だが、アレックは、そんな権利もない場所に唇をつけた伯爵のハンサムな顔をもぎ取りたい衝動でいっぱいになっていて、それどころではなかった。

だからアレックは馬の世話をすることにした。リリーの頬が赤く染まっているのを無視し、ほんの少し前に彼女を降ろしたときの感触を懸命に忘れようとしながら。

「こちらこそ、とても光栄ですわ、スタナップ伯爵さま」美しい歌声のようだった。「ちょっと変わった出会い方なのはさておくとして」

アレックが見ると、スタナップはまっすぐに彼女の目を覗きこんでいた。礼儀知らずのろくでなしめが。「ちょっと変わった？」伯爵が言った。

「以前にお目にかかったことがないので」

「エヴァースリー卿の舞踏会でお見かけしたのですが、紹介してもらう前にあなたがお帰りになってしまったもので」スタナップが近すぎるくらいそばに寄った。「上流社会は呆れ返るでしょうね」

アレックはうめき声を出してしまいそうになった。リリーがこんなやつを愉快だと思うはずがない。こいつはあまりにも……イングランド的だ。

「あなたがいらっしゃるのに気づきませんでしたわ」リリーが返事をしていた。「片やあなたは、人混みでも見つけるのは簡単です」

リリーは笑った。「あんなドレスを着ていたら、きっとそうでしょうね」

伯爵も低い声で明るく笑い、アレックはなにかを殴りたくなった。「奇妙なドレスでも着ていらしたんですか？　気づきませんでしたが」

にっこりするリリーを見て、アレックの鼓動が速まった。「嘘がすばらしくお上手ですのね」

これはまちがいだった。

彼女はまぬけ貴族が好きなのだ。それに、スタナップのほうもリリーを気に入ったらしい。彼がリリーの手をつかんでいるようすを見ればわかる――まるで彼女を所有していると言わんばかりだ。

アレックはそれが気に入らなかった。

彼女はだれの所有物でもない。彼女は彼女自身のものだ、くそったれ。

「馴れ馴れしくするな、スタナップ」アレックがうなった。

アレックがそう言ったとたんにアンガスとハーディが馬車を飛び降りてきて、スタナップ伯爵をとっくりと観察した。めかし屋はリリーの手を放して、しゃがみこんで犬たちに挨拶をした。「なんてすばらしい猟犬だろう」アンガスに顎をなめられながら彼が言った。「なんていい犬なんだ」

最初はハーディがリリーにめろめろになり、今度はアンガスがこの洒落男を気に入ったのか。イングランドはアレックの犬たちをだめにしつつある。リリーの相手を見つけてスコットランドに帰るもっとも差し迫った理由がそれかもしれない。

だが、リリーはこの男とは合わない。それだけはたしかだ。

「アンガス。もうやめろ」馬をつなぎながら命令する。

アンガスが哀れっぽい抗議の声を小さくあげると、伯爵が立ち上がった。彼が最後にこっそりアンガスの耳の後ろを掻いてやったのにアレックは気づいた。こいつも完全にだめってわけでもなさそうだな。

「ウォーニック」スタナップ卿が愛想のいい大きな笑みを浮かべて言った。「きみがロンドンにいるだけでも珍しいのに、ハイドパークにいるなんてね」アレックのタータンのキルトへと視線を落とし、おもしろがるように目を輝かせた。「ここに来るのにめかしこんだのか」

アレックは黒い眉を片方つり上げた。「ちゃんと上着を着ているだろう?」

リリーがスタナップの背後から微笑み、アレックは自分が彼女を微笑ませたという喜びを感じたが無視した。彼が上着を着ているのは、ロトンロウ――まさに腐っている(ロトン)――でリリーの紹介の労を執るためだった。それでも、プレードはつけたままだった。主義として。自分はここに属さないと忘れないようにするために。

彼女のいるここには。

リリーがそれをしっかりと思い出させてくれた。「スコットランド人をスコットランドから離れさせることはできても……」

スタナップ卿がばかみたいなにやけ笑いの顔になる。「スコットランドをスコットランド人から離れさせることはできない、ですね」

アレックはうなって背を向けた。

ふたりはすでに、たがいのばかな文を完結させるほど息が合っていた。

伯爵のおしゃべりは止まらなかった。「ロンドンの淑女の気を惹くのは上着じゃないでしょうね」

「女性の気を惹くことを心配するべきなのはきみのほうだ」アレックは肩越しに噛みつくように言った。「そのためにきみはここにいるんだ」

心地悪い沈黙が落ち、聞こえるのは頭上の木々を揺らす風音と、離れているせいで低い雑音にしか聞こえない裏手の道からのおしゃべりの声だけだった。

あるいは、低い雑音はアレックの耳の奥でしているのかもしれない。

あんなことを言うべきではなかった。この午後が、スタナップとリリーを結びつけるためにお膳立てされたものであるなどと指摘すべきではなかった。ふたりを交際させるために。アレックがお膳立てしたのだ。

ふり向くと、リリーが頬をまっ赤にして、彼女と伯爵のあいだの地面をじっと見ていた。アレックは彼女のそばに行って、下品なことをしたと謝りたかった。あらゆることを謝りたかった。最近はそんなことばかりしているような気がする——リリアン・ハーグローヴに謝ってばかりいるような。愚かな野蛮人でいることを。

しかし、謝る機会は訪れなかった。リリアンを救うべく、スタナップが驚くほどすばやく腕を差し出したのだ。アレックがしゃべらなかったかのように。「ロトンロウを一緒に歩いてくださったらとても光栄なのですが、ミス・ハーグローヴ」

リリーが顔を上げて伯爵に微笑んだ。「ぜひそうしたいですわ」

アレックの心臓が鼓動を激しくしたが、それはいらだちと、怒りと、突き止めたくもないなにかのせいだった。彼は、自分のそばに座っていたアンガスとハーディに注意を向けた。二頭は犬ならではの批判の目で彼を見上げていた。

アレックは犬たちに向かって顔をしかめた。

スタナップ卿がだれも乗っていないカーリクルに目をやった。「ついてきてくれる付き添い役はいるのかな?」

アレックは胸のところで腕を組んだ。「アイ、いる」

スタナップ卿がリリーを見る。

彼女は差し出されたスタナップ卿の腕に手を置いてアレックを見た。「わたしの付き添い役もちょっと変わっているんです」

スタナップ卿はすんなりとそのことばを受け入れ、犬たちに目をやった。「すばらしい付き添い役だ」リリーに身を寄せて耳打ちする。「こわがらないで。私は動物の扱いがうまいんです」

動物の冗談か。なんたる道化者。こいつの頭を皿に載せて持ってこさせたい。

リリーが笑った。「そう願いますわ」

彼女はいちゃついているのか？　あれは気を惹こうとしているのか？

アレックはそれが気に入らなかった。

彼らは埃っぽいロトンロウを歩きはじめた。リリーやロンドンの人間は、これを〝自然〟と呼ぶのだろう、とアレックは思った。自然には似ても似つかないというのがほんとうのところなのだが。人でごった返していて、あちこちにいるすばらしいドレスを着た女性の一団の両側を、カーリクルに乗った男女や馬に乗った男たちが通り過ぎていく。まさに社交の時間(ファッショナブル・アワー)たけなわで、歩道には歩ける余地がなく、ただ人の動きに流されていくだけだった。

付き添い役はこういう状況の男女から少し離れているものなのはアレックも知っていたが、そんなことをしたらふたりを見失ってしまうかもしれなかった。スタナップは自分のことを話すのに夢中になってしまい、その機に乗じてだれかがリリーをさらってしまうかもしれない。いや、スタナップ自身が彼女をさらっていくかもしれない。

どんなことだって起こりうる。

やはりそばにいたほうがよさそうだ。アンガスとハーディも同じ意見のようで、アレックの少し前を行くふたりを両側からはさんでいる。

「ここはいつもこんなに混んでいるんですか?」リリーが伯爵にたずねる声がアレックの周囲で渦巻いた。彼は自分が答えたいのをぐっとこらえた。

「いえ、ちがいます」伯爵が答える。「今日こんなに混んでいる理由はふたつ考えられますね。すばらしい天気のせいか……」ことば尻をすぼませてにっこり微笑み、リリーが顔を上げるのを待った。「あるいは、あなたが来ると聞いたかでしょう」

そんな甘ったるいお追従にだまされるほど、リリーはばかではないぞ。

ピンクのボンネットのせいで彼女の顔はアレックには見えなかったが、さっと顔をうつむけて視線をそらす前にちらりと白い歯を覗かせたのはわかった。

リリーはお追従を気に入ったらしい。

どうなっているんだ。「彼女に恥ずかしい思いをさせるんじゃない、スタナップ」

リリーがはっと顔を上げ、肩越しにアレックを見てかすかに目を見開いた——彼がすぐそばにいたからだろう。彼女の頬は、ほんの一五分ではなく午後中ずっと太陽を浴びていたかのようにまっ赤になっていた。

アレックは両の眉をつり上げて彼女がしゃべるのを待った。

リリーはスタナップ卿に顔を戻した。「お世辞がお上手なんですね」

アレックはむっとした。そりゃ、スタナップはお世辞の達人に決まっている。女々しいイングランド男なのだから。女性を魅了して誘惑する教育を受けているのだ。

スタナップ卿は腕にかけられた彼女の手に手袋をした手を重ねた。「もちろん努力はしていますが、これほど美しい人にお世辞を言うのはとても簡単ですよ」

うなり声が漏れる。

「ロトンロウはよく歩かれるんですか？」リリーがたずねた。

「ええ。かなり好きなんです」スタナップ卿が茶色の目をきらめかせて彼女を見る。「こんなにすばらしい女性と一緒のときはことさらに」

アレックが鼻を鳴らすと、リリーが肩越しににらんだあと、歩みを速めた。彼から離れるためだろう。伯爵は難なくついていき、アレックも同様に歩みを速めた。しばらくしてリリーが言った。「同伴者としてあなたは引っ張りだこなのでしょうね」

なんて女だ。完全に伯爵の気を惹こうとしているじゃないか。

「あなたにはそう思ってもらいたいところですが、実際はそれほどでもないんですよ。残念ながら、もう関心を持ってもらえるほど若くはないので」

リリーは笑いながら頭をふった。「謙遜などしないでくださいな。あなたがいまも独身でいらっしゃるのをロンドンの女性たちはきっとありがたいと思っているはずです」

スタナップ卿がにっこりする。「あなたはどうです、ミス・ハーグローヴ？　ありがたいと思ってくれますか？」

いや、彼女はこれっぽっちも思ってやしない。アレックはそうがなりたかった。このイングランド男にはリリーがありがたく思うに値することなどひとつもない。彼女が惹かれる要素も皆無だ。

リリーが結婚に興味を持つようなものはなにもないに決まっている。

「あなたとご一緒できてありがたく思っていますわ」彼女がそう言うのを聞いて、アレックの息が喉につかえた。二日前の夜に馬車のなかで交わした会話を思い出させられたからだ。

〝二度とほかの人に触れることはないのではないかと思うの〟

恐怖心と疑念とホーキンズに頼ってしまった理由を彼女が告白したその瞬間、アレックはこれまで経験がないほどほかの人に触れたいと思ったのだった。それから彼女に口づけ、触れてはいけない理由しか考えられなくなるまで彼女を崇めた。彼女には自分よりましな男がふさわしい理由しか。

善良な男。粗野さと体の大きさと過去で彼女を汚したりしない、優雅さと生まれのよさを持ち合わせた男。アレックよりも遥かに彼女にふさわしい男。

スタナップのような男。

くそいまいましいスタナップが彼女に似合っていると仮定しての話だが。似合っているかどうかは疑問だった。三七歳にもなって独身なのだから。それが問題でないとしたら、なにが問題なのかアレックにはわからなかった。

小径がわずかに曲がっており、午後の陽光がアレックの影をリリーとスタナップに投げかけていた。「どうして結婚していないんだ、スタナップ？」

リリーがあえいでくるりとアレックをふり向いた。「そんなことを訊くものじゃないわ！」

「どうして？」

リリーは魚のように口をぱくぱくした。「訊くものじゃないからです！」

「訊くものかそうじゃないか、どうしてきみにわかる？　社交界にデビューもしていないのに」

リリーは立腹して空を見上げた。「全宇宙がそういうことはしないと知っているからよ」

伯爵に向きなおる。「ごめんなさい。わたしの付き添い役は――」肩越しをにらみながら言う。「――スコットランド人なもので」

スタナップ卿は無数の質問があるかのように砂色の眉をつり上げてリリーとアレックを交互に見たが、それを口にはしなかった。ようやくくすりと笑う。「謝る必要はありませんよ。公爵さまは、ロンドンの半分が訊く勇気を持てないことをただ質問しただけです。私が独身のままなのは、ほかの多くの人たちと同じ理由からだと思います」少し間があったあと続けた。「私は最高の結婚相手ではないんですよ」

「ひどい不埒者なのかもな」アレックがうなるように小声で言うと、リリーがはっと立ち止まった。伯爵の腕にかけていた手を離し、歯を食いしばった笑顔を向けた。「ちょっと失礼していいですか？」

スタナップ卿の眉が両方さっと上がった。「もちろんです」

「失礼するってだれが？」アレックはたずねた。

「わたしたちよ」リリーが言う。「あなた。そして、わたし」

「おれ？」片手を胸にあてる。おれがいったいなにをした？

リリーが彼をにらんだ。「あなたよ」

そう言うと、彼女はふたりに背を向け、人混みをかき分けて小径の端へと行った。

アレックがスタナップを見ると、今日の午後をとてつもなく楽しんでいるとばかりのにやにや笑いを浮かべてこちらを見ていた。その顔に拳をお見舞いしたい衝動に抗い、アレックはリリーを追いかけた。

彼女が速歩（トロット）の馬のあいだを抜け、ロトンロウの端にある草原に出たところでアレックは追いついた。ふり向いた彼女から怒りでぎらつく灰色の目を向けられて、どきりとした気持ちを無視する。リリーは触れられそうなほどそばにいて、アレックはまさに彼女に触れたがっている自分に気づいた。

付き添い役らしからぬ思いだ。

アレックは一歩あとずさった。

「いったいなにをしているつもりなの？」リリーがたずねた。

「どういう意味かわからないんだが」

「うなったりぼやいたりする声がわたしたちに聞こえないとでも？　それに、あなたの不適切な質問も？」

アレックは両手を大きく広げた。「おれは自分の仕事をしているだけだ」

「正確にはどういう仕事かしら？　歩行練習用の紐をつけた赤ん坊を侮辱する仕事？」あとをついてきた犬たちを指さす。「ハーディのほうがあなたよりよっぽどお行儀がいいわ」

アレックがハーディを見ると、自分の名前を聞きつけて舌をだらりと垂らしており、数インチの長さの涎が陽光を受けてきらめき、リリーの指摘が正しいことを証明するかのようだった。おれを犬と比較するなんて不公平だ、とアレックは思った。

「付き添い役としての仕事だ。彼が誠実さを失わないように見張っている」

リリーはふんとあざけった。「わたしを結婚させるのが目標なのだったら、誠実さはわたしたちがもっとも望まないことでしょう、公爵さま」

リリーが彼の肩越しに目をやったので、アレックもその視線を追うと、スタナップがロトンロウの人混みのまん中にいて、カーリクルに乗った男女とおしゃべりを楽しんでいた。結婚相手の候補として完璧に見えた。

リリーが続ける。「長く尊い付き添い役の歴史のなかで、あなたは疑念の余地もなく最悪の付き添い役よ。世界中のオールドミスが悔しさでレースの帽子をよじっているわ」

彼女の言うとおりだとわかってはいたが、そうと認めるつもりはアレックにはなかった。

「きみは付き添い役のふるまいについてよく知っているんだろうね」

「のしかかるようにそばに立ったりしないのはわかっています」リリーがぴしゃりと言う。

「おれはのしかかってなどいない」

「あなたは七フィート近くも身長があるでしょう。のしかかるしかしていないじゃないの」

「おれにどうしてほしいんだ？　妖精みたいに小柄なきみの求婚者と同じ大きさまで体を縮めろと？」

リリーが目玉をぐるりとまわす。「彼はロンドンの大半の男性よりも背が高いわ！」

アレックが気取った笑みを浮かべる。「でも、おれよりは低い」

「それはそうでしょう。あなたは脚のついた大木みたいですもの」リリーが吐息をつく。

「のしかかるように立たないで。適切な距離を空けてついてきて」

「彼が不適切なことをしたらどうする？」

リリーが両手を大きく広げた。「叫べば声が届くところに一万人はいるのよ。そんな場所で彼が不適切なふるまいをすると思う？　頭がおかしいわよ。わたしを婚約させるのが目標だと思っていたのだけれど」

「大げさに言うのはやめろ。一万人はない。それと、それが目標だ」

「それなら、あなたはご自分のことを心配していてちょうだい。あなたの破廉恥な脚から目が離せないおおぜいの女性のなかからひとりを選べばいいでしょう」

そう言われたアレックはぎょっとした。「なんだって？」

リリーはいらだちの息を吐き、両手を腰にあて、ロトンロウの小径に目をやった。「みんなあなたの脚を見ているわ。あなたもそれを気に入っているのでしょう。そうでなければ、きちんとした服装をするはずですものね」

アレックは彼女が見たほうに目をやり、すぐさま視線をそらした女性が何人かいるのに気づいた。「これは完璧にきちんとした服装だ」

「スコットランドではね。イングランドではひざは見せないものなの」

「そんなのはばかげている」

リリーはスカートをつかんだ。「そう」それからスカートを持ち上げようとした。「それなら、わたしもひざを見せるべき？」

アレックが眉根を寄せる。「やめろ」

「どうして？　わたしの長所のひとつだわ。ロンドン中の人がじきに目にすることになるのだし、スタナップ卿もきっと楽しんでくれるでしょう」

それについては疑念の余地もなかった。アレック自身も、そんな話をしているせいで、ひざまずいて彼女のスカートをたくし上げ、問題のひざをじっくり検分したくなった。

スタナップが彼女のひざを見たりしたら、その場で殺してやる。

アレックはそんな思いを脇に押しのけた。「おれにどうしてほしいんだ、リリアン？」

「ズボンを穿いて」

「どうして？」こちらを見ていない風を装っている女性の一団に、気取った笑みをわざとらしく向ける。彼女たちは頬を染め、忍び笑いを漏らして顔を背けた。リリーはうんざりした風にうめいた。彼が片方の眉をくいっと上げる。「嫉妬しているのかな、ラス？」

リリーは肉体的に彼を痛めつけたがっているような表情になった。「どうしてわたしが嫉妬するの？　あなたがあの色目を使う女性のひとりとどこかへ行ってくれれば、厄介ごとが減るのですけど」そう言って女性たちのいるほうに手をふる。「ロンドン中から選べますよ、公爵さま。どうぞお選びになって」

おれはきみを選ぶ。

ちがう。そんなことはしない。

アレックは彼女を見下ろした。「選ぶためにここに来たのはきみのほうじゃないか、リリアン」

「スコットランド人がつきまとっていなければ、もっと選びやすくなるのですけど」いったんことばを切ってから続ける。「スタナップ卿のところへ戻ります」

アレックの全身がそれに抗った。「いいだろう」

「ついてこないでください」

「きみについてまわるよりもいいことがほかにあるからな」

リリーがうなずいた。「よかった。では、ごきげんよう」

アレックもうなずいたが、刻一刻といらだちが募っていった。「ごきげんよう」

彼女がきびすを返してゆっくりと立ち去るとき、散歩用ドレスのきれいなピンク色のモスリンがアレックをかすめた。陽光がスカートで躍るようすを見て、その下のすてきなピンク色のものを思い浮かべてしまった。くるぶし、ふくらはぎ、太腿、それに……。

ひざ。

アレックはゲール語で勢いよく悪態をつき、ロトンロウに向かうリリーからゆっくりと目をそらした。彼女を見つめていたいという衝動に抗った。彼女を追いかけていきたいという衝動。守ってやりたいという衝動。

うまくいくかに思われたとき、彼女がいる方向から「わあっ！」という叫び声が聞こえてきた。

そちらを見ると、若者の乗った大きな馬が見えた。若者は神経をとがらす馬を御しきれなくなったらしく、恐怖におびえた馬はまっすぐリリーのほうに向かっていた。

アレックは瞬時に全速力で駆け出した。

13

会えない時間がスコットランド人を恋しくさせる

彼はキリスト教世界でもっとも腹立たしい人だ。いい雰囲気になったと思ったら、いちばんの特徴を前面に押し出して別の男性の気を惹けと助言し、そのくせその男性――完璧にりっぱで、夫候補としてなかなかの人――を追い払おうとありとあらゆることをした。

わたしを結婚させたいの？　させたくないの？

それに、わたしの望みはどうなの？

小径の人混みに目を向けると、五、六フィート離れたところにいるスタナップ卿と目が合った。経験から言って、彼は完璧だった。爵位があって魅力的で、ハンサムで礼儀正しく――さらによいのは――リリーと一緒にいるのを楽しんでいるように見えた。

堅実な夫になってくれそうだ。

その考えに熱意を呼び起こせればの話だけれど。

あのひどいウォーニック公爵のせいで彼以外の男性のことを考えられなくなってしまっていなければ、そうできていたかもしれないのに。とはいっても、いまこの時点では、彼について好ましいことを考えているわけではないけれど。それどころか、とても好ましくないことを考えている。

それを自分に証明するかのように、リリーはひとつひとつ数え上げていった。

第一に、彼は大きすぎる。現代に生きる男性は、有史以前の狩人（かりゅうど）みたいに大柄である必要はない。

第二に、リリーの知るかぎり、彼は体に合ったズボンを一着も持っていない。ズボンを持たないなんて、どういう人なのだろう？

第三に、彼は犬が相手のときにしか社交的になれないようだ。たしかに美しいけれど、犬は犬だ。立腹したり、流血の事態を招いたりせずに、人間相手に会話を維持できているところはまだ見たことがない。

わたしが相手のときをのぞいて。

わたしが相手のときは、すばらしい悦びに満ちた馬車での移動で終わることもある。

リリーは頭をふり、芝生からロトンロウへと進んだ。好ましくない考えだけにするのよ。

第四に――。

「わあっ！」右手のどこからか狼狽した叫び声が聞こえてきて、リリーがそちらに目を向けると、荒れ狂った栗毛（くりげ）の馬が迫ってきていた。突然のことに動くこともできずに凍りついた。

踏みつけられるのを覚悟して目を閉じる。

ぶつかられて後ろに倒され、息ができなくなった。女性の金切り声や男性の叫び声、それに興奮した吠え声に混じってゲール語の怒りの声がした。

えっ。待って。

馬に踏み潰されたのではなかった。

馬はゲール語で悪態をついたりしない。

リリーが目を開けると、息をしようともがいている彼女の顔をアレックが探っていた。

「リリアン」そこに安堵の色があるのをリリーは聞き取った。「息をするんだ」

リリーは言われたとおりにしようとして失敗し、頭をふった。

「リリアン」

息ができなかった。

「リリアン」リリーは彼に助け起こされた。

まだ息ができなかった。息ができない。

「リリー」数インチしか離れていない彼の確固たる茶色の目と目が合った。「息をするんだよ。倒れた衝撃で肺の空気がすべて出ていってしまったんだ」両手で腕を上下にさすられながら、リリーは空気を吸いこもうと口を開けた。だめだった。「落ち着いて」温かな手に顔を包まれる。リリーはクリスタルのようにそっと。彼の親指に頬をなでられる。「おれの言うことを聞くんだ」リリーは首を縦にふった。「いまだ。息をしろ」

アレックが念じたとおりに空気が入ってきた。

大きくあえぎながら息をすると、アレックが導いてくれた。「いいぞ、ラス。もう一度だ」安堵の波に襲われて、涙が勝手に流れた。リリーはきつく抱きしめてくれる彼の上着の襟にしがみついた。「もう一度。息をするんだ、モ・クリーユ」

ずいぶん長いあいだ、ロトンロウの人混みは消え、地面に座っているのはふたりだけのように思われた。リリーはしがみついたまま彼の香りを大きく何度も吸いこんだ。ぱりっとしたリネンとタバコの花の香りが力と落ち着きをもたらしてくれた。そのうち不快な騒音とともに世界が戻ってきた。顔を上げると、リリーがふたたび呼吸できるようになるのを人垣が見つめていた。詮索好きないくつもの目に見つめられて気まずさに顔を赤らめ、リリーはアレックの上着から手を離した。「わたし――」もう一度息をする。「わたしは――」こういう状況でなにを言えばいいのかわからなかった。だから、こう言った。「ごきげんよう」

だれひとりとして動かなかった。

スタナップ卿以外は、ということだが。彼は人混みをかき分けてリリーのそばにやってきた。「ミス・ハーグローヴ！　お怪我はありませんか？」

リリーは首を横にふった。「自尊心が傷ついただけです」

卿はにっこり微笑んでリリーの髪についた葉っぱを取り、地面に落ちて泥だらけになったボンネットを拾い上げた。「なにを言っているんですか。だれに起こってもおかしくない事故だったのですよ。あの馬はかなり荒れ狂っていましたからね」

「リリー！」声がしたほうを見ると、セシリーとセリーヌとセレステのタルボット姉妹が人垣をかき分けようとしていて、前のほうにいた何人かの女性に文句を言われていた。「なんてこと、リリー！」三人はすぐさまリリーを取り囲むシルクの塊となって守ってくれた。「死んでいたかもしれないのよ！」

セシリーはどこまでも芝居がかっていた。

「幸い死なずにすみました」リリーが言う。「危ないところで公爵さまが助けに来てくださって幸運でしたわ」アレックがいるのを確認して安心したくて、彼のほうを見た。

彼はそこにいなかった。

ロトンロウを見まわした。見慣れた赤いブレードを探して。心強い長身の姿を探して。たくましい手とがっしりした顎を探して。

どこにもいなかった。アレックがここにいたというただひとつの証は、すぐ後ろに歩哨よろしくじっと座っているアンガスとハーディだけだった。主にそこに置いていかれたかのようなたたずまいだ。

リリーと一緒に。

〝きみについてまわるよりもいいことがほかにあるからな〟

彼のことばを思い出したリリーは胸が締めつけられ、また息が苦しくなった。

「行ってしまったのね」リリーの声は小さかった。

「地獄から逃げるコウモリみたいに大慌てで駆けていったわ」人混みから忍び笑いが聞こえ、

セシリーはそちらを向いた。「勘弁してよ。〝地獄〟ってことばも使っちゃいけないの？　ただの場所でしょ？　ハイドパークやナイツブリッジは口にしてもいいのに……」

「コッキントンもね」セリーヌが口をはさむと、人垣から怒ったあえぎ声があがった。

リリーは笑いをごまかすために咳をした。

スタナップ卿がしゃがみこんでリリーを立ち上がらせてくれたとき、その声はおもしろがっているように聞こえた。「おやおや。いまので野次馬があっという間に散っていくでしょうね」

リリーは微笑んだ。「コッキントンなんて場所がほんとうにあるんですか？」

スタナップ卿の唇がひくつく。「デヴォンシャーの村ですよ」

「そうですか。それなら、彼女のことばにも一理ありますね」まじめな口調で言った。

「タルボット姉妹が味方についていると、人の注意をそらすのにとても役立ちますね」

「それをよくおぼえておいてくださいな、スタナップ伯爵さま」セシリーだ。「味方でなかったら、きっとわたしたちを気に入らないでしょうから」

「泡立て泡立て（バブル・バブル）、煮えよ苦しめ（ボイル・アンド・トラブル）（シェイクスピアの『マクベス』からの引用まちがい）」セレステが言った。

リリーとスタナップ卿は顔を見合わせた。

「倍だ倍（ダブル・ダブル）、もがき苦しめ（トイル・アンド・トラブル）、よ」セリーヌが正す。

「そうなの？」セレステはリリーの顔を見た。

リリーはうなずいた。

セレステはスタナップ卿に言った。「でも、それだと意味を成さないわ。大釜の場面で魔女が言う台詞でしょう？」

スタナップ卿がうなずく。「そうですよ」

「だったら、泡立つべきじゃない？」

「次の台詞で泡立つわ」リリーが言った。

セリーヌは呆れて目をぐるりとまわした。「まったく関係ないけれどね」

「訊いてみただけじゃないの」セレステだ。

スタナップ卿の目が笑っていた。「どちらにしても、あなた方に逆らおうなどとは夢にも思いませんよ」

「ほら、これで目的は達成されたわ」

リリーの笑い声はあっという間に咳に変わった。

「セレステったら。リリーは危うく死にかけたところなのよ」セシリーが言う。「彼女を笑わせるのはやめなさい」

スタナップ卿がリリーに腕を差し出した。「私の馬車まで遠くはありません、ミス・ハーグローヴ。お宅まで送り届けさせてもらえませんか？」次いでタルボット姉妹に言う。「みなさんもご一緒にいかがですか？」

三人の姉妹はすぐさま誘いを受けた。

「すばらしい」スタナップ卿がリリーに向きなおる。「芝生のところで待っていていただければ、すぐに馬車をこちらに持ってきますよ」

リリーは彼にいざなわれて小径から離れた。ハーディとアンガスが黙ってついてくる。二頭は今日の午後についてリリーの思いが乱れているのを感じ取ってか、注意深く彼女を見ていた。芝地まで来ると、リリーは二頭の美しい頭をなで、周囲に聞こえるように声を大きくして言った。「伯爵さま、だいぶ気分がよくなってきました――」

少なくとも、アレックがどこに行ったのかと訝っていない部分は、だいぶ気分がよくなっていた。

アレックが自分を置いてけぼりにしたとは信じられないのだった。たしかに先ほどのことは、彼と口論になって、リリーに交際の可能性があるときは一緒にいるのではなく離れていたほうがいいと――それが最善だと。そうでしょう？――合意したあとのできごとではあったけれど。

でも、危うく馬に踏み潰されるところだったのよ。大怪我をしていたかもしれないのに。彼はわたしを救いに駆けつけてくれたでしょう。

そのあとでわたしを置き去りにした。スタナップ卿と。卿は立ち去らなかった。りっぱな紳士らしく留まってくれた。だから、リリーもそうするつもりだった。

近くで芝地が盛り上がり、誘っているような大きな木の株がある場所を指す。「少しのあいだ、あそこに座りません？」スタナップ卿とタルボット姉妹に言う。「おしゃべりでもしながら？」

じきにリリーは木株に腰を下ろし、五月の暖かな陽光を浴びていた。セシリーたちは守るように彼女を囲んでいた。ハーディが近づいてきてリリーのひざに頭を乗せ、アンガスは足もとに落ち着いた。

奇妙な状況であることに気づいたリリーは、伯爵まで無理やり一緒に来させてしまったのを少しばかり申し訳なく思い、解放してあげようとして言った。「伯爵さま、もうずいぶん親切にしていただきました。そのご親切に甘えすぎたくありません。お友だちが家まで送り届けてくれるでしょう」

スタナップ卿が微笑んだ。「なにをおっしゃってるんですか。これほど刺激的な一日は何カ月かぶりで、しかもまだそれが続くかもしれないというのに。議会の会期中はひどく退屈なんですよ」

「待って」セレステが言った。

「あなたたちは――」セリーヌが続ける。

「交際しているの?」セシリーが締めくくった。

リリーが顔を赤くし、スタナップ卿は微笑んだ。「じつは、ミス・ハーグローヴと出会ってから、まだ一時間も経っていないのです。ロトンロウを散歩していただけなのですよ」

「まあ!」タルボット姉妹が口をそろえて言い、公園での散歩はもっと重要なものへの前兆だと理解する表情で顔を見合わせた。

「わたしたち、おじゃまはしたくないわ」セレステが言う。

残るふたりはすでに立ち去りかけていた。「そうよね！」セリーヌだ。「なんだかとっても重要そうだもの」

三姉妹の存在が、どういうわけかとてもうれしいと同時に胸が苦しくなるほどどきまり悪いというのは驚きだった。

そのときセシリーが、見られたくないものまで見透かす青い目でリリーを見つめた。「だったら、ウォーニック公爵さまはここでなにをしていたの？」

英雄になってくれたのよ。

リリーはそんな思いを無視した。「付き添い役をしようと思ってくださったの」

「ひどい付き添い役もあったものね」セリーヌがぼそりと言った。「彼はあなたを溝に置き去りにしたのですもの！」

彼はわたしを置き去りにした。

「正確には溝ではありませんでしたがね」スタナップ伯爵がまじめな顔でリリーを見ながら言った。

「溝と大差ありませんでしたわ」

「それはどうでもいいの」セシリーが口をはさむ。「わたしたちが付き添い役をするわ」

嘘でしょう。「ご親切にどうも。でも――」

「すばらしい考えじゃないこと？」

リリーがスタナップ卿に目をやると、彼はこのすべてをすんなり受け入れているように見えたけれど、理想的な夫候補とのこれよりひどい出会いを想像してみろと言われても無理だっただろう。

さらなる災難として考えつく唯一の道は、自分が彼との結婚に関心を持つことだろう。でも、関心はなかった。スタナップ卿がすてきな人じゃないということではないけれど。どの面を取っても。実際、スタナップ卿はリリーを完璧に愛すべき女だと感じさせてくれる。

それが目標であるべきなのでは？　結婚はやさしさと快活さにもとづくものであるべきでは？　夫がハンサムなら、ますますいいのでは？　ただ、それにはハンサムな夫を魅力的だと思う必要がある。好ましいと。がっしりした顎と乱れた髪とすてきなひざを無視するのに苦心すべきだろう。

特にひざは。

たとえば、ひざだ。

ある特定の人のひざなど、別にどうでもいいけれど。

特に、ロトンロウで貴族の狼たちのなかにわたしを置いてけぼりにした人のひざなど。ひとりきりにした人のひざなど。

とはいえ、リリーにとって孤独はなじみのないものではなかった。ほかの人よりは孤独でいることを気楽に感じる人間だ。片手でハーディの耳をなでながら、リリーは伯爵に注意を戻し、おたがいに感じているはずのことをはっきり言おうと決めた。「伯爵さま、この午後が上首尾だったふりなどしていただく必要はありません。紳士的なふるまいをしてくださってありがたいとは思いますけど、わたしと過ごすよりも遥かに楽しい行事がいくつもおありのあなたを束縛したくはありません」

リリーの正直なことばを聞いて、みんなが静かになった。やがて、スタナップ卿がうなずいた。「私たちが似合いだとは思われないのですね」

「あなたにはわたしなどより厄介でない女性が必要なのだと思います」

スタナップ卿が微笑む。「厄介さはまさに私が必要としているものだと思いますが」

リリーは首を横にふった。「でも、それはわたしのような厄介さではありませんわ」

彼は長々とリリーを見つめた。「あなたはご自分で考えてらっしゃるほど厄介な存在ではないと思います」

リリーの笑いは乾いていた。「とんでもありません。わたしはまさに自分が考えているような厄介な存在なのです」

そう言ったおかげで心が解き放たれた。ひょっとしたら、裸体画がじきに公開されるからかもしれない――破廉恥な真実がやがてリリーを破滅させるだろう。それを自分ではっきりと言うことには力強さと解放感のようなものがあった。どうせあの絵が衆目にさらされるのであれば、自分からその話をしたっていいのでは？　だって、わたしの真実だもの、そうでしょう？　だったら話すかどうかだって自分が決めていいはず。

リリーはハンサムなスタナップ卿の顔を見ながらはっきりと言った。「例の絵のことです」

スタナップ卿とタルボット姉妹が石のように動かなくなった。リリーの告白のあとで聞こえるのは、二〇ヤード離れたロトンロウからの低い話し声だけだった。ささやき声よりも沈黙のほうがこたえるかもしれない、とリリーは思った。沈黙はとても孤独だ。

もう孤独にはなりたくなかった。涙がこぼれそうになり、無理やり深呼吸をして涙など流すまいとした。

泣いたりしない。

人前では二度と。孤独がどれほどつらいか、だれにも見せない。どれほど孤独を恐れているかを。

リリーが立ち上がろうとしたとき、ズタナップ伯爵がアンガスをなでようとしてしゃがみこんだが、まっすぐにこちらの目を見るためだという印象を彼女は唐突に抱いた。「上流社会がどうこう言う問題ではないでしょう」

それがあまりに正直で、あまりに見当ちがいだったため、リリーは笑ってしまった。「上流社会があなたの意見に賛成するとは思えませんわ。それどころか、自分たちに関係ある問題だと言うでしょうね。今日の午後のことを考えたら、あなたにも関係ある問題なのですよ」

スタナップ卿の口端の片方が、訳知りの小さな笑みを浮かべた。「私は四〇歳になろうという年齢なのですよ、ミス・ハーグローヴ。それに、資産持ちの妻を探しているのです。過ちについてはよくわかっています」

リリーは彼のことばを信じた。それでも。「あなたがご自身の過ちとともに生きていくのは比較的簡単なことですわ、スタナップ伯爵さま」それが正しいことを強調するために、彼の爵位をおだやかに強調した。

スタナップ卿が小首を傾げる。「上流社会にとってはそうかもしれません。でも、あなたと同じで、私も鏡に映った自分を見なくてはならないのです」

リリーはしばし彼を見つめた。「わたしと交際なさってはいけません、伯爵さま」

タルボット姉妹のひとりが驚きのあえぎを漏らし、スタナップ卿は眉をつり上げた。「私がそうしたいと思っていたら？」

リリーは首を横にふった。「ロンドンには無垢で気立てのよい女相続人がおおぜいいますわ。わたしのような破廉恥な女と身を落ち着けるなんて、親切にもほどがあります」

スタナップ卿が返事をするまで長い間があった。「親切にもほどがある？　それとも、イングランド人すぎるのかな？」

「だから言ったでしょう！」セシリーが口走り、勝ち誇った顔で妹ふたりを見てから伯爵に向かって言った。「あなたも見たのね！」

スタナップ卿が立ち上がり、セシリーにたっぷりの笑顔を見せた。「目が見えていないのでないかぎり、見逃すのは無理ですからね」

不安に襲われ、リリーはハーディの灰色の頭をなでていた手を止めて彼とセシリーを見た。

「おっしゃってる意味がわからないのですけど」

「それに、彼女を救ったときの彼の表情を見ました？」セレステが割りこんでため息をついた。「あんなに取り乱した表情の人は見たことがないんじゃないかしら」

セリーヌが取り澄ました笑みを浮かべる。「それに気を取られていたから、彼がキルトの下になにをつけているかたしかめるのを忘れてしまったわ」

セシリーが妹に言う。「嘘ばっかり。わたしも見たわよ」スタナップ卿が咳をする。「ごめんなさい。でも、好奇心には勝てなくて」

スタナップ卿の眉が両方とも持ち上がる。「当然ですね」

リリーはアレックが心配してくれたというほのめかしに気を取られていた。眉根が寄せられる。「ばかなことを言わないで。彼はわたしを置いてけぼりにしたのよ。あなたたちと一緒に」しばしの間。「悪く取らないでほしいのだけど」

「大丈夫」四人が異口同音に言った。

〝息をするんだ、モ・クリーユ〟そのゲール語の意味はわからなかったけれど、声にこもった心配の気持ちは聞き取れた。約束の気持ちすらも。おれはきみといると。おれはきみの面倒をみると。きみはもうひとりじゃないと。

それなのに、彼は行ってしまった。

「置いてけぼりにされたのを気に病んでいるわけではないけれど」リリーはそこを強調しておかなければならないように感じた。

「もちろんですよ」スタナップ卿はそう言ったものの、それは単に彼が紳士だからで、本気で信じてはいないような気がリリーにはした。

セシリーはそこまで礼儀正しくなく、リリーに不信の表情を向けてきた。「勘弁して。ウォーニックが消えたとき、あなたは甘いものを取り上げられた赤ん坊みたいに落ちこんだ顔をしていたじゃないの」

そんなことを言われてなぜかいらだち、リリーは立ち上がった。「ばかなことを言わないで」先ほどと同じことばをくり返す。「彼はわたしのことなどなんとも思っていないわ。スコットランドの生活に戻れるよう、わたしを結婚させたいだけ。相手がだれでもいいみたい」そのあとスタナップ伯爵に言う。「悪く取らないでくださいね」

彼は気取った笑みを作った。「大丈夫です」

リリーがうなずく。「こんなひどい計画に乗ったのも、あの絵のせいなんです。あれが公開されたら破滅は確定してしまうので、彼はその前にわたしを結婚させなければならないと決めつけていて、ロンドンを立ち去るお金を渡そうとしてくれないのです」

「そうなの？」セシリーだ。「あなたは結婚したいの？」

ええ。でも相手は別の人なの。

「いいえ。少なくともこんな風には」リリーは伯爵に目をやった。「これも悪く取らないでくださいね」

スタナップ卿はこの会話をかなり楽しんでいるらしく、にやりと笑ってみせた。「これも大丈夫ですよ」

今日の午後はどうやらリリーのたがをはずしたようで、思っていることを口にせずにはいられなかった。「要は、わたしとの婚約というお荷物を善良な男性に背負いこませたくないということなんです。だって、結局は面目を失うことになるか……」リリーは口ごもった。「あるいは……」

「あるいは？」セシリーが食い下がる。

リリーは頭のなかがぐるぐるして口を閉じた。

解決策が浮かんだ。

セシリーを、次いでスタナップ卿を見る。「行かなくては」

その晩、リリーは犬屋敷での夕食に下りてこなかった。

アレックは時間ぴったりにテーブルの上座についたのだが、彼女を待っているうちに半時間経ってしまった。そのあいだに、避けられないであろう衝突にそなえた――危機一髪のあとに、野次馬でいっぱいのハイドパークのまん中に彼女を置き去りにした理由をどう説明するかを。自分がなにを考えていたかを。

じつのところ、自分で御すこともできない馬に乗ってハイドパークに来たまぬけを追いかけることしか考えていなかったのだった。リリーが生きていて呼吸をしていて無事なのをたしかめるや否や、手近にいた馬に駆け寄り、乗っていた尊大な貴族を引きずり下ろし、ことばをかけることもせずに馬が逃げていったほうへと向かったのだった。引きずり下ろされて怒りまくっている男爵を残して。

あの馬がリリーを踏み潰さんとしているのを見て心臓が喉までせり上がり、全速力で駆けながら、間に合わなかったらどうしようという恐怖に苛まれたのだった。そして、無事な彼女を腕に抱いたとき、そこがどこかも、だれに見られているかも気にならなかった。彼女の安全しか気にならなかった。

息をしようともがいていた彼女の目が取り乱していたのがいやだった。それをなだめてやり、そんな事態を招いた男をひどく懲らしめてやりたくなった。

騎乗の男をつかまえた――大学を出たばかりにしか見えない若造で、アレックがこわがらせるまでもなく、おびえきっていた。乗馬の腕前がひどいのは言うまでもなく。リリーのところへ戻ったときには、彼女はすでにいなくなっていた。犬屋敷に駆けこむと、リリーはタルボット姉妹に送られて帰ってきたと聞かされた。二頭の猟犬とともに。

アンガスはアレックを玄関で迎えてくれたが、裏切り者のハーディはどうやらリリーとともに部屋にこもっているらしかった。

姿の見えない同居人とは夕食のときに顔を合わせるだろう、とアレックは考えていた。だが、三〇分が四五分になり、一時間になると、リリアン・ハーグローヴはまたもや彼ひとりで食事をさせるつもりなのだと気づいた。

彼女と話をしたければ、こちらから探しに出向かなくてはならないらしかった。

猟犬も取り戻したければ。

アンガスを連れて食堂を出た彼は、好奇心旺盛な高齢の家政婦を突き飛ばしそうになった。

「公爵さま！」食堂にひとりでなにをしているのだろう、と廊下をうろつきながら訝ってなどいなかったかのような口調だった。

アレックは挨拶をしている気分ではなかった。「彼女はどこだ？」

ミセス・スラッシュウィルが目を丸くした。「だんなさま？」

アレックは天井を見上げ、忍耐力をおあたえくださいと祈った。「ミス・ハーグローヴだ。どこにいる？」

「早めに食事を部屋に持ってきてほしいと頼まれました。体の具合でも悪いんじゃないでしょうか」

リリーは怪我をしたのだろうか？

アレックが思っていた以上の怪我をした可能性はあった。肋骨(ろっこつ)にひびが入ったのかもしれない。あるいは、アレックがおおいかぶさったときに地面で頭を打ったのかもしれない。彼は家政婦に近づいてのしかかった。「医者を呼んだのか？」

家政婦が首を横にふる。「いいえ」

くそっ。

アレックはすでにリリーの部屋に向かおうとしていた。「医者を呼べ」

寝室のある階上へ行き、大きい部屋を通り過ぎて客用の小さめの部屋が並ぶほうへ向かう。いくつかのドアを開けていったとき、ハーディが角を曲がってやってきて、小さく吠えて立ち止まった。

アレックはハーディに話しかけた。「彼女はどこだ？」

まるで理解したかのように、ハーディは向きを変えて角の向こうへと消えた。アレックが追うと、マホガニー材のドアに向かって尻尾をふりながら、切迫した小さな吠え声を発した。

「いい子だ」アレックは上の空で犬をなでた。「おまえとはあとで話そう。忠誠心の移り気について」

だが、まずはドアの取っ手に手をかけてまわした。

部屋のなかは暗かった。

「リリー？」胸をどきどきさせながら、すばやくベッドに向かう。まだ早い時刻なのに、ぐっすり眠っているということは——やはり怪我をしているのかもしれない。

いや、もっとひどいことになっているかもしれない。

心配がこみ上げ、暗がりでもう一度彼女の名前を呼ぶ。「リリー」

返事はない。ベッドにもなんの動きもない。

テーブルの火打ち石を手探りし、燭台を見つけ、火が灯るとベッドに向きなおった。

リリーはそこにいなかった。

シーツもなかった。

窓が開いているのに気づいたのはそのときだった。オーク材のベッドの脚から窓枠へとロープ状になったシーツが続いていた。

彼女は逃げたのだ。

夜陰に紛れて脱出したのだ。

三階の高さから落ちて死んでいなければの話だが。窓へと駆け寄り、身を乗り出して暗い庭を見下ろす。彼女の死体が見つかるのではないかと、少なからぬ恐怖を感じていた。

だが、見えたのはシーツで作ったロープがぶら下がり、風に揺れている光景だけだった。

悪態をつきながら、周囲の地面を見ていく。陸軍の演習でもしている彼女が見つかることを願って。どことも知れぬ場所へだれともわからぬ人物と夜中に犬屋敷をほんとうに逃げ出したのではなく。

そう考えたアレックははっとした。

スタナップと過ごした時間が楽しかったから、ここを出ていくことにしたのだろうか？

ふたりが駆け落ちしようとしている可能性はあるだろうか？

もちろん、そんなことはばかげている。アレックは彼女に結婚してもらいたいのだ。結婚の承諾を渋るはずがない。それでも、彼女と完璧な貴族が出奔に成功したあとでひどく不埒なことをしている場面が浮かんでくるのを止められなかった。

スタナップが彼女にキスをしたりしたら、その歯をへし折ってやる。

そのとき、彼女を見つけた。

暗がりでほとんど見えないが、彼女の後ろ姿だった。生まれてからずっと岩登りをしてきたかのように、庭の壁をよじ登っている。

男物の服を着て。

「どこへ行くつもりなんだ？」夜と静けさと犬たちに向かって言う。

どこからも返事はなかった。アレックはリリーの作ったロープが頑丈かどうかを試し、ためらわずにあとを追った。

予想外に仕上がりのいいロープで地面に下り立ち、庭を横切り、壁を越えるのにかかった時間は三分だった——髪を男物の縁なし帽にたくしこみ、体の線がしっかり出ているひざ丈ズボン（ブリーチズ）姿で近くの路地に入りこんだ彼女が見えた。

もう少しでつかまえられるところだった。

だが、路地を出ると、一〇ヤードほど先に停まった貸し馬車の扉がカチャリと閉まるところだった。ほんの数秒間に合わなかった。

向きを変え、別の貸し馬車を呼び止め、馬車のなかではなく御者台に飛び乗る。

「だんな！　あんたがだれだろうとかまわない。馬車のなかに乗ってくれ」

アレックは無視した。「あの貸し馬車を追ってくれ」

ありがたいことにその御者は強者（つわもの）で、躊躇なく手綱をぴしゃりとやった。「料金は倍ですぜ」

「三倍払ってやる。見失うなよ」

彼女を失うわけにはいかなかった。たとえこの命を落としても、彼女を安全に守るのだ。

御者は勢いこんでリリーの乗った貸し馬車を追った。メイフェアを南東へ進んでいくうちに通りが狭く埃まみれになってきた。

リリーはいったいどこに向かっているのだ？

スタナップはりっぱな爵位とメイフェアの先祖代々の町屋敷を持っている。彼は紳士でもある。こんな場所に彼女ひとりで来るよう呼び出したりしないはずだ。

ひょっとしたらリリーはひとりではないのかもしれない。

スタナップが一緒に馬車に乗っていて、神のみぞ知るなにかをしているのかもしれない。

アレックも知っていた。彼女の感触を。彼女の味を。二日前の夜に自分の馬車のなかで彼女と過ごした一瞬一瞬をおぼえていた。

スタナップがそういうことをしているのなら、殺してやる。

そんなことを考える権利は自分にはないと知りつつ、アレックはうなった。

この馬車はのろすぎる。「手綱を渡せ」

御者がアレックをにらむ。「だめですよ、だんな」

「言い値の五倍払う」

「手綱は渡せません」

「五〇ポンドでどうだ」手綱がゆるんだ。馬が速度を落とす。アレックは狂気にとらわれた。

「おれに手綱を握らせてくれたら五〇ポンド払うぞ」

もう一台馬車が買える値段だった。この貸し馬車よりもいい馬車が。

「だれを追ってるんですか？」仰天した御者がたずねる。

アレックが手綱を握り、思いきり「やあっ！」と叫ぶと馬車はまた速度を上げた。馬たちは、必死の思いに駆られた男が馬車を御しているのを理解しているようだった。

車輪が玉石敷きの道でガラガラと音をたて、馬車は傾きながら走った。冷たい風がアレックの顔をなぶり、何日も前にロンドンに到着したときから潜んでいた――募っていた――いらだちを和らげてくれた。彼は競走を欲していた。自分のカーリクルと対の馬で真夜中にスコットランドの荒々しい道を走りたかった。己だけの恐怖と自由を欲していた。

だが、いまはロンドンの道を縫い、なによりも守ってやりたい女性を追っていた。

ロンドンなど大嫌いだった。

「だれを追ってるんで？」御者が必死で車体にしがみつきながら、騒々しい車輪の音に負けじと叫んだ。

アレックがまた手綱を打ちつける。「重要人物ではない」

「失礼ですが」御者が笑いながら言う。「五〇ポンドも払うんだから、重要人物じゃないわけがないじゃないですか」

アレックは御者のことばを無視した。もちろん、彼女は重要だ。

少しずつ、彼女はすべてになりつつあった。

馬車はソーホーへと入り、煌々と明かりのついた店が並び、売春婦と客が通りに出てきて、居酒屋や賭博場が通行人を誘っていた。

「どこへ行くつもりなんだ？」馬を巧みに御しながらも、アレックのいらだちがまたこみ上げてきた。

「どうやらコヴェント・ガーデンに向かっているようですよ」

それで、彼女がなにをしようとしているのかがわかった。

リリーが向かっているのはスタナップのところではなかった。ホーキンズのところだったのだ。

〝デレクは愛されていると感じさせてくれたの〟

彼女の物語の記憶が、もったいぶった愚か者が聞こえのいい約束で彼女を操った記憶が、激しい怒りをもたらした。怒りのあとからまた別の、もっと悪い記憶がやってきて恐怖を感じた。彼女を愛人にしようと申し出たホーキンズの記憶だ。エヴァースリー・ハウスの裏手の薄暗い部屋で気取ったまぬけに迫り、目を丸くしたリリーを肩越しにふり返ってこいつが欲しいかとたずねた自分の記憶。

〝いいえ〟

リリーはそう言ったが、アレックはそのことばを信じなかった。そこに疑念が混じっているのを聞き取ったのだ。自信のなさを。アレックはもう一度言うよう頼んだ。

彼女に無理やり言わせたのだ。

リリーは同じ返事をしたが、本心ではなかったのかもしれない。ホーキンズを望んでいたのかもしれない。そうでもなければ、彼女がここにいる理由が――。

「停まりましたぜ、だんな」

アレックは手綱を引いた。視線は、数十ヤード先のボウ・ストリートの陰に建つ特徴のない町屋敷の前で停まった馬車にじっと据えている。馬車の扉が開いて、髪をたくしこんだ帽子を目深にかぶり、ばかげた服――かなり大きな男のものを拝借したらしく、ブリーチズもシャツもだぶだぶだ――を着たリリーが降りてきた。

リリーが御者に硬貨を投げると、馬車は新たな客を求めてすぐさま走り去った。彼女は馬車を待たせておかなかった。つまり、長く留まるつもりということだ。

家から姿を消したら心配されるとは思わなかったのだろうか？

家。

そのことばを思い浮かべたせいで動揺した。犬屋敷はおれの家でもないのに。スコットランドの家のような感じはまったくしない。それでも、リリーにはそこが家だと感じてもらいたかった。安全だと感じてもらいたかった。そこにはなにかよいものがあると信じてもらいたかった。

いま彼女がこそこそ近づいている建物のなかにあるものがなんであろうと、それよりも遥かにいいものが。

アレックは法外な枚数の硬貨を御者に渡した。「残りは戻ってきたときに払う。待っていてくれ」

御者は難色を示さず、御者台にもたれて帽子のつばを目深に下ろした。「あいよ、だんな」

アレックはすぐさま陰のなかに入り、彼女のほうへと向かった。リリーは建物の前で立ち止まり、ポケットからなにかを取り出した。鍵だろうか？　静かで、暗くて、ホーキンズ劇場に近いこの建物の鍵を持っているのなら、なかになにがあるのかアレックには確信があった。なかにだれがいるのか。

リリーがなかに入り、ドアが閉まった。近づくアレックに錠のかかる音が聞こえ、暗がりで悪態をつく。

力尽くで押し入るしかない。

14

被後見人一〇〇〇人に値する一枚の絵

実際にはなんということもない男なのに、自負心だけはたっぷりあるデレク・ホーキンズは、持てる時間の大半を上流階級の目に触れて、自分は過小評価されている、ほんとうに才能にあふれているのだ、と信じこませようと努めていた。

そういうわけだから、夜に自宅にいることはぜったいになかった。

その晩もクラブかレストランにいるか、たとえ一瞬でもいいから偉大なるデレク・ホーキンズに注意を向けてもらおうと必死で作り笑いを浮かべる女性の一団に、とんでもなく尊大な姿を見せるのに忙しいにちがいなかった。

そこまでの必死さをリリーだってわからないわけではなかったけれど。

なんといっても、破滅するまでたっぷりその輝きに浸っていたのだから。

世界に認めてもらうことと自分の才能にデレクがあれほど取り憑かれていなければ、彼がここまでリリーを破滅させることもなかったかもしれない。少なくとも、すでに有名になった絵とともにリリーをためらいなく見せびらかしはしなかったのではないだろうか。

同意もなく。

けれど、デレク・ホーキンズにとって、高潔なふるまいに値するほど重要な人間など存在しなかった。リリーにもいまならそれがわかる。ありがたく思うほどだ。留守中に招かれもせずに彼の家に入ることになんの後ろめたさも感じずにすんでいるからだ。

ここに来てほしくないのなら、鍵を返すよう言うべきだったのよ。そうでしょう?

注意深くドアに錠をかけ、料理人も兼ねた家政婦や、執事兼側仕えと鉢合わせするのは避けたかったので、すばやく階段を上って目的の場所へ行こうとする。

けれど、これほど暗くて気味が悪いくらい静まり返っているのは予想もしていなかった。途中の炉に火が入っているとか、薄暗くても廊下に明かりがあるとかを期待していたのだが、そんなものはなにもなかった。ドアのそばにろうそくがあったので、急いで火を灯した。

そのあとすぐに目的の場所に向かうべきだった――けれど、明かりも音もない空虚な雰囲気が気になった。デレクのミューズ役を務めていたころは、凝った細工の金メッキの調度類でいっぱいだった正面の部屋に忍びこむ。

そこは空っぽになっていた。

それに触発されて屋敷の奥の厨房へ行ってみた。いつも火が灯されていた場所だ。高齢の使用人ふたりはその暖かな厨房からほとんど動こうとしなかった。けれど、今夜はふたりの姿はどこにもなかった。炉も暗い。それに、大きな流し台の横に皿が積み上げられているのも意外だった。

だれかがここに住んでいる。ひとりきりで。

屋敷の正面側に戻り、いくつかの部屋を覗いてみたけれど、どれも空っぽだった。椅子があちらやこちらにあったけれど、客を迎えるべく調えられた部屋はなかった。心臓が喉もとまでせり上がった状態で階段を上がる。デレクはもうここに住んでいないのだろうか？　そう思ったら不安に駆られ、歩みが速くなった。

もしあれがここになかったら？

デレクの寝室のドアを開けると、彼の好きな香水の甘い香りが漂ってきたのでほっとした。彼はここに住んでいる。つまり、あの絵もここにあるということだ。部屋を奥へと入り、彼が天才の部屋と呼んでいちばんたいせつにしている続き部屋のドアに手をかける。取っ手を試したけれど、錠がかかっていた。

当然よね。

ベッドと画室のあいだに置かれた低いテーブルにろうそくを置き、引き出しを開けて鍵を探す。ここにあるはずだ。ここまで来たのだから、なくては困る。

そのとき、ほとんど聞こえないくらい小さな音が部屋の外でしたのを聞きつけた。だれかがいる。

心臓が胸に激しく打ちつけ、リリーは出口を探して必死で左右に目を走らせた。いまいるのは三階の部屋だったので、窓から逃げ出すのは無理だった。部屋の反対奥に大きな戸棚があって、ふたりくらい優に入れそうだったけれど、廊下に出るドアに近すぎたので隠れ場所には不向きだった。

また物音がして、はっとドアに目をやる。取っ手の動く音が聞こえる気がした。

デレクがここにいる。

慌ててベッドの下に隠れ、男物の服を着ていることに感謝の祈りを捧げた。クリノリンのペチコートをつけたスカートだったら、ぜったいに無理だっただろう。

息を殺しているとドアが開き、目を閉じて必死に動くまいとした。頭を動かすまいと。逃げ出すまいと。

ドアが閉まり、彼が部屋に入ってきた。

テーブルに置いたろうそくに火が灯ったままなのを思い出したのはそのときだ。だれかが部屋に入ったとすぐに気づかれてしまう。だれかが部屋にいる、、と。

とんでもないまちがいを犯してしまった。

部屋を移動する静かでしっかりとした足音が聞こえた。

衣装だんすの扉が開けられ、閉められた。

必死で静かにしていようと、息づかいを抑える。

彼はゆっくりとベッドの足もとをまわり、ろうそくが置かれたテーブルに向かうときに黒いブーツが見えた。明かりが動いたので、彼がろうそくを持ち上げたのだろうと推測する。

すると、リリーの上のベッドがほんのかすかにずれた。ブーツが動くのを見て目が丸くなる。むき出しの脚が視野に入ってきた。

次いでひざが見え、ブレードが垂れてきた。

それから褐色の大きな手に握られたろうそくが。

最後にアレックの顔が。

リリーは驚いて金切り声をあげてしまった。部屋に入ってきたのがデレクだと思っていたときよりも、それがアレックだとわかったときのほうが心臓が激しく鼓動した。「ここでなにをしているの？」

「きみには選択肢がふたつある」訛りが強くて低く響く声だった。「自分でそこから出てくるか、おれがきみを引っ張り出すかだ」

リリーはまなざしを険しくした。「いまごろになってわたしの話し相手をしたくなったわけですか？」

アレックのほうも負けじと険しい表情になる。「どういう意味だ？」

わたしを置いてけぼりにしたじゃないの。リリーはそう言いたかった。あなたがいてくれたらと思わせたわ。けれど、口にしたのは別のことばだった。「どいてくださらなければ出られません、公爵さま」彼は片方の眉をつり上げたものの、どいてくれたので、リリーはベッドの下から出て、戦う気満々で立ち上がった。「ここでなにをしているんですか？」

「きみがつかまるか殺されるかしないようにしているんだ」

「殺されるですって」ふんと鼻であしらう。「だれもわたしを殺したりはしません」

「窓から落ちていたかもしれないだろう——どうやってシーツでロープなんか作れたんだ？」

「セシリーから教わりました」

アレックは天井を見上げた。「さもありなん、だな。破廉恥女が破廉恥女を導くってわけか」

「彼女はお友だちです。それに、わたしは落ちませんでした。見ておわかりのとおり、しっかり生きていますわ」

「驚くべきことにな。きみは貸し馬車でここに来た……」アレックが目に怒りをたたえる。

「そんなわけのわからない身なりをして」

リリーは体に合わない大きすぎるブリーチズとシャツと上着を見下ろした。「これは男物の服です！」

「ばかみたいに見えるぞ！　正気の人間なら、きみが男だなんてだれも思わない。よくて悪たれ小僧がおめかししたってところだな」

「御者は気づいていないみたいでしたけど」

「あの御者は尾けられていることにも気づかなかったから、観察眼はほめられたものじゃないな」

リリーの眉根が寄せられた。「女性のあとをついてまわるなんてだめです。あなたのせいで死ぬほどびっくりしたのよ」

「きみは男の家に侵入してベッドの下に隠れたんだぞ！　入ってきたのがおれじゃなくてそ

いつだったらどうするつもりだったんだ?」

「でも、彼じゃなかったでしょう!」いらだちの小声で返す。「あなただった。ここにいるべきではないのに!」

「ほう、でもきみはここにいる権利があると?」

「あなたよりはね!」

「忘れていたよ。きみは鍵を持っているんだったな! ここはホーキンズの寝室なんだろうな?」

「あなたにはなんの関係もないけれど、鍵を返せとは言われなかったのよ」

「だからといってその鍵を使っていい理由にはならない」アレックはぴしゃりと言った。「あいつを待っているのか? 誘惑してよりを戻そうとしているのか?」

この人は最低だ。

リリーは目を険しくした。「あら、よくわかったわね」声に皮肉がにじむのを止められなかった。「これがわたしの特別な誘惑方法よ。体に合わない男物の服を着て、わたしを破滅させることなどなんとも思っていない男性をベッドの下に隠れて待つの」

アレックが両の眉をくいっと上げた。「おれには女性の心が理解できないな」

リリーは彼の手からろうそくを引ったくった。「出ていって。あなたは歓迎されていません」

「きみは歓迎されているのか?」

「やらなきゃいけないことがあるのよ。時間はかからないわ」

アレックは長いあいだ彼女を見つめたあと、目を細めた。「どうしてここに来た?」

「それが問題?」

「まだあいつを愛しているなら、そうだ」

リリーはことばを失った。「彼を愛している?」

いろいろあった二カ月後のいま、想像もできなかった。絵。展覧会。アレック。

アレックが心に衝撃をあたえたわけではないけれど。全然だわ。

嘘つき。

リリーは咳払いをした。「思っていることを口にしたらいかが、公爵さま?」

爵位を出されてアレックは顔をしかめた。「やつを愛しているのか? いまでも?」

「いいえ」そんなことを訊かれた驚きが声ににじんでしまった。「ありえないわ。彼はわたしが思っていたような人とは全然ちがったもの。特にいまは。特に——」彼をあなたとくらべられるようになったいまは。

アレックの渋面はそのままだ。「だったらどうしてここに来た?」

リリーはため息をつき、アレックの背後にあるデレクの仕事場のドアに目をやった。「どうしても知りたいなら言うけれど、自分の手でなんとかしようと思ったのよ」

「それはどういう意味だ?」

「救世主がわたしを見つけてくれるのを待つのにうんざりしたということ。わたしには後見人も、求婚者も、もっと魅力的な約束をしてくれる男性もいました。でも、そんな約束を信じるのがいやになったの。自分で約束をしてもいいころ合いだわ。自分に対して」

アレックはじっとしたままだ。「それで、その約束とは？」

「わたし自身を救う約束」リリーはドアを指さした。「そこはデレクの仕事場なの。二カ月前、彼はそこで絵を描いていたわ」

アレックがはっと息を吸う。「それで？」

「それで、その問題の絵の主題であるわたしは、自分のものを手に入れようとしているの」

そのことばがふたりのあいだで落ち着くあいだ、長い沈黙があった。それからアレックがうなずいた。「じゃあ、やろうじゃないか」

リリーは首を横にふった。「救世主は必要ないと話したばかりでしょう。今回は自分でわが身を救います」

アレックは画室のドアのほうを向いた。「それは聞いた。だが、おれはここにいるし、このドアには錠がかかっている」

「鍵を探そうとしていたときに、あなたに驚かされて隠れたのよ」噛みつく口調だった。

彼がリリーをふり向く。「ところで、ベッドの下というのは隠れ場所としては全然だめだ。あいつベッドに直行していたらどうするんだ？　ひと晩中出てこられなくなるところだったんだぞ」

リリーは眉をつり上げた。「ご自分がベッドの下に入れないからうらやましがっているだけなんでしょう」

むっとして放った侮辱のことばを聞いて、アレックが笑顔になった。自分が彼を微笑ませたと思ったら体がぽっと温もったが、リリーはそれがいやでたまらなかった。

彼を笑わせられるかどうかなど、気にもならない。

いずれにしても、彼はまた背を向けた。そして、紙と糊でできているかのようにドアを枠から引き剝がした。壊れた戸口を凝視するリリーの体に衝撃が走った。「ちょっと訊いてもいいですか、公爵さま。スコットランドにドアはあるんですか?」

アレックは即答した。「ほとんどない」

彼をおもしろがってはだめ。「これで、わたしたちがここにいたのがデレクにわかってしまうわ」

「絵がなくなっていたら気づかれるとは思わないのか?」アレックはいとも簡単なことだとばかりの口調だった。

それくらい簡単なことなのかもしれない、とリリーは不意に思った。自分は絵を手に入れるためなら彼の家に侵入するのも辞さず、帰宅したデレクはだれかに絵を奪われたことを知る、と。けれど、裂けたドアがアレックがここにいたという証明になってしまう、とリリーはいきなり気づいた。彼は屋敷からここまでリリーを尾けてきて、安全かどうかをなかまで入ってたしかめてくれ、計画を聞いても考えなおせと無理強いしなかった。それどころか、手を貸そうと申し出てくれた。彼なりのやり方で。

ドアという成功を阻む最後の障壁を取りのぞくことで。

巨大で高圧的でひたすら扱いにくい男性なのに、どういうわけか驚くほど親切でもあった。

アレックがドアを脇に置き、ベッド横のテーブルからろうそくを取り、画室の暗がりを照らした。

その明かりで彼がなにを見つけるかを悟って、リリーははっとした。

「待って！」急いで彼の前に行って暗がりに背を向け、明かりと絵のあいだにしっかりと身を置いた。「だめ」手を伸ばす。「それをこっちに渡して」

アレックは彼女の頭がおかしくなったと思ったらしい。「こんなことをしている時間はないんだぞ、リリアン」

リリーは頭をふった。「あなたは入ってこないで」

「どうしてだ？」

「見られたくないからよ」

「なにをだ？」リリーは彼をにらんだ。「そうか」

「そういうこと」

「見ないようにする」アレックが前に進み出て彼女をあとずさりさせる。

「そうよ」リリーはそれ以上動くまいと踏ん張った。「あなたは見ないの。なぜなら、あなたは見ないから」

アレックは天井を仰いだ。「リリアン。時間がないんだ」

リリーはろうそくを示した。「だったらそれをちょうだい」

アレックがろうそくを渡した。「ほら。これでいまいましい絵を見つけてさっさと立ち去れるか？」

「その前に、見ないと約束して」

「ばかげたふるまいをしているぞ」

「そうかもしれない。でも、守らなくてはならないのはわたしの評判なの」

「おれはずっときみを守ろうとしてきたじゃないか！　はじめから！」

「それならその締めくくりとして、破廉恥かもしれないものを見そうになったら目をそらすと約束して」

「それは絵だろう、リリアン。絵というのは見られるものなんだぞ」

悲しみが燃え上がった。それとともに、いらだちと、大嫌いな恥辱感も。彼はまちがってはいない。見ずにいてもらえるなんて期待するほうがおかしいのでは？　それでも、アレックがあれを見るかもしれないと思ったら……すべてが変わった。「見られるはずではなかったのよ」

彼が長いあいだ無言だったので、ついに口を開いたとき、もっと明かりがあって表情が見られたらよかったのに、とリリーは思った。「いいだろう」

「約束して」

「約束する」

「ちゃんと言って」

アレックが吐息をつく。「見ないと約束する」

「向こうを向いて」

「リリアン」

彼女は譲らなかった。「わたしの後見人になりたいんでしょう？　だったら、守って。ドアを見張っていて」

アレックはほんのつかの間ためらったあといらだちの長いため息を吐き、リリーに背を向けた。「さっさといまいましい絵を取ってこいよ」

リリーはうなずいた。「わかりました」そして、探しはじめた。

ろうそくを高く掲げてよく知っている部屋に向けたとき、問題がひとつあることに気づく。この部屋も空っぽだったのだ。

すべてなくなっていた。壁ぎわに並べられていた数々の絵、リリーが何日もポーズを取った低い寝椅子、射しこんだ陽光がふたりのあいだで埃を舞わせるなか、デレクが精力的に描いていた画架。全部消えていた。

驚くべきではないのだろう。デレクに関するなにもかもが、他人の目の前でだけ存在するかのように刹那的なのだから。

同じことが絵についても言えるのかもしれない。

ロンドンの人たちが見るときだけ存在するのかもしれない。

甲高く狼狽したリリーの笑い声を聞いて、アレックがふり向いた。「どうした？」そのとき、彼も部屋のようすに気づいた。「部屋のなかのものはどこだ？」

リリーは頭をふった。「消えてしまったわ」

「どこに？」

リリーは彼をふり向いた。「わからない。前はここにあったの」一日中南向きの明るい光が射しこむ窓が並ぶ壁を示す。「あの絵はここにあったのよ」

アレックが顔をしかめる。「ここでポーズを取っていたのか？」

その質問を無視し、リリーは彼の先ほどのことばをまねした。「部屋のなかのものはどこだ？」忍び笑いを漏らす。「どこに行ってしまったのかしらね？」

アレックは彼女のもとへ行った。「リリー」静かな声だ。「ふたりできっと見つけよう。あいつが隠せる場所にはかぎりがある」

「隠せる場所なんて何百もあるわ。何千かも」悔しさが募って彼女の胸を締めつけた。「ここはスコットランドのお城じゃないのよ、アレック。ロンドンなの」彼を見る。「運命を信じる？」

「いや」

リリーの浮かべた笑みは小さく悲しげだった。「わたしは信じてる。これはわたしにとって唯一の機会だった。自分を救うための。でも……ひょっとしたら、面目を失う運命だったたのかもしれない」

「ちがう」

それには返事をせず、リリーはふたたび部屋のほうを見てなにもない壁にささやいた。

「見つけたかったのに」

この三週間と一日ではじめて、人生を自分の手に取り戻せるかもしれないという希望を持ったのだった。これを生き延びられるかもしれないと。

リリーはアレックをふり向いた。「逃げさせてとあなたに頼みこんだ。わたしのやり方で決着をつけさせてと。それからあなたが希望をくれて、これが答えだと思った」

「そうだよ」彼のまなざしは断固としていて、誇りのようなものがたたえられていた。「きみは頭がいい。ほんとうに。ふたりで見つけよう。ロンドンのどこにあろうとも。逃げるのは答えじゃない。これが答えだ」

リリーは彼を信じそうになった。念じさえすればかなうとばかりの彼の自信を。

信じそうになった。「ここにあると思ったのに」

「あの絵がおれのものならば、ここに置いていただろう」即座に返事があった。

リリーは顔を上げ、黄金色の明かりのなかでウイスキー色に見える彼の目を見つめた。

「それはどういう意味かしら？」

言うべきでないことを打ち明けてしまったかのように、アレックは顔を背けた。「そばに置いておくという意味だ」

「財産として期待できるなら、ということね」

「ちがう。おれはそういう意味で言ったのではない」アレックの声はおだやかだった。

それを聞いて、リリーは息を呑んだ。ふたりの周囲の空気が濃くなったように感じられたのだ。「じゃあ、どうすればいいの？」

アレックは触れられるほど近くにいて、リリーは二日前の晩の馬車での鮮明な記憶に焼き尽くされた。彼に触れ、彼からも触れられたときの記憶に。

やってはいけない。

ここでは。けっして。

それなのに、リリーは震える手でアレックの胸に触れ、肩から斜めがけしているプレードの下で心臓が力強く速く鼓動しているのを感じた。時が止まる。ふたりとも、赤い布地に置かれたリリーの白い手を見つめる。

彼はこんなにたくましい。

こんなに温かい。

視線を上げると、アレックが彼女を見つめて待っていた。静かでたくましくて忍耐強く。それが目的のすべてだとばかりに。彼女を待つのが。彼女と一緒になるのが。

彼女のものになるのが。

その思いが浮かんでリリーが唇を開くと、彼の注意がそちらに引きつけられた。暗がりと静寂がふたりを包みこむ。

リリーは顎を上げて自分自身を差し出した。アレックが顔を近づけてふたりのあいだの距離を縮める。そうよ。お願い。

アレックのためならなんだってあげる。

彼女の目が閉じていった。

「リリー」彼のささやきは息の口づけで、圧倒的な欲望に満ちていた。

いいわ。

そのとき、彼がリリーを放した。咳払いをした。「あいつが戻ってくる前にここを出なければ」

それで終わりで、そそくさと立ち去ったアレックのせいで部屋がぐるぐるまわった。

リリーは唇に指をあて、そこに感じる痛み――欲求――を意志の力で消せればと思った。彼はわたしに口づけたがっていた。たしかにそれを見た。

どうして口づけてくれなかったのだろう？

デレクのせい？　わたしの過去のせい？　ここでわたしがなにをしたかを強く思い出させられたせい？

ここでわたしがどんな人間になったかを？

激しい後悔の念に襲われ、リリーは体をこわばらせた。それがいやだった。なにもかもがいやだった。この瞬間へと、ある男性のために服を脱いだのに別の男性を想っているこの部屋へと続く一分一秒が。

ほかにどうしようもないので、リリーはアレックのあとから寝室に戻った。彼と同じように動揺などしていないふりをして。「彼がここを出ていったのだったら？　絵を持って逃げたのだったら？」

部屋の角に置かれた大きな衣装だんすの扉をアレックが力任せに開けると、おびただしい数のシルクやサテンやウールやリネンの服――想像しうるかぎりのあらゆる色の服――があった。「あいつは出ていってはいないようだな」

リリーがそばへ寄りながらうなずいた。「デレクはぜったいに服を置いていかない」

アレックは彼女を見た。「あいつは見栄っ張りだ。わかってるだろう」

「ええ」金糸で模様を浮き彫りにした青緑色のチョッキに手を伸ばす。「でも、見栄っ張りはとても説得力のある場合があるの」

アレックは低くうなったあと、不機嫌な声を出した。「説得力があるのは、価値があるのとはちがう」

きらめく青い服に触れていたリリーの手が止まる。「スコットランド人は後者だと？」あとになって、どうしてそのことばが適切だと考えたのだろうとリリーは訝ることになる。いったいどこからそのことばが出てきたのだろうと。

けれど、過去と将来が失望といらだちと悲運にぶつかる暗がりのなかにいたその瞬間、リリーにはどうでもよかった。

アレックが彼女を見る。屋敷の静寂が耳障りだった。彼が咳払いをした。リリーはそこに神経質さを聞き取った。「あいつよりは価値がある」

より説得力もあった。

リリーは衣装だんすの扉を閉め、くるりと向きを変えてそこに背を預け、背の高いアレックを見上げた。「どうしてわたしを置いてけぼりにしたの？」

アレックが眉根を寄せる。「おれはここにいるじゃないか」

ここでもわたしを置き去りにしたわ。

リリーは首を横にふった。「今日の午後のことです。スタナップ卿と会っていたときの」

「きみが放っておいてほしいと言ったんだぞ」

そうだったかしら？　おそらくそうなのだろう。でも——頭をふる。「でも、あなたはわたしを見捨てなかった。助けてくれた。そのあと姿を消してしまった」

アレックがあまりにも長く無言だったので、彼がなにを考えているかを知ることができるなら、なんだって差し出したくなった。ようやく彼が口を開いた。「きみは無事だった。それに、スタナップが一緒だった」

リリーが予想していたとおりの気のない返事だった。でも、それはほんとうではない。リリーにはわかっていた。彼女は頭をふった。「でも、どうしてわたしを置き去りにしたの？」

「それは……」永遠とも思われるほど長い沈黙が落ちたあと、アレックがやっと続けた。「きみには彼のような男がふさわしいからだ」

「彼のような男性は望んでいないわ」

「どうしてだ？　スタナップはほかの男とくらべたら王子なのに」

「とてもやさしい方だわ」

「それが問題なのか？」アレックは唾を飛ばさんばかりだ。「やさしくて、ハンサムで、爵位があって、しかも魅力的だ。長所の三位一体じゃないか」

リリーは微笑んだ。「それだと四つになるけれど」

アレックが彼女をにらむ。「どうかしてしまったのか、リリー？　きみなら彼を手に入れられる。スタナップは絵のことを知っているのに、気にしていないんだぞ。それどころか、きみと一緒に過ごすのを楽しんでいるようだった」

リリーはスタナップ卿フレデリックを望むべきだった。彼が自分を娶ろうとしてくれている幸運の星にひざまずいて感謝すべきだった。それなのに……そうできなかった。

ほかの男性を望むのに忙しすぎたのだ。ありえないほどに。

それをアレックに話すわけにはいかないけれど。「二時間しか一緒に過ごさなかったのに、彼がわたしを欲するようになったなんて考えられません」

「正気の男ならだれだって、二分過ごしただけできみを欲するようになる」

リリーは目を瞬いた。

アレックが口をぴしゃりと閉じる。

「なんて言ったの？」

「なんでもない。もう行かないと」

「わたしは破廉恥女よ」

「最高の破廉恥女だ」アレックはぶつぶつ言いながらドアに向かった。

少なくとも、リリーには彼がそう言ったように聞こえた。「聞こえなかったわ」

「きみは最悪の破廉恥女だ」今度は大きな声で言った。

さっきとちがうじゃない。リリーは微笑まずにはいられなかった。「それはどういう意味かしら？」

「男が自分のものにしたいと望む類の破廉恥女ってことだ」

リリーは呆然と彼を見た。こんなにロマンティックなことばは、これまで言われたこともなかった。それも、この巨大で気むずかし屋のスコットランド人の口から聞くとはまったく予想もしていなかった。

「ご親切にどうも」リリーは言った。

「親切なことなどあるものか」

「でも、あるのよ。デレクはわたしをまったく望まなかった。醜聞になる前ですら」

「ホーキンズは大ばか者だ」ことばというよりもうなり声だった。いま、アレックは閉じたドアの前に立ち、マホガニー材に広げた片手をついていた。

リリーはその手に見入った。その手の山や谷に。褐色の肌に白く目立つ、第一関節下の一インチほどの傷痕に。「その手はどうしたの？」

アレックは動かなかった。「割れた瓶で怪我をした」

「どうしてそんなことに？」

「父は怒った酔っ払いだった」

リリーはたじろいだ。彼のもとへ行きたかったけれど、こう言うに留めた。「お気の毒に」

アレックはあいかわらず彼女を見なかった。「やめてくれ。父にこうされた翌日に家を出た」

「手当てをしてくれる人がいなかったなんてかわいそうに」

ドアについた手がひくついた――リリーのことばが彼に届いているという唯一の証だった。

「早くここを出ないと」

「だれかがわたしを望んでくれると思う？」そうすべきではないと知りつつ、彼の手に向かってたずねた。その質問が自分の望みをあらわにしすぎると知りつつ。

彼はドアに額をつけて低くうなるようなゲール語でしゃべったあと、英語に切り替えた。

「ああ、リリアン。だれかがきみを望むと思っている」

「あなたは――」リリーはそこでことばを切った。

アレックには訊けなかった。

どれほど訊きたいと思っていても。

「おれに訊くな」彼のささやきを聞いて、リリーの胸がうずいた。

無理に決まっている。彼はわたしを好きではないのだから。これまで好きだというそぶりを見せてくれたことがない。わたしを厄介な存在としか見ていない。

そうでしょう？

リリーはもう耐えられなかった。「あなたは？　わたしを望んでいる？」

今度はアレックはゲール語で返事をしなかった。英語でひどい悪態をすばやくついた。

「答えないで」彼に望まれているかもしれなくてこわくなり、同時にどうしても彼に望んでほしくなった。

彼はドアにつけた顔を起こさなかった。「おれはきみを守るためにいる。おれはきみを守るためにいる」まるで自分に聞かせる連禱のようだった。神に聞かせる連禱。彼女に聞かせるものではなく。「おれはきみを守るためにいる」

「答えないで」体を駆けめぐる激しい欲望を無視して、リリーは同じことばをくり返した。その瞬間、彼に答えてもらいたかった。とても。

なぜなら、もしアレックが自分を望んでくれたなら、かつて夢見た人生を手に入れられるかもしれないからだ。自分が考えていた以上に高潔な男性と。

〝おれはきみを守るためにいる〟

これまでずっと孤独な時間を過ごしてきたせいなのか、守られるという考えは、たがいの安全を望む人と人生をともにするという考えは、リリーにとってこれまで経験したことがないほど魅力的だった。

けれど、結局彼はリリーを置き去りにした。たがいにとってふたりがなんでもない存在であるかのように、馬に乗って行ってしまった。

ほんとうに、たがいにとってなんでもない存在なのかもしれない。他人にとって自分がどういう存在なのか、よく理解できたためしがなかった。あるいは、他人が自分にとってどういう存在なのかも。

この会話を終わりにしてしまいたくて、リリーはうなずいた。「わかりました。答えはノーなのね。訊いたのがまちがいだったわ」

彼が返事をしてくれるかと長々と待った。ふり返ってこちらを見てくれるかと。わたしを望んでいると言って。リリーは念じた。これが……わたしたちが……うまくいくだろうと。

アレックはそう言ってはくれなかった。ざらつく息を長く吐き、リリーが見入った手を拳に握った。その拳をドアに押しつけると、関節が白くなり、腱がぴんと張った。そのあと彼が口を開いた。

「そうだな。きみは訊くべきではなかった」

アレックは力任せにドアを開けた。画室と同じく錠がかかっていたら、蝶番からはずれていたかもしれないほどだった。

そして、彼は暗がりに消えていった。

15

〈粗悪な公爵〉、〈悲惨な被後見人〉を見捨てる

おれは勲章をあたえられるにふさわしい。

ノーと言ったことに対して。ふり向いて彼女を抱きしめ、欲求で手が震えなくなるまで愛を交わさなかったことに対して。暗がりのなか、デレク・ホーキンズの空っぽの寝室の床で彼女を完全に破滅させせなかったことに対して。

〝あなたはわたしを望んでいる？〟

ハイランドが霧を望むように、リリーを望んでいた。

それでも、自分の望みをかなえたせいで、彼女が手に入れて当然のものを破壊することになるのだけは避けたかった。彼女にふさわしい男との人生を。絵を盗み出すリリーの計画を知る前から、アレックはそれについて考えていたのだが、絵が公開される前に見つけて破壊する手伝いをすると決めてからは、覚悟が強まった。

絵はかならず見つける。

そして、リリーを守ってみせる。

〝おれはきみを守るためにいる〟

リリーをふり返らずに立ち去る力をよくぞかき集められたものだ。彼女の息のなかに真実を――事実を――聞き取ったのだ。彼女もそれを望んでいると。またおれを望んでくれていると。もっと多くを望んでいると。

もっと多くを。欲することがどんな感じかわかっていると思っていた。渇望とはなにかを。だが、リリアン・ハーグローヴと出会って真実に気づいた――これまで渇望してきたすべては、彼女にくらべたらなんでもなかったのだと。どんな代償だって払っただろう。彼女をまた味わうためなら、どんなことだってしただろう。

そして、自分が彼女にふさわしくないことにも気づいてしまった。

かつては別の男のために裸になったあの空っぽの屋敷の空っぽの部屋に立つリリーを見て、アレックはどんな代償も喜んで払う気だった。どんなこともする気だった。だから、抗った。彼女を守るために。彼女が欲する人生を手に入れる機会をあたえてやるために。

なぜなら、いまの彼女には政略結婚以上の機会がめぐってきたからだ。もしあの絵を見つけられたら、もしあの絵を盗み出せたら、それでもロンドンの人間からは破滅したと見られるかもしれないが、世界の目からは破滅を逃れられるかもしれないのだ。

利口な女性だ。

自分でその計画を思いつくべきだった。リリーの美貌にあれほど目が眩んでいなければ、思いつけていたかもしれない。リリーの強さにも目が眩んでいた。彼女のすべてに目が眩んでいたのだ。アレックは彼女を守ることに意識を向けすぎていた。ロンドンから。彼女の将来から。彼女の過去から。

アレック自身から。

そうだ。おれは勲章をあたえられるにふさわしい。

ホーキンズの町屋敷を出たとき、雨が本降りになっていて、アレックは彼女に最善と思うことをやり続けた。リリーを貸し馬車のなかに押しこみ、自分自身は御者台に上って御者の隣りに座ったのだ。彼女の安全のために。

それとも、自分の安全のためだろうか。

リリーとともに馬車のなかに乗りこんだら、彼女の隣りに座ったら、自分がなにをするかわからなかった。一緒の空間を分かち合ったら。彼女の空気を吸ったら。なぜかヒースとハイランドのような彼女の香りを吸ったら。

馬車が角を曲がるたび、雨がアレックの頬を強く打った。彼女の安全のためにグローヴナー・スクエアに戻るのだ。そして、犬で飾られた壁に隔てられたそれぞれのベッドに横になる。アレックは眠ったふりをする。彼女のもとへ行きたい気持ちをこらえて。彼女を裸にして、両手と唇と舌で崇めたい気持ちをこらえ——。

アレックは五月の冷たい雨のなかでうなった。リリーの味を思い出したのだ。彼女の体の山や谷を思い出し、もっとも秘めた場所を舌で愛撫したらどんな感じがするだろうと想像した。

「なんか問題でも、だんな？」

もちろん問題はある。

アレックはリリーに対して荒れ狂う欲望を感じていた。だが、彼女はアレックが欲してはいけない女性なのだ。

「そこで馬車を停めてくれ」御者に金を払おうと、ポケットに深く手を突っこんだ。「ここはどこだ？」

「ハノーヴァー・スクエアです」

「おれはここから歩く」

「だんな。雨が降ってますぜ」

アレックが気づいていないかのようなもの言いだ。「彼女をグローヴナー・スクエアまで乗せていってくれ」

上着のポケットに入れた手が淡褐色の紙をかすめた。それを財布とともに取り出す。貸し馬車の揺れるランタンのなかで見ると、ロウリー伯爵夫人、と書かれていた。ペグの名刺だ。アレックの知らない側仕えが、破れた上着からこっちに移したにちがいない。

法外な金を御者に払い、大仰な礼を言われて馬車を降りると、なかから扉が開いた。

姿を見せないでくれ。アレックは念じた。もう一度彼女に抗えるかどうか自信がなかった。だが、同時に、姿を見せてくれ、とも思った。

「アレック？」自分の名前を彼女に呼ばれるのは、雨のなかの贈り物だった。

「扉を閉めろ」彼女のほうは頑なに見ない。自分自身を信用できなかった。

しばしの間。「雨が降っているわ。馬車のなかに入って」

彼女のそばに行く。彼女に触れる。アレックは思わずいらだちの息を漏らしてしまった。馬車のなかに入るべきではない。彼女のそばにいてはだめだ。おれの務めはただひとつ。彼女を守ることだ。そして、彼女の世界でいまもっとも危険なものが自分だった。

「この貸し馬車がきみを家まで送り届けてくれる」

「あなたはどうするの？　だれがあなたを家まで送り届けてくれるの？」おだやかに発せられたそのことばがアレックを強打した。ふたりで家という概念を分かち合っている。とてもありえないことなのに。

「おれは歩く」

「アレック――」リリーは言いかけてやめた。「お願い」

そのことば――腕のなかにいたときに彼女が何度もささやいたことば、多くを約束することば、そして、彼にあたえられる以上のものを求めることば――を聞いて、ホーキンズの屋敷にいたときと同じように、アレックの手がまた震え出した。その手を握りしめ、欲望に消えろと念じる。

リリーを欲さないときなど来るのだろうか？

「扉を閉めるんだ、リリー」アレックが御者を見上げて「行ってくれ」と言ったので、彼女は言われたとおりに扉を閉めるしかなかった。

馬車はすぐさま走り出した。

アレックは片手で顔を拭いながらロンドンを呪った。ここ以外のどこかにいたかった。

〝イングランドがおまえを破滅させるだろう〟

顔から手をどけて名刺を見る。名前の下に住所が書かれていた。ハノーヴァー・スクエア。

〝わたしに会いに来て〟ペグは彼の上着のポケットに名刺をすべりこませながら、そうささやいたのだった。

先刻、運命を信じるかとリリーからたずねられたとき、アレックは正直に答えたのだった。運命が、ペグの名刺を手にした自分をここハノーヴァー・スクエアに連れてきたわけではない。有能すぎる側仕えと、腹立たしい被後見人のせいだ。そして、暗がりのなかに馬車が消えていき、馬の蹄と車輪の音が雨にくぐもるなか、アレックをハノーヴァー・スクエア一二番地にいざなったのも運命のなせる業ではなかった。

〝わたしに会いに来て〟

アレック自身の恥辱感のなせる業だった。

ほとんどすぐにメイドが玄関広間にやってきて、屋敷の奥へとアレックを連れていき、裏手の階段を上がり、ある部屋へ案内した。ドアが開く前からなんの部屋かがアレックにはわかった。

ペグの寝室だ。

彼女は暖炉のそばに立っており、ブロンドの髪が明かりを受けて金色に光っていた――シルクの寝間着まで金色で、遠い昔にアレックが崇めた曲線にまつわりついていた。あのころは、自分が崇めるのは彼女が最初で最後で、彼女も自分に永遠に崇めてもらいたがるだろうと考えていた。

「きっと来てくれるとわかっていたわ」メイドなどいないかのように、低く謎めいた声で彼女がささやいた。すると、メイドが廊下に消え、そっとドアを閉めた。

「おれはわからなかった」

ペグが微笑んだ。二〇年前と同じ訳知りの笑みだ――守るつもりもない約束をした微笑み。

「わたしの魅力を見くびったわね。キルトを着てきたのね、すばらしいあなた」彼女はベッドへ行って枕に頭を乗せ、練習を積んだにちがいないさりげないようすで体を横たえた。

たしかに練習を積んだポーズだった。なぜなら、アレックは前にも彼女のそんな姿を目にしているのだから。いまとは別の世界の別の場所で。アレックが青二才で、彼女の美貌を必死で求めていたころの話。彼女の完璧さを。

今夜はあのときとはちがう終わり方になるだろう。

あのときは、彼女が象徴するものを美貌よりももっと必死で求めていた。持つことのかなわない将来を。世界に認められることを。イングランドを。

いまの彼はそのどれも求めていなかった。いま求めているのはリリーだけだった。

アレックがここにいるのは、リリーは自分が求めてはいけない存在なのだと思い出すためだった。リリーに触れるたび、自分の過去で、そして自分の不面目で彼女を汚しているのだと。

「きみのためにここに来たのではない」アレックの口調は冷ややかだった。

なめらかなブロンドの眉がつり上がった。「ほんとうかしら？」

「ぜったいだ」

ペグはため息をつき、アレックのことばに動じもせずに枕にもたれた。「それなら、わたしの時間をむだにしているわね、愛しい人。なぜここに来たの？」

ほんとうに、どうしてだろう？　この瞬間になにを望んでいるのだろう？　おれの望むものをペグがくれたことがあっただろうか？

ペグはアレックが答えにたどり着くのを待たなかった。「遊びに来たのではないのなら、あなたのかわいい醜聞のいる家にお帰りなさい」

アレックははっと彼女に注意を戻した。「それはどういう意味だ？」

「エヴァースリー邸の舞踏会であなたを見て、あの人のためならなんだってするとはっきりわかったということよ。騒動を起こすことすらね。それについては、あなたは何年も前に教訓を学んだと思っていたのに」少し間をおいてから続けた。「家柄もお金もないアレック・スチュアートが国王にも負けないほどの財産を持つ公爵になると知っていたら、あなたのすてきな申し出を考えなおしていたかもしれないわね」

みんなそうだ。そして、アレックはいまとはちがった人生を送っていただろう。遊び相手にはいが一緒に人前に出るにはふさわしくない、と自分をみなしていた女性たちの長い列もふくめて。

ペグが冷酷で醜い笑みを浮かべた。彼女は自身を美しいと思っているのかもしれない――自分もそう思っていた――とアレックは気づいた。だが、いまの彼は美がどういうものであるかを知っていた。力強さと、自尊心と、目的と、スコットランドの海の色をした目を併せ持ったものだと。

ペグがまた言った。「あなたからされた求婚がいちばんすてきだったと言ったら、心が慰められるかしら？　いまでもおぼえているわ。〝きみをたいせつにする。この先一生ふたりで幸せに過ごそう〟」舌打ちする。「若くてうぶで、女や世間についてまったく理解していなかった人」

心臓が一拍するあいだ、アレックは一五歳の愚かな少年に戻っていた。「女性についての教訓は何年も前に学んだ」彼にふさわしい女性もそうでない女性もいた。そしてもちろん、彼がなによりも望んだ女性は後者だった。

ペグがその思いを強調した。「そして、わたしたち女性もあなたについての教訓を学んだ、ちがって？」

これだ。これがアレックがここに来た理由だった。彼の立場を思い出させるもの。彼にはけっして手に入れられない人生を思い出させるもの。それでも、彼はやはり抗った。「きみはおれのことをなにも知らない」

ペグの片方の口角が上がり、訳知りの苦笑いになった。「彼女よりは知っていることを賭けてもいいわ」少しの間。「それとも、彼女はもう〈スコットランドの野蛮人〉を乗りこなしたのかしら？」

アレックは思わずまなざしを険しくしていた。体を駆けめぐる恥辱感と憤怒を否定できなかった。ペグから真実を隠しておけなかった。

ペグが完璧な形に唇をとがらせた。「あなたったら、あいかわらずかわいらしいこと。彼女をたいせつに思っているのね」

「ちがう」

嘘つきめ。

また舌打ちをしたあと、ペグがベッドを下りて彼のほうに向かってきた。金色のシルクが彼女の肌をすべる。「お忘れかもしれないけれど、わたしはあなたが愛した最初の女だったのよ、アレック・スチュアート」

「きみを愛したことはない」彼女が近づいてきても、アレックはあとずさるのを拒んだ。ひんやりした手を顔にあてられ、リリーの記憶を消されても、たじろぐのを拒んだ。

こうされて当然なのだろう、と思う。

「昔あなたの言ったこととちがうわね」ペグが静かに言う。「わたしが見たこともないほど大柄で、かわいらしい顔立ちをしていたスコットランド人のアレック。あんな風に感じたことはなかったわ」彼女が体を押しつけてきて、アレックは押しのけたい衝動をこらえた。教訓を学ぼうとしていたのだ。自分がどんな人間だったかを思い出させてもらいたかった。自分が何者であったかを。ペグはキルトの縁に手を伸ばし、指先で太腿をかすめてアレックをたじろがせた。声はささやきにまで落とす。「彼女に経験させておあげなさいよ、愛しい人。感じさせてあげるのよ。あなたは彼女にとってはじめての相手ではないだろうし、彼女を自分のものにすることもない。考えてみて。ふたりはとてもお似合いよ」

アレックはペグの言い方に憤怒の雄叫びをあげたくなった。まるで、彼がリリーに近しいみたいじゃないか。そのとき、ペグがことばを続けた。「そして、彼女がじゅうぶんにあなたを堪能したら、わたしのところに戻ってらっしゃいな。また経験してみたいの」

「断る」

ペグがさらに身を寄せてくる。「わたしの信じられないほどの芸当を思い出させてあげてもだめかしら？」

「きみがそのことばを使うとは奇妙だな。おれは再演には興味がない」

怒りに満ちたペグの手が鋭く飛び、静かな部屋にビシッという音が響いた。アレックは叩かれた痛みを和らげようと頬に手をあてながらも、その感触に浸った。そこにこめられた意味に。

「思い上がらないで、アレック・スチュアート。いまのあなたは〈粗悪な公爵〉かもしれないけれど、わたしの慈善があったから存在できていたときもあったでしょう。世間に真実を知られたくないんじゃないかしら」

「世間に真実を知られたって屁でもない。いいか、レディ・ロウリー——おれの秘密はきみの秘密でもあるんだぞ。友だちにも話すのを忘れないようにしろよ。淑女は下着を風にあてるのをいやがるものだからな」

ペグが顔をしかめる。「あなたが下着なのよ」

アレックの思ったとおり彼女が食いついた。「ある時点では、おれたちの過去は恩恵だったんじゃないのか？」

長い沈黙のあと、ペグが口を開いた。「わたしの秘密がどうあれ、あなたの〈麗しのリリー〉に真実を知られたくはないはずよ。わたしがあなただったら口のきき方に気をつけるわね」

ペグはまちがっていた。リリーに真実を知ってもらえたらありがたい。そうすれば、彼女を求める気持ちが楽になる。彼女を自分のものにするのが不可能になるからだ。

それでも、ここへは来るべきではなかった。屋敷の外に立ったとき、どうしてペグを訪れようとしているのだろう、どうしてペグの名刺にいざなわれることを自分に許したのだろう、と訝ったのだった。いまになって理由がわかった。

ペグを望んでいたからだ。ペグを見て自分に思い出させたかったのだ。

リリーの完璧さは自分が求めていいものではないという証を。

アレックはふたつの決意をして屋敷を出た。ひとつは、リリーには見つけられるなかで最高の男と幸せになってもらうこと。ふたつめは、アレックはぜったいにその男にはならないこと。

この一五分、ボンド・ストリートのマダム・エベールの店でリボンの展示ケースをずっと見ていたにもかかわらず、リリーにはひとつの色もわからなかった。最後にアレックを見てから三日近く、何度も何度もくり返し頭に浮かぶ忠告に心を悩ませていたせいだ。

自分を望んでいるかとアレックに訊いたりするべきではなかった。

自分を守ろうとしてくれる行動だとか、刺激的な口づけや抱いてはいけない希望のせいで、心に根づいた思いを口にしたりするべきではなかった。

わかっていたのに、ばかな女みたいに彼にたずねてしまった。

〝あなたはわたしを望んでいる?〟

思い出して頬が熱くなった。気まずくなるだけだと、どうして思い至らなかったのだろう? 彼はリリーを傷つけずにどう返事をしたらいいか、どう真実を告げようかと苦心していた。

それでも、彼は返事をした。ほかの男性よりも高潔だからだ。ほかの男性よりも善良で高潔。彼はノーと言った。ほかの男性よりも善良で高潔で、リリーのものにはならない人。リリーがどれだけ彼を望んでいても。

そして、真実を告げるだけではじゅうぶんではないとばかりに、彼は姿を消した。

三日前の晩、リリーは彼が戻ってくるのを見逃さないようにと犬屋敷の応接間で待ち、結局睡魔に負けてしまったのだった。彼は戻ってこなかった。翌日も。そのまた翌日も。

彼は犬たちまで連れていってしまった。つまり、戻ってくる気はまったくないらしい。リリーがどれほど戻ってきてほしいと願っていても。

だから、リリーは今朝、自分でことを運ぶことにして応援を呼んだのだった。

「わたしたちが付き添い役を引き受けたのがうれしくないの？」リボンの展示ケースから顔を上げると、レディ・セシリー・タルボットが向かい側から大きな笑みを向けてきた。「献身的に働くわたしたちってまるで妖精よね」

セレステとセリーヌは店の片隅にいて、人によって必需品と呼んだり無用の長物と呼んだりするヘアピンなどの装身具を品定めしていた。そのなかのなにかにくすくすと笑うふたりを見て、そんな小さな悩みしかないのはどんな感じなのだろう、とリリーは訝った。ふたりとも、彼女たちを崇めているとうわさされている男性と結婚しているか結婚目前だ。だから、気後れとは無縁で生きている。孤独とは無縁で。常にわたしたちの一部で。

彼女たちを見つめるリリーは、激しい嫉妬に貫かれた。わたしの人生もちがったものになっていたかもしれないのに。もし父が亡くなっていなければ。その後の公爵たちが、玩具(おもちゃ)の兵隊のように立て続けに倒れていなければ。そうしたら、ミカエル祭をひとりきりで過ごすこともなかったかもしれない。デレクと出会っていなかったかもしれない。絵のモデルなどしていなかったかもしれない。

アレックにも出会っていなかったかもしれない。

鋭く息を呑み、即座にそんな思いを拒絶する。アレックとの出会いをほかのものと交換するつもりはない。たとえ自分が彼を追い払ってしまったのだとしても。二度と彼に会えなかったとしても。

「ねえ、リリー」セシリーの声にもの思いを破られたリリーは、それをありがたく思った。「どうしてここに来たのか話してくれる?」

あれを見つけた。

明日のホーキンズの芝居を観に行く。

スタナップと。

ドレスを用意すること。犬はなしだ。

その日の朝、ボンド・ストリートの婦人服仕立屋への行き方とともに、署名のない手紙が届いたのだった。署名は必要なかった。それでも、署名があればと思った。個人的な印として。彼はなんと署名していただろうか? アレック? イニシャル? 爵位?

爵位はないでしょうね。

ああ、もう。自分で自分がいやになる。彼はもうひとり男性を招待しているのよ。それ以上にわたしの愚かさを証明するものはないだろう。リリーはなんとか明るい顔を作ってセシリーを見た。「ドレスが必要なの」

のはどうして？」

セシリーが片方の眉を上げる。「大好きな犬がいなくなってしまった幼子みたいに見える

リリーは頭をふった。「なんのことだかさっぱりわからないわ」

「わたしたちはお友だちだから、あなたが話してくれるのを辛抱強く待っとするわ」

友だち。友情が自然で単純なことであるかのように、セシリーがさらりと口にした予想もしていなかったことば。リリーにも持てるものであるかのように。

リリーの胸のうずきがさらにしつこくなった。

「ご婦人方」ロンドン一の婦人服仕立屋と言われているマダム・エベール――ゴシップ紙によると、戦争のまっただなかでジョセフィーヌの宮廷から救い出されたらしい――が、そばのカーテンから出てきた。「大好きなごきょうだいにまたお目にかかれてうれしいですわ――」ふとリリーに目をやる。「ノン！　ごきょうだいだけじゃありませんのね！　お三方と新しいお客さまだわ」近づいてきて、リリーの顎に手をあてて右や左を向かせる。「あたくしの店にいらした女性のなかで、いちばんの美人さんかもしれないわ」

それはお世辞ではなく、ただの事実として言われたのだった。リリーは目を瞬いた。「ありがとうございます、と言えばいいのかしら？」

「こちらはリリアン・ハーグローヴよ」セシリーが割りこむ。「ウォーニック公爵さまの被後見人なの」

完璧な黒い眉がつり上がったのが、マダムの耳にもうわさが届いているという唯一の印だ

った。

「ただのリリーです」リリーは言った。

マダムがうなずく。「ウォーニックのためにここに来たのですね」

望みがかなうならば。リリーはそんな思いを脇に押しのけた。「いいえ」

「別の殿方のためよ」セレステが割りこむ。「スタナップ伯爵なの」

そうではないけれど。ほんとうは。

マダム・エベールはリリーから目を離さなかった。「エヴァースリー家の舞踏会に犬のドレスを着ていったとうかがいましたわ」

「そうなんですか？」

フランス人のマダムが目を細めた。「ほんとうですか？」

「自分の主張が正しいことを証明しようとしていたんです」不意に舞踏会の夜よりもきまりが悪くなった。

「スタナップに？」

リリーは肩をいからせた。「ウォーニック公爵さまにです」

マダム・エベールがそのことばをじっくり考えこんでいるあいだ、長い沈黙があった。

「いいわ。あなたのドレスを見繕いましょう」

「すばらしいわ！」三人の姉妹が興奮気味に拍手する。「彼女には全部必要なの」

「全部じゃありません」リリーが正す。「ドレスを一着——」

マダム・エベールはすでに動いていた。リリーがついてくるものと思っているのか、カーテンを押し開けている。たしかにリリーはついていった。タルボット姉妹に引きずられるようにしながら。「マダムはだれにでもドレスを売ってくれるわけじゃないのよ」セリーヌが小声で言う。「選り好みがとても激しいの」

「選り好みの激しい人なら、醜聞は避けるのではないの？」リリーも小声で返す。「わたしのことを知っていると思う？」作業場と試着室のある場所に入った。奥の窓ぎわに針仕事をしている女性が数人いて、ドアに背を向けて台に乗った女性の足もとでは、若い女性が華麗なスミレ色のシルクの裾をピンで留めていた。

「あたくしは醜聞を避けたことはなくってよ」まるでずっと一緒に話をしていたかのようにマダムが答えた。「人に見られるのは醜聞を起こした人でしょう。あたくしは自分のドレスが見られるのが好きなの」リリーにそばの台を示す。「醜聞を起こす前だったら、あなたを避けたでしょうね、〈麗しのリリー〉。あなたが〈ひとりぼっちのリリー〉のときだったら」

「だからエベールが好きなのよ」セシリーは手近の長椅子に深々と座り、マダムに先ほどのことばをくり返した。「彼女には全部必要なの」

マダムは小首を傾げてじっくりとリリーを見た。「ウイ」

「いいえ」リリーだ。「観劇に行くドレスが一着必要なだけです」

「ヴァレリー」マダムはすでに向きを変え、近くにいた若い女性を呼んだ。「青いドレスを持ってきてちょうだい」そのあとふたたびリリーのほうを向いた。「あなたに似合って、最小限の手なおしで明日の夜に間に合わせられそうなドレスが何着かあります。でも、あなたの公爵さまにも話したとおり、それ以外の嫁入り衣装は後日になりますよ」

「彼はわたしの——」否定しかけたとき、マダムがなにを言ったかにようやく気づいた。

「嫁入り衣装?」

「わたしの好きなことばのひとつだわ」セシリーと並んで長椅子に座っていたセリーヌが、吐息混じりに言った。「結婚でいちばんいい部分よね」

「あら、二番めにいい部分でしょ」セレステがそっけなく言うと、残る姉妹がくすくすと笑った。

「リリーもいずれその点については学ぶでしょうね」セリーヌが答える。「それもスタナップ卿を相手に——なんてうらやましいのかしら」

「伯爵さまはものすごくハンサムですものね」セレステが同意した。

ところが、セシリーは黙ったままで、抜け目のない目で注意深くリリーを見ていた。

「スタナップ卿はわたしとは結婚なさらないわ」リリーは姉妹たちから視線をそらしてマダムを見た。マダムはヴァレリーが腕に抱えたドレスの山を見ていき、紺碧の美しい一枚を引き抜いた。そのドレスが広げられるのを見て、色合いの豊かさにリリーはあえいだ。「美しいわ」思わず知らずに手を伸ばしていた。

マダム・エベールがうなずいた。「ウイ。これを着たあなたも美しくなりますよ」そう言ってドレスをリリーに押しつけると、試着室を指さした。リリーは言われたとおりにし、数分後に戻ってきた。驚くことに、ドレスはほとんど完璧に彼女の体に合っていた。

「あら、まあ」セレステが吐息をつく。

「そのドレスで決まりね」セリーヌだ。

セシリーは満面の笑みになった。「彼は不意打ちを食らうわね」

つかの間、そのことばでアレックの姿が思い起こされた。エヴァースリー家の舞踏会から帰る馬車のなかと同じく、目をほとんど閉じるほどに細め、両手をリリーに伸ばしてきた姿だ。もう一度彼の注意をこちらに向けるには、どうしたらいいのだろう？　彼に触れてもらうには？　口づけてもらうには？

この先一生、このドレスを毎日着よう。

そのとき、それがアレックのためのドレスでないことを思い出した。別の男性のためのものだ。わたしがつかまえなくてはならない男性の。三日以内に。

マダムが空いた台を示すと、針子たちがすぐさまリリーのところに集まってきた。マダムは指示をフランス語でどなったり、手首に針山をつけて生まれてきたのではないかと思うほどすさまじい速度でピンを留めていったりした。なにが話されているのかがわかるほどフランス語が堪能でなかったリリーは、マダムや針子が動きまわるなかで精一杯じっとして、目だけを動かしてそばの長椅子に座っているタルボット姉妹を見て、それから店内のほかの客や針子たち、隅で勘定を計算中とおぼしき女性を見ていった。ちょうどそのとき、試着が終わったらしい別の客が試着室から出てきた。

リリーの目が見開かれた。

ロウリー伯爵夫人の視線が紺碧のドレスから床へ移り、裁ち方や布地の流れ具合、裾の線を見ていき、それから彼女はその視線を上げてリリーと目を合わせ、こちらを不安にさせるような訳知りの目をきらめかせた。そして、女王のようなおだやかな口調でこう言った。

「彼はきっとそれを崇めるわね」

そのことばで部屋が静まり返り、三人の姉妹が長椅子で身じろぎする小さな動きがあるだけになった。

リリーはなにも言わなかった。こわくてしゃべれなかったのだ。

伯爵夫人のほうは全然平気らしかった。「彼は昔から青色が好きだから」

リリーは餌に食いつくつもりはなかった。

「ありがとうございます。わたしも青色が好きなんです」

ブロンドの眉が片方つり上がった。「三日前の晩、彼がわたしに会いに来たのはご存じよね」

「彼女はいったい――」セレステが言いかける。

「彼女は一緒に――」セリーヌもくわわる。

セシリーが手を上げてふたりを制し、リリーを助け出そうというのか立ち上がった。

だれであれ、この瞬間からリリーを助け出せるはずもないのに。

三日前の晩、わたしを望んでいるかとリリーはアレックにたずねた。三日前の晩、彼はノーと言った。

「そんな話は信じません」彼女は言った。

嘘だった。信じていた。三日前の晩、アレックはこの冷ややかで動じない女性のもとへ行ったのだ。リリーとは正反対の女性のもとへ。どこまでも貴族的で、ロンドンの完璧さに満ちている女性。それに、アレックの過去にも。

リリーは家で彼を待っていた。

でも、アレックは彼女のもとに帰ってはこなかった。

伯爵夫人はリリーの嘘を見抜いた。にっこり微笑み、この場所もこの瞬間も自分のために用意されたとばかりの態度で近づいてくる。どんな男性も望むような女性に見えた。醜聞など超越して見えた。

恥辱感も。

訳知りの小さな笑みを唇に浮かべて近づいてくる伯爵夫人を見て、リリーは嫉妬に駆られた。「彼はわたしのところに来たのよ。あなたに手を出してはだめだと思い出すためにね」

意地の悪い激しい殴打を受けたような衝撃があった。

リリーはそれを見せまいとした。

背筋を伸ばし、強くあれと自分に言い聞かせる。「彼があなたのところへ行ったのなら、ペグ、わたしは彼が手を出していい女ではないと断言するわ」

「よく言ったわ」タルボット姉妹のだれかがそう言ったように聞こえた。

驚きと怒りが伯爵夫人の顔で一瞬せめぎ合ったが、すぐに冷ややかな仮面に戻った。「かわいそうな〈麗しのリリー〉。わからないの？　アレックは一生の人じゃなくて、一夜かぎりに使うのが最高の人なのよ」

完全に理解できないまでも、そのことばは鞭で罰するものだった。リリーは自分にできる精一杯のことをした。マダムに向かってこう言ったのだ。「もう終わりました？」

「まだですよ」ドレスの裾のところからマダムが返事をする。「でも、伯爵夫人は終わってます」レディ・ロウリーがなにかを言う間もなく、マダム・エベールが指をパチンと鳴らし、若い女性たちがやってきて伯爵夫人を店の表側へと連れていった。

セリーヌとセレステが長椅子に座ったまま息をふうっと吐き、セシリーはそそくさと前に進み出た。「あの女ったら喧嘩を吹っかけてきたわね。あなたはうまく対処したわ。彼女をあだ名で呼んだのにはほんとうに感心したのよ」

あれはアレックが伯爵夫人を呼ぶ名前だ。

彼はいったいどれくらい前から、あのあだ名で彼女を呼んでいたのだろう。

彼は伯爵夫人のもとへ行った。リリーを置き去りにして。

「わたし……」リリーはことばを見つけられずに口ごもった。両手を見下ろすと震えていた。顔を上げてセシリーを見る。「どうしたらいいかわからないわ」

セシリーは彼女の手をきつくつかんで震えを止めてくれた。「強くいるのよ。そして、伯爵夫人にはぜったいに、なにがあっても、震えているところを見せてはだめ」

「同感よ」セレステがセリーヌとともにくわわる。「彼にもね」

リリーは頭をふった。「だれのことを言っているのかわからないわ」お行儀のいい返事にセシリーは微笑んだ。「もちろんよね。でも、もし……」少し間をおく。「……だれのことを言っているのかわかったら、その……もしそうなら、もうひとりの殿方よりも彼を選ぶわよね？」

こみ上げてきた涙をこらえようと、リリーは天井に目を向けた。ここから離れたい。マダム・エベールが彼女の足もとから立ち上がり、生地でいっぱいの陳列棚へ行くと、アレックは選べないのだと自分に言い聞かせた。彼が選択肢に入っていたことは一度もない。そして三日前の晩に、彼はこれ以上ないくらいそれをはっきりさせた。

リリーは友人を見た。「彼はわたしを望んでいないの」

「たわごとだわ」セシリーが言う。

リリーは頭をふった。「ほんとうです。彼はわたしを屋敷にひとりきりにしたの。もう三日も会っていないわ。彼はわたしを見捨てて、慰めを求めに……」ことばが尻すぼみになり、腕をさっとふって店の表側を示した。しばらくして、小さくて悲しげな声で続けた。「ええ。もちろん彼を選ぶわ」

声に出して認めたのははじめてで、そのことばは恐ろしいと同時につらいものだった。リリーはアレックを望んでいた。これまで望んだどんなものよりも。「でも、彼はわたしを望んでいないの」

「ああ、リリー」セシリーが台に上がってきてリリーを抱きしめた。友人に抱きしめられると気分がよくなると聞いていたけれど、そうはならなかった。もっと落ちこんだ。セシリーに身を任せて泣き叫び、悲しみを、絶望を、セシリーの足もとに捨て去ってしまいたくなった。

けれど、それを望んでいるうちに、なぜか真実を見つけてしまった。

抱擁されて、自分はひとりきりではないと感じたのだ。

「わたしたちにはもうひとりきょうだいがいるのを知っていた？」セシリーが言い、リリーは話題が変わったことにすぐにはついていけなかった。「セラフィーナっていうの」

リリーはうなずいた。「ヘイヴン公爵夫人ね」〈薄汚れたSたち〉の五人めで、公爵を結婚の罠にはめたと非難され、何カ月も前にロンドンから姿を消した人だ。

セシリーの顔が曇る。「セラフィーナは公爵の愛を勝ち取れなかったの。結局は」

愛が不可能なこともあるのだ。リリーにはそれがよくわかった。

ただ、新たな決意を抱いたような表情のタルボット姉妹のことはわかっていないようだった。「でも、あなたの公爵はちがう。彼の愛を勝ち取って。わたしたちが手伝うわ」

そんなことはもちろんできない相談なのだけれど、すばらしい幻想だった。

リリーが抱擁から出て涙を拭うと、セレステとセリーヌもそばに来てくれていた。リリーはひとりではなかった。四人のひとりになった。

ううん、五人だわ。

タルボット姉妹の背後にロンドン一尊敬される婦人服仕立屋のマダム・エベールがいて、ドレスを手に持って訳知りの鋭い目でじっと見つめていたのだ。「彼を選ぶのなら」腕を伸ばしてドレスを見せる。「彼を見つけなさいな。そして、これを着るのよ」

リリーが目を丸くしてドレスを受け取ると、友人たちから興奮のあえぎ声が漏れた。たったひとつの否定しがたい真実をもう一度口にする。「わたしは彼を望んでいる」

「それなら、彼はあなたのものよ」セシリーがなにもかも知り尽くしているという口調で言った。「正直な話、それで愛を勝ち取れないのなら、その人はそういう男なのよ」

16

タータンは誘惑的な服？

それとも、とんでもない流行？


アレックはまさかそんなことがあろうとは想像もしていなかったが、高齢の九番公爵夫妻がかつて所有していたケンジントンの町屋敷は、犬屋敷よりもひどいものだった。どうやら九番夫人は蒐集家だったようだ。対象はすべてのもの。

リージェント・ストリートのはずれにあるだれも住んでいないこの屋敷――九番公爵は夫婦そろって船の事故で悲劇に見舞われたとかなんとか、セトルワースが言っていた――に滞在した三日で、動物の小さな人形でいっぱいのテーブル、磁器の像だらけの棚、ティー・セットがぎっしり詰まったガラス扉の飾り棚に閉口していた。この町屋敷の使用人を最小限に減らしたときも、むだでいかれた蒐集品の埃を払うためだけのメイドを何人か雇い続けたにちがいない、とアレックは思った。

真夜中に屋敷に入ると、尻尾を激しくふるアンガスに迎えられ、小さな磁器の鈴がこれでもかと載った低いテーブルにその尻尾がもう少しであたりそうになった。そのとき、別の屋敷を選ぶべきだったことに思い至った。ここは獣――四本脚だろうと二本脚だろうと――にはふさわしくない屋敷だ。

アレックはしゃがんで犬に挨拶をした。「こんばんは、友よ」アンガスが掻いてもらおうと身を寄せてきて、願いがかなうと喜びのため息をついた。「少なくとも、おれたちにはたがいがいるな」顔を上げて広間を見まわす。「ハーディはどこだい？」

もう一頭の姿が見えなくても、それほど驚いてはいなかった――ハーディはこの三日間、愛しい人をなくしたかのようにため息ばかりつき、あてもなく屋敷をうろついていたからだ。知り合ってからの一週間であらゆるところにリリーの刻印が押されてしまっただけでも悲惨なのに、犬たちまで破滅させられてしまった。

あの晩、犬屋敷に戻るのはこれまででいちばん困難なことだった。リリーの将来を脅かさない別の屋敷を見つけようと決意していた。離れたところから彼女を守れるように。

犬屋敷に入ったとき、彼女は応接間で眠っており、犬たちはそばの暖炉のところにいた。プレードにペグの香水の香りがそのときも残っていなければ、リリーを置いて屋敷を出るなどできなかったかもしれない。だが、なんとかそうできた。おかげで惨めそうな犬と一緒だ。

アレックもため息をつくと、立ち上がって主階段を上がり、彼のために準備された寝室へと向かった。アンガスが暗がりのなかをついてくる。ハーディはなんとか生き延びるだろう。

スコットランドに戻ったら、いつもの毎日に戻り、いつものハーディに戻るだろう。自分もそうできるよう願うしかアレックにはできなかった。

時間がなくなりつつあり、スコットランドが約束のように前途に待ち受けていた。リリーの思い出のない場所。彼女の美貌の思い出のない場所。彼女の微笑みの。強さの。さまざまな方法で彼女を――。

愛したいと考えた思い出の。

勝手に浮かんだ思いをふり払う。おれは彼女を愛していない。愛したりするものか。愛するわけにはいかない。

あと三日、彼女から離れていればいいだけだ。

三日。

あの絵を見つけて破壊するのに三日。手に入れて当然の人生をリリーにあたえてやるのだ。彼女に人生を返してやる。そして彼女は無限の将来のひとつを選び、並はずれて強く美しく輝かしい人生を生きるのだ。

おれなしで。

その日、アレックはウェストとキングと過ごし、展覧会まで絵が保管されている可能性の高い場所を話し合った。そして、翌晩ホーキンズが舞台に立っているあいだに、アレックが舞台裏の部屋を探すという計画を練った。

アレックがそうしているあいだ、アレックがリリーを守っているあいだ、彼女は舞台より高いボックス席に留まり、スタナップと恋に落ちる。

そう思ったアレックは歯ぎしりをした。

それが彼女にとって最善なのだ。それが、彼女がすべて――悪口、うわさ話、真実――を生き延びる道なのだ。スタナップは明らかにリリーに夢中で、喜んで彼女の過去に目をつぶろうとしている。金も役に立ったのはまちがいない。それでも、スタナップはなかなかりっぱな男に思われた。

そういう男がリリーにふさわしい。きっといつの日か、スタナップは彼女に愛されるにふさわしい男になるだろう。

おれとはちがって。

荒々しく息を吐くと、とにかく眠ろうと小立像などの役立たずのがらくたがずらりと並んだ長い棚を無視して、主の続き部屋（マスターズ・スイート）とご丁寧にも呼ばれている部屋へ向かった。ひと晩ぐっすり眠りたかった。自己嫌悪の発作と、リリーのもとへ行きたいという耐えがたい欲望に苛まれずに。彼女の腕のなかに入り、過去がなくなって現在だけになるまで愛を交わしたい、という耐えがたい欲望に苛まれずに。

彼女しかいなくなるまで。

アレックは頭をふり、自分の部屋のドアの取っ手をつかんだ。不可能だと知りつつ、リリーを頭から追い出そうと懸命だった。部屋に入り、裸になり、リリーの手と口と心の思い出で体を硬くしてベッドに横になることになると知りつつ。

彼は大きなマホガニー材のドアに額を押しつけた。恥辱と欲望にどっと襲われ、グローヴナー・スクエアへ行って彼女を奪いたくてたまらなくなった。自分のものにしたくて。彼女に浸りたくて。結果など気にもせず。

アレックは必死で呼吸を落ち着け、両手をじっとさせた。

三日だ。三日くらいならなんとか彼女から離れていられる。

ドアを開けた彼は、部屋に入る前から、散乱した装飾品や薄っぺらな天蓋のついた脚の華奢なベッドを恐れていた。ろうそくが温もりのある黄金色の明かりを部屋に投げかけていた。ベッドの足もとにいたハーディが顔を上げ、どっしりした上掛けに尻尾を打ちつけた。

だが、アレックは犬を見ていなかった。

黄金色の明かりを受けたベッドの中央でぐっすり眠っているリリーを見ていた。

裸にアレックのプレードだけをまとったリリーを。

りっぱな男なら彼女をそのままにしてドアを閉め、別のベッドを見つけるはずだ。別の屋敷を。別の国を。

りっぱな男なら、最大の危険である自分自身から彼女を守る強さを持っているはずだ。彼女にまったくふさわしくないのに、彼女を自分のものにして放そうとしなくなる自分自身から。

おれはりっぱな男ではない。

ドアの取っ手を握る手に力がこもる。りっぱな男になろうとはした。なりたかった。だが、リリーの完璧さをここで目にしてしまったいま、アレックに力は残っていなかった。

リリーが欲しくてたまらなかった。彼女が欲しい。彼女を望んでいる。

ずっと彼女だけだったのだ。

その瞬間、アレックという人間のすべては彼女のものだった。そして今夜だけは、リリーは彼のものであると自分自身をだませるかもしれない。

アレックは廊下を指さしてハーディに命じた。「出ろ」

ハーディは即座に命令に従った。

ドアを閉めたアレックは、すでに彼女のもとへ向かっていた。ベッド脇で立ち止まり、眠っている彼女を見下ろす。ぱりっとしたシーツに赤褐色の髪が燃えるように広がっていた。ベッドは狭すぎるというわけではなかった。リリーにとっては完璧な大きさだった――私室に休む妖精の女王といったところだ。彼女が身じろぎし、赤いタータンから裸の肩が覗いた――ピンク色で完璧で、アレックを招いていた。彼は自分を抑えきれずにうめいた。

その声を聞いて彼女が目を開け、すぐに彼の目を見た。まるで、宇宙がふたりを紐で結びつけたかのようだった。アレックほど大柄の男がベッド脇にいるのを見たら驚いてもよさそうなものだったが、リリーは驚かなかった。それどころか、やわらかで眠たげな笑みを浮かべたので、アレックの体が邪な悦びで温もった。「帰ってきたのね」

彼女はおれを待っていたのか。

「どうやっておれがここにいるとわかった？」

笑みが大きくなった。「セトルワースと連絡が取れるのはあなただけではないのよ、公爵さま」磁器の動物たちがお茶会を開いている、数フィート離れたテーブルに目をやる。「この屋敷があなたの趣味に合うとは思いもしなかったけれど」

リリーをこれほど求めていなければ、アレックは笑っていたところだ。彼女の存在に心がバラバラになっていなければ。「どうしてここにいるんだ、リリー？」

彼女が目を瞬いた。そこによぎった疑念を見て、アレックは自己嫌悪に陥った。「わたし――」そこでことばを切り、大きく息を吸い、新たな確信をたたえた目で彼を見た。「あなたに会いに来たの」

ひざから力が抜けたが、それでもアレックは彼女のもとへ行きたい気持ちに抗った。彼女に触れたい気持ちに。欲望に降伏したい気持ちに。なんとか。彼は言った。「母がイングランド人だった」

しばしの間。「わたしの母もよ」

アレックはユーモア混じりの返事を無視した。目がきらめいていて笑いそうな彼女を見て、アレックはこれまで以上に彼女が欲しくなった。思っていた以上に、彼女はアレックをそそった。「母は美しかった。父は母にぞっこんだった。そう聞いている」

「そう聞いている？」

「おれが生まれるころには、どちらも相手を愛していなかった。ふたりはスコットランド――ハイランド――で暮らし、父は一族の蒸留所を経営した。母は父が地所持ちの裕福な男だと思い、たしかにそれはまちがってはいなかったが、事業――とそれに付随する地所――の運営は他人にやらせていたのではなかった。スチュアート家が何代も運営してきたものだった。父は小麦を収穫し、羊の毛を刈り、屋根にタールを塗り、厩の掃除をした。そして、母はそれを毛嫌いした」

アレックの話を聞いていた彼女が起き上がった。ブレードで体を包み、赤褐色の髪を肩に垂らしたその姿に見とれそうになるのをぐっとこらえる。話に集中した――教訓話だったものが、いまでは予言になっていた。「母はスコットランドには向いていなかったのだ、と父なら言うだろう。母は完璧すぎた。葦のように細かったが、葦のしなやかさはなかった。寒さや湿度や荒野にがまんできなかった。南の国境近くにあった一族の地所に引っ越した。イングランドに近いところに住めば、母も変わるだろうと父は考えた。かつて愛した女性に戻るだろうと」

「そういうものじゃないのに」リリーが胸もとでブレードを握りしめ、ちらりと見えた陰にアレックはそそられた。

「きみは前に、愛とは強力な約束だというようなことを言ったよな」そのとおりだ。「父はそれを直接学んだんだ。そして、おれも」

リリーの目が丸くなり、アレックはそこににじむ悲しみがいやだった。「なにがあったの？」

「父とおれを置いて母が出ていった」

リリーの口が開いて、小さく息を吸いこんだ。「いつ?」

息をするより彼女に触れたいアレックだったが、この物語は、この予言の物語は、きちんと語らなければならなかった。「考えてみたら、実際に出ていくずっと前に母は父とおれの心を見捨てたんだと思う。幸せそうな母を一度も見たおぼえがない」

リリーは彼から顔を背けなかった。「あなたという息子がいても?」

「おれという息子がいたせいでなおさらだ。おれはあまりにもスコットランド人だった。大きすぎる。粗野すぎる。畑から戻ると、母はがっかりして頭をふり、おれに言うのと同時に母自身に向かってもこう言ったよ。〝あなたのなにもかもが合わない〟と」

リリーの眉根が寄せられた。「それはどういう意味?　どこに合わないの?」

「ここに」小声のことばは記憶のせいでざらついていた。「公園で過ごす午後に。子どものころ以来、誕生祝いの贈り物をもらったことがないときみは話しただろう?」リリーは小首を傾げて無言の問いかけをした。「それは考えうるなかで最高の筋書きだとおれは思う。母はその日がおれの誕生日だったことすら知らなかったんじゃないだろうか」

なんてばかなことを思い出しているのだろう。三四歳のおとななのに、子どものころの誕生日を重要であるかのように考えている。アレックは咳払いをした。気を取りなおそうとした。「やがて母は逃げた。何カ月も具合が悪くて――肺病だ――その原因がスコットランドだと思いこんだ。死ぬと思いこんだ」アレックは顔を背けた。「おれが原因だと思っていたのだろうかとしょっちゅう考えるよ」

「お母さまはそんなことを思ってらっしゃらなかったわ」そう言われ、アレックは彼女を見ずにはいられなくなった。灰色の目を見つめ、そこにある確信に浸らずにはいられなくなった。「あなたが原因ではなかったのよ」

ほんの一瞬、自分の全世界が崩壊したあの当時にリリーがいたら、自分はどんな人間になっていただろうか、と訝った。

彼女ならおれを救ってくれたかもしれない。愛してくれたかもしれない。

赤毛で完璧なかわいらしい娘たちを産んでくれたかもしれない。娘たちはリリーの縫った服を着て、アレックの心を修復してくれたかもしれない。

だが……。「母はイングランドに戻って二週間もしないうちに亡くなった」

リリーがあえぐように彼の名前を呼んで手を伸ばしてきたが、アレックはその手の届かないところに逃げた。彼女に触れられたら、自分がなにをするかわからなかったのだ。「あなたがお母さまを殺したわけじゃないわ」

「わかっている。だが、母を救うこともできなかった」

リリーは首を横にふった。「みんなを救うなんて無理よ」

「家を出られる年齢になると、おれも逃げた。イングランドへ。学校へ。父は――」アレックはそこで口をつぐんだ。

「お父さまがどうしたの？」リリーが彼の手に視線を落とした。その傷痕は毎日アレックに父を思い出させた。

リリーは彼を見つめていた。ありえないほど美しかった。「学校に通っていたころ、神話について学ばされた」彼女の眉が困惑しているようにひそめられたが、アレックは彼女になにか言う暇をあたえなかった。「ギリシア語から翻訳させられたんだが、みんなその授業が大嫌いだった。キングは抜け出すのに手を尽くした。おれに金を払って翻訳をやらせたのも一度ではなかった」

リリーが微笑んで横向きになると、ブレードがずれてウールが肌をこするかすかな音がした。「あなたは授業を逃げ出そうとはしなかったの？」

「そんな贅沢はできなかった」

彼女がうなずく。「まだ公爵ではなかったから」

〈スコットランドの野蛮人〉。

アレックは頭をふり、ブレードが彼女の臀部の丸みや胸の曲線にまつわりつくのを見つめた。「セレネのことは知っているか？」

リリーがやさしい笑みを小さく浮かべた。「月の女神よね」

アレックはうなずいた。「太陽神の妹で曙神の姉でもあり、タイタン神族の娘で、言語に絶する美女だった。セレネはとんでもない子どもだった――外見をころころ変え、落ち着きがなかった。思いのままに潮を動かし、天界を照らし、世界の不埒な行ないをおおい隠せた。太陽は毎日顔を出し、夕暮れも毎日来たが、月は気まぐれだった。断固としていて移り気。セレネは夜の女王だった」

リリーはうっとりと聞き入っており、アレックは彼女に触れたくて手がうずいたが、それでも近づくまいとした。

「ある晩、空を渡っているときに、その光が眠っている羊飼いを照らした」

「エンデュミオンね」リリーがそっとささやくように言った。

アレックはうなずいた。「彼はセレネが見たこともないほど美しかった——温和で善良で、セレネが望んでいたすべてだった。彼女はあっという間に恋に落ちたが、ふたりが一緒になるのは不可能だというのははっきりとわかっていた。彼と毎日一緒にいることはできなかった。一日中一緒にいるのも無理だ。彼と過ごせる時間はかぎられていた。つかの間だった」

美しくて秘密の場所——アレックがなによりも見たくてたまらない場所——をしっかり隠したプレードを押さえながら、リリーが体を起こした。「アレック——」神話を止められれば、ふたりの物語の結末も変えられるかもしれない、というような口ぶりだった。

「目を覚ました羊飼いは耐えられないほどの美貌のセレネを見て、やはりすぐさま恋に落ちた。彼は一日たりともセレネなしではいられなかった。一瞬たりとも。呼吸ひとつ分たりとも。そこで彼は、セレネなしの人生がどんなものかをぜったいに知らずにすむように、永遠の眠りをあたえてほしいと神々に懇願した」ついにリリーの肩にかかった髪を持ち上げ、それが指のあいだをすべり落ちるのを見つめた。なめらかな手触りにそそられたアレックは、その髪を手首に巻きつけて永遠に彼女の囚人になりたいと願った。

「彼女の一部でも自分のものにできるなら、羊飼いはそれがどんなに小さな部分でもかまわなかった」アレックは言った。

リリーの唇が開いて小さく息を吸うと、アレックは彼女に口づけたくてたまらなくなった。

「どうなったの？」

「ゼウスは羊飼いの願いをかなえた。エンデュミオンは不老不死で永遠に眠った。美しいセレネは毎晩彼を訪れて見つめた」

「そんな」リリーの灰色の目が不意に潤んだ。「ふたりは一生一緒になれなかったの？」

アレックが彼女の頬に手をあて、完璧な肌を損なう涙がこぼれる前に親指で拭った。「ふたりは永遠に一緒になったんだ」渇望のせいで低くざらついた声になっていた。「羊飼いは永遠に夢を見た……月をいつも自分の腕に抱いている夢を」

ふたりの視線がからみ合うなか、沈黙が続いた。アレックは、彼女に伝えようとしている教訓を自分の頭にもしっかり叩きこめと念じた。愛は常に幸福とはかぎらない、ということを。多くの場合、愛は悲しみであると。

そのとき、頬に触れているアレックの手に彼女が手を重ねた。「わたしはこの腕に月を抱きたくなんてないの、アレック」灰色の目でしっかりと見つめながらささやく。「あなたを抱きしめたい」

リリーがブレードを落とすと、黄金色のろうそくの明かりのなかに完璧な裸体がさらされた。アレックはブレードを追ってベッド脇にひざまずいた。欲望のせいで立ち上がれなかった。頭を垂れて彼女のこめかみあたりに向かって名前をささやいた。捧げ物だ。

リリーが彼に触れ、髪に指を差し入れた。「アレック」小さな声だ。「お願い。お願いだからわたしを選んで」

彼女以外を選ぶことなど不可能なのに。

アレックは顔を上げ、彼女に手を伸ばしてしっかりと支えた。「確信はあるのか、リリー」小さな声で言う。「おれを望んでいる気持ちに自信はあるのか。おれは粗野で野暮で、この先もずっときみにふさわしい男にはなれないかもしれない。だが、きみの気持ちを拒絶する強さがない」

リリーは目を丸くしたが、すぐに太陽のように熱くはっきりと言った。「わたしは子どもじゃないのよ。自分の心くらいわかっています。その心がどういう結果を招くかも。自分の行動が招く結果も。自分をちゃんとわかっているの。これからどうなるかも。そして、ええ、それを望んでいるわ、アレック」そのことばに粉々にならなかったとしても、リリーが身を寄せて唇をほんの間近まで近づけてきたときに粉々になった。

「わたしを愛して」

そしてアレックはリリーのものになった。その一夜に。永遠に。

17

〈粗悪な公爵〉、欲望のせいで破滅する！

アレックは彼女が空気であるかのようにキスをした。望んでいるのは彼女だけとばかりに。彼女は誘惑と罪であり、自分を止められないとばかりに。

そして、リリーはそれに浸った。彼の髪に両手を差し入れ、肩へ、腕へと下ろしていったが、もっと近づいてほしくて苦痛を感じるほどだった。一緒にベッドに入ってほしくて。少しだけ身を引いてそれを伝えようと、もっと近づいてと頼もうとしたところ、彼から見つめられていたのがわかった。アレックの茶色の目はほとんど黒になり、唇は彼女が嬉々として返したキスのせいで腫れていた。

「アレック」そうささやく。

「なんでも言ってくれ。おれはきみのものだ」

わたしのもの。

どれくらい長くそれを望んでいただろう？　どれくらい長くそれに憧れていただろう？　彼のような人――とてつもなくたくましくて、やさしくて、高潔な人――が自分を見つけてくれないかと、幾晩ベッドのなかで願っただろう？　自分をその人のものにしてくれないかと。愛してくれないかと。

そんな思いにリリーは目を閉じた。自分が贅沢を言いすぎなのはわかっていた。アレックには愛してもらえないかもしれない。でも、今夜彼がここに一緒にいてくれるかぎり、自分は彼を愛せる。それでじゅうぶんかもしれない。「わたしのもの？」小声で言った。

アレックは注意深く彼女を見ていた。その顔を記憶に留めておこうとしているかのようだ。リリーも彼の力強くて耐えられないほどの美しさを見て取っていき、彼のことばがほんとうでありますようにと願った。永遠に。「きみのものだ」彼が小さな声で言った。

そのことばは淫らに聞こえた。そのせいでリリーはそれをもっと望んだ。

彼女が頭をふる。「でも、あなたの色に包まれているのはわたしのほうだわ」

アレックの視線が裸の胸から腰のあたりでたまっているプレードへとすべり下りた。手を伸ばし、ほんの軽くプレードに触れたあと、眉根を寄せてリリーを見た。「これはおれのプレードじゃない。スチュアート家のタータンであることにはまちがいないが、おれのよりかなりやわらかい」

リリーはうなずいた。「カシミアなの。今朝、店を出る前に婦人服仕立屋がくれたのよ……」マダムのことを考えたくなくて、ことばが尻すぼみになった。自分がそこにいた理由を考えたくなくて。劇場へ着ていくドレスのため。嫁入り支度のため。店にいたあの女性のことも考えたくなかった。アレックの恋人。けれど、アレックはリリーにそんなことを考えさせなかった。美しい茶色の目で彼女をとらえた。「おれが粉々になるのを知っていたんだな」

リリーは微笑んだ。「そうなるといいなと思ってはいたわ」

アレックが彼女の肩にキスをした。「ここだ」キスをした場所にささやく。「この部屋に入ってきたとき、目に飛びこんできたのがこれだった。おれのタータンをまとったむき出しで完璧なこの肩。そしてきみは……」彼の唇が鎖骨へ、胸の膨らみへと下りていく。「きみは……スコットランドの女王にもなれるくらい美しい」

彼は胸の頂を口にふくみ、そこが硬くなり、彼のあたえてくれるものすべてを欲しいと懇願するまでじらした。リリーは抗うべきだとわかっていた。恥ずかしく思うべきだと。けれど、相手がアレックだと恥ずかしさなど感じなかった。まちがっているとも感じなかった。この瞬間が——自分の目的だったのだと感じた。アレックは彼女の宿命だった。刺激的な愛撫に叫び声をあげると、張り詰めた肉体を甘嚙みされ、リリーは彼の名前を呼び、もっと欲しいとあえいだ。

アレックが顔を上げた。「こうされるのが好きか、モ・クリーユ?」

リリーは彼の肩を愛撫し、その手を上げて顔を包むと、キスできるように傾けた。彼の唇に向かってささやく。「あなたがしてくれることなら、なんでも好きよ」

アレックが主導権を握り、舌を深く差し入れて、彼女は自分のものだと主張した。キスをするたびに彼のことを思い出さずにはいられないようにした。この瞬間のことを。この夜のことを。

たっぷりのキスで愛撫され、やわらかで罪深い悦びで頭がいっぱいになったリリーは、彼がタータンをひざからどけたことにも気づかなかった。彼の指が深く潜りこんでゆったりと愛撫して、リリーもようやく気づいた。はっきりと。

リリーは触れられて身もだえし、彼の唇に悦びの吐息をついた。

「きみはハッカの味がする」長々とリリーの唇をなめたあと、彼が言った。「どうしてそんな味がするんだ？」

「セシリーよ」ため息をつく。アレックの指に誘惑され、遊ばれ、この先になにが待っているかを約束されて、頭がまともに働かなかった。

アレックが眉をつり上げた。目にはおもしろがっている色があった。「これもタルボット姉妹の秘訣（ひけつ）なのか？」

「いい味をさせたかったの」リリーの頬が赤く染まる。

アレックがじっと見つめながら指を深く潜らせたので、リリーは一度、二度とあえいだ。彼はその指を引き抜いて、何日も前に馬車のなかでしたように口もとへ運んだ。その指を深くくわえて彼女の秘密を味わうのを見て、リリーはまっ赤になった。その光景に胸がうずいた。「きみはすばらしい味がする。ハッカなんて必要ないよ」身を寄せてリリーの顎から耳へとなめていく。「きみを食べてしまいたい」

頬が燃え上がり、リリーは気恥ずかしさで死んでしまいそうになった。そのとき、アレックが指をまた潜らせて動かし、引き抜いたその指でリリーの胸の先に気怠げに濡れた円を描いた。「きみを食べてもいいかな、ラス？」

リリーが返事をする間もなく彼がふたたび動き出し、なめたり吸ったりしながら下へと移動していった。リリーは快感の吐息をつき、もっと欲しくて自分の体に彼を押しつけた。もう一方の胸にも同じ愛撫をくわえられると欲求に襲われ、名づけられないなにかを求めてもだえた。

リリーは彼の顔を上げさせた。「アレック」そっとささやいて、身をよじってベッドをきしらせた。「お願い。来て」

アレックが首を横にふる。「まだきみを味わい終わってないんだ、愛しい人」

愛しい人。

親愛の情を示す呼びかけをされて、リリーはまた身をよじった。彼にベッドの端まで脚を引っ張られ、そして――リリーは目を閉じた――太腿を大きく広げられた。「あおむけに横になって」深くざらつく荒々しい声だった。

リリーは目を瞬いた。「あなたは……？」

「きみを味わうんだ」大きな手でリリーの脚をなで上げ、太腿の内側に手を入れ、脚のつけ根まで動かして淫らな約束をすると、リリーの鼓動が跳ね上がった。彼にあまりにもじっと見つめられ、そのまなざしの熱さに耐えられなくなって目を閉じた。

ついに太腿の片方にキスを落として彼が言った。「ここは完璧だ――驚きはしないが。なめらかで濡れていて、おれを懸命に求めている。ちがうか？」

「わからない」彼がなにをしようとしているのか、急に不安になった。彼にどんな気持ちにさせられようとしているのかが。

リリーの返事を聞いて彼がうなった。「そうなんだよ。きみはおれが触れたなかでもっとも完璧な人だ」太腿のやわらかな肌に唇を押しつける。「その体でおれに謙遜の気持ちを抱かせる」

リリーは彼に触れてもらいたくて、思わず体をすり寄せた。「これはあなたのものよ」ささやき声で伝える。「わたしのすべては。わたしはあなたのもの」

アレックは返事の代わりにうめき、ひざの内側をついばんだと思ったら、彼女の片方の脚を肩にかついでリリーをぎょっとさせた。「まちがってるぞ、愛しい人。きみはおれのものじゃない。おれがきみのものなんだ」リリーの熱い中心をおおう巻き毛にキスをする。「きみの唇はスコットランドみたいな味がする」彼女の中心に向かってささやいた。「だがここは、天国みたいな味がする」

そしてその輝かしい秘密の場所に彼がキスをし、リリーは驚きと快感にあえぎ、言われたとおりにあおむけになって愛撫されるままになった。アレックの名前を吐息に乗せ、両手を髪のなかに入れる。「アレック」小さな声だった。「わたしはあなたのものよ。永遠に」

そのことばを聞いてたがはずれたらしいアレックは、荒々しく、死にもの狂いで、淫らで、すばらしかった。低いうなり声はリリーの芯まで震わせるようで、彼女もアレックと同じくらい荒々しい反応を見せた。同じくらい死にもの狂いになった。彼の髪を握りしめ、躊躇なく彼を引き寄せながら自分もすり寄っていった。

アレックが両手で彼女を持ち上げ、ごちそうのように抱え、リリーの秘密をすべて見つけ、同時にリリーが望んでいたすべてをあたえてくれたので、彼女は叫び声をあげた。「あなたのものよ」何度も何度もささやき、彼の愛撫でますます高くへ追いやられ、ついには大声で激しく叫んでしまった。

それを聞いてアレックが顔を上げたので、リリーはなにかとても輝かしいものの崖っ縁に置いてけぼりとなった。太腿にキスをされ、小さな円を描くようになめられて彼を見ると、すばらしいまなざしを上げてきた彼と目が合った。「やめたのね」

ずいぶん長いあいだ彼は動かず、それから身を乗り出して濃い色の巻き毛にそっと息を吹きかけた。リリーは身もだえした。彼の名前を呼んだ。

「どうやって証明すればいい？」リリーの中心に目を据えたまま、もの憂げに言う。

「証明するってなにを？」

「おれのほうがきみのものなんだと」

リリーにはそんな話をしている余裕などなかった。「アレック。お願い」

アレックが彼女の芯を舌でゆっくりたっぷり愛撫すると、リリーは叫んだ。彼が美しい笑みを大きく浮かべる。「きみのものなのはおれのほうだ、モ・クリーユ。それを証明するにはなにをすればいい？」アレックの笑い声は低く、太く、液体のようになめらかだった。「ほら。ろうそくの明かりのなかで体全体がピンク色になったのは、なにを思い浮かべたせいか話してくれ」

「わかっているでしょう」リリーがため息をつく。哀れっぽい声になっていた。

「ああ」世界中の時間が自分たちのものだと言わんばかりだった。「だが、命じてほしいんだよ、愛しい人。きみにおれの女神になってほしいんだ。そして、おれを召使いにしてほしい。きみが美しいことをわかってほしい。誇り高い人であることを。完璧であることを。おれはそれを崇めたい。全身で」

アレックのことばがリリーに火をつけた。

ふたりの頭がおかしいとしても、どうでもよかった。

リリーはどうしてもまたキスをしてもらいたくて彼を見た。「だったらやって」

アレックがもの問いたげに眉を上げる。「ことばにして言ってくれ」彼の愛撫を受けて、リリーはまた弓のように張り詰めた。「わたしを賛美して、アレック、と」

そのことばは激しい快感をもたらした。「わたしを賛美して、アレック」

「わたしを崇拝して、アレック、と」

リリーは目を閉じた。「わたしを崇拝して、アレック」

「キスして、アレック」

「キスして、アレック」

そして、彼はそうした。彼女をごちそうのように自分のほうに持ち上げ、ゆっくりと堪能してリリーを気も狂わんばかりにさせた。彼女は腰を上げ、連禱を何度も何度もくり返し、ふたたび崖っ縁まで来た。今度は、リリーが崖っ縁から落ちつつあるあいだもアレックは愛撫をやめなかった。荒れ狂う快感のなかでリリーの意識にあるのは、彼の手と口と舌だけだった。

そして、彼にしがみつき、彼に言われた命令を叫んでいるとき、リリーは別の命令もくわえた。「わたしを愛して、アレック」

わたしを愛して。

彼はそのとおりにした。その瞬間、たとえ二度とくり返されないことだったとしても、アレックは彼女を愛してくれた。リリーにはそうとわかった。

快感を味わって地上に下りてくると、リリーは彼をもっと感じたくて、彼のすべてを感じたくて引き寄せた。アレックは彼女の体の上に乗ってきた。ベッドは小さすぎると同時に完璧な大きさでもあった。なぜなら、彼がすぐそばにいて触れられるからだ。そして、アレックが温かくてすばらしいキスを彼女の顎から耳にかけて落としていくと、その動きでベッドがきしんだ。

リリーはキルトの裾に手を伸ばし、その下の筋肉質で温かな肌に触れた。長くたくましい太腿を上へ上へとなでていっても、触れるのは温かな肌だけだった。リリーは衝撃を隠せなかった。「下着をつけていないのね」

アレックが顔を上げて目を合わせてきた。「ああ」

「セシリーが知りたがっていたわ」

彼が深い口づけをした。「セシリーは、彼女自身のスコットランド人を見つけて確認すればいい。おれは売約ずみだ」

わたしのもの。

そのことばに勇気づけられ、リリーは体の前へとたどっていった。そこは彼女のために張り詰め、硬くて熱くて――。

リリーに触れられて彼が快感の息を吐く。「リリー」

「あなたはすばらしいわ」そうささやく。

「おれは大きすぎる。野獣だ」

長くて官能的な彼をリリーはなでた。「あなたは完璧すぎるわ。男らしい」

アレックは目を閉じて彼女と額を合わせた。「ありがとう」

そのことばにはなにかがあった。苦痛を感じ取ったのが気に入らなかった。疑念など感じ取りたくなかった。リリーは動かなくなった。「アレック？」

彼は頭をふった。「やめないでくれ。くそっ、リリー。やめないでくれ」

リリーはやめず、何度もくり返し彼をなで、彼の大きさと強さにふけった。「話し合いたい小さなことがあるのだけれど」

アレックが息を吐くように笑った。「〝小さな〟ということばは、きみにそうされているときにはちょっと不安になるな、ラス」

リリーは彼を愛おしげにたっぷりとなで、ついには快感のうめきをあげさせ、自分でも快感をおぼえた。「いまのが気に入ったわ」

「おれほどじゃないのはたしかだな」アレックははたと動きを止め、それからキスをしてつかの間なにも考えられなくした。「なにについて話し合いたいんだ?」

リリーは思い出すのに苦心した。「あなたは服を着たままでしょう」

彼がリリーの目を見つめてきた。「それで?」

キスをし、愛撫をし、息と思考を奪うのはリリーの番だった。しばらくしてようやくこうささやいた。「だから、あなたが……服を着ていないことを望むわ」

アレックが目を閉じる。「それはまずいと――」

「あなたはわたしのもの?」ささやき声で問いかける。「嘘偽りなく?」

アレックの目がぱっと開いた。「永遠に」

そのことばでリリーの心が開かれた。明かりが射しこんだ。「それなら証明して、アレック。おれを賛美してくれ。崇拝してくれ。キスしてくれ。そう言って」そこで止めた。

アレックが続きを言った。「おれを愛してくれ」小声だった。

リリーは真実を答えた。「愛しているわ」

アレックがまた目を閉じ、その顔に苦痛がよぎるのをリリーは目にした。いまのことばが贈り物ではなく呪いであるかのように。リリーの奥深くで疑念が燃え上がった。「ごめんなさい」彼女の恐怖がアレックに目を開けさせた。「真実を止められない。あなたを愛しているの」

彼は答えなかったが、リリーが望んでいるものをあたえてくれた。立ち上がり、服を脱いでがっしりした広い胸と、筋肉のうねる引き締まった腹部と、リリーと同じくらいアレックも彼女を求めているらしき部分をあらわにした。

アレックが彼女のもとに戻ってきて、その重みでベッドがきしんだ。リリーも手を伸ばして脚を広げると、彼がそのあいだに入ってきておおいかぶさったが、腕を突っ張って体重をかけないようにして守ってくれた。「謝ったりしないでくれ。その気持ちをたいせつにするよ。永遠に。おれがその愛にふさわしくないときみが悟ったときも」

リリーは眉をひそめたが、説明してほしいと頼むことはできなかった。彼からキスをされ、なでられ、導かれ、守られていたからだ。アレックが神々しいまでの完璧な動きでなかに入ってくると、リリーは吐息をつき、あえぎ、彼にしがみついた。アレックは彼女の反応を見つめ、彼女が望む場所を見つけ、すべてをあたえてくれた。やがて――ふたりのリズムを見つけると――アレックは腰をぶつけ、まわし、リリーをさらなる高みへと押しやった。リリーは彼にしがみついてその名前を叫び、これまで口にしたこともないことばで懇願した。もっと強く。もっと速く。もっと深く。

そして、彼は一も二もなくあたえてくれた。容赦なく。

「目を開けてくれ、リリー」彼女の耳もとに口をつけ、舌でその耳を愛撫しながらささやいて、彼女を欲望でおかしくさせた。リリーが目を開けると、欲望で重たげなまぶたをした彼に見つめられていた。「おれを見るのをやめないでくれ、愛しい人」

「けっして」リリーもささやき返す。「けっしてやめないわ」

「きみが必要だ。これが必要だ。これなしにどうやってこれから生きていけばいいのかわからない」

「そんなことにはけっしてならないわ。あなたを愛しているのよ」

またキスをされたリリーは、彼に心を盗まれただけではないことに気づいた。息を奪われただけでもない。彼は恥辱感を取りのぞいてくれたのだ。

リリーは彼のものだった。そして、そこに自分自身を見つけた。力を見つけた。

それはすばらしく気分のいいものだった。

ふたりはともに激しくすばやく絶頂に向かい、ついに到達したそこは、天国が開いてふたりの上にこぼれてきたかのようだった。悦びに満たされ、たがいの名前を口もとにささやき合うと、地面が消え失せた。

ちがう。消え失せたのは地面ではない。

ベッドだ。

ふたり分の重みに、ふたりの爆発的な快感に耐えきれず、細い脚の一本が折れ、ベッドが傾いて投げ出された。リリーは悲鳴をあげ、アレックは落ちるときに彼女を守って床に激突して低くうめいた。

リリーは状況を把握するのに時間がかかった——人生でもっともすばらしい体験をベッドでしていたと思ったら、次の瞬間には寝室の床の上でアレックの胸に乗りかかっていたのだ。ちょうど彼女がいまのできごとを受け入れたとき、なにかが裂ける音がしてアレックが悪態をつき、すぐさま転がって彼女を床にあおむけにして、その上におおいかぶさった。直後に天蓋が落ちてきてふたりを直撃した。大きな木片がアレックの肩にぶつかってそばのテーブルをひっくり返し、載っていた磁器のリスのティーカップが床に落ちて割れた。

驚いたことに、犬たちがようやく吠えたのはそのときだった。

リリーは笑い出した。これほど幸せな気分になったのは生まれてはじめてだった。このめちゃくちゃになった部屋で、ようやく、ついに、完全になったと感じたのだ。裸で、寒くて、床の上にいて……守ってくれる愛する男性の腕のなかにいる。恥辱感はなし。利用されてもいない。

生まれてはじめて、まったく孤独を感じなかった。

安堵と喜びと感激でいつまでも笑っていたが、やがてアレックが彼女の上からどいて、落ちた天蓋を持ち上げて座った。楽しんでいるのは自分だけだとリリーは気づいた。アレックは無表情だった。

リリーは即座に笑うのをやめて体を起こした。「アレック？」

「これはまちがいだった」

冷たい恐怖に襲われたが、リリーは精一杯それを無視した。彼のことばをわざと誤解した。

「そうね、もっと頑丈な家具を入れたほうがいいと思うわ。もしいまみたいなすてきな――」

「ベッドのことじゃない」

リリーはわからないふりをしなかった。首を横にふる。「まちがいなんかじゃなかったわ」

まちがいであるはずがない。こんなに完璧で、こんなに正しく感じられるものが、まちがいだなんてありえない。

彼はまちがいなんかじゃない。

でも、わたしは……。

彼に大きくて筋肉質の背中を向けられると、疑念が耳打ちしてきた。アレックは彼女をふり向かないまま言った。「まちがいだったんだよ」

ギリシア神のようにすばらしい体をしたアレックが立ち上がるのを見て、リリーは彼から聞いた物語を思い出した。そして、一瞬でも愛する人を失うくらいなら、その人の夢を永遠に見続けることを選んだエンデュミオンの気持ちが、不意に理解できた。選択肢をあたえてもらえるなら、リリーだって永遠に眠ることを選ぶだろう。それがアレックを味わうことを意味するのなら。

「結婚しなければならない」

あまりに静かな声だったので、リリーは危うく聞き逃すところだった。というよりも、彼がそう言ったのを信じないところだった。そのことばほど聞きたいと願ってきたものはなかった。それなのに、そのことばのせいでリリーは打ち砕かれた。そのことばににじむ感情――くっきりはっきりとした後悔――は否定のしようがなかった。

しなければばならない。

まるで、それが試練であるかのようなもの言い。まるで、彼はそれを望んでいないかのような。もちろん、彼が望むはずもないでしょう。

わたしはだれもが知っている醜聞なのだから。そして、彼は公爵さま。

リリーは落ちた天蓋の下敷きになっていたブレードを引き抜き、真実から身を守りたくてそれをまとった。

アレックは悪態をつき、ブレードと、ふたりの愛の行為でバラバラになったベッドを視線でなぞった。「おれはなにをしてしまったんだ?」小さな声だった。

自分を恥じ入らせる辛辣なことばを聞いて、リリーは立ち上がった。傷つくのを拒んだ。

「わたしと結婚してくださる必要はありません」落ち着いて聞こえるように努める。冷ややかに聞こえるように。

アレックが眉をひそめた。暗がりのなかで彼の顔が鋭く見える。屋敷の玄関を壊されて以来はじめて、彼のなかに荒々しい獣を見た。リリーがしゃべらなかったかのように彼が返事をした。「おれたちは結婚する。それしか道はない」

夢のなかで、リリーはこの瞬間を想像していた。アレックから求婚される場面を。けれど、夢のなかのアレックは情熱から求婚してくれた。愛から。義務からだったことは一度もなかった。後悔の念とともにだったことがないのはもちろんのこと。

ウォーニック公爵アレック・スチュアートとの結婚は、リリーの最大の願望だったかもしれないが……こんなのは望んでいなかった。

彼には自分の持っているすべてを捧げた——愛を。でも、彼にとってはそれではじゅうぶんではなかった。だから、あとひとつだけあったものをあげた。

自由を。

「お忘れかもしれないけれど、わたしに結婚を無理強いすることはできないのよ、公爵さま」

後見人条項でもっとも重要なものを持ち出されたと気づき、アレックが目を丸くした。

「リリー」声に警告がこもっていた。

これ以上彼の目を見ていられなくて、リリーはドアのほうに向いた。「わたしを選んだことを後悔するような人とは結婚しません。そんなことを言える立場ではないかもしれないけれど、せめてそれくらいの矜持（きょうじ）は持っていたいの」

返事があるとは期待していなかった。それどころか、恐ろしいほどの怒りがこもった返事をされて驚いた。「なんなんだよ、リリー」詰りの強い、低くどすのきいたどなり声だった。ふり返ると、たくましい裸の胸の筋肉が抑えきれない怒りのせいで波打っていた。「後悔するのはおれのほうだと思っているのか？　恥じるのはおれのほうだと？」

「そうよ」困惑して続ける。「そうに決まっているでしょう。〈麗しのリリー〉と結婚するですって？　破滅した〈ミス・ミューズ〉と？　公爵さまにとってそれ以上ひどい選択はあって？」

アレックが近づいてきた。リリーは抱きしめられるのかと思ったが、彼は急に足を止めてすばらしい胸の前で腕を組んだ。「リリー」その声はもはや怒ってはいなかった。疲れ果てていた。諦めていた。「断言する。きみを選んだことを一瞬でも後悔などしない。だが、きみは……おれたちが分かち合ったすべての時間を後悔するだろう」

ありえない。

「ぜったいに後悔などしません」いったんことばを切る。「アレック。言ったでしょう――あなたを愛しているの」

アレックは彼女から顔を背けて上着を手に取った。「家に連れて帰ろう」

ここがわたしの家よ。どこだろうとあなたのいるところが家なの。

涙がこぼれそうになり、必死でその思いに抗った。そして、たったひとつの質問を口にした。「どうしてなの？」

つかの間、彼は答えてくれるものと思った。喉と視線が部屋のなかで唯一動くものだった。答えて、と念じた。あなたにはどんな悪魔がいるのかを見せて、と。けれど、アレックが口にしたのは返事ではなく宣言だった。

「おれはだめだ。別の男にしろ。ふさわしい男に」それからこうも言った。「絵はかならず見つけよう。そして、きみを自由にしてやる」

18

〈スコットランドの野蛮人〉、スコットランドの芝居に姿を現わす

邪な行為

〝イングランドがおまえを破滅させるだろう〟

子どものころ、アレックは何十回、何百回とそう言われた。イングランドに行かせてほしいと父親に頼むたびに。母を追うために。母を賛美するために。母が愛した場所――スコットランドの国境地などよりも遥かに多くのものを約束してくれた世界――を見つけるために。

〝イングランドがおまえを破滅させるだろう〟父はそう言った。〝私を破滅させたように〟

そして、いま、それが真実となった。

父と同じくアレックも、自分にはもったいないイングランド人女性を愛してしまった。だが、父とはちがってアレックは、失望だらけの将来から彼女を救うためならなんだってするつもりだった。

〝あなたを愛しているの〟

彼女にあんなことを言わせてはいけなかったのだ。そのなかに浸ることを自分に許してはいけなかったのだ。

そのことばはいまでもアレックのなかで暴れまわり、彼をうずかせていた。頼みさえすれば彼女が自分と一緒にいてくれるとわかっているせいで、この先のすべてがより一層困難になるだろう。自分と一緒にいるためなら彼女が身を落とすとわかっているせいで。

そんな人生から彼女を守る方法はひとつだけだ。彼女が夢見る人生をあたえてやれる最後の機会。だからアレックはホーキンズ劇場でいちばん大きなボックス席――新聞王と伝説的な貴族の妻のダンカン夫妻が所有するもの――にひとりきりで立ち、芝居がはじまるのを待っていた。体に合った上着とズボンを着ているものの、今夜のあいだにゆっくりと窒息させられそうな気分だった。

「恐ろしく見えるぞ」カーテンをくぐってボックス席に入ってきたキングが言った。魅力的な妻と腕を組んでいる。

アレックは侯爵夫人の手に向かって深々とお辞儀をした。「マイ・レディ、こんなぶっきらぼうな夫に辛抱強く耐えているあなたには、いつもながら感服しますよ」

ソフィが笑った。「ご想像のとおり、かなりの試練なんですよ、公爵さま」しばし躊躇する。「よけいなことかもしれませんけれど、あなたは少しも恐ろしげではないですわ。とても颯爽(さっそう)としていると思います」

「でも、私ほど颯爽としているわけではないよな?」夫のキングが割りこむ。

ソフィは目をぐるりとまわしてみせたが、キングの脇に抱き寄せられこめかみにキスをされて顔を赤く染めた。「かわいそうなエヴァースリー侯爵。世間に中傷されてばかり」

キングの愛情表現のキスがむき出しの肩へと移り、オペラグラスで覗いている女性たちをぎょっとさせているのはまちがいなかった。「すごく傷ついたぞ、愛しい人。今夜はあとでその傷を癒してもらわないとな」アレックは、ソフィが鋭く息を呑む音を聞かないようにした。キングが彼をふり向く。「たしかに颯爽としているな、ウォーニック。私の使っている仕立屋に行ったとみえる」

「ああ」友人夫婦から目をそらして劇場を見まわした。

「ここに来るためにか?」キングが無邪気に訊いてきたので、アレックは危険が近づいているのを察知した。「それとも、それとはまったく別のことのためかな?」

「キング」妻のソフィがそっとたしなめる。

「ごく当然の質問じゃないか。美貌の被後見人とその無口な後見人についてはいろいろと話を聞くからな」

アレックが友をにらんだ。「どうしておれが彼女のために服を着なくちゃならないんだ?」

「どうしてだろうな?」キングが言い、アレックは彼の気取った笑いを拭い去りたくてたまらなくなった。

「彼女をほかの男と結婚させるのが目標だ」

そう言ったものの、もはや完全にそうというわけではなかった。アレックは彼女に結婚してもらいたくなかった。自由でいてもらいたかった。選択肢の世界を広げてやりたかった。彼女が望む将来――それがどんなものであれ――をあたえてやりたかった。

〝あなたを愛しているの〟

それがなんであろうと、アレックには理解できなかった。

「その目標はわかる」キングだ。「ただ、そもそもの発端がわからない」

アレックはまなざしを険しくして侯爵を見た。「それはどういう意味だ?」

「女性にほかの男を無理やりあてがおうとするのがわからない。すぐそばに見こみのある男がいるっていうのに」

「キング」侯爵夫人がまたたしなめた。

キングが妻をふり向いた。「こいつを見てくれよ。学生のころから一度だって、アレック・スチュアートが体に合ったイングランドの三つ揃いを着たところなど見たためしがないんだぞ。彼がだれのためにそんな格好をしているのかは明らかなんだから、結婚すれば……」キングのことば尻がしぼんだ。アレックは歯を食いしばった。

やめろ。理解するんじゃない。

キングの目に理解が宿った。「きみは彼女と結婚するつもりがないんだな」

「そうだ」

哀れみが理解を追い払った。アレックはキングから自分を救いたくて、ボックス席から飛び降りようかと思った。ふたりにしか聞こえない彼の小さな声から自分を救いたくて。「アレック、学生時代はもうずっと昔なんだぞ」

「わかっているさ」アレックはぴしゃりと言った。

「ほんとうかな?」キングはしばし間をおいた。「きみは学生のころとはちがうんだ。おとなの男なんだ。彼女はきみを受け入れるだろう。きみのすべてを。彼女は幸運――」

アレックは友人に続きを言わせなかった。「やめろ。こういう筋書きで幸運なのは彼女だなんて、ぜったいにほのめかしもするな」

キングが目を丸くした。声も大きくなる。「きみは公爵なんだぞ。彼女は破廉恥な娘――」

アレックの目が険しくなった。「彼女をもう一度破廉恥と言ってみろ」

利口なキングは口を閉じたままでいた。

「おれは自分が公爵だと大きな顔をできない。継承順位が一七番めだったんだからな。いまいましい茶番劇の段取りみたいにだ。おれのほうが彼女より劣っていてむかつくほどだ」アレックは目をそらした。「だが、それはどうでもいい。おれは彼女の将来じゃないんだから」

アレックには彼女を破滅させない機会がある。彼なしでいさせる機会が。彼女の思うままに生き延びさせる機会。後悔させない機会。アレックはその機会をつかむつもりだった。

そして、自分にはとてもなれないほど善良な男に彼女を託すのだ。

たいていの状況であれば、もっとも高潔な行ないは彼女と結婚することだとわかっていた。だが、アレックにとって高潔な行ないとは、善良な男と幸せになり養ってもらう場所をリリーに作ってやることだった。恥辱とは無縁の男と。

前夜は悲惨な過ちだった。

リリーに抗えなかったことで罪悪感に苛まれていた。自分の体と過去で、そして欲望で、彼女をふたたび破滅させてしまったことで。

罪悪感。後悔ではない。

リリーに触れたことをけっして後悔などしない。

そして、それがおれの罰になる。

ある場面がぱっと浮かんだ。彼の粗野さの証に包まれている、ほとんど裸のリリー。壊れたベッド、めちゃくちゃになった天蓋、床に落ちて割れた磁器のティーカップ、完璧さを体現したままのリリー。荒廃のなかの女神。

アレックの手が招いた荒廃。

アレックが触れたせいで。

それを強く意識した彼は、リリーに真実を告げるしかなかった。

〝きみはおれを選んだことを後悔するだろう〟

だが、アレックがリリーのためにしたことを彼女は後悔しないだろう。それについては自信があった。だから彼は今夜ひどく着心地の悪い三つ揃いを着てここに来て、芝居がはじまるのを待っているのだ。そうすれば罪を犯す行動に出られるから。

そして、愛する女性に彼女にふさわしい人生をあたえる。

カーテンが揺れて、貴族の妻と腕を組んだウェストが入ってきた。ふたりは王族のように見えた。ニュースが人を持ち上げたり破壊したりし、貴族の足もとで地面が揺らぐこの新たな時代には、たしかに王族なのだ。あと何年かのちには、ニュースが味方についてくれさえすれば、女性はリリーのような醜聞を生き延びられるようになるだろう。世間は女性の真実を目にすることになる――輝くばかりに美しく、賞賛のみをあたえられるべきだと。

だが、いまはそうではない。

いまは、新聞よりもっと多くのウェストの協力が必要だ。

ウェストはアレックと目が合うと、ボックス席に入ったところから会釈した。そうしておけば、妻としっかり腕を組んだままそばに来たときに、正式な挨拶をせずにすむからだ。アレックのほうは、女性がいるせいで同じようにはできなかった。夫は平民だが、彼女の称号を口にしてお辞儀をする。「レディ・ジョージアナ」

彼女が大きく美しい笑みを浮かべた。「公爵さま」アレックの手に手を置いて、公爵夫人ですら恥じ入らせるほどひざを深々と折ってお辞儀をした。「称号は使っていないの。ミセス・ウェストよ」そう言って夫をふり返る。「そのことに計り知れない誇りを感じているわ」

そのことばにこめられた愛は紛れもなく、カゲロウのようにはかないものをつかんだ夫婦に囲まれたここで、アレックは長いあいだではじめてその感情を信じている自分に気づいた。このボックス席はリリーにとって祝福となるかもしれない。彼女がかつて夢見ていた愛をもたらしてくれるかもしれない。

それを最後まで考えるよう自分に強いながらも、アレックは胸に痛みを感じていた。喉をふさぐ塊を押しのけ、ウェストを見る。「見つかったと言ってくれ」

ウェストは外套のポケットから一枚の紙を取り出した。「そんなことを言うこと自体、最大の侮辱だ。決闘を申しこむべきだな」

「おれは広刃の剣を選ぶ。きみは結果を楽しめないだろう」アレックは紙を受け取った。「くそっ。スコットランド人というのはほんとうに原始的なんだな」

「わたしは広刃の剣ってすてきだと思うけど」ミセス・ウェストが淡々と言う。「あなたがそれを持っているところを見てみたいわ、だんなさま」

ウェストが妻をふり向いて低く邪な声で言った。「そうしてもいいよ」

アレックは呆れ顔になり、その場で紙片を開いた。観客が見ていようとかまわなかった。地図をじっくりと見て頭に叩きこんでから、ポケットにしまう。「どうやってこれを入手したのかは訊かない。だが、感謝している」

ウェストはずっと妻を見つめていた。「すばらしいつてがあるのでね。私にはとても無理なところまで広がっているつてが」アレックに注意を戻す。「きみが知っておくべきことがもうひとつある。ホーキンズはコヴェント・ガーデンの家から立ち退かされた。うわさ話を信じるのなら、彼はここで寝泊まりしている」

アレックは一度だけうなずいた。「町屋敷は空っぽだったから、驚きはしないな」

ウェストのブロンドの眉が片方持ち上がった。「どうして知っているんだい？」

「おれにはとても無理なところまで広がっているつてがある、と言ったら信じるか？」

「いや」ウェストはいったんことばを切った。「だが、そのつてが有能なら、今夜絵を盗み出せなかった場合は、明日それを買い取ることを申し出るように進言するだろうな」

新聞王の単刀直入なもの言いにぎょっとして、アレックは王立美術院の選考委員であるウェストの妻に目を向けた。当のミセス・ウェストは小首を傾げた。「わたしの見るかぎり、あなたはロビン・フッドの役割を演じているようね、公爵さま。自分のしたいようにできるなら、ミス・ハーグローヴが嘲笑の的にされた瞬間に、あの絵は展示禁止にしていたわ」

アレックはまたお辞儀をした。「マイ・レディ」それからウェストに向きなおる。「ありがとう」

彼らの援助のおかげで、あの絵を手に入れるための準備ができた。あとはホーキンズが舞台に立ってくれれば、彼を破壊してリリーの将来を勝ち取れる。

その思いが呼び出したかのように、スタナップ卿の腕に手をかけたリリーがボックス席に入ってきた。昨夜、九番公爵夫妻の屋敷とアレックの正気が破壊されたあと、彼はリリーをバークレー・スクエアに置き去りにした。そして、今夜のリリーの迎えをスタナップに託したのだった。

一緒にいさせてと懇願するリリーをアレックは拒絶し、自分をそそのかそうとしている危険な感情を彼女の怒りが焼き尽くしてくれることを祈った。

正直なところ、この特別な筋書きをまとめ上げた自分をアレックは誇らしく思っていた。リリーを追い払ったのは、おそらくは人生でもっとも困難なことだったのだから。

レディ・セシリー・タルボットがふたりのあとから入ってきた——妹と義弟がほんの何フィートかのところにいることを考えたら、完璧な付き添い役だった。そのセシリー・タルボットが屋敷の三階から抜け出す方法を教えたり、キルトの下はどうなっているのかという疑念をリリーに植えつけたりしたことを無視できるならば。

キルトの下を知られた件は、楽しまなかったわけではないが。

アレックは咳払いをして身じろぎし、ひだで隠せるキルトがあればよかったのにと思った。そうじゃない。レディ・セシリーは付き添い役の選択肢のなかでは最善の人だった。そもそもリリーの付き添い役を頼める人はほとんどいなかったうえ、アレックはハイドパークで教訓を学んでいたのだ。

ボックス席に入ってくるときに、リリーがスタナップを見上げて笑った。彼女の全身は見えなかったが、アレックは即座にその笑い声に引きつけられた。きらめく目に。スタナップに向けられた大きくて開けっぴろげな笑みに。昨夜の記憶がぱっとよみがえり、ためらいもなく自由に、正直に、息をするように笑う彼女を腕に抱いたときのことが思い出された。

完璧な伯爵を打ちのめしたくなり、アレックは両脇に垂らした手を拳に握った。

そのとき、リリーに見つめられているのに気づき、打ちのめされたのはアレックになった。リリーはすぐに笑うのをやめた。目に感情があふれている。アレックにはそれがなにかたちまちわかった。失望。裏切り。怒り。そしてその背後にあるのが恥辱。

彼女はなにを恥じているのだ？

アレックはたずねたくてたまらなかったが、そうするわけにはいかなかった。スタナップがリリーの手を放してボックス席にいる者たちに挨拶に向かうと、レディ・セシリーが彼女の肩に手を置いて注意を引いた。耳もとでなにかをささやかれたリリーは背筋を伸ばし、おだやかなようすになった。アレックは、レディ・セシリー・タルボットを蔑む者がいたら、そいつを破壊してやろうと頭のなかに留めた。彼女はリリーのすばらしい歩哨となってくれたのだから。

アレック自身が弱気になってできなかったときに。

エヴァースリー侯爵夫人とミセス・ウェストが愛情深い夫たちから離れてリリーに挨拶に来るのを見て、アレックの胸が感謝の念でいっぱいになった。貴族女性ふたりが力を併せてリリーの評判を回復しようとしてくれたのだ。彼女たちの支援があれば、アレックが絵を見つけて破壊したあとも消えずに残るだろうゴシップを、リリーが生き延びることだって可能だ。

ふたりの淑女が、ボックス席の前方に座るようリリーに勧めた。ホーキンズの劇場にいても大胆で誇り高く、見られることなどこわがっていないとロンドン中の人々に見せつけてやれと。そのとき、アレックははじめて彼女の全身を見た。彼女がなにを着ているのかも。

ボックス席から突然空気がなくなった。

そのドレスはアレックが見たなかでも最高に美しい青のシルクで、リリーの体に完璧に合っていた。襟ぐりは深く、アレックはここにいる男全員に目隠しをして、あらわになっている素肌に沿って激しいキスをたっぷりしたくてたまらなくなった。だが、アレックを破壊したのはそのドレスではなかった。ウエストできつく結ばれ、床へと垂れている幅広の赤い飾り帯だった。

アレックのタータンだ。またもや。

そのことで心を動かされるのはおかしかった。なんといっても、前夜裸にタータンをまとって彼のベッドにいたリリーを見ているではないか？　あれが予想しうる最悪のできごとだったのではないのか？　アレックの忍耐と高潔さを粉々にする？

こちらのほうが果てしなくひどく感じられるというのはどういうわけだ？

前夜は贈り物のように感じた。今夜は宣戦布告みたいだ。侵略みたいだ。権利の主張みたいだ。ロンドンの人々の前に立ち、スコットランドは自分のものだとリリーは主張しているかのようだ。

アレックは自分のものだと。

そして、アレックはそれに抗うことを求められている。

彼女が近づいてきて、アレックは思わず知らずあとずさり、とうとうバルコニーの端まで来てしまった。リリーが低い声で淡々と言った。「気をつけて、公爵さま。下の座席に落ちますよ」

もうひとつの選択肢――女王のようなリリーと対峙すること――を考えたら、それもそう悪くはなかった。「おれのタータンを身につけているんだな」

リリーが眉をつり上げる。「あなたのタータンなの？　知らなかったわ」

嘘だ。

嘘をついた罰に抱きしめて頭がぼうっとなるまでキスをしてやりたかった。だが、目を険しくして声を落とし、こう言うに留めた。「なんのゲームをしているんだ、リリー？」

彼女は小首を傾げ、アレックと同じように声を落とした。「あなたがすると言い張ったゲームしかしていません。わたしたちのどちらも、真実を話すのがうまくないわね？」

皮肉なことに、アレックは真実を答えた。「そうだな」

リリーがうなずき、唇をきつく結んだ。「お探しの物は？」

「ここにあると聞いている」

「あなたが向こう見ずな英雄の役割を果たしているあいだ、わたしはどうすればいいのかしら？」

アレックはそれがほんとうだったらよかったのにと思った。だが、自分は英雄ではない。

「英雄じゃない。後見人だ」

「ああ、そうだったわ。わたしの英雄はほかの人なのよね」

ちがう。ぜったいに。

劇場内が暗くなったおかげで、アレックは答えずにすんだ。劇場の使用人があちこちでろうそくを消していき、芝居がもうすぐはじまりそうだった。スタナップがリリーの肘に手を添えるのを見て、アレックは殺人を犯したい気分になった。「座りましょうか、ミス・ハーグローヴ?」

公爵が伯爵を殺したら、貴族の階層が影響するだろうか? それが問題か? ニューゲート監獄は、スチュアート家のタータンをまとったリリーに触れた男を殺す犠牲として妥当に思われた。

スタナップにとって幸いなことに、レディ・セシリーがアレックに近づいてきた。「公爵さま、仲よし組に囲まれているので、あなたはわたしと一緒に過ごすしかなさそうですわ」

返事ができるようになるまでしばらくかかった。「喜んで、マイ・レディ」

彼女が眉をつり上げる。「見え透いているわね」

腰を下ろすと、レディ・セシリーが身を寄せてきた。「狼たちが彼女を見ているわ、公爵さま。だから、いま以上にことをむずかしくするのは控えてくださいね」

「どういう意味かわからないんだが」

「ちゃんとわかってらっしゃると思いますよ。狼たちは舞台を見ていません。彼女を見ているんです」

アレックはレディ・セシリーを見なかった。リリーの後頭部に、巻き毛に、うなじに気を取られていたのだ。暴れまくる感情を落ち着かせようと息を吸ったが、そのせいでリリーの香り——スコットランドと正気の香り——を嗅いでしまった。

リリーから気をそらしたくて劇場内を見渡すと、みんながこちらを見ていることに気づいた——オペラグラスがこのボックス席に向けられていたのだ。デレク・ホーキンズのミューズで、いまは辱めを受けた彼の愛人で、役立たずの擁護者たち——アレックが任務を成功させなければ役立たずになる擁護者たち——に囲まれた〈麗しのリリー〉に。

「彼は自分の役割をちゃんとわかっているわ」レディ・セシリーのことばを聞いて、アレックは前に座る伯爵に注意を向けた。劇場内が暗くなって緞帳が上がると、スタナップがリリーの耳もとになにやらささやいて彼女を笑わせた。

リリーの裁判官と陪審員を自認する人々の前で、救世主を演じているのだ。

アレックがなにがなんでも演じたかった役を。

「おれには——」ことばが勝手に出てきたが、心の内をさらけ出しすぎる前にはっと口をつぐんだ。

あいにく、レディ・セシリー・タルボットにはお見通しだった。「それなら、あなたはここにいるべきではないわ」ささやき声で言う。「彼女の求める人になれないのなら、競技から降りるのが公正というものでしょう」

ひざの上でアレックは両手を拳に握った。「厚かましく首を突っこみすぎだな、レディ・セシリー」

「これがはじめてでもないわ。でも、あなたを卑怯者とふさわしい名前で呼ばないとしたら、わたしはどういうお友だちかしらね？」

彼女が男なら、決闘を申しこんでいるところだ。

だが、彼女は女だ。だから、彼女が正しいと認めるしかなかった。

眼下ではホーキンズが舞台に登場し、劇場内に拍手が湧いた。ろくでなしのホーキンズは得意げにその拍手を堪能してから、最初の台詞を言った。「〝こんなに荒れたり晴れたりする日ははじめてだ〟（シェイクスピア『マクベス』の台詞）」

アレックは鉄砲玉のようにすばやくボックス席を出ていった。

彼はまたわたしを置き去りにした。

リリーは舞台をぼんやりと見ていた。そこでは、かつては愛していると思っていた男性がすばらしい演技で観客をうっとりさせていた。とはいえ、リリーは少しも気づいていなかったが。怒りでかっかしていたのだ。

よくもまたわたしを置き去りにしてくれたわね？　昨夜あんな気持ちにさせておいて、愛を打ち明けさせておいて、もっと彼を愛させたくせに、今夜ほかの男性と一緒にここへ来させるなんて？

そのあとでわたしを置いてけぼりにするなんて？

あなたを愛しているの。何度そう言っただろう？　彼は何度わたしからそのことばを聞き出そうとしただろう？

そのあと、アレックは後悔と恥辱に満ちたことばを発した。バークレー・スクエアの屋敷の外階段に放置されたいらない小包であるかのように置き去りにされてからずっと、彼のそのことばが頭のなかに居座っていた。

〝絵を見つけて、きみを自由にしてやる〟

そして今夜、アレックはリリーを別の男性に譲った。アレックより遥かに善良な男性に。みんなの前で一緒に座ってくれる、遥かにやさしい男性。リリーを破滅させた張本人の前で。それなのに、なぜか遥かに劣っていた。

どうして彼は、わたしを自分のものにしたいと思ってくれないの？ ゆうべはすてきな約束をしてくれた――力強いことばで欲望と懸命さを誓い、リリーの息を奪った。リリーが世界でただひとりの女性であるかのように、彼がただひとりの男性であるかのように、愛してくれた。それから彼はリリーを拒絶した。彼女とのことを後悔した。

どうしてなの？

それよりひどいのは、そこまでされても、どうしてまだわたしは彼を変わらず欲しているのか？

愛は憎しみに満ちた恐ろしいもので、このいまいましい劇場の暗がりのなかでますますひどいものになっている。ここはリリーに恥辱しかもたらさなかった場所だけれど、アレックも一緒ならその恥辱を喜んで身にまとうのに。

けれど、アレックを手に入れることはできない。彼はリリーに選択の自由をあたえてくれたけれど、リリーが唯一望んでいるものは選ばせてくれなかった。

だから、アレックが差し出してくれた残りを受け取るつもりだ。自由を。

リリーは立ち上がり、ボックス席の後部を向いた。セシリーが目を合わせてきて意図を理解し、眉をつり上げた。リリーはためらわずに手探りで戸口に向かった。だれに見られようとかまわなかった。どこへ向かっているのかをだれに知られようとかまわなかった。

リリーの頭にあるのは、アレックを見つけてどれほど嫌いかはっきりと言ってやることだけだった。分厚いカーテンを通り抜けて明るく照らされた通路に出た。ひとけはなかった——観客はみんな、癪に障るのと同じくらい魅力的なデレクを見ているにちがいない。

アレックの姿はなく、それはつまり彼がすでに劇場の裏手にいて絵を探しているということなのだろう。あの絵をアレックが見ると思ったら、リリーの鼓動が激しくなった。なぜだかわからないけれど、ロンドン中の人たちに見られるよりも、アレックがあの絵を見つけ、あの絵に触れ、あの絵を手に入れるほうがいやだった。

舞台の袖へと螺旋を描いて下りていく裏手の階段へ向かう。彼が見つけるときには自分もその場にいなければと決意する。彼より先にあの絵を手に入れなければ。

「ミス・ハーグローヴ」呼びかけられてはっと立ち止まり、ふり返る。ウェストのボックス席の入り口にスタナップ卿がいた。

「伯爵さま——」話し出したものの、なにを言えばいいのかわからなかった。

代わりに近づいてきたスタナップ卿が言ってくれた。「気をつけて」

セシリーも通路に出てきたが、後ろに控えたままで、ふり向いたスタナップ卿にこう言った。「わたしのことはお気になさらず。このお芝居では、単なる未熟者の付き添い役にすぎませんから。眼鏡がないとよく見えなくて、耳がかなり遠いと思ってください」

リリーは友人に向かって微笑まずにはいられなかった。スタナップ卿がまた近づいてきた。その笑みは目も眩むほどだった。「こんなお友だちがいて、あなたは幸運ですね、ミス・ハーグローヴ」

「ほんとうに」リリーはためらったあと続けた。「わたしにとっては新しい経験なのです。やさしい紳士が味方をしてくださるのも」

「私と長く知り合いになったら、やさしいなどとは言ってもらえないと思いますよ」

完璧にしか見えないこの男性の口から出たことばをリリーは訝った。「そんなことはありませんわ。わたしが薄情な男性と知り合いだったのをお忘れですか。あなたはそうではありません。善良な方だと賭けても安全だと思います」

「女相続人を追いかけるのは高潔な行ないとは言いがたいでしょう」

「これからはもっとすばらしい女相続人を追いかけられることを願っていますわ」

スタナップ卿が片方の肩をすくめた拍子に髪が眉にかかり、自然に魅力的に見えた。「すごく退屈そうだと思いませんか？　別の紳士の役割を演じるほうが楽しそうだ」

「そんなことをなさってはだめ。あなたは紳士でいないと」

「紳士でいたら、あなたは私を受け入れてくれますか、ミス・ハーグローヴ？」

彼と一緒になったら幸運というものだ。それでも。「いいえ。わたしのような醜聞まみれの女をあなたに背負わすわけにはいきませんもの」

「それでもいいと言ったら？　耐えてみせると言ったら？」

リリーはにっこりした。「あなたにはそんな目に遭ういわれはないと答えます」

「でも、醜聞とはなんの関係もないのですよね。ちがいますか？　あの紳士と関係があることなんですね」

やさしいことばをかけられ、涙がこみ上げてきた。「ええ。どうやらひどい選択をしたようです」

スタナップ伯爵が眉を上げる。「それはちがうでしょう。最高の紳士を選んだと思いますよ」

リリーもそう思っていた。けれど、なぜだかその人は彼女を受け入れてくれないのだ。

〝きみは後悔するだろう。おれを選んだことを後悔するだろう〟

彼は最高の紳士だ。彼自身がそれをわかってくれさえすれば。

「ありがとうございます」リリーは自分の醜聞へと階段を駆け下りた。手に入れたい男性のもとへと。彼がそうさせてくれればいいのだけれど。

19

ウォーニックの術

ない。

アレックはデレク・ホーキンズの事務室中央に立ち、憤怒といらだちでかっかしながらゆっくりと体を回転させた。

あの絵はここにはなかった。

それ以外の、コヴェント・ガーデンの仕事場に置かれていたはずの絵は、六枚ずつ重ねて壁沿いに並べられていた。大英博物館の案内人なら興奮の歓声をあげるような芸術作品だった。どうやらホーキンズは、とんでもないろくでなしであるうえに、とんでもなく才能のある画家のようだった。つまり、リリーの裸体画はうわさどおりに美しいということだ。

真偽のほどはわからないが。

なぜなら、ここにはないからだ。

次はどうする？　どうやってリリーを救う？

もう時間がなかった。絵を見つけるのに残されているのは一日だ。あの絵が公開され、リリーが彼と結婚するしかなくなるまであと一日。そして、その絵はここにない。くそったれ。ろうそくを手近の画布に近づけて、この劇場全体を燃やしてしまいたい衝動に抗った。ホーキンズはそうされて当然だ。リリーを脅したのだから。利用したのだから。リリーに触れたのだから。

アレックは暗がりのなかでひどい悪態を長々とついた。

「それはどういう意味？」彼女が戸口から声をかけてきた。

アレックはドアが開いた音に気づいていなかった。くるりとふり向くと、入ってきてドアを閉めたリリーが、彼の持っていたろうそくに照らされて黄金色に揺れる浮き彫り（レリーフ）になった。

「きみはボックス席にいるはずだろう」

リリーが近づいてくると、アレックはあとずさり、ついには大きな梨の静物画をズボンがかすめたため、その場で止まるしかなくなった。だが、リリーは立ち止まらなかった。

どうして彼女は止まらない？

「階上に」リリーが言う。「スタナップ卿と」

「そうだ」

「階下のここではなく。あなたのいる」

「そうだ」彼女にはわからないのか？

「あなたがわたしを救うために、すべてを危険にさらしているあいだ」

彼女はどうして理解してくれない？　リリーを安全に守るためなら、持っているものすべて、自分のすべてだって諦めるのに。「そうだ」

ふたりのあいだで沈黙が長引いた。舞台のほうから聞こえるくぐもった叫び声のせいで、どういうわけか部屋が狭く感じられた。より親密に。アレックは壁をよじ登ってここから逃げ出したかった。リリーから逃げたかった。

それなのに、彼女のほうはなぜか完璧に落ち着いているようだった。「ここにはないのね。そうでしょう？」

アレックは息を吐いた。「ああ」

「あなたの悪態を聞いたとき、そうではないかと思ったわ」どうして彼女はこんなに落ち着いていられるんだ？　「つまり、わたしの終焉が近づくわけね」リリーは作り笑いをしてドアの向こうの劇場を示した。「バーナムの森（シェイクスピア『マクベス』で、バーナムの森がダンシネーンの丘に来るまでは敗れない、と魔女がマクベスに言う）みたいに」

「シェイクスピアについて、おれはきみになんと言った？」アレックが噛みつくように言う。

リリーは微笑んだ。「最後に聞いたときは、あなたはシェイクスピアを徹底的にののしっていたわ」

「スコットランド人としてのおれの権利だ」アレックは彼女を見るまいとした。あまりに近くにいるので、香りがわかるほどだった。触れられそうなほどだった。欲しくてたまらないほどだった。そして、ここにはふたりきりだ。

リリーが彼の名を罪のように呼んだ。「アレック?」

彼は唾を飲みこんだ。「なんだ?」

「悪態はどういう意味だったの?」

アレックが首を横にふる。「英語に言い換えるのは無理だ」

彼が視線を上げて目を合わせるまで、リリーは長いあいだじっと待った。灰色の目はろうそくの明かりを受けて銀色に見えた。「じゃあ、モ・クリーユはどういう意味?」

彼がまた首を横にふった。「英語には言い換えられない」

リリーの口角が片方上がり、訳知りの小さな笑みになった。「悪態よりもいいのか悪いのか、どっちかしら?」

アレックは彼女に殺されそうになっていた。高潔であろうとしているのに。彼女を守ろうとしているのに。それに――。

「どうしてわたしを望んでくれないの、アレック?」

アレックは全身で彼女を望んでいた。どうしてそれがわからない? 彼は目を閉じた。

「リリー。いまはそんな話をしている場合じゃない」

「いまよりいいときがあるの? わたしの破滅前夜のいまほどいいときはないのでは?」

「まだ明日がある――」

「見つかりっこないわ。わたしたちの予言はそうなっていなかったのよ」

「いまいましい『マクベス』を持ち出すのはやめろ。最後には全員が死ぬんだぞ」

「全員じゃないわ。灰から王たちが生まれるでしょう」いったんことばを切り、それから静かに続けた。「スコットランドの王たちが」

「呪われた王たちだ。いまスコットランドに王はいない」

「いなかったかしら?」

アレックはいらだちに襲われてかっとなり、髪を掻きむしった。「出ていくんだ、リリー。おれたちにはまだあと一日ある。ロンドン中をひっくり返してでも、くそったれの絵は見つけてみせる。きみはスタナップのところへ行け。そして、彼がきみを幸せにしてくれる男かどうか試してみろ」

「彼はちがう」

「そんなことはわからないだろう」

「いいえ、わかるわ。ある人をとても愛しているのに、ほかの人がわたしを幸せにできるはずもないでしょう?」

アレックはドアに向いた。「きみは自分がなにを言っているのかわかっていない」

見つかる前にこの部屋を出なくてはならない。それに、アレックは空気を吸う必要があった——リリーが妖精のように、その美貌で部屋の空気を盗んでしまったのだ。いまの彼はあの世の呪われた王のように頭がいかれている気がした。

彼がドアの前まで来たとき、リリーが言った。「あなたは臆病者だわ」

アレックがふり向くと、リリーは彼女を破滅させた男の作品に囲まれて、古代ブリトン人のイケニ族の女王だったボアディケアのように背筋を伸ばして力強く誇らしげに部屋の中央で立ったままだった。そして、アレックのタータンを旗印のようにまとっていた。

彼女は完璧だった。

なにも言わずに背を向けると、リリーが次の槍を放った。「あなたを求めて体が震えるの」

アレックは頭を垂れて額をドアにつけた。

ドアの向こうの舞台は静かになり、まるでロンドン中の人々がリリーのことばを聞こうと沈黙しているかのようだった。静かな渇望のことばが発せられた。「ゆうべはあなたも震えていたのを知っているわ」

そのことばにアレックはやられた。考える間もなく体が動いてリリーを抱きしめており、彼女もアレックに腕をまわし、ふたりの唇が重なって、これまで受け取ったなかでアレックが最高の贈り物とばかりにリリーが吐息をついた。彼はリリーの唇の感触に溺れ、リリーがこの瞬間を――アレックを――生まれてからずっと待っていたかのように即座にもたれかかってきたようすに溺れた。

アレックも彼女をずっと待っていたのだ。

彼はリリーを抱き上げて部屋の奥の机へと運び、そこに彼女を下ろすと両手で顔を包んで何度も何度もリリーを味わい、彼女のやわらかさを記憶に留められるように唇を重ねた。そして、舌で唇をなぞり、晩餐会に来た物乞いのようにリリーのやわらかさを盗むと、彼女がうめき、吐息をついた。

ふたりともに息をあえがせるまでアレックはキスを続け、それから顔を上げ、引っこめた両手をふたりのあいだで弱々しく広げた。「おれはいまでも震えている、リリー」

リリーは彼の両手にちらりと目を向け、たしかに震えているのを見て取ると、その目が魅力的に翳った。アレックの片手をつかんで口もとへ持っていき、一本一本の指先にキスをしたあと、てのひらを上にしてそのまん中に温かく湿ったキスをした。

そして、リリーがてのひらに舌で円を描いて焼き印を押すと、アレックはうなってふたたび彼女の唇を奪った。深くゆっくりとなめると、リリーが腕のなかで身をくねらせてもっと欲しいとため息をついた。アレックはキスをやめ、彼女の頬、耳たぶへと唇を移してそこでささやいた。「おれはずっと震え続ける。きみを求めてうずかないときなど来ないだろう。全身できみを求めないときなど」

「それならわたしを奪って」アレックの耳に彼女の声は熱かった。「わたしを受け入れて。あなたのものにして。わたしはあなたのものよ」そのことばがアレックのなかで轟き、欲望で耳も聞こえなくなるほどだった。

だが、アレックは彼女にふさわしい男ではなかった。

彼はあとずさった。リリーを放した。「おれはこの芝居の英雄じゃないんだ、リリー。きみはもっとましな男を選ばなくてはいけない。もっときみにふさわしい男を。それが今回のことすべての要点だ」

鼓動ひとつ。それからリリーが復讐の女王のように立ち上がってアレックを押しのけたので、彼は体勢を崩した。「わたしはあなたを選んだのよ、のろま」

いいぞ。腹を立てているなら、リリーはおれをひとりにしてくれるかもしれない。

「おれは選択肢に入っていない」

「昨日は求婚してくれたじゃないの」

たしかにそうだった。いまだってそうしたいところだ。もし……。「おれではじゅうぶんではない」

いらだちと怒りに満ちたリリーの声はほとんど悲鳴に近かった。「あなたは公爵さまでしょう、アレック。そしてわたしは、ロンドンの人たちの前で破滅させられた、孤児になった土地差配人の娘なのよ」

「破滅させられた、じゃない。まだ破滅はしていない」

「あなたはあの場にいなかったでしょう。断言するわ、わたしは完全に破滅したと」

「例の絵が現実のものになるまでは終わりじゃない。現実のものにはさせない。おれに止められるならば」

リリーは頭をふり、両腕を大きく広げてその部屋を示した。「あなたには止められない！この戦いは彼が勝つの。ハイドパークでわたしに近づいてきて、その気持ちが愛に近いものだと思いこませたその瞬間に、彼は勝っていたのよ」リリーはおもしろくもなさそうな笑い声を小さくたてた。「皮肉なことに、いまのわたしも似たような罠にかかってしまったみたいね」

アレックは凍りついた。「同じじゃない」

リリーが彼をにらみつけた。「そうね。同じじゃないわね。デレクはわたしに自分を恥じ入らせたりはけっしてしなかったもの」

どういうことだ？　「このすべては——細かなところまで——きみに恥ずかしい思いをさせないためなんだぞ。きみを後悔させないためなんだ」

「後悔なんてしていないと、何度言わなければならないの？」

アレックは癇癪を起こした。「いいかげんにしろ、リリー！　おれがちゃんとわかっていると信じられないのか？　きみがさっき話した英雄は——それはおれじゃないと？　おれがきみにふさわしい結婚と保護と愛をあたえたがっていないとでも思っているのか？　過去が消えてこの公爵位が真のものだったら、ひざまずいておれと一緒になってくれと懇願したがっていないとでも？　きみを公爵夫人にしたがっていないとでも？　きみとの子どもを持ちたいと思っていないとでも？　かわいらしい刺繍をしたドレスをきみが着せたがっていた子どもたちを？　あのばかげた赤いブーツが似合う子どもたちを？」

リリーが目を丸くしたが、彼にはどうでもよかった。まだ憤っていた。「夫婦となってベッドへきみを連れていき、ふたりとも震えなくなるまで愛を交わしたがっていないとでも思っているのか？　快感のあまり動けなくなるまで？　おれがきみを愛していないとでも？　どうしてわかってくれない？　おれはどうしようもないほどきみを愛しているんだ。バークレー・スクエアの玄関でドアを鼻先で閉められた瞬間から愛していたんだと思う。だが、おれはきみにふさわしい男じゃないんだ」

アレックはことばを切った。息づかいは荒く速かった。自己嫌悪にまみれながらも、強いてリリーを見た。彼女の目は涙できらめいており、アレックは己のしでかしてしまったことで自分を激しく憎んだ。「おれはきみにふさわしい男じゃない。一生をともにするのにふさわしい男じゃないんだ。ふたりで過ごした一夜にだってふさわしくない」両手を髪に突っこんだ。「だれかに見られる前にここを出なくては」

リリーは動こうとはしなかった。「なんと言ったの？」

彼はリリーを見た。「なんだって？」

「あなたは一生をともにする人じゃない。一夜かぎりの人だ」

彼女の口から予想外に発せられたそのことばは、痛烈な一撃だった。その痛みから立ちなおり、アレックはうなずいた。少なくともやっとわかってもらえた。これでおれをそっとしておいてくれるかもしれない。

おれは心の平和を二度と得られないが。

「もう行こう」アレックは首をきつく締めつけるクラバットを引きむしりたくてたまらなかった。

だが、リリーはまだ話し終えていなかった。「彼女はあなたになにをしたの？」

アレックは固まった。「だれのことだ？」

「ロウリー伯爵夫人よ」

過去の記憶がアレックを襲う。どうしてリリーにわかったのだ？　いや、そんなことはどうでもいい。もっと前に話しておくべきだったのだ。これまでのあれこれよりも、真実がリリーを追い払ってくれるだろう。

それが目標だった。そうだろう？

ちがう。

いや、そうだ。それが目標だった。

アレックはドアに向きなおった。「もう行かなくては」

「アレック」

「ここではだめだ、リリー。この部屋の外にロンドンの人間がおおぜいいる場所では」そう言うと、ためらいもせずにドアを思いきり開けた。

外にはロンドンの人間がおおぜいはいなかった。

たったひとりのロンドンの人間がいただけだった。

ルネサンス時代の衣装をつけ、広刃の剣を下に向けて持ったデレク・ホーキンズだった。

デレクはその剣を持ち上げてアレックの心臓の少し上あたりにあてた。「スコットランドの法律は知らないが、イングランドでは侵入者を自分の手で殺せる権利があるんですよ、公爵さま」

ここに来てすべてをめちゃくちゃにするなんて、いかにもデレクらしい。

大げさにふたりを殺すと脅したデレクを戸口から消し去れるなら、リリーはなんでもしただろう。神よ、芝居がかったことをする才能に満ちた男たちからわたしをお救いください。彼女は机に載った時計を見た。

九時半で、芝居は幕間だ。リリーは、セシリーがあまり有能でない付き添い役を演じるのがうまいのと同じくらい、醜聞の扱いにも秀でていますようにと願っている自分にぼんやりと気づいた。なぜなら、ボックス席にいる人たちがリリーとアレックのいないことに気づいたら、非の打ちどころのない口実が必要になるからだ。

ふたりはきっとホーキンズの事務室に押し入って、リリーの裸体画を盗んで、机の上でいちゃついているにちがいないわ、よりももっといい口実が。

この場合、真実は適切な口実ではない。

特に、さらにひどい襲撃を受けたように思われるいまは。

たしかに、劇場裏のこの部屋にアレックとリリーはいるべきではなかった。けれど、それはデレクも同じだ。リリーは自分をとことん利用したこの男性におびえるものかと思った。自分でも意外だった。なぜなら、二週間前のリリーならおびえていただろうからだ。二週間前のリリーは、いまとはちがう女だった。

二週間前、リリーにはアレックがいなかった。

彼女の大柄なスコットランド人であるアレックは、その広い肩幅と長身でデレクを小さく見せ、リリーの視界をふさいでいた。デレク・ホーキンズにはもううんざりのリリーは、そちらに近づいていった。「あなたは舞台に出ていなければいけないのではないの、デレク？」

そのとき、剣が高く掲げられ、その切っ先がアレックの胸にあてられているのに気づいた。アレックはそんな状況ではありえないくらい落ち着いて見えた。

リリーは恐怖に見舞われて凍りついた。「なにをしているつもりなの、頭がおかしいんじゃないの？」

デレクは彼女を見なかった。「私は自分のものを守る。私の劇場。私の芸術。そのためならなんだってするよ」なにも持っていないアレックの手を見下ろす。「この部屋からなにも盗まなかったのは賢明でしたね」

アレックの口調は完全に見下したものだった。「おまえの作品などおれが欲しがると思うのか？　なんのために？　子どもが描いたみたいな絵を飾るためにか？」

あからさまな侮辱のことばを聞いて、リリーの口があんぐりと開いた。胸に広刃の剣を押しつけている相手をあざけるなんて、どういうつもりなの？

デレクがせせら笑った。「あなたは少なくとも一点は欲しがっていると思うな、〈粗悪な公爵〉さま」

「その点は正しい。だが、それを見るつもりはない」

デレクが笑う。「生身を目にしたから、絵を見る必要はないってことですか」

そのあてこすりにリリーはあえいだが、アレックはほとんど動かず、ただ片手を上げて広刃の剣の刃を握っただけだった。彼の指に目をやったリリーは、切れて血が流れているだろうと思った。自分のためにアレックが怪我をすると思ったら、胃が変な具合になった。「わたしたちを行かせて、デレク。あなたは舞台に戻らなくてはならないでしょう。それに、わたしたちはなにも盗っていないわ」

デレクが片眉をつり上げる。「それがほんとうだと、どうしたらわかるかな？」

リリーは彼をにらんで腕を大きく広げた。「絵をスカートのなかに隠してるとでも思うの？」

アレックはデレクに返事をさせなかった。「はっきりさせようじゃないか、ホーキンズ？ おまえは芝居に戻らなければならないし……おれはそんなものを観たくもないんだ」

デレクは顔をしかめた。「この劇場にはもう出入りしてもらいたくない」

アレックはかなりそっけなかった。「傷つくじゃないか。ほんとうに」ふたりのあいだに剣がなければ、リリーは笑っていたところだ。彼女が息を詰めていると、アレックが言った。

「いくらだ？」

デレクは動かなかった。「いくらとは、なにに対してですか？」

「金に困っているんだろう。コヴェント・ガーデンの家を、仕事場を失った。おまえの絵がこの部屋に並べられているのは、ほかに置き場所がないからだろう。聞いた話だと、劇場の収益はとんとんらしいが、賭博場では負け続けだとか。もう一度訊く――わからないふりでおれを侮辱するなよ――あの絵はいくらだ？」

デレクが首を横にふった。「あれには値段がつけられない」

「そんなことは信じない」

「信じたほうがいいですよ。人類が地上に現われて以来の最高傑作なんですから」デレクの視線がリリーへと移る。「彼女を見てください。あなただってあの美しさがわかるでしょう。その肖像画が天才の手によって描かれたらどうなるか、想像してみてくださいよ」

リリーにはアレックの横顔しか見えなかったが、それでも顎の筋肉が怒りといらだちでひくつくのがわかった。

デレクが首を横にふる。「値段はありません。私の描いたリリーは売り物ではないんです」ちらりと彼女を見る。「わかるかい、愛しい人？　結局、この芝居の英雄は私かもしれないよ。きみの公爵さまは、最高の値段をつけた男にきみを売ることになんの咎めも感じていないじゃないか」無作法な子どものように、そこでいったんことばを切る。「いや、待てよ。ちがうな。彼はきみを売るんじゃない。厄介払いしようとしているんだ。たっぷりの金をつけて」

刃を握るアレックの手に力が入り、関節が白くなった。リリーは彼の指が切り落とされてしまわないよう前に進み出た。目は彼に据えたままだ。「考えなおすべきだと思うわ、デレク」

「きみのために？」

「お願いしたら聞いてくれるかしら？」

「いや。あの絵のおかげでほかのすべての絵が売れる。あれは私の名前を歴史に残してくれ実は？」

「わたしを描いた絵だという事実はどうなの？　だれにも見せるつもりがなかったという事実は？」

デレクが哀れみの目で彼女をじっと見つめた。「それなら、モデルになどなってはいけなかったんだよ、愛しい人。私はきみのおかげで手に入れた富を楽しむつもりだ。きみ自身があおむけになって稼いだも同然の富をね」

ひどいことばにリリーがあえいだとき、アレックが猫のようにすばやく動き、広刃の剣が魔法のように彼の手に入っていた。彼はデレクが着ている衣装の襟をつかみ、廊下の壁へと押しつけ、恐ろしげな剣の刃を頬にあてた。「すぐれた役者という評判の割には、この衣装をつけているときに神々に対する不遜をあらわにして、運を試すとは信じがたいな。マクベスがどうなったか思い出したほうがいいんじゃないか」

デレクがアレックの肩越しにリリーと目を合わせてきた。その目に、リリーに助けてもらえると思っている彼の気持ちを見た。前回この三人で顔を合わせたときと同じことをしてくれるだろうと。アレックがデレクを脅したときのことだ。

リリーにはもうデレクを救ってやる気持ちはなかった。

どうやらデレクもそれを彼女の目に見て取ったようで、アレックに顔を戻して吐き出すように言った。「尻軽の妻を持つ野蛮なスコットランド人を演じていたら、なんと、芝居とよく似た男女が劇場をこそこそ歩きまわっているのを発見するとはね」

アレックはデレクの頬に剣をさらに強く押しつけ、おだやかなだけに恐ろしさの増す口調で言った。「彼女をなんと呼んだ?」

デレクがまなざしを険しくする。「聞こえたはずですよ。私にはそう断言できるだけの資格があるのをお忘れですか」しばし間をおく。「私のほうがあなたより先だったのでね」

それを聞いてリリーは青ざめた。痛烈な侮辱だった。恥辱感に襲われ、数々のひどいことをされた仕返しにとことんデレクを傷つけてやりたくなった。数々のひどいことを言われた仕返しに。それをアレックに話したことに。アレックに彼女の過去を思い出させたことに。「おまえは舞台でふんぞり返ってもてあそんだ武器を愚かにもおれに渡した。おれが何十年も訓練してきた武器を」

アレックが刃をさらに深く押しつけると、デレクが鋭く息を呑んだ。「この暗い廊下でおまえがマクベスの剣ではらわたを抜かれていたら、後援者はなんと言うと思う? おまえがマクベスをここへ、この劇場へ召喚したと信じるだろうか? そういうのをなんと言うんだったかな? スコットランドの呪いだったか?」デレクが目を閉じ、アレックがじりじりと迫った。「おれがおまえのスコットランドの呪いだ、めかし屋野郎。おまえが想像するどんな怪談よりも恐ろしいぞ。だが、安心しろ。おまえを殺すつもりはない」

ほとんど聞こえないくらいの声なのに、なぜか部屋の壁を揺らしていた。「勘ちがいするなよ——殺しはしないが、おまえが彼女を破滅させたように、おれはおまえを破滅させる。そして、年老いて萎れ、世間のだれもおまえの名前をおぼえていなかったとき、おまえはおれを思い出して震えるだろう」

デレクがすばやく息を吸い、苦痛の小さな悲鳴をあげると、リリーはぎょっとした。すぐにアレックが暗い廊下に剣を投げた大きな音も響いた。「取ってこい、犬野郎。これがおまえの退場の合図だ」

デレクは言われたとおりに剣を追いかけ、後ろをふり返りもせずに退散した。

リリーはじっとアレックを見つめていた。彼の息は怒りのせいで荒く、両手を拳に握りしめていて、顎のひくつきがますます顕著になっていく。バネの上にでも乗っていて、いまにも廊下から舞台に飛び出していって、やりかけたことを終えようとしているかのように見えた。

アレックのもとへ行きたくてたまらなくなり、リリーは彼のそばに立った。大きくて美しい腕に触れると、筋肉のうねりが感じられた。「わたしの弁護などしてくれなくてもよかったのに」

アレックが彼女を見る。「なんだって?」

「デレクに対して。彼はまちがったことを言ったわけじゃないのだし」

「なんだって?」アレックの顔がしかめられたのを見て、リリーはつかの間、自分が英語以外のことばをしゃべっているなどということがあるだろうかと訝った。

「わたしの過ちだわ、そうでしょう? わたしは絵のモデルになった。彼を信頼してしまった。わたしは……」リリーはためらった。「てっきり……」

アレックは彼女の肩に手を置き、しっかりと支えてくれた。のちに夢見るような、うずいてしまうような感覚だった。「おれの言うことを聞くんだ、リリアン・ハーグローヴ。きみはなにひとついけないことをしていない。きみの過ちじゃない。きみは彼を愛していたんだ」

「でも、愛してはいなかった。いまならそれがわかるわ」おもしろくもなさそうな乾いた笑いを小さく漏らす。「それに気づけたことを感謝すべきなんでしょうね」

「どうやってだ?」アレックがたずねた。

リリーは眉をひそめた。「どうやってとは?」

「どうやっていまならそうとわかったんだ?」

リリーがにっこりして真実を語った。「いまは愛がどんなものかがわかっているから。どんな感じがするものかが。それに、そのためなら自分がどこまでするかも」

アレックは目を閉じ、顔を背けた。「階上に戻らなければならない。おれにはやることがある。あの絵を見つけるのに残された時間はあと一日だ」

そう言われて、リリーは彼に触れていた手を離した。そこにこめられた希望を聞き取った。その意味を。アレックはいまだに絵を見つけられることを願っている。展覧会で展示されないようにするつもりでいる。わたしを自由にするつもりでいる。

皮肉な話だった。以前は自由にしてほしいと彼に懸命に頼みこんだというのに。お金が欲しいと言った。自立のために。自分の好きなように決めさせてほしい、放っておいてほしい、スコットランドに帰って、と懇願した。自分の道は自分で決めるからと。自分で将来に立ち向かうと。

そして、アレックがそれを差し出してくれたいま、リリーは罠にかけられたいだけだった。彼に。

どうしようもないほどあなたを愛しているの。

「アレック」なにを言えばいいのかわからなかった。どうやったら彼を留めておけるのか。どうやったら彼を勝ち取れるのか。

リリーがどちらもできずにいるあいだに、アレックは彼女を無視して階段に向かい、一段飛ばしで上がっていってしまった。リリーは慌てて彼のあとを追った。彼女もかなりの長身だが、アレックは稀に見るりっぱな体格だったので、ボックス席の並ぶ通路まで来るころには彼のほうが数ヤード先んじていた。彼がウェストのボックス席の前を断固とした足取りで通り過ぎたちょうどそのとき、リリーを探すセシリーが顔を覗かせた。

「ドレスになにかついているわよ」セシリーの目が見開かれる。「いやだ、それって血なの？」

リリーは美しい青いドレスの肩のあたりに目をやった。過去を背負いこむ責任は彼女にはないと言ってくれたとき、アレックが手を置いた場所だった。

彼はリリーのために怪我をしたのだ。

「デレクの血なの？」セシリーがたずねる。「彼はいま舞台の上だけど、演出なのかどうかわからない切り傷が頬にあるの。正直を言うと、それほど熱心にお芝居を観ていたわけじゃないのだけど」

「これはデレクの血じゃないわ。アレックのよ」

「たまげた」セシリーの声は小さかった。

「そういうことばづかいは感心しないわね」

セシリーが彼女をにらんだ。「淑女らしくないって言いたいの？」

リリーは首を横にふった。「わたしは上品さの鑑じゃないし」

「よかった。だったら、わたしのことばづかいが気に入らない人なんてくそ食らえだわ。ときには下品なことばがぴったりくることもあるのよ」

リリーはうなずいた。そして、長い沈黙のあと、ほとんど聞こえないくらいの小さな声でこう言った。「くそったれ」

セシリーがはっと彼女を見る。リリーはその目に哀れみを見て取った。「なにがあったの？」

ホーキンズ劇場の通路――ロンドンで唯一感情的になってはいけない場所――でリリーは泣き出した。全部を台なしにしてしまった。あの絵はじきに公開される。そうなったら、もうできることはない。けれど、リリーが悲しんでいるのはそのことではなかった。「彼はどうしようもないほどわたしを愛しているの」

セシリーが小首を傾げた。「悪い話ではないように思えるけれど」

「でも、あいかわらずわたしを拒絶しているの。ばかげた理由から、わたしにふさわしくないと思いこんでいて」

「どんな理由なの？」

「わからないわ。話してくれさえすれば、ひょっとしたら……」リリーは涙をぐいっと拭った。「でも、彼は話そうとしないの」

セシリーはうなずいた。「それなら、無理やり話させるしかないわね」

「彼が簡単に無理強いされるような人に見える？」

セシリーは少しも慌てなかった。「あなたが頼めば、テムズ川にだって身を投げるような人に見えるけれど」

また涙がこみ上げてきた。「わたしを望んでと頼んだわ——でも、拒絶された」

「男はみんな頭のいかれた大ばか者だから、セントジェームズ公園に吊されて蜂を放たれればいいのよ」

リリーは目を瞬いた。「すごく独創的ね」

セシリーが作り笑いになる。「ときどき空想をたくましくしているおかげかしら」

ふたりして笑っていると、カーテンが揺れてミセス・ウェストが顔を覗かせた。「あら。ミス・ハーグローヴが戻ってきたのね」通路の左右を見てからボックス席を出てくる。「あなたの公爵さまは？」

「彼はわたしの公爵さまではありません、ミセス・ウェスト」リリーの口調はそっけない。

たようね？」

「だとしても、時間の問題でしょうね」新聞王の妻が淡々と言う。「探索は不首尾に終わったようね？」

「アレックのですか？」リリーが言う。

ブロンドの眉が片方上がる。「絵のことを言ったのだけど」

リリーはぎょっとして顔を赤らめた。「そうでした。絵ですよね。ええ、見つかりませんでした」

ミセス・ウェストは話す前に躊躇した。「まず最初に、わたしのことはジョージアナと呼んでちょうだい。ミセス・ウェストなんて呼ばれたら、北部にある花嫁学校のむっつりした後援者みたいな気分になってしまうわ。第二に、公爵がばかで残念ね。でも、個人的な経験から言って、道理がわかるまでは男の人は全員が大ばか者だわ。そして、最高の人はちゃんと道理がわかるようになるの」少し間をおいてから続ける。「それから三番めだけど、例の絵は明日の展示が午後に終了してからかけられる予定になっているのを知りたいんじゃないかしら。翌朝の公開時までおおいをかけたままにするのよ」

リリーにはその情報の要点がわからなかったので、黙ったままでいた。すると、若くて美しいジョージアナがにっこりした。「信頼できる筋によると、明日の晩に王立美術院の裏手の窓が一カ所開いているという話なの。一二時半に」

リリーは目をぱちくりした。「あなたは――？」

ジョージアナが女王のように鷹揚にうなずいた。「自分の思いどおりにできたなら、あの田舎者があなたを利用したのがはっきりした時点で、展示から削除されていたはずよ。その絵がどれほど美しくたって関係ない。彼はろくでなしだわ」

リリーは驚きのあまりことばもなかった。

だが、セシリーは平気のようだった。「あら。すてきな呼び方ね」

「女を利用する男性が嫌いなの」ジョージアナが退屈そうに言う。「だからね、あなたもお返しに利用してやればいいと思って。そろそろお芝居に戻るわ。ホーキンズの顔の怪我とあなたのドレスについた血から判断して、あの田舎者が舞台に立つのを見るのもこれが最後かもしれないし」

彼女はボックス席のほうを向いた。「マイ・レディ――」

ジョージアナがふり返る。

「どうしてその話がほんとうだと――」

あの訳知りの笑みが戻ってきた。「広範囲におよぶつてを持っているのは、わたしの夫だけではないのよ」それから、リリーにだけ聞こえるよう声を落とした。「非凡な男性の妻たちは結束しなければいけないわ。公爵夫人になったらわたしのことを思い出してね」

そしてジョージアナはボックス席に消えた。彼女のことばが約束のように通路に漂っていた。

彼女が通ったあとに揺れているカーテンから目を離せないまま、リリーは大きく息を吸った。友だちなどずっといなかったのに。友だちが欲しいと何度思っただろう？　それが、いまになって突然何人も現われた。現実だと感じるほどたくさん。完全な人間になったと感じるほど。

ほぼ完全、だわ。

アレックがいなければ完全にはなれない。

彼はわたしに選択肢をあたえたがっている？ 自由をあたえたがっている？

だったら、その自由を手に入れよう。そして、自分で選択するのだ。これまでいちばん簡単な選択だった。

20

行動は被後見人よりも雄弁

アレックは翌日——展覧会最終日の前日——は一日中ロンドンを探しまわった。いまいましい絵を見つけるため、ありとあらゆる人間を頼った。このままだとリリーが背負うはめになる将来から彼女を救うために。

そして、ついにスタナップを呼び出した。

伯爵はやってきた。九番公爵の町屋敷のいちばん大きな居間に迎えたとき、彼が興味を引かれているのがありありとわかった。スタナップは周囲に目を走らせ、小立像ではちきれそうになっているいくつもの棚を見ていった。手近の低いテーブルに載っている磁器の象の鼻を指でなでながら、彼が言った。「あなたが蒐集家だとは思ってもみませんでしたよ、公爵さま」

アレックはおもしろがらなかった。「あの絵を見つけられない」

「明日になれば簡単に見つかると思いますが」

いらだちが燃え上がる。リリーにとってこれが醜聞を生き延びる唯一の機会だということを、この街のだれひとりとして理解できないのか？

唯一の機会ではない。

だからスタナップをここへ呼んだのだし、だからアレックの心臓が喉までせり上がっているのだ。「彼女を連れ去ってもらいたい」

スタナップが目を瞬いた。「なんですって？」

「同じことをくり返させるな」アレックにはそんなことができるとは思えなかった。

スタナップは許可も求めずサイドボードに向かった。「スコッチはいかがです？　これがスコッチかどうかわかりませんが」

生まれてこの方、これほど酒を必要としたことなどアレックにはなかった。「頼む」

スタナップがふたつのグラスに酒を注ぎ、ひとつをアレックに渡してから、おぞましい房飾りにおおわれた低い長椅子に腰を下ろした。「彼女をどこへ連れていってもらいたいとお考えですか？」

どこにも連れていってほしくはない。「スコットランドだ」

スタナップが眉をつり上げる。「その特別な任務にはあなたのほうが適していると思われないのですか？」

そのことばにアレックは破壊されそうになる。

リリーにスコットランドを見せてやりたかった。フォース湾の波しぶきをはじめて感じる彼女を見たかった。ハイランドの荒野に彼女と立ち、ヒースとギンバイカとリリーの香りが永遠に織り合わせられるまで彼女の香りを吸いこみたかった。

　黄金色の陽光のなかで自分のプレードに彼女を横たえ、彼女がアレックの名前を叫ぶまで山と空と天国の下で愛を交わしたかった。スコットランドで彼女とともに歳を重ね、彼女が世間から隠していたあの小さな赤いブーツを履いた幸せな子どもたちや、子どもたちの子どもたちで城を満たしたかった。

　だが、自分は彼女にふさわしい男ではない。「彼女にはおれよりましな男が必要だ」

「あなたはその男が私だと思っているんですね」

「きみたちふたりが一緒のところを見ている。きみは彼女を……」アレックはそのことばを言いたくなくてためらった。「きみは彼女を微笑ませる」

　彼女には永遠に微笑んでいてほしい。彼女にふさわしい男と一緒に。

「女性を微笑ませるのは特別な才能なんです」スタナップはスコッチを飲み、ひどく咳きこんだ。「この屋敷に安酒しかなくても、驚くべきではないのでしょうね」

　アレックは笑わなかった。そんな気力はなかった。「きみは善良な男だ、スタナップ。そして、若返りはしない。跡継ぎが必要なはずだ。それと、富が。リリーは……」アレックは酒を飲んだ。安酒に喉を焼かれるのが当然の報いだ。

「彼女は完璧です」スタナップが言った。「あの絵があろうとなかろうと」

　それを聞いてアレックは目を閉じた。スタナップが理解してくれたことを感謝すると同時に嫌悪した。リリーには、自分以外の男に対して完璧でいてほしくなかった。それでも、アレックはうなずいた。「そのとおりだ」

「問題は——彼女があなたを深く愛しているということです」アレックははっとスタナップを見た。「私は彼女を微笑ませられますが、それは簡単です、ウォーニック。あなたさえ心を決めれば、あなたは彼女を幸せにできるのですよ」スタナップは長椅子の横の低いテーブルにグラスを置いて立ち上がった。「鉄床結婚（駆け落ち結婚のこと）というご提案は、残念ながらお断りしなくてはなりません。非常にそそられるご提案ではありますが」

アレックも立ち上がった。絶望と恐怖と高揚感が駆けめぐる。それでも、なんとかこう言った。「持参金はどうする？」

スタナップはためらいもせず、関心なさげな息を長々と吐いた。「そこまでするほどのものではありません。悲恋物語に良心の呵責をおぼえるのであれば。持参金ならほかの可能性もあります。今シーズンはアメリカの女相続人が大挙して来ると聞いています」しばらく間をおく。「私の考えを述べてもよろしいでしょうか？」

「そこまで言っておいて、いまさら遠慮するのか？」

「ここは一八三四年のロンドンです。すべてはたったひとつの行ないで克服できます。あなたの考えは正しくもあり、同時にまちがってもいます」

アレックの心臓が激しく鼓動した。「その行ないとは？」

「財産目当ての結婚で彼女を伯爵夫人にはできません。愛ある結婚で公爵夫人にするのです。

世間はシンデレラの物語がなによりも好きなのです」スタナップがドアを開けると、高齢の執事がそこにいた。

彼は執事の横を通り過ぎ、玄関広間からふり向いてアレックの目を見た。「あなたが王子さまになられることを願っています、公爵さま。彼女はすべてのよいものをあたえられるにふさわしい女性です」

そして、なにもかもが崩壊した。九日前、アレックは不本意な後見人と高潔な救世主の役割を果たすためにロンドンにやってきた。彼女の評判を回復し、彼女を結婚させ、自分はスコットランドで彼女のいない人生に戻るつもりだった。満足していた人生に。

だが、彼女と出会ってしまい、すべてがめちゃくちゃになった。

そして、なにもかもに失敗した。

そして、彼女と恋に落ちて事態をさらに悪くした。

アレックは執事が持っているばかげた銀のトレイから手紙を引ったくって開けると、恐怖に溺れそうになった。今日という日はますますひどいものになりそうだった。

あなたの助けが必要です。

今夜会ってください。一二時半に。

L

その下には王立美術院裏の路地への行き方が一本の線で書かれていた。それを見て彼はリリーの計画を察した——誇らしく思う気持ちが全身を駆けめぐった。彼女は美しくて頭がよくて、戦士のように勇敢だ。

当然ながら、彼女は自分で自分を救おうとしている。

リリーは、彼女自身と不安定な世界を救えるくらいすばらしい。

彼女がアレックも救えればよかったのに。

数時間後、アレックは王立美術院の裏を通る路地へとカーリクルを進めた。空き地は深く濃い陰になっていた。この特別な使命の危険度を見きわめるために、わざと彼女より早くここへ来たのだった。

御者席から降りたアレックの意識は、すでに目の前の建物に向けられていた。彼女を待たずに自分ひとりで実行してしまおうかと半ば本気で考える。

うかつだった。

リリーはすでに来ており、暗闇のなかに永遠にいた夜の女王のように物陰から出てきた。ズボンを穿いて、帽子を目深にかぶった女王だ。

彼女はどれくらい前からここにいたのだろう？　なにが起きても不思議ではないのに。そうなっていたら、アレックは間に合わなかっただろう。これもまた失敗だ。

おれはなんて役立たずなんだ。

いらだちと欲望がせめぎ合うなか、アレックは彼女に近づいていった。「これはどういうことだ？」リリーを暗がりへと押し戻し、詮索好きな目から守る。

リリーが手を伸ばして彼の手を取った。その手を広げさせ、てのひらの包帯をなでて、アレックを粉々にした。「ゆうべ、あなたは血を流した」

「それがなんなんだ？」

「わたしのために血を流してくれた」リリーが包帯にキスをすると、アレックの胸が激しくうずいた。顔を上げた彼女の目は帽子の縁に隠れて見えなかった。その目が見られるなら、アレックはなんでもしただろう。だが、彼にはその権利はない。「そのことだけでも、彼を笑いものにしてやりたい」

彼女自身のためでなく？　ホーキンズが彼女にしたことすべてに対してではなく？

アレックは喉のつかえを呑み下した。欲望。欲求。ほんとうはリリーを腕にかき抱きたくてたまらなかったのに、無理に超然としている風を装った。「それで紙切れに線を書いておれを呼び出したのか？　ひとりでここに来たのか？　夜中に？　悪事を働くために？」

リリーは一歩も引かなかった。「この悪事を働こうとしたのはこれがはじめてではないわ、公爵さま。あなたもだけど」彼女が微笑むと暗がりで白い歯が光った。「でも、成功するのははじめてになるわ」

神よ。おれは彼女を愛しています。

「気をつけろ。でないと、きみのせいでふたりに呪いがかかる」

リリーがまじめになった。「いいえ。この件では、宇宙はわたしを拒絶などできないはず」

どういう意味かとアレックがたずねる前に、彼女が窓のところへ行った。彼の視線は、淫らに見えるズボンの臀部へと吸い寄せられた。完璧だった。口のなかをからからにしながら見ていると、リリーがつま先立ちになってなかを覗こうとしたがうまくいかないようだった。

「またズボンか」アレックは言った。

リリーがふり返り、彼のプレードにわざと目をやった。「だって、どちらかはズボンを穿かなくてはだめだもの。そうは思わない？」

小賢しいことばを聞いてアレックは片方の眉を上げた。「キルトを着ていたら必要なことができないと思っているのか？」

あまりに長くリリーが凝視してくるので、返事はしてもらえないのかとアレックが思ったとき、彼女が答えた。「あなたはなにを着ていても、好きなことができると思うわ」

そのことばはとんでもなく誘惑的で、リリーを壁に押しつけてなにをしたいと思っているかを示したくなった。

だが、目の前の任務のおかげでそうせずにすんだ。「あなたに押し上げてもらいたいの」

アレックは目を瞬いた。「なんだって？」

「そのために来てもらったのよ」完璧にふつうの頼みごとだとばかりに彼女が微笑む。「わたしを押し上げて。そうしたら、なかからドアを開けてあなたを入れてあげますから。ふたりで任務を果たしましょう」

「きみひとりでなかに入れるわけにはいかない」

リリーが彼をふり向く。「なにが起こると思っているの？　彫像に乱暴される？」アレックが険しいまなざしになると、彼女がため息をついた。「わたしがあなたを押し上げるのは無理でしょう、アレック」

アレックが手を伸ばして窓をつかむと、抵抗もなく大きく開いた。「どうしてこの窓が開いているのを知っていたんだ？」

リリーがにっこりする。「お友だちができたの」

うれしそうなその声がアレックは気に入った。興奮気味の声が。彼女には一〇〇人だって友だちを持ってほしかった。一〇〇人だって。彼女が幸せになるならなんだって。この先ずっと。

〝あなたは彼女を幸せにできるのですよ〟

アレックはスタナップの声を脇に押しやった。「友だちか」

彼女がうなずく。「どうやらとってもいいお友だちみたい」

「ふむ、犯罪人生を勧めるような友だちは、いい友だちに決まっているな」アレックは辛辣に言った。

「押し上げて、アレック。ひと晩中時間があるわけじゃないのよ」

アレックは彼女を横に押しのけて窓枠をつかんだ。「きみはドアのほうにまわれ」

リリーの声には信じがたいという思いがにじんでいた。「アレック。その窓は地面から六フィートの高さだし、あなたはキルトを着ているのよ。無理に決ま――」

アレックは窓枠へと体を引き上げてなかに入った。ふり返るとリリーがあんぐりと口を開けて見ていたので、こう言わずにはいられなかった。「なにを言いかけていたのかな？」

リリーが顔をしかめる。「わたしのお友だちは、あなたをばかだとも思っているわ」

アレックはがまんできずに笑った。「きみの友だちは正しいよ」それからこう続けた。「ドアのところで合流しよう」二分もしないうちにリリーは正面のドアからなかに入ったものの、すぐさま外に出ようとした。「ちょっと待っていて。忘れるところだったわ」

戻ってきた彼女は、布に包まれた大きな絵を持っていた。「わたしからデレクへの最後の贈り物よ」包みを見て眉をつり上げたアレックにリリーは言った。

彼が包みを受け取る。「先導してくれ」リリーがズボンのポケットからろうそくと火打ち石を取り出した。「準備がいいんだな」彼女が返事をする間もなく、アレックは続けた。「あてさせてくれ。セシリーだろ」

リリーがにっこりする。「傷つくわね。わたしは醜聞に関しては熟練なのよ。これはわたしの考えです」

きっとそうなのだろう。アレックは彼女がろうそくに火を灯し、その炎が美しい顔を温もりのある黄金色に照らすのを見つめた。そして、彼女のあとから展示会場を抜けていった。壁には床から天井まで何千という絵が飾られていた——どの絵もじっくり見ていられないほどたくさんある。

「狂気だな」アレックが小声で言う。「どうしたらこの絵の海のなかで、たった一枚に関心を向けられるんだ？　きみを醜聞まみれにするほど？」

リリーは彼をふり向かず、ふたりはいちばん大きな展示室に入った。そこは細長く印象的な部屋で、奥には演壇があり、その背後には布をかけた場所があった。「人が醜聞を騒ぎ立てるのは、芸術を愛しているからだと思うの？　芸術なんてどこにでもあるわ。でも、ゴシップは――そっちのほうが遥かにおもしろいのよ」壁を指さす。「あれも展覧会の目玉のひとつなの。コンスタブルよ」

アレックは足を止め、暗がりでよく見えない小さな風景画をとっくりと眺めた。手に持っている包みは、その水彩画の一〇倍は大きかった。「おれたちの探している絵がこれくらいの大きさだというのは望めないってことかな？」

「そのとおりよ」

「そうだと思った」アレックはうめいた。「ホーキンズはなんでも中途半端にしないな」

「わたしの美貌が小さな画布にはおさまらないのかもしれなくってよ」

アレックがはっと彼女を見る。「暗がりがきみの鋭い機知を引き出したみたいだな」

リリーは首を傾げたあと、向きを変えて演壇に向かった。「狼狽の気持ちが引き出したのかもしれないわ」

それがなんであれ、アレックは消えてほしくなかった。

演壇の前まで来たリリーがためらった。アレックは彼女の横に行った。「リリー？」

「ここがわたしが醜態をさらした場所よ」彼女が演壇の端に手を置いて小さく笑うのを、アレックは見ていた。「きっとその前にすでに醜態をさらしていたのよね。でも、この場所ですべてがはっきりしたの。まるで、舞踏室だと思っていた部屋に明かりが灯ったら、屋外便所だったとわかったみたいに」

「きみは自ら醜態をさらしたんじゃない。あいつがきみを辱めたんだ。そのふたつはまったく別だぞ」

「そうね。でも、この場合はちがう。わたしは子どもじゃないのよ、アレック。自分のしたことはわかっていた。どんな結果を招くかも。自分が醜聞まみれになるかもしれないとわかっていたの」ためらい。「でも、気にならなかった。デレクのものになれればそれでよかった」

そのことばに殴られたようになり、ホーキンズと一緒にいる彼女を想像して、アレックは激しい嫉妬に襲われた。ホーキンズは彼女に対する責任から完全に逃げたのだ。あいつはどんなにがんばってもリリーにふさわしい男にはなれない。彼女にふさわしい英雄には。

リリーが続けた。「世間は、わたしのような過ちを犯した女をとことん憎むの。神聖な行ない以外の目的で使われる美は罪なのよ」リリーは演壇を、自分の恥辱を隠している分厚い布を見上げた。「だれひとりとして、この芝居における彼の役割に疑問を呈そうとはしなかった。彼はこの行ないで賞賛されることになるの。ねえ、わたしはなにをして彼とちがう扱いを受けるはめになったのか教えて」

「なにもしていない」彼女の声ににじんだ鋭い苦痛が心配になって、和らげてやりたくなった。「きみはまちがったことはなにひとつしていない」

リリーが微笑む。「上流社会はそうは思っていないわ」

「上流社会などくそ食らえだ」

彼女の眉がつり上がる。「あなたはどんなまちがいをしたの、アレック？」

またその質問だ。鋭敏で直接的。そのうち答えなくてはならない質問。

だが、ここではない。いまではない。

アレックは首を横にふった。

リリーが注意深く彼を見つめた。ろうそくの明かりが彼女の美しい顔の上で揺れている。

「あなたが言ってくれたことをわたしも言ったら――あなたはまちがったことをなにひとつしていないと言ったら――あなたはなんと返事をするかしら？」

アレックは彼女の目を見ていられなくなって顔を背けた。「きみはまちがっている、と言うだろうな」

「あなたが男で、彼女が女だから？」

「おれのしたことは、きみのしたことより遥かにひどいからだ」

「そう信じているのね」

「そうだ」

「それなのにあなたはいまここにいて、わたしのために悪事を働こうとしている。自分のためでなく」

アレックは彼女に話すつもりはなかった。いまは。「それなら、悪事を働こうじゃないか。さっさとやってしまおう」

つかの間、リリーは抗いそうな気配だった。アレックをさらに問い詰めようとしそうな気配だった。そしてつかの間、もしリリーがそうしたら、アレックは王立美術院の何千という絵に囲まれて、いまいましい演壇の上ですべてを話してしまいそうだった。

けれど、リリーはそうはせず、ろうそくを置いて彼の手から包みを取り、演壇に上がった。

「向こうを向いていて、お願い」

アレックは即座に従った。彼女にした約束を守るつもりだった。絵を見られるのはこれが唯一の機会だとわかっていたが。どれほど美しいかを知る唯一の機会だと。とはいえ、その美しさを知るのに絵を見る必要などなかった。なぜなら、それはリリーを描いた絵だからだ。みごとな絵に決まっているではないか。

それでも、実物の彼女にくらべたら見劣りするだろう。

だからアレックは静寂のなかに立ち、彼女の動き――ウールのズボンが肌をこするやわらかな音、しゃがみこみ、運び入れた絵のおおいをはずす音――に耳を澄ませた。壁から絵を下ろすときに小さく息を呑む音。別の絵と入れ替える音。それから、またしゃがみこんで持ち去る裸体画を包む音。

リリーが立ち上がるころには、アレックは自分も絵の一枚に、画布の一辺になって、決意に満ちた彼女にそっと触れられたいという嫉妬で頭がおかしくなりそうだった。「もういいわ」静かな声を聞き、アレックはふり向いた。彼女の声——安堵に満ちたものであるはずなのに、実際はユーモアに満ちていた——に惹きつけられていた。こちらに背を向けているリリーは両手を腰にあて、壁のいちばんいい場所を見つめていた。そこには——。

アレックは笑った。

ジュエル。リリーは裸体画のあった場所にジュエルの絵をかけていた。

アレックは段を上がり、デレク・ホーキンズへのみごとで完璧な罰をしげしげと見た。ジュエルは赤いサテンの枕に神々しく休み、華奢な脚を明かりに照らされ、宝石のついた王冠を少し傾けてかぶっている。

アレックをふり向いたリリーの灰色の目は、笑いで銀色にきらめいていた。「これほど愛された絵と入れ替えるという栄誉をあたえてあげたのだから、彼は大喜びすべきね」

アレックがうなずく。「寛大すぎるくらいだと思う。ホーキンズと世間一般の両方に対して。あいつはこの選択をよしとするだろう——上流社会に傑作をもたらしたがっていたのだから」

「みんなに見てもらうために」リリーが言う。

「おれたちはまさに世間に対して善行をしたんだ」

「何年も誕生祝いをしてもらってこなかったけれど、この特別な贈り物はすべてを補ってくれるかもしれない」そう言ってアレックににやりと笑ってみせる。「ありがとう」

彼はリリーに近づいていった。彼女の無謀な美しさと、今夜——ふたりの行動——に対する興奮と期待が、引き綱につながれた猟犬のようにアレックを彼女のもとへと引き寄せた。

彼がそばに来てのしかかるように立つと、笑顔の消えたリリーが顔を上げた。彼はリリーの頬を両手で包み、完璧な高い頬骨を両の親指でなでた。

「きみの笑い声が好きだ」こらえられずにそっと告白する。

リリーは包帯の巻かれた彼のてのひらを自分の頬に押しつけた。「わたしもあなたの笑い声が好きよ。毎日あなたを笑わせたい」アレックは目を閉じた。自分も彼女を毎日笑わせたかった。リリーは自由なほうの手を彼の髪に差し入れて、ほとんど聞こえないくらい小さくささやいた。「やらせてみて、アレック。わたしにそうさせて」

つかの間、アレックはその場面を想像してみた。リリーの手を包んだ自分の手、彼女のからかうような笑み、彼女の大きな笑い声、彼女のすばらしい力強さ。リリーの隣りに立つ自分を想像する。彼女を尊ぶ自分。彼女を崇める自分。彼女にキスをする自分。

そのときふたりの唇が重なり、キスは想像上のものではなくなった。

そこに荒々しいものはなく、おそらくはそのせいでアレックは正気を失いそうになった。やさしく、切迫感のないキスだった。たがいを探索する時間は一生あるとばかりの。自宅の庭で、子どもたちに囲まれ、笑い合ったあとのキスのようで、ふたりの将来を約束する暗示のようだった——もっと時間があるときのための。

完璧な口づけだった。

だからアレックの心は粉々になった。特に、リリーが彼の顔を少し押し戻して吐息をつき、そのすばらしい息で彼の名前をささやいたときは。「わたしにやらせてみて」唇でからかい、誘惑しながらリリーがまたささやいた。

イエスだ。

頼む。やってみてくれ。

だが、それは現実的な返事ではなかった。返事はノーだ。

そして、それを彼女と自分自身に証明するためには、すべてを打ち明けなければならない。最後に名残惜しげな愛撫をすると、アレックは身を引いて、彼女が丁寧に布で包んだ絵を持ち上げた。それを小脇に抱え、手を差し出し、そこにリリーがするりと手——手袋をしていない手——を入れるようすに喜びをおぼえた。ふたりのてのひらはこの世でもっとも自然なことのように重なり合った。

アレックはつないだ手を離さないまま、リリーがろうそくを取るときに少し立ち止まっただけで無言で展示室を出た。王立美術院の外に出るとリリーを抱き上げてカーリクルに乗せ、絵を縁に立てかけた。彼女の隣りに腰を下ろして馬が走り出すと、がまんできずに彼女の手をふたたび取り、温かくて力強いその感触を楽しんだ。

バークレー・スクエアまであと半分まで来たとき、リリーのほうから指をからませてきて、アレックは彼女の手を放すことなどできるのだろうか、と訝った。彼は手を放さなかった——中庭にカーリクルを入れて降りたときも、リリーを降ろしたときも、絵を持ったときも。彼女の手を放したのは、馬丁がカーリクルを引き受けようと厩から出てきたときだけだった。

一緒に戻ってきた人物に馬丁の注意を向けられたくなかったからだ。

裏口から屋敷に入ると、薄暗く静かな厨房でアンガスとハーディが尻尾をふり、舌を出して迎えてくれた。ふたりが一緒に帰ってきたことで、ハーディはここ数日よりもうれしそうだった。

アレックにはその気持ちがよくわかった。彼もまた、リリーと一緒にいられてうれしかったからだ。犬たちの相手をしっかりしたあと、ふたたびリリーの手を取って彼女の寝室――彼女が出ていったときのまま、本や書類でいっぱいで、シルクのストッキングがベッドの木枠にかかっている、階段下の小さな部屋――へ向かった。

アレックは絵を収納箱に立てかけた。それを見ていたリリーが困惑の表情になる。「ここに？」

彼がうなずく。「この場所だけがこの屋敷で――全部の屋敷で――きみらしさでいっぱいだから」

「いっぱいすぎるわね。わたしたちふたりが入ったらもう余裕がないもの」

まさにそこが要点だった。なぜなら、すべての真実を話したら、リリーは彼にそこにいてほしいとは思わなくなるだろうからだ。そうすれば、アレックはこの部屋を出ていくしかなくなる。留まるだけの空間がないからだ。

どうやら、アレックがことばにしなくてもリリーは理解したようで、眉をひそめながらアレックの手を取った。手をしっかりつないでいれば、アレックを留めておけるとばかりに。

だが、リリーには彼を留めてはおけない。もし——。

「話して」彼女がそっと言った。「それがなんにしろ——」

真実を話した結果がどうなるかを知りつつ、アレックは大きく息を吸った。真実が招くだろう結果を嫌悪した。彼は手を放し、リリーに言われたとおりにした。

すべてを話したのだ。

21

恋と被後見人は手段を選ばず

「一二歳のときにスコットランドをあとにした」

彼がなにを言うかを予想していたわけではなかったけれど、そんなことを言われるとはリリーは思ってもいなかった。「いや、一二歳のときにスコットランドを逃げ出した、と言うべきだな」

なにを聞かされようと、過去になにがあろうと、自分はそばを離れないとわかってもらいたくて、彼に触れたくてたまらなかった。けれど、触れてしまったら、彼が背負っているものを思い出させるだけだとわかるくらいには、この一〇日でアレック・スチュアートについて学んだ。だから、手を握り合わせて小さなベッドの端にちょこんと腰を下ろした。ここにいるのが完璧にふつうのことだというふりをして。

「母はおれが八歳のときに家を出ていった」彼は大きくて力強くて完璧な手を見下ろした。「母のことはほとんどおぼえていないが、出ていかれた父がどんな風になったかはよくおぼえている。腹を立て、後悔でいっぱいだった。そして、二週間もしないうちに母が亡くなると――」

先を急かさずにいるには、リリーは持てる力をかき集めなければならなかった。

彼がまた話しはじめた。「使者が来て、父は報せをおれの前で読んだ。なんの感情も見せなかった。おれが感情をあらわにするのも許さなかった」

それを聞いてリリーは目を閉じた。彼はまだ子どもだったのに。それに、彼女がだれであろうと、どんな母親であろうと、母親にかわりはなかったのに。

「アレック」彼にそばにいてほしかった。彼ははっとしてリリーの目を見た。「気をつけないと頭を打ってしまいそうよ。座って？　お願い」

一緒に座れるなら、リリーはなんだってしただろう。けれど、彼は机の小さな椅子を選んで引き出した。彼の大きな体で椅子が小さく見える。椅子が輝いて見える。狭い部屋で彼のひざがすぐ目の前にあるのを意識しながら、彼に見とれた。「続けて」

「母についておぼえているのは、イングランドの話をしていたということだけだ。どれほど自分にぴったりの国かという話だ。どれほど母国を愛しているかという話。スコットランドよりどれほどいい国かという話」

リリーは微笑んだ。「お母さまはイングランドがスコットランドにまさっている点を三つ挙げられたのでしょうね」

彼の口角が片方くいっと上がった。「三つ以上挙げられただろうな」それから真剣な面持ちになった。「おかしなことに、おれは母を恋しく思った。母が最高の母親じゃなかったことなど重要ではなかった。だから、母と同じようにおれもイングランドという国を慕った」

静かに小さく笑う。「信じがたいかもしれないが」

「あなたはイングランドのすべてを罵倒する人なのにね」

「イングランドのすべてではない。例外をひとつ見つけた」リリーはそのことばに衝撃を受けた。わたしのことを言っているのだ。それでも、彼はそこでぐずぐずと立ち止まったりしなかった。「イングランドに行きたかった。母を追いかけたかった。母が愛した国を見たかった。子どもを捨てていくほど強く恋しく思った国を」

彼はそこで口をつぐみ、手の傷痕にもう片方の手で触れた。父親につけられた傷だ。リリーは彼の手を長々と見つめ、痛みを和らげてあげたいと思った。ついに続きを促した。「それで？」

「父はそうはさせまいとした。勘当すると断言した。出ていったら親子の縁を切ると」リリーの心臓が鼓動を速めた。「だが、おれにはどうでもよかった。見つけられた全員に手紙を書いた。遠縁の人間に——父にもうっすらとイングランド人の血が流れていたんだ。まあ、おれの公爵継承順位が一七番めだったわけだから、驚かないだろうが」

「それから？」

「遠縁の者から手紙が来た。返事を書いた。なにがどう効いたにせよ、うまくいった。おれは学校に入った。父は約束どおりにした——二度と戻ってくるなと言った。だが、おれは気にしなかった。学費は全額支払いずみだった。太っ腹の親戚だよな」彼は微笑み、傷痕のある手でうなじをなでた。不意に、ずっと昔の少年に戻ったように見えた。「一六人の公爵のひとりだったのかもしれないな。だとしたら、皮肉な話だ」

リリーは当時の彼を想像した。ハンサムで、長身で、あらゆる運動が得意な男子生徒の王。「すごい人気者だったのでしょうね」

弾かれたように彼が顔を上げて、茶色の目でリリーを見た。「生徒はみんなおれを憎んでいた」

ありえない。「どうしてそんな――」

「おれは葦みたいに背が高く痩せていて、自慢屋のスコットランド人だった。対する彼らは、生まれながらにしてりっぱな爵位と先祖代々の地所とおれには想像もできないくらいの金を持っていた。おれは詐欺師で、彼らはそれを知っていた。批判した。そして、おれの傲慢さを叩きなおした」

リリー自身が叩かれたように感じた。それでも、頭をふった。「彼らは子どもだったのよ。きっと――」

「子どもがいちばん質が悪い。少なくともおとなはこっそり批判する」

「それでどうなったの？」

「最初の三年間は、おれには選択肢がなかった。貧しかったから、授業のないときに床掃除をしたり窓洗いをしたりして学費以外に必要な金を稼いだ。おれが金を必要としているにおいを彼らは嗅ぎつけた」過去の記憶に浸る彼が微笑んだ。孤独で仲間をがむしゃらに求めている若いアレックが、リリーには見えるようだった。彼の気持ちがとてもよくわかった。ほかの人が同じ目に遭うことなど、けっして望まない気持ちだ。

「残酷でなかったのはキングだけだった」

ずっと昔にアレックにやさしくしてくれた礼が言えるよう、エヴァースリー侯爵がここにいてくれればよかったのに、とリリーは思った。けれど、この物語はふたりの少年が仲よくなりました、で終わらないのではないかという予感がしていた。

アレックは前かがみになってひざに肘をつき、頭を垂れていた。まるで告解をしているみたいだ。かつて少年だった彼が心配になって、リリーの鼓動が激しく打った。

彼女は思わず言っていた。「三年経ってどうなったの？」

アレックはおもしろくもなさそうに小さく笑った。「成長した」リリーは困惑したが、彼は頭をふって彼女を見もせずに説明した。きつく握り合わせた大きくて温かな手に向かって物語を続けた。「二、三カ月で一フィート以上大きくなった。ほかのだれよりも背が高くなった。体もがっしりした」そこでことばを切り、リリーを見た。「背が伸びるってすごくつらいんだ。知ってたかい？」

リリーは首を横にふった。「どんな風に？」

年老いるまで抱きしめてあげたくなるあの笑みを、彼がまた浮かべた。「肉体的にだ。ひどく痛む。骨が成長に追いつけないみたいに。だが、ほかのあらゆる面でも痛む——かつていた場所に自分はもういない、という鋭い感覚がある。先に待っている場所ともちがう」それから声を落とす。「おれが進もうとしていた場所とはまったくちがった」

「アレック——」

彼はリリーがしゃべらなかったかのように続けた。ここでやめたら、二度と話せなくなるかのように。リリーがしゃべらなかったかのように続けた。ここでやめたら、二度と話せなくなるかのように。リリーは口をきつく結び、聞き役に徹するよう自分に言い聞かせた。「おれを批判し、いじめ、おれの存在をあざけっていた彼らは……おれそのものを憎むようになった。もうおれを支配できなくなったからだ。支配するのはおれのほうになった。おれは——」

リリーはついに彼に触れた。どんなことばが出てくるかわかっていた。彼が口にするのを一〇回以上は聞いていた。リリーは彼の手をきつく握った。「言わないで。そのことばが大嫌いなの」

視線を合わせてきたアレックを見て、彼もまたそのことばを憎んでいるのがわかった。

「だから言わなくてはならないんだ、リリー」おだやかな声だった。「適切だから。おれが〈スコットランドの野蛮人〉だから」

リリーは頭をふった。「でも、ちがうのに。あなたほど野蛮人から遠い人はいないわ」

「はじめて会ったとき、おれは玄関のドアを壊したじゃないか」

あのときの彼の意志の強さを思い出し、リリーの体を興奮の波が襲った。「わたしに会わなくてはと思っていたからでしょ。わたしを守るために」

つかの間、彼は否定するかと思った。けれど、リリーの目を覗きこんで心からのことばを言った。「たしかにきみを守りたかった」

「あなたはそうしてくれたわ」

顔を背けた彼の視線が、何日も前にリリーが逃げ出したときにベッドの端にかけたストッキングに留まった。「いや、守れなかった。一度も」

リリーは彼と指をからめ合わせた。彼を思って胸が痛んだ。「それはまちがいだわ」

「きみは自力で対処しなくてはならなかった」

「ちがう」リリーは無理やり彼と目を合わせた。「わからないの？　そうする力をあなたがあたえてくれたのよ。強さを。わたしに自由をあたえたい？　選択肢をあたえたい？　もうあたえてくれているわ。何度も何度も。あなたがいなければ――」

彼が頭をふってリリーをさえぎった。「おれは野獣だったんだよ、リリー」

「ちがう。彼らがあなたを傷つけたの。あなたはやり返しただけ」

「そうだ、おれは戦った。くそいまいましい悪魔のように。それまでみたいに気晴らしの相手にはならないとわからせたかった。おれを襲おうとしたら、すべてを失う危険があると」

少年時代のアレックが誇らしくて、リリーはうなずいた。いじめっ子たちが苦しむことなど望んではいけないとわかっていたけれど、アレックが彼らに勝つ方法を見つけたのをうれしく思った。「よかった」

彼がまた低く乾いた笑い声をたて、頭をふった。「残りを聞いたらそんな風に思わなくなるぞ」

彼は手を引き抜こうとしたが、リリーはなおさらきつく彼の手を握った。「いいえ」はっと顔を上げた彼の目には、驚きと、もっと心をかき乱すなにかがあった。恐怖に似たなにか。リリーは頭をふった。「あなたはここにいる。わたしが一緒よ」

そのことばに彼が衝撃を受けたのがわかった。彼が大きく息を吸ったのがわかった。

彼が反撃を決意したのがわかった。

「男子生徒は喧嘩でおれに勝てなかった」彼の声は静かだった。「だから、その姉たちが仕上げをした」

リリーはアレックが会ったなかでもいちばんの美女で、そこに座って永遠に彼女を見つめていられた。だが、そんなことができないほど愛していたので、真実を打ち明けた。それが彼女を追い払ってしまうと知りつつ。自分は彼女にふさわしくないと証明することになると知りつつ。アレックより無限にいい男を彼女なら見つけられると。

〝あなたさえ心を決めれば、あなたは彼女を幸せにできるのですよ〟

スタナップのことばは最悪の嘘だった。耳に心地のいい嘘。男と、男が守ると誓った女を破滅させるほどに誘惑的な嘘。だから、彼女が困惑に眉根を寄せたのを見て、アレックはもっとはっきりと言った。

「学費は払いずみだったが、それ以外のすべてに金が必要だった。食べ物。飲み物。服。洗濯。金を稼ぐためにしていた仕事が急になくなった。どうやら学校の料理人や掃除婦は、おれの存在を忘れるくらい給金を弾まれたらしかった。金がなければやっていけなかった」暗がりで横になってこの先どうなるのだろうと思案した、絶望と空腹と怒りに満ちたあの何カ月かの記憶。「ときどきキングが食べ物をこっそり持ってきてくれたり、おれのシャツを自分の洗濯物のなかに紛れこませてくれたりしたが、自尊心のあるおれには――」

「友情よ」彼女がささやいた。「それは友情だったの」

そのとおりだった。キングはいつだってアレックを見守ってくれた。だが――。「施しを受けている気分だった」

彼女がうなずき、アレックはその目のなかに理解と悲しみを見た。哀れみも。「もっといい人生を送れて当然だとはなかなか信じられないものよね」

彼女にはわからないのか？「おれとくらべるな。きみはけっして――」

「なんなの？」

いらだちのこもったそのことばを聞いて、アレックは耐えられなくなった。立ち上がり、彼女の手から離れる。この小さな彼女の部屋にいるのは最悪だった。すべてのことばが彼女に包まれてしまうし、うろつこうにもほとんど動けなかった――体が大きいせいで動ける空間が一、二歩分くらいしかなかった。

ついにアレックは動くのをやめ、両手を髪に突っこんだ。長々と息を吐く。「おれが一五歳のとき、ペグが近づいてきた」その名前を聞いて彼女が凍りつくのをアレックは感じた。「ミカエル祭の日だった」

「いつだってミカエル祭なのよね」彼女が小さく言ったことばの意味がアレックにはわからなかった。だが、たずねる間をあたえてもらえなかった。「続けて」

「ある男子生徒のとてもきれいな姉だった。おれは訪ねてきた生徒たちの家族から隠れていた。勉強しなければならないんだと自分に言い訳をして」

「でも、ほんとうは、自分にないものを無視しようとしていた」

アレックは彼女に目をやった。「そうだ」

彼女が悲しげな笑みを小さく浮かべた。「よくわかるわ」

アレックはそのことばを無視して話を進めた。「彼女はおれを追ってきた。図書室にはだれもいなかった……そこに彼女が現われた」

リリーが目を細くした。「彼女は何歳だったの?」

「社交界デビューする年齢になっていた。結婚とはどんなものかが理解できる年齢に」道楽家で王のように裕福なロウリー卿のことを考える。「彼女はおれのところに来て申し出た……」

「想像はつくわ」

「いや、無理だろう」これだけはちゃんと口に出して言わなくてはならなかった。ふたりは似合いではないとリリーが納得するだろう話だ。アレックがけっしてふさわしい男になれないと彼女が納得するだろう話。「ことが終わると、おれは当然のことをした。彼女の父親に会いに行くと言ったんだ。結婚を許可してもらうために」

リリーは夢中で聞いており、アレックは彼女に心のなかまで見透かされているようなのが気に食わなかった。ほかのだれよりも自分を理解しているようなのが。「ペグは断った」アレックは向きを変えた。ロンドンの暗い屋根の数々を窓越しに見る。「彼女は笑った」乾いた笑いがこぼれた。「笑って当然だな」うなじに手をやる。ここで薄汚れた過去を思い出しているのがたまらなくいやだった。「ペグは子爵の令嬢だった。伯爵との結婚が決まっていた。おれは貧しくて、爵位がなく、スコットランド人だった。おまけにとんでもない愚か者でもあった」

「ちがうわ」リリーがささやいた。

アレックはふり向かなかった。ふり向けなかった。だから、窓の外の街に向かって話した。「もう貧しくはないが」アレックは思い出のなかにどっぷり浸っていた。「ペグはおれに一〇ポンドをくれた。一カ月分の食事にじゅうぶんな額だった」

「アレック」リリーはベッドを下りて彼のすぐ後ろまで来ていた。その声に必死さが聞き取れた。アレックは彼女をふり向かなくてはならなかった。彼女を見なければならなかった。真実を示さなければならなかった。

だから、そうした。彼女の目に涙を見て、つらかった。愛おしかった。あの何年も前に、図書室にいる自分のもとに来たのがリリーだったなら、どんな人生になっていただろう。だが……。

「そのあと、ペグは友人たちを送りこんできた。どぶで遊びたがっていた貴族令嬢たちだ。

彼女たちは泥まみれになりたい気持ちを満たす機会を求めていた。〈スコットランドの野蛮人〉を乗りこなす機会を」

リリーがそのことばに衝撃を受けたのがわかった。こんなことをしなくてはならない自分を憎んだ。それでも、無理やりにでも最後まで続けた。「彼女たちの金があったおかげで卒業できた。おれは男娼（だんしょう）になったんだ。自分が男だったのを感謝すべきなのだろうな。女だったら不名誉とそしられていただろうから。だが、おれは崇められた。彼女たちはお気に入りの玩具みたいにおれの名前をささやいた。つかの間の道楽。おれははじめての相手には完璧だが、最後の相手としては考えうるかぎりで最悪の男だとペグはよく言っていた」

「彼女なんて大嫌いだわ」リリーが言う。

要点はペグではなかった。アレックは壁ぎわの収納箱を指さした。もう一度強調する。「おれはきみにふさわしい男ではないと言ったが、それはゲームじゃない。嘘でもない。あの清潔な白い服、きみが愛と献身をこめて刺繍した裾、小さな革の靴底のブーツ……そういうのは別の男の子どもたちのものだ。ドレスは、別の男がきみから脱がせるものだ。おれなんかよりも無限にいい男が」

わかってくれと懇願する。「わからないのか、リリー？　おれはきみの結婚相手じゃない。きみが後悔する野獣なんだ。だが、これで——きみは別の男と一緒になれる。きみにふさわしい男と」アレックは絵を指さした。「あれは……あいつらがきみを破壊するために使おうとしていた絵は——もうきみの自由を妨げない。これで、醜聞とは縁遠い道を選べるようになったんだ。好きな道を歩めるんだよ。わからないかい？　おれがきみにあたえてやれるのは選択肢だけなんだ」

リリーがなにか言おうと口を開いたが、アレックはなにも言わないでくれと身ぶりで懇願した。「やめてくれ。おれを選ぶな。どうして真実を見ようとしない？　おれがきみにふさわしい男になることはぜったいにない。ロンドンに来たのはきみを守るためだったのに、そのたったひとつの務めすら果たせなかった。ゴシップから守ってやれなかった。ホーキンズから守ってやれなかった。それに、ロトンロウではきみは危うく馬に踏み潰されるところだった。しかも、そのあとでおれはきみを誘惑した。ぜったいにきみに触れてはいけなかったのに」

アレックは同意のことばを待った。批判のことばを。

彼女が立ち去るのを待った。

そして、彼女が動いたとき、見送る覚悟を決めた。だが、彼女は立ち去らなかった。それどころか、アレックに近づいてきた。彼はあとずさった。なにがなんでもリリーを避けなくては。心が粉々になりすぎて、とてもリリーに触れられなかった。だが、部屋は狭すぎ、彼女は手強い敵だった。

リリーはアレックに触れなかった。

それよりもっとひどかった。手を伸ばして髪からヘアピンをはずし、赤褐色のシルクのように肩に垂らしたのだ。アレックの口がからからに乾き、目は細められた。リリーが言った。

「もしよければ、わたしにも言いたいことがあるのだけれど」

彼の心をいままさに盗もうとしている掏摸（すり）のような格好をした、この王女戦士を止められるはずもないのに。

「とってもまちがった考えだわ。最初がいちばん意味があるだなんて。二番めも。そのあとに続くどんな人も。早い時期に出会った環境が、永遠にと選んだ環境より意味があるだなんて。世間ではそう嘘を教えるけれど、あなたのおかげでそうではないことがわかったのよ」

彼女の目には愛があって、アレックは息を奪われた。「あなたの物語は聞きました。今度はあなたがわたしの物語を聞く番よ。年老いて、人生の薄れた思い出をふり返るとき、わたしがなにを考えるかを話しましょうか？　彼のことじゃないわ。そして、自分の醜聞について考えるとき、わたしは感謝するでしょう。おかげであなたに出会えたのだから。でも、醜聞についてはあまり考えないと思うわ。あなたのことを考えるのに忙しいでしょうから。ふたりで言い争った日中と、あなたと言い争いたいと願った夜のことを考えるのに。あなたのタータンに包まれて過ごした時間。あなたに包まれて過ごした時間。世界中でたったひとりの女みたいにあなたに見てもらったこと」

たしかに、たったひとりしかいなかった。アレックにとっては。心臓が飛び出しそうな彼の胸にリリーが手を置いた。「抱きしめられたこと。そして、あなたを愛したこと。だから、教えてほしいの、計り知れないほど強くてやさしくて聡明で、独力でおとなになって公爵になったアレック・スチュアート」アレックはリリーのことばとまなざしで破壊されかけていた。「年老いたとき、あなたはだれのことを考えているかしら？」

突然、それが重要なただひとつの問いとなった。

「きみだ」アレックは彼女に手を伸ばした。それとも、手を伸ばしたのは彼女のほうだったのだろうか。どちらでもかまわなかった。彼女が腕のなかにいるかぎりは。

そして、それはほんとうのことだった。アレックはリリーを思い出すだろう。

「いつもきみだ。永遠にきみだ」

たとえ今夜しかなかったとしても。

「なにひとつ重要じゃないわ」アレックの口もとでリリーがきっぱりと言う。「過去も、女性たちも、醜聞ですら。わたしたちがここにいて、おたがいがいれば、そのすべてはどうでもいいの」それからアレックにキスをした。彼がリリーを抱き上げると、まるでそこが居場所とばかりに脚を巻きつけてきた。

たしかにそこが彼女の居場所だった。

キスを続けたままアレックはベッドへと行き、リリーを端に腰かけさせ、自分はベッドの脇にひざまずいた。彼女が唇を離した。「だめ。ひざまずいてなんてほしくないの」

「この場所からきみにしようとしていることすべてを見せたら、気に入ってくれると思う」彼が喉もとのやわらかくて温かな場所にキスをすると、リリーが顎や耳たぶにもキスしやすくしてくれた。「このままここからきみを崇めさせてくれ、愛しい人。きっと満足させてみせる」

アレックはふたたび口づけ、彼女の小さなため息やぐったりと力が抜けるようすを楽しんだ。とても抗えないとばかりのようすを。

彼女に負けず劣らず、アレックも悩殺的だとばかりだ。

愛撫は続いたが、やがてリリーが彼の肩に手を置いて押しやった。「ひざまずいていてほしくないの、アレック」先ほどのことばをくり返す。「あなたが欲しい」

アレックの両手が彼女の髪に潜りこんだ。「おれはきみと一緒だ、愛しい人。ほかの場所になどいられない」

リリーが首を横にふる。「わかっていないのね」体を離す。「あなたに一緒にいてほしいのではないの。おたがいに一緒にいたいのよ」

とうとうその意味がわかったとき、アレックは側頭部に殴打を受けた気分だった。階段下の小さな部屋の床に座り、じっとリリーを見つめる。彼女の頬が赤くなっていった。「わかるかしら、愛しい人？　あなたとわたしで一緒になりたいのよ」

彼女は対等の関係になりたいのだ。

後見人と被後見人ではなく。

公爵と未婚女性ではなく。

アレックは唾を飲んだ。ほかにことばが見つからなかったのでこう言った。「なるほど」

リリーはまたもや彼を破滅させた。

彼女はアレックのなかに真実を見て取り、大きくてうれしそうな笑みを浮かべた。それからベッドの上でひざ立ちになり、その晩の変装に着ていた上着とシャツを脱ぎ——何十回と男物の服を脱いだことがあるように——美しい胸をさらした。桃と新鮮なクリームのように、やわらかで完璧な胸だった。

唾が湧いてきて、アレックは滝のように肩に流れる赤褐色の髪に目を上げた。そのとき、リリーがズボンの前垂れに手を伸ばした。

彼女を見つめているうちに欲望でまぶたが重くなってきて、思わず言っていた。「やめるんだ」うなるように言う。目はズボンの留め具に触れている長くて美しい指に釘づけだ。

リリーが動きを止めた。

アレックは手の甲で口を拭った。彼女が欲しくてたまらなかった。彼女がこわかった。

「してくれるの？」リリーがささやいた。

アレックはなんとか視線を上げて彼女を見た。「なにを？」

彼女が微笑んだ——こういった状況で女性たちが浮かべる艶めかしい微笑みよりも、遥かに危険な微笑みだ。彼女は幸せそうに見えた。上機嫌に。熱心に。

〝あなたさえ心を決めれば、あなたは彼女を幸せにできるのですよ〟

アレックはそのことばを脇に押しやった。スタナップに登場してもらいたくなどなかった。そのとき、リリーが返事をし、スタナップが頭から吹き飛んだ。「わたしにしてほしいことを話してくれるの？」

アレックはさまざまな場面に襲撃された——彼女にしてもらいたい何百もの思いつきに。

彼のために。彼に。彼女自身に。ズボンに注意を戻す。望んでいることをじゃまする六個のボタン。アレックは言われたとおりにした。

「脱ぐんだ」

リリーの笑みが満足げなものになった。「喜んで」

ボタンをはずすみごとな手並みに感嘆する間もなくズボンが消え、投げ捨てられ、罪と救済を同時に約束してくれる脚があらわになった。リリーが小さなベッドにあおむけになる。長い腕で胸を隠し、もう一方の腕は美しくふっくらした腹部を横切り、手はアレックがなによりも望んでいる場所をおおった。

「続けて、公爵さま」リリーがからかった。息をするごとに、動くごとに、すばらしい笑みをひとつ浮かべるごとに、アレックを欲望でおかしくさせているのを承知しているのだ。「次はなにをしてさしあげましょうか？」

「おれのために脚を開いてくれ」アレックは自分の言ったことに驚いた。リリーもはっと息を呑んだ。つかの間、彼はやりすぎたかと思った。そのとき、狭いベッドでリリーが美しい脚を大きく広げた。だが、手はどけなかった。

アレックが眉をつり上げる。「生意気な娘だな」

リリーが微笑んだ。「望みはもっと具体的に口にしてもらわないと、公爵さま」

彼女は最高だ。

「きみが欲しい」

笑みは大きくなったが、手は動かなかった。「もっと具体的に」

アレックが肩のところでブレードを留めているピンをはずすと、彼女が目を丸くして気づかないほどかすかに手に力をこめた。彼女を熱く必死で求めて目を釘付けにしていなければ気づかないだろう、ということだが。

アレックはすぐさま裸になった。下半身は彼女を求めて硬くなっている。

リリーが目を丸くし、そこに視線を据えたまま唇をなめた。「それよりもっと具体的に」

「その手をどけてほしい、ラス」ベッドに近づいて彼女を見下ろし、その輝かんばかりの裸体を堪能する。「きみをしっかり見られるように」

彼女が眉を上げる。「見るだけ？　それってスコットランド人ならではのその場しのぎかしら？」

からかわれたアレックは唇をひくつかせ、訛りをきつくした。「しっかり見たあと、きみの運がよければ触れてやるかもしれない。触れたら、味わうのは確実だな」

リリーが笑った。ハイランドのように自由で奔放な笑い声だった。「ミスター・スチュアート」ささやきながら手を動かし、美しい赤褐色の秘密をあらわにしていく。「わたしに触れるのなら、運がいいのはあなたのほうだと思うわ」

彼女の言うとおりだった。アレックは最高に運のいい男だ。今夜は。

その幸運をしっかり受け止めるため、アレックは彼女の隣りに体を横たえて約束したことをはじめた。ずっとリリーにささやき続けながら、彼女の秘密をあらわにしていった。「こんなにやわらかい」耳もとで言い、舌でたっぷりと首筋を愛撫する。「こんなに濡れている」耳たぶを甘噛みしながら、欲望でしとどになっている彼女のなかに指を一本入れた。「こんなに温かい」その指を深く出し入れし、なでたりまわしたりすると、リリーが身もだえした。アレックは彼女の胸へと移った。

ゆっくりたっぷりなめてから、硬くなった頂を口にふくんでやさしく吸い、それに合わせて手も動かすと、リリーが糸で操られているかのようにびくりと跳ねた。片手はアレックの髪に突っこみ、もう片方の手は自分を愛撫する彼の強く自信たっぷりの手に重ねて動きをゆっくりにさせ、輝かしい絶頂を最後まで味わった。

それはまさに輝かしかった。リリーは快感でピンク色に染まっていた。落ち着くと、吐息に乗せてアレックの名前をつぶやき、目を開けた。その目を見れば、頭が攪乱（かくらん）されているのがわかった。

リリーが彼を引き戻してゆっくり、たっぷり、しっかりとキスをした。

彼女がキスを終えると、アレックは言った。「もう一度したい」

リリーの目が見開かれ、口が小さなOの形になった。アレックは今度は肩を使って彼女の脚を開かせ、片腕で持ち上げてリリーというごちそうを貪った。手と口で愛撫すると、リリーがついに粉々に壊れ、彼の名を呼ぶ声がささやきから叫び声になった。

彼女がまたベッドにぐったりすると、アレックは腹部にやさしくキスをしてささやいた。

「きみだ、リリー。この先もずっときみだ。すべてだ。永遠に。きみだ」彼女の呼吸がふつうに戻ると、アレックはうめいた。「もう一度」そう言って、温かく、ピンク色をした彼女の中心にまた唇を押しつけた。

「アレック」リリーはまともにしゃべることもできずにささやいた。「お願い。愛しい人。あなたはいいの？」

アレックにとって、口で彼女を味わい、耳で彼女の声を聞き、手で彼女に触れること以上にうれしいことはなかった。

最後にもう一度。

「もう一度。もう一度だ」そして、ゆっくりとやさしく愛撫をして彼女を尊びながら愛した。崇めた。悦ばせた。ついにリリーがまたリズムを見つけ、彼の愛撫に合わせて自分から体を動かした。そして、両手でアレックの髪をつかみ、彼の名前を呼びながら、ふたたび激しく長くすばらしい絶頂を迎えた。

これだ。

年老いたときにおれが考えるのはこれだ。

彼はわたしを快感でめちゃくちゃにした。

リリーはベッドの上で粉々になっていた。動くどころか考えることすらできなかった。すると、彼が隣りに横になり、ぐったりして震えているリリーを抱きしめてくれた。リリーは大きくて温かな腕のなかで彼のほうに向きを変えた。

「裏切ったわね」リリーは彼の広い胸に向かって言った。そこに頰をこすりつける。もっときっぱりした口調で言いたかったのに、力が出なかった。「たがいに一緒にいることになっていたはずでしょう」

「一緒にいたじゃないか」

リリーが首を横にふる。「あなたは満足を得なかったわ」

彼はリリーの額にキスをした。「あれはおれの人生のなかで最高に満足のいく経験だったよ、愛しい人。さあ、眠るんだ」リリーの耳もとで彼の声がゴロゴロと鳴った。

彼の硬い体が約束のように太腿に押しつけられているのに、眠れるわけがなかった。眠るつもりはない。自分と同じように、彼もとことん満足を得るまでは。

自分が彼に満足をあたえるまでは。

「いいえ」リリーはささやき、彼の胸をなで、筋肉が硬くなる感触を楽しんだ。すると、彼が欲望の息を吐いた。「別の計画があるの」

「リリー」ろうそくの揺れる明かりのなかでアレックが名前を呼び、彼女に手を伸ばしたが、リリーの指がやわらかな胸毛に触れるとはっと動きを止めた。「そんなことをしなくても……」

リリーは温かな彼の胸にそっと口づけた。もう一度。さらにもう一度。彼の息が荒くなり、リリーは唇に強い脈動を感じた。舌を出して小さく円を描き、彼を崇め、彼の体が弓の弦のように張り詰めるのを楽しんだ。

舌を下へと這わせていくと、彼はリリーの髪に触れながら低くすばらしい声で名前を口にした。彼は止めようとしているのかもしれない。リリーが彼の腹部をなめ、彼の香りを吸いこむと、アレックが震え、止めようとしていたことを忘れた——ありがたくも。

リリーは、望みの場所へ行くのを妨げていた彼の手を押しのけた。顔を起こしてアレックの大きさと力強さにふける——この瞬間は彼が自分のものであるという事実を堪能する。唾が湧き、手は彼を自分のものだと主張したくてうずいた。

ついに硬く張り詰めた場所に唇を這わせながら名前をささやくと、アレックはひどい悪態とともにベッドから体を浮かせた。リリーは彼にもらった力を楽しんだ。この男性が自分のものであるだけでなく、彼が欲するものすべてを自分がこれからあたえようとしている誇り。

彼の分身の先端をなめると、しょっぱさと甘さがさらにリリーをそそった。アレックは彼女の名前をうめき、髪に両手を潜らせた——引き寄せるでも押しやるでもなく、耐えられないほどのやさしさでリリーを包んだ。

「もう一度」先ほどのアレックのことばをそのままささやき返すと、彼のうめき声が深くなり、頭を包む手の指がひくついた。リリーは唇を開いて彼を口にふくみ、その感触を崇めた。その硬さを。彼のなかで暴れる欲望を。

そして、リリー自身がほんの数分前に経験した快感を彼も得てあえぐと、彼女のなかでも欲望が暴れた。

アレックを悦ばせることほど強く望んだことはなく、その欲望がリリーをさらに駆り立て、なめ、吸い、できるだけ深く彼を口にふくみ、感覚に従ってすばやく愛撫し、アレックを取り乱させる場所を見つけ、崖っ縁から落ちてもらおうと――必死で――努めた。

リリーの髪に差し入れられていた彼の手がこわばる。「無理だ……リリー……頼む……きみがやめないと……おれには……」深く激しいうなり声だった。「リリー」

「やめないで」どくどくと脈打つ美しい先端に向かってささやいた。「ためらわないで。わたしにあたえて。すべてを。あなたに浸らせて」

狭い部屋で彼に深く罪深い声で名前をささやかれると、リリーに力がみなぎった。情熱が。欲望がみなぎり、リリーはさらに深く吸い、なめ、ふたりを崖っ縁へと追いやるリズムを見つけた。アレックがゲール語でなにか言い、彼女に、情熱に身を預け、ついにリリーの名前を呼びながら絶頂に達した。

快感に浸る彼をリリーは崇めた。やがて彼はリリーの体を持ち上げて一緒に横にならせ、抱きしめながら裸の体をなで、髪に向かってすてきな音楽のようなことばをささやいた。ときおり、ことばの合間にやさしいキスを落とす。リリーが震えると、彼がふたりの体に毛布をかけてくれた。

「いまのは――」

ほとんど聞き取れなかった――耳もとでゴロゴロ鳴る音にしか聞こえなかった――そのことばが、尻すぼみになった。考えがまとまっていないのだ。リリーは微笑み、彼の胸にキスをした。「同感よ」

「リリー」彼はささやきながら、大きな両手を動かし続けてリリーを温もりと愛と安全で包んだ。「おれのリリー」

彼女は目を閉じて吐息をついた。「あなたのものよ」

それを耳にしたアレックの手が止まった。ほんのわずかではあったけれど、感じ取ったリリーは身じろぎをした。すると、彼がまた気怠げに手を動かし、リリーが一度も経験したことのない安らぎで誘惑した。

「眠るんだ」そのやさしく荒っぽいことばにはリリーを不安にさせるなにかがあったけれど、それについて考えるには疲れすぎていた。彼に焼き尽くされてしまい、一緒にいられない時間のことなど考えられなかった。触れてもらえない時間のことなど。自分の一部になってくれない時間のことなど。

アレックにくり返しなでられ、とうとう眠らずにいられなくなった。リリーは目を閉じ、彼にすり寄って最後の頼みごとをそっとした。「朝もここにいてね。ふたりで新しくはじめましょう」ほとんど眠りに落ちながら、こうも言った。「わたしを置いていかないで。ここにいてね」

わたしのものでいて。

二時間もしないうちに、リリーは暗がりで目覚めた。バークレー・スクエアのベッドにひとりきりで、寒かった。カーテンは開いていたけれど、ロンドンの夜は煤のようにまっ暗だった——夜明け直前の暗さだ。

ベッド脇のテーブルに置かれたろうそくを灯そうと起き上がる。明かりが灯る前から、なにが見つかるかはわかっていた。

彼は行ってしまった。

絶望の涙がこらえようもなくこみ上げてくる。部屋を見まわす。孤独ゆえに選んだこの部屋は、いまでは彼の思い出で満たされている。彼の感触で。彼のキスで。彼の過去で。その過去が彼を破壊したけれど、彼という人を作り上げもした。

彼はわたしを置き去りにした。

さっと脚を下ろすとハーディが目を覚まし、その驚きの吠え声で戸口で寝ていたアンガスも起きた。

どっと希望に襲われる。犬たちはここにいる。だったら、彼は行ってしまったわけではない。

それでも、ひと筋の確信は残った。

ハーディの大きな頭に手を乗せて、感情の出ている目を覗きこむ。「彼はどこ?」

ハーディが切なそうにため息をつくと、リリーはこれまで聞いたどんなものよりもその哀れを誘う音を理解した。

彼は行ってしまった。わたしと一緒にいてはいけないと考えてのことらしい。

彼なしでもわたしがやっていけると考えてのことらしい。

そのとき、手紙が目に入った。机の上に載った赤ちゃんのブーツ——底が赤い革の——に立てかけられた、見慣れた淡褐色の封筒。彼はわたしの便箋を使って書き置きを残したのだ。彼はわたしを捨てた。

真実を恐れながら、リリーは封筒に手を伸ばした。表面に黒いインクで大胆に彼女の名前が書かれていた。

手紙を開ける。

持参金はきみのものだ。今日づけできみのものになる予定だった金もだ。それから、当然ながら、あの絵はきみの好きにしてくれ。

きみのもとにアンガスとハーディを置いていく——二頭は最初からきみが大好きだったし、おれなどよりよっぽどうまくきみを守ってくれるだろう。きみに二頭が必要というわけではないが。きみは自分を守れるくらいずっと強かったから。

おれが知るなかで、きみはもっともすばらしい女性だ。計り知れないほど美しくて、情熱的で、力強い。どんな男もきみにふさわしくないが、おれは特にそうだ。以前きみは自由をくれと言ったね、リリー。おれはひどい後見人だったが、今日、きみにそれをあたえてやれる。この場所を出ていこうと留まろうと自由なんだ。ロンドンだけでなく世界の女王にだってなれる。きみが望んでいた人生を手に入れられる。夢見ていた人生を。子どもたち、結婚、このばかげた赤いブーツを履く小さな足。

きみが選ぶものはなんでも手に入れられる。

おれがきみのことを考えないとはぜったいに思わないでくれ、リリー。そのときも、いまも。

誕生日おめでとう、モ・クリーユ。

アレック

涙で字がにじんだ。

彼はわたしを捨てた。

リリアン・ハーグローヴは人生の大半をひとりで過ごした。父を亡くして以来、公爵家の豪邸の使用人用階段の下で暮らしてきた。貴族のきらびやかな世界とごく一般的な平民の世界のはざまで。この屋敷のこの部屋で、孤独に生きることを学び、夢がかなう希望もなくひっそりと生きてきて、そこへ醜聞が起きてそれすらも脅かした。

そして、アレック・スチュアートがドアを壊してきみを守ると誓った。

すると、リリーの人生が変わった。リリーの夢も変わった。いまの夢はアレックだけだ。

それなのに、彼はリリーの夢にふさわしくないと思いこんだ。

これまでの人生でリリーはずっと孤独を恐れてきた。人生を分かち合う人もおらずに生きていくことを。でも、いま、ここで、リリーは真実を悟った――アレックと一緒にたった一日でも過ごすためなら、ずっと恐れてきた終生の孤独と引き替えにすると。ためらいもなく。

知的な男性にしては、ウォーニック公爵はまったくの愚か者だ。

彼はわたしを見捨てた。愛する女神と一生をともにするよりも永遠の夢を選んだエンデュミオンのように。そんな選択が理解できると思ったときもあった。なんといっても、夢は恐ろしく現実的に感じられることもあるからだ。

でも、いまは——彼をこの腕に抱き、彼とともに笑い、彼を愛したいまは——夢など現実の彼の足もとにもおよばなかった。

リリーの視線が絵に留まった。布に包まれ、かつては自分の夢——醜聞によって破壊されてしまったと思った夢——が入っていた収納箱に立てかけられている。

アレックを自分のもとへ寄こしてくれた醜聞。

恥ずかしがらずに耐えることを彼が教えてくれた醜聞。

わたしを置き去りになんてさせない。こんなに彼を必要としているのに。こんなに彼を愛しているのに。

こんなにすっかり彼がわたしの夢になったのに。

あの小さなブーツをわたしに使わせたいのなら、彼自身がそうできるようにするべきだ。

22

裸で横たわるリリー！

ミス・ミューズか、それとも悪用された（ミスユーズド）のか？

ロンドン中の市民が、展覧会最終日の朝に王立美術院に来ることにしたらしかった。それも当然だろう。伝説的なデレク・ホーキンズの傑作がすべての三流紙で告知され、新聞の売り子によって大声で知らされ、舞踏室でささやかれたのだ。

だが、人々は芸術を見に来たわけではなかった。目当ては醜聞だ。

〈麗しのリリー〉があらわにされるのだ。

「彼のしたことはほんとうにひどいわよね」人混みをかき分けるアレックの肘あたりでそう言う声が聞こえた。「どんな女性だってこんな目に遭わされるいわれなんてないはずよ」表面上は同情的なことばだが、下品な喜びに満ちていて、アレックは歯ぎしりした。

「絵を公開されたくなかったら、モデルなんてすべきではなかったのよ」軽蔑に満ちた返事が聞こえ、展覧会に来たのは失敗だったのかもしれないと気づいた。リリーの悪口を言った人間全員を殺したくなったからだ。

自分の秘密が守られているときに醜聞に石を投げるのはたやすい。

彼は人を押し分けて展覧会場に入った。

「ほら、来たわ」近くにいた女性が言ったが、アレックに聞かせるためではないという風を装って小さめの声だった。「後見人よ」

「お粗末な後見人だったみたいね」別の女性がうれしそうにくすくす笑いながら言った。「驚きはないけれど。彼を見てよ。野蛮人の服を着ているわ。淑女がいるっていうのに。ひざを出しているなんて」

「とってもすてきなひざだこと」最初の女性があてこすりたっぷりに言う。

いまのは彼が耳にしたなかでもっとも淑女らしい意見というわけではなかったが、放っておくことにした。どれだけそうしたくても、ロンドンのゴシップ屋全員を殺すなど無理だからだ。それに、一時間もしないうちに、わが家を目指してグレート・ノース・ロードを全速力でカーリクルを飛ばしていることになるのだから。

いや、わが家ではない。

この先一生わが家には戻れない。リリーが別の場所にいるかぎりは。

アレックは咳払いをした。イングランドはいつだって彼の破滅のもとだったが、今日も同じだ。この一〇日間で父の呪いが真実であるのがわかっただけだ。

愛する女性を置いてきたところでなにも変わらない。

〝愛した人はみんなわたしを置き去りにした〟

このできごとの当初、彼女はそう言ったのだった。留まるよう説得したアレックに。ロンドンと対峙しろと。別の男と結婚しろと。自分が彼女を救ってみせると説得したときに。愛せる男を見つけてやると誓ったのだ。自分の過去で彼女を汚さず、彼女の夢見たことすべてをあたえられる男を。

そう、アレックは彼女を置き去りにした。だが、よりよい人生のためだ。彼女にあの収納箱を開けさせ、彼女が望めばそのなかのものすべてを使える人生。完璧で紳士的な英雄と、愛する家族と、ずっと幸せに暮らしましたという――。

アレックははっとした。

そんな人生の一部に自分もなれるなら、どんな犠牲を払ってもいい。

一〇日前にロンドンに来たとき、彼女は自由が欲しいと頼んだ。選択肢が欲しいと。そして昨夜、彼はそれをあたえた。

展覧会場は壁から壁までぎゅう詰めで、だれもが長方形の大きな会場にある演壇を見ようと首を伸ばしている状態だったので、アレックは自分が長身であることを感謝した。首を伸ばす必要などなかった。いまいるところからでも、ホーキンズが破滅する場所は見えた。最前列へ行ってホーキンズの顔に拳をめりこませたいのは山々だったが、アレックにも分別があった――ジュエルの絵が公開されるのを見届け、衝撃と畏怖で騒々しくなった会場をあとにするのだ。

そして、スコットランドに戻る。ほっとして。

そして、この場所のことを忘れる。

嘘つきめ。

アレックは身じろぎし、腕を組んだ。

「彼はホーキンズに決闘を申しこむために来たんだと思うかい？」近くで男が言った。

「ホーキンズのためにも、そうでないことを願うよ。彼を見てみろよ」

「〈スコットランドの野蛮人〉と呼ばれているのも当然だな」

「ひょっとしたら、ほんとうに決闘を申しこむかもしれないな」期待のこもった口調だった。

アレックは顎をこわばらせた。決闘など短気な子どものためのものだ。ホーキンズには別の計画を用意してあった。アレックが気取った悪党の到着を会場で待っているあいだにも、ホーキンズは〈堕ちた天使〉の会員権を剝奪するという知らせを受け取っているはずだった――ダンカン・ウェストにはたしかに有力な地位にいる友人がいるのだ。

同様に、非常に裕福な複数の貴族――ウォーニック公爵もふくまれる――が新たな劇場事業に投資するという発表が行なわれているはずだ。ホーキンズ劇場と競合するもので、ホーキンズは後援者を見つけるのに苦労することになる。

だが、この朝がホーキンズの罰で最悪のものになる。気取り屋の傲慢な顔をすばやく激しく叩き潰すだろう。アレックはそれを見に来たのだ。

リリーを手に入れることはできないかもしれないが、これは――彼女の名誉は――手に入れられる。

乙に澄ましたホーキンズがひとりのイングランド人とともに演壇に上がった。会場が静まり返り、聞こえるのはアレックの鼓動の音だけになった。

「みなさんご存じのとおり」ホーキンズと一緒に演壇に上がった年配男性が話しはじめた。「王立美術院は毎年恒例の展覧会最終日に公開する作品を一点だけ選びます――その作品はイングランド芸術界の高い質を示すもので、ここから直接大英博物館へ行き、その後国内を巡回します。今年その偉大なる名誉に選ばれた芸術家が、デレク・ホーキンズです」

それと引き替えにホーキンズがある人物の評判を破壊した、という事実には触れられなかった。

ホーキンズが大ばか者であるという事実にも言及がなかった。

ホーキンズは群集の注目を浴びて得意顔だった。アレックはふと、これから起こることにこれほどふさわしい人間は歴史上ひとりもいなかった、と思った。

ホーキンズがしゃべり出した。天才について。自分からの世界への贈り物について。自分の並はずれた才能について。そして、こう続けた。「モデルがここにいてくれたらよかったのにと思わずにはいられません。そうすれば、絵とくらべてもらい、私の才能が真鍮を計り知れない価値のある金に変えたということがおわかりになったでしょうに」

こいつを一文なしにするだけでは足りない。

じわじわと苦しみながら死なせるのがふさわしい。

「そういうことで、すばらしい支持者のみなさん、これ以上はもうお待たせしません！」後ろに下がり、大仰な身ぶりをする。「これが《美の賜り物》です！」

どこまでも傲慢な題名が展覧会場に響くなか、アレックはその日ようやく楽しめるものを見つけた。おおいがはずされてジュエルの絵が出てきたら、あの乙に澄ました笑顔が消えて、デレク・ホーキンズは破滅するからだ。

おおいがはずされ、ピンが落ちても大きな音になるほど会場が静まった。何千という人が完全に虜（とりこ）になっていた。

彼らを虜にしているのはジュエルではなかった。

リリーだった。

彼女は絵をもとに戻したのだ。それは最高傑作だった。

薄暗い部屋の寝椅子にゆったりと休んでいる。明かりが美しい肌を照らし、みごとな体の曲線や山や谷が熟練の筆さばきと、ありえないほど完璧に思える彩色で強調されていた。だが、アレックの注意を引いたのは彼女の体ではなかった。鑑賞者をまっすぐに見返してくるその顔だった。そこには気弱なようすも恥ずかしそうなようすもなかった。躊躇がなかった。描かれたその瞬間にはふたり――リリーと絵を見る人――しか存在しないかのようだった。それは、後悔のかけらもない絵だった。そして、ホーキンズのものではなくリリーのものだった。

彼女は絵をもとに戻したのだ。

もちろんそうなのだ。恥じ入らされることのない女性の行ないだった。自分の許しなしに醜聞にはさせない女性の。その絵はたしかに驚くほどすばらしかったが、堂々とした無比のリリーその人とくらべたら色褪せた。

アレックは強烈に誇らしい気持ちに打たれた。

彼女をぜったいに手放すわけにはいかない。これを見たあとでは。究極の勇敢な行為——自分もそうありたいと永遠に思わせる行為——を目にしたあとでは。この女性——この勇敢で強くて美しい女性——にふさわしい男になろうと努めながら、この先の人生を彼女の隣りで過ごしたい。アレックは利己的すぎて、彼女をほかの男と一緒になどさせられなかった。

スコットランドには帰らない。彼女のもとへ帰るのだ。

そして、夜のロンドンをこそこそと歩きまわることについて自分の考えをきっちり話したら、彼女を取り戻すのだ。

なぜなら、この絵が公開されたことに意味があるとすれば、それは、アレックのリリーは彼に去られてはなはだしく不幸せだ、ということだからだ。

もちろん、完璧に筋が通っている。立ち去ったことは究極の愚かな行ないだった。

リリーに埋め合わせをしよう。自分を選んでくれるよう説得もしよう。そして、彼女と結婚し、一生を費やして埋め合わせをするのだ。嬉々として。

みごとな絵を見たことと、そんな絵すら愛する女性とくらべたら色褪せてしまうとはっきりわかったことで呆然としていたが、ふと、自分がリリーに誓ったことを思い出した。ぜったいに絵を見ないという約束。

彼女が言ったとおりだった。この絵はアレックが見ていいものではない。

彼女が世間の人々のものではないのと同じく。

そう気づいた瞬間、アレックは絵に背を向けた。

すでに歩き出していた――彼女のもとへ。リリーを見つけるのだ。彼女と結婚する。彼女を愛する。

あまり遠くまで行く必要がなかった。リリーがそこにいたのだ。彼を待って。

アレックのタータンをまとって。

リリーは、自分の裸体画の近くにいることなど気にもせず、女神のように誇らしげに立っていた。彼女は会場を見ていなかった。演壇を見ていなかった。アレックだけを見ていた。

揺るがぬまなざしで見つめられて、彼は喜びの雄叫びをあげたくなった。

ふたつの欲望が彼を貫く――リリーを抱き上げて、ロンドンの住人の詮索好きな目から遠くへ連れ去りたいという気持ちと、彼女を引き寄せてたがいになにも考えられなくなるまで口づけたい気持ちだ。そのあと、いちばん近い教区牧師のところへ行く。

結婚特別許可証はなかった。イングランドを嫌う理由がまたひとつ。いまいましい結婚予告。そんなものを待っているつもりはない。

どうやら、結局スコットランドに向かうしかなさそうだ。

だが、すぐさまカーリクルへと彼女を運んでいきたい衝動を抑えこんだ。リリーの美しい灰色の瞳に別の感情がきらめいたからだ。

リリーは怒り狂っていた。

「あなたのお金は欲しくありません」自分たちが群集に囲まれてなどいないかのように、両手を腰にあてている。彼女が口を開いたとたんに五、六人がふり向いてなどいないかのように。「わたしのお金も欲しくありません」

彼女は激怒していたが、なにか別の感情もそこにはあった。恐怖に似たなにか。アレックはそれが気に入らなかった——そんなものは追い払ってやりたかった。アレックが近づこうとすると彼女が手を上げて、女王のようにまなざしで彼を止めた。「それに、あなたの犬たちもぜったいに欲しくありません」

その嘘を聞いて、アレックは近づいた——触れられるくらいまで。リリーが逃げ出してもつかまえられる距離だ。「食べ物をやったりなでたりして、きみはおれの犬たちをだめにした」アレックはそっと言った。「犬たちはいまやきみのものだ、愛しい人」

彼女が涙を見せたのはそのときだった。「そんな風に呼ばないで」アレックは胸が痛み、すぐさま彼女に手を伸ばした。リリーはあとずさった。「やめて。触れたりしないで。言いたいことがあるの」

「だったら泣くのをやめてくれ。きみの涙を見たら触れずにはいられない」

リリーは頬の涙を拭った。「あなたのばかげた贈り物なんてひとつもいりません。別の人生を選ぶために世間に送り出されたくもありません。わたしはこの人生を選びます」

アレックはうなずいた。

「ずっと前からわかっていたみたいにうなずくのはやめて」リリーの声が大きくなり、アレックはそこに力強さを聞き取った。「彼はあの絵でわたしの夢を壊したりしなかったわ、アレック」

アレックもいまはそうとわかっていた。前は理解できていなかった。

「あの絵はわたしじゃない。あれは油絵の具と画布なの。デレクに持たせてやればいいわ。彼らに持たせてやればいい」長い腕で群集を示す。「世界中で展示したって、それはわたしじゃない。でも、あなたは……」リリーがためらった。ことばが急にやわらかになった。そこに非難を聞き取って、アレックの息が詰まった。「あなたがわたしの夢を壊したの」

冷たい不安がアレックのなかで暴れた。

彼はリリーに手を伸ばした。

「だめ」アレックが手を止めると、彼女が続けた。「あなたはわたしを置き去りにした。わたしの不名誉は見当ちがいだと、あなたは何度言ったかしら？ わたしにはもっと多くがふさわしいと？ もっといいものがふさわしいと？ わたしにふさわしい男性が？ あなたの言うとおりよ。わたしはそのすべてを手に入れて当然だわ。ううん、それ以上を」

不安が恐怖に変わった。どうしよう。彼女はおれを捨てようとしている。

会場から空気がなくなった。アレックは呼吸をしようともがいた。

そのとき、リリーが言った。「どうしてあの絵を戻したかわかる？ あれを否定するのはまちがいだからよ——あれはわたしの一部なの。だから、恥ずかしがったりしない。あなたがそう教えてくれたの。わたしは自分の情熱を恥ずかしいとは思わない。自分の選択を。自分の過去を恥ずかしいとは思っていないのよ、アレック」

彼女は恥ずかしがるべきではない。

アレックはそう言うつもりで口を開いたが、リリーが先んじた。「それに、あなたのことだってぜったいに恥ずかしいとは思っていないわ」

息ができるようになった。

「わたしに選ばせたいの？　だったら選ばせて」

アレックはうなずいた。なんとか声を出す。「やってくれ。選んでくれ」

リリーが彼の近くへやってきた。美しい灰色の瞳のなかにある銀色が見えるほどに。「わたしはすべてを選ぶわ。醜聞。スコットランド。犬たち。すきま風の入るお城。シェイクスピアじゃなくてバーンズ。でも、なによりも、わたしはあなたを選びます、のろまでまぬけで臆病で愚か者の公爵のアレック・スチュアート」ことばを切り、それから続けた。「不本意ながら」

彼女はおれを選んでくれた。

神々しくも頭のいかれた彼女は、おれを選んでくれた。どういうわけか。

おれはキリスト教世界で最高に幸運なろくでなしだ。

アレックはこれ以上彼女に触れずにいられなくなり、手を伸ばした。てのひらでリリーの顔を包んで上向かせる。体中を駆けめぐる喜びのせいで、ことばが見つからない。「リリー」

リリーの手が彼の手に重ねられた。「あなたはわたしを置き去りにした」

そっと発せられた傷ついたことばに、アレックは心をずたずたにされそうになった。「愛しい人――」

リリーが頭をふる。「ひとりきり。またもや。でも、今回のはいままでよりもひどかった。今回、わたしは孤独じゃないのがどういうものかを知ってしまったから。人を愛することがどういうものかを」

アレックはなんと返事をすればいいのかわからなかった。だから、考えついたただひとつのことをした。

彼女から手を離してひざをついたのだ。

リリーが目を丸くする。「いったいなにを――」

今度はアレックがしゃべる番だった。「おれはきみを救っているつもりだった」彼女を見上げて静かに言う。彼女の隅々まで崇め、掻きむしるような必死さで彼女を求めていた――満足することはあるのだろうかと訝るほどに。「この街に来たときはきみを守るつもりだった。後見人の役割を果たすつもりだった。救世主の役割を」

「わたしは救世主なんて必要としていなかったわ」リリーが言った。

「そうだね、モ・クリーユ。きみは必要としていなかった。でも、おれは必要としていたんだ。そして、救世主となったのはきみだった。リリー……きみはおれを救ってくれたんだ」

リリーが彼に手を伸ばした。「アレック――」

アレックは頭を垂れた。彼女に触れてもらいたくてたまらなかった。「おれの体も心もきみのものだ、愛しい人。年老いたとき、きみのことを考えたくなどない。きみと一緒にいたいんだ。きみを愛したい」

「立ってちょうだい、愛しい人」彼の髪に手を差し入れて言う。アレックが顔を上げると、彼女は本格的に泣いていた。「お願いよ、アレック。立って」

アレックは立ち上がり、返事を見逃すまいと両手でまた彼女の顔を包んで上向かせた。リリーがそっとささやいたので、ほとんど聞こえないほどだった。「あなたよ。あなたを選ぶわ」

「いつだって。永遠に」

そして彼は長く深く口づけた。リリーを抱き上げ、彼女が首に腕をまわしてきて、永遠に続くと同時に鼓動一拍分で終わる愛撫をした。息ができなくなってようやく顔を離したが、床に下ろしはしなかった。ただきつく抱きしめて温かな首もとに顔を埋めて深く息を吸い、心臓に静まれと念じた。

リリーが笑い、彼は顔を上げた。「なんだい?」

「みんなに見られているみたいよ」

アレックは頭をふった。「そんなはずはない。彼らは絵に気を取られているんだから」彼がうなった。「どうやってやったんだ?」

リリーがにっこりする。「あててみて」

アレックはうめいた。「セシリーだな」

「押し上げてくれる人が必要だったもの」あっさりと言う。「でも――」

彼はリリーをさえぎった。「きみたちふたりが一緒になると厄介だな。おれがロンドンの半分の人間を殺さなくてはならなくなったことに気づいているか？　きみの裸を見たからだ」

リリーが小首を傾げる。「そうはならないかもしれないわよ。だって、だれも絵を見ていないんですもの」

アレックは、デレク・ホーキンズの有名な傑作を見に来た人でぎゅう詰めの部屋に目をやった。ひとりとして会場の正面を向いている人間はいなかった。彼らは――ひとり残らず――絵に背を向けていた。

もっと興味深いゴシップの種のほうを見ていた。

アレックが眉を片方つり上げた。「彼らはいまだにきみを見ている。気に入らないな」

「でも、わたしは服を着ているわ」そう言ってにっこりする。「醜聞に変わりはないけれど、服は着ている」

「ばかなことを言うものじゃない」アレックはゆっくり深くたっぷりと口づけた。周囲の女性たちがぎょっとしてあえぐまで。「公爵夫人は醜聞の種にはなれない」

「一所懸命にがんばっても？」

「そうだな、もし醜聞の種になれる人間がいるとしたら、それはきみだ、愛しい人」

「それには相手が必要だけど」

「なかなか疲れる役目だろうが、避けるのは無理そうだな」アレックがからかった。

リリーはそっと唇を彼に押しつけた。それからこう言った。「いつ結婚できるかしら?」

「いますぐ発てば、四日後にはスコットランドに入れる」

リリーが微笑むと、アレックは息を呑んだ。「だったら、そろそろ家に連れて帰ってちょうだい」

《美の賜り物》はイングランド中を巡回し、大陸へ渡り、東はサンクトペテルブルク、西はニューヨーク・シティまで行き、世界一の屋敷や美術館で展示され、《モナ・リザ》に匹敵する類い稀な傑作と賞賛された。

だが、《美の賜り物》はほかの肖像画とは異なった。無名のミューズを描いたものではなかった。第二代ウォーニック公爵夫人にして一八三四年の醜聞、旧姓ハーグローヴのリリアン・スチュアートの肖像画だった。

そして、いつどこで絵が展示されようと、彼女の物語が語られた。ふたりの物語が。〈麗しのリリー〉と、王立美術院の展覧会最終日の朝に群集がうらやましげに見つめるなか、彼女を崇拝するあまり肩に担いでスコットランドへ向かった公爵の物語だ。

《美の賜り物》を描いた画家の名前をだれもおぼえていないのも、不思議はなかった。

エピローグ

街を挙げての祝賀気分！
公爵夫妻、再来訪

一〇カ月後

バークレー・スクエア四五番地の屋敷で、主寝室のドアが勢いよく開いて壁に跳ね返り、ウォーニック公爵が妻をなかに引っ張りこんだ。

「アレック」喜びと不安がないまぜになった声でリリーがささやく。「だれかに聞かれるでしょう！」

「知るか」アレックはうなってドアを閉め、そこにリリーを押しつけた。「きみをなかに入れるのにドアを壊さなかったのをありがたく思ってほしいね。おいで、奥さん」

リリーは彼のうなじに腕をまわした。ドレスのボディスに触れてきた彼の手の感触がうれしい。ドレスなんてなければいいのに。「いったいどうしたの？」

「今夜、きみはおおぜいの男と踊りすぎた」リリーの口もとに向かって言う。「彼らはみんな、今シーズンの女王を見たがった。気に入らなかった。女々しいイングランド男たちめ。スタナップがとどめだった」

リリーは笑った。かなり裕福という評判の美しくて若い未亡人を見つけたスタナップ伯爵は、いままではイングランドでもっとも脅威にならない男性だった。伯爵夫妻が周囲など目に入っていないかのように舞踏室の隅から動こうとしなかったことを考えると、リリーには彼がかなりの良縁に恵まれたように思われた。

それは自分自身もだったけれど。

リリーは顔をのけぞらせて夫を見た。月光がふたりの寝室に射しこんでいる。「以前はわたしにイングランド人男性と結婚してもらいたがっていたじゃないの」

「判断を誤った」

「そのとおりね」そう言ったリリーに彼は深くたっぷりとキスをし、それから唇を顎に這わせると、リリーが悦びの吐息をついた。「これが必要だったの」

低い笑い声がアレックから響いてきた。「おれはきみをおろそかにしているか、愛しい人?」アレックの両手が下へと動き、シルクのスカートが少しずつめくり上げられた。リリーは彼に触れてもらいたくてたまらなかった。「ほんの数時間ぶりだが、一層の努力を喜んでしょう」

「あなたはよくやっているわ、公爵さま」夫のたくましい両手がストッキングの上の太腿に触れると、リリーはあえいだ。「でも、イングランドに囲まれている女には、ときにはスコットランドの味が必要になるの」

アレックははっとして顔を上げ、暗がりのなかでウイスキー色の目が彼女の目と合った。

「なんと言った？」

リリーは微笑んだ。「ここにはまだ一週間しかいないのはわかっているけれど、わが家が恋しいの」ロンドンを発ってからの一〇カ月で、リリーはダンワージー城をわが家にし、蒸留所の事業を学び、暖かなスコットランドの夏を楽しみ、冬は城で作られた羊毛にくるまった――稀に夫に温めてもらえないときには。リリーはふたたびキスをしてから続けた。「あなたは……あなたはスコットランドの味がするわ」

「気に入ってるかい？」そのことばに自信のなさを聞き取って、リリーは驚いた。最後に耳にしたのは何カ月も前のことだった。夜遅くになると、彼のなかに不安が忍び寄ってくるらしく、リリーが幸せになるのならイングランドに連れて帰ると申し出るのだった。

けれど、イングランドはリリーを幸せにはしてくれない。アレックがしてくれるようには。

彼女はアレックにまたキスをして、勘ちがいしているふりをした。「ええ、だんなさま。あなたの味が大好きよ。とってもね」

疑念が欲望に取って代わられた。「おれはスコットランドのことを言ったんだ、生意気なやつめ」

リリーも彼と同じ表情を作る。「アイ、モ・クリーユ。それもとっても好きよ」

完璧なスコットランド訛りを聞いてアレックはうなり、長々と吐息をついた。「だったらおれたちはどうしてここにいるんだ？」

「社交シーズンを経験させてほしいと頼みこんだ妹さんのせいよ」

ロンドンからダンワージーに戻ったとき、キャサリンはリリーを大興奮で迎えたのだった。リリーと同じように、姉妹ができることをとてつもなく喜んだのだ。ふたりは何週間もしないうちに親友になり、アレックはキャサリンが夢見ていたシーズンを経験させてやると約束したのだった。

シーズン中は何カ月もロンドンで過ごすことになるのを失念していた。「妹をロンドンに残して、おれたちは家に帰ろう」

「だめよ。今夜のキャサリンを見た？　彼女の幸せそうなようすを？」

「いや」アレックは嘘をついた。「きみたちふたりのせいで、ひと晩中ロンドンの男たちを大きな棒で追い払いたくてたまらない気持ちで過ごしたからな」彼がまたたっぷりとすてきなキスをする。「家に帰ろう、ラス。霧のなかできみと愛を交わしたい」

リリーは興奮に震えた。「ロンドンにも霧は出るけど」

「スコットランドの霧とはちがう」

リリーは笑ったが、彼の両手がふたたび動き出し、彼をどうしようもなく望んでいる場所へと這い上がっていくと、長いうめき声に変わった。

アレックが小さく淫らな悪態をついた。「公爵夫人？」

「んん？」

「どうして下着をつけていないんだ？」

リリーがため息になる。「まさにこの理由のためよ」

「それなのに、舞踏会で話してくれなかったのか？　知っていたらなにができていたと思うんだ？　ふたりでエヴァースリー・ハウスの居間をいくつも汚してやれたのに」

「そのつもりだったのよ」もっと手を上げてと念じる。望んでいるものをあたえてほしくてたまらない。「でも、じゃまが入ったの」いったんことばを切る。「キャサリンがきちんとした紹介を受けられるように気を配ったり、モントクリフ公爵さまが――」

「モントクリフがどうした？」

「じつは、自分をとても誇らしく感じているの。彼は今夜、奨学金基金に一〇万ポンドを寄附してくださったのよ」

自分の子ども時代とアレックの過去に触発され、リリーは資金やつてのない子どもたちに望みの将来をあたえられるようにする仕事に没頭した。子どもたちにふさわしい将来を。できるだけ多くの子どもたちに可能性をあたえてやりたいと願った。そして、冷静沈着なモントクリフ公爵の驚くべき寄附によって、その目標が今夜さらに現実のものになったのだった。

リリーのことばにアレックは注意を引かれた。「一〇万ポンドだって？　ほんとうか？」

リリーは彼のこめかみあたりの髪に軽く触れた。「すごいでしょう？　子どもたちに選択肢があたえられるのよ。自由があたえられるの」

アレックは頭を垂れて彼女の手に顔を寄せ、それからまた腕にかき抱いた。「きみがすごいんだよ、愛しい人」

ほめられたリリーは頰を染めながらもうれしく思った。「モントクリフ公爵さまはわたしたちに協力するという考えがお気に召したようよ。わたしたちが社交界のお気に入りだって知っていた？　ちょっとがっかりよね。醜聞がもっとつきまとうと思っていたのに」

「ふむ。たしかにがっかりだな」アレックはまた上の空になり、彼女の体をドアのほうに向けてドレスのボタンをはずしていった。「よかったら、いまきみを醜聞まみれにしてやろうか？」

「もしそれほどおいやでなかったら、お願いするわ、公爵さま」

「いやだなんてとんでもない」アレックが彼女の耳もとでからかう。「行方不明の下着を見てみたい」さらにボタンをはずす。「こんなにたくさんのボタンが必要なのか？」

リリーが笑った。「ボタンフックを使わなきゃ」

「なんだって？」むっとした口調だ。「そんなものは必要ない」ドレスの上をつかんで思いきり引っ張ると、リリーがあえぎ、ボタンが部屋に飛び散った。

「ドレスを破いたのね」そうは言ったものの、少しも気にしていなかった。

「ドレスなら何着でも買ってやるさ」ドレスがリリーの足もとに落ちた。「やった価値はあったな。こっちを向いて」

誇らしげで恐れ知らずのリリーがふり向いた。彼に見てもらいたかった。触れてもらいたかった。

「きみはすばらしい」

リリーはにっこりした。頬が熱くなってくる。「あなたにあげたいものがあるの」

アレックが眉をつり上げる。「目の前のものか」

微笑みが大きくなる。「それとは別のものよ」リリーは彼の手を取って公爵夫人用の部屋へと引っ張っていった。そこは寝室というよりも、衣装部屋と事務室になっていた。ベッドは犬たちに占領されていた。

ふたりの姿を見て、灰色の大きなふたつの尻尾がふられた。アレックが犬たちに挨拶をしているあいだに、リリーは部屋の隅にある小さな机に向かった。

彼女はろうそくに火を灯し、この瞬間のために置いておいた箱を照らした。その箱を手に取って、夫のほうを向く。「今週はじめにバーナードと話をしたの」

「愛しのきみ、裸で立っていて、そのすばらしい肌にろうそくの明かりがちらついているときに事務弁護士の名前を聞くのは、おれが想像していた夜の過ごし方とはちがうんだが」

「どうやら明日はあなたのお誕生日だそうじゃないの、だんなさま」

アレックは急いで日付を考えた。「ああ、そうみたいだ」

「そんなたいせつな情報をわたしに隠しておくなんて、ちゃんと話し合わなければいけないわね。あなたの妹さんとも話をするつもりよ。そういうことを事務弁護士から知らされるなんておかしいもの。でも、バーナードのおかげで助かったわ」

「ああ、彼はすばらしい財産だと常々思っていたよ」乾いた口調にリリーは笑った。アレックが彼女に近づいて箱を示した。「おれへの贈り物かい？」

「じつはそうなの」

「もらってもいいかな？」

「あなたはそれにふさわしい？」リリーはからかった。もちろん、ふさわしいに決まっている。彼ほどふさわしい人をほかに知らない。

アレックの目が翳った。「贈り物をもらうにはどうしたらいいのかだけ言ってくれ、愛しのきみ。喜んでそれをするよ」

リリーの体が欲望でかき鳴らされた。彼が自分のためにしてくれるあれこれを想像して。自分にしてくれることを。自分がお返しにするかもしれないことを。彼女の息が荒くなる。

アレックがさらに近づいてきて、箱を手に取った。静かで低く、なめらかな声で言う。「贈り物は必要ない。必要なのはきみだけだ」

リリーは頭をふって欲望を払った。「だめよ。開けてみて」

小さな四角い箱の蓋を取り、アレックはなかを覗いた。リリーは彼のハンサムな顔を注視した。ろうそくの揺れる明かりのせいでいつも以上に美しかった。アレックの完璧でそそる唇が期待感ですでに笑みになりかけている。

その期待感が消え、困惑に取って代わられた。

それから驚きに。

そして、底が赤い革の小さな白いブーツを箱から取り出したときには、喜びの表情になっていた。

その喜びは、リリーを見たときには崇敬の念に変わっていた。「きみのブーツだ」

リリーは微笑んだ。「もうわたしのものではないわ」

アレックはひざまずき、彼女を引き寄せてやわらかな腹部にキスをし、そこで育っている子どもにゲール語でささやいた。「きみはおれにとてもたくさんのものをくれた」リリーに向かって言う。「そして、いま……」

リリーは彼の頭に手を置き、自分の誇り高くたくましいスコットランド人——夢見たもののすべてをあたえてくれた男性——にふけった。彼を抱きしめた。愛した。

ふたりはずっとそうしていたが、やがてウォーニック公爵が立ち上がり、妻を抱き上げて頑丈なベッドへと運び、感謝の気持ちをこめてたっぷり愛した。

著者あとがき

本書をふくめた〈Scandal & Scoundrel〉（醜聞と放蕩者）三部作は、現代の有名人のゴシップに着想を得ました。ですから、『USウィークリー』、TMZ（エンターテインメントとセレブリティに関するニュースサイト）、『タトラー』を——わたしのように——密かに愛している読者はすぐお気づきになったと思います。『醜聞と放蕩者』はわたしの創作ですが、ゴシップ紙は新しい存在ではありません。現代では裸体画は刺激的には思われませんが、最近の携帯電話のハッキングや秘密の録音テープを思い起こしてもらえれば、どれだけ時代が変わろうと世界は同じ、ということがわかっていただけると思います。リリーのように暴露事件に堂々と立ち向かった勇気ある女性たちには感謝のことばもありません。

ニューヨーク公共図書館や英国国立図書館の膨大かつすばらしい所蔵資料——とっくに消滅した新聞のゴシップ欄のアーカイブ——がなければ、このシリーズは書けませんでした。

本書に関しては、創立二四八年を迎え、毎夏恒例の展覧会でイングランドの現代美術を広く公開し続けている王立美術院にも感謝しています。本書中の展覧会関連の人物や絵画については史実どおりですが、巡回する絵が展覧会最終日に公開されるというのはわたしの創作であることを言明しておきます。

わたしの著作すべてに言えることですが、本書もキャリー・フェロン（常に正しい人）、ニコール・フィッシャー、レオラ・バーンスタイン、それにエイヴォン・ブックスのすばらしいチームのリエート・シュテーリク、ショーン・ニコルス、パム・ジャッフェ、キャロライン・パーニー、トブリー・マクスミス、カーラ・パーカー、ブライアン・グローガン、フランク・アルバネーゼ、アイリーン・デワルト、そしてエレノア・ミクッキがいなければ、ここまでの作品にはできませんでした。ロマンスの美点のあれこれについてすばらしい話をしてくれたルシア・マクロには特別なお礼を。そしてもちろん、非凡なスティーヴ・アクセルロッドにもたくさんの感謝を。

リリー・エヴェレットには広範におよぶセレブリティについての〝リサーチ〟をしてくれたことを、キャリー・ライアンとソフィ・ジョーダンにはいつも電話に出てくれたことを、姉のキアラには早期の原稿を読んでくれたことを、そしてアリー・カーターには終盤の原稿を読んでくれたことを感謝します。

エリック、最高の男性でいてくれてありがとう。V、スキャンダルには常に力強く立ち向かい、打ち勝ってね。それから、すばらしい読者のみなさん、いつもわたしとともに旅をしてくれてありがとうございます――みなさんあってのわたしです。

訳者あとがき

サラ・マクリーンの〈Scandal & Scoundrel〉（醜聞と放蕩者）三部作の第二作、『公爵と忘れられた美女』（原題　A Scot In The Dark）をお届けします。

ヒーローは、前作『不埒な侯爵と甘い旅路を』に主人公の友人として登場したアレック・スチュアートで、イングランドを毛嫌いしているスコットランド人ながら、運命のいたずらでウォーニック公爵になってしまった人物です。

ヒロインは、アレックの被後見人であるリリアン・ハーグローヴ。母親を一歳のときに亡くしており、男手ひとつで育ててくれた土地差配人の父親が一一歳で亡くなったとき、親切な当時のウォーニック公爵の庇護下に入り、しばらくは安寧に暮らしていたのですが、その公爵が他界したあと、後継者がなぜかバタバタと立て続けに亡くなってしまったせいで、時のはざまに忘れられた存在となってしまいます。

＊＊＊

望んでもいなかった公爵位をしぶしぶ継いだアレックは、五年後に事務弁護士から届いた手紙のせいで、ずっと忌避してきたイングランドへ行かなければならなくなった。醜聞を起こした被後見人を救うためだ。そもそも、被後見人がいたことすら初耳だったが、爵位やイングランドを嫌っていても、自分の庇護下にある者を見捨てるわけにはいかなかったのだ。

被後見人は、イングランド一の美女と評判のリリアンだった。しかも、被後見人にしては歳を重ねすぎた二三歳。公爵家の後ろ盾があるとはいえ貴族ではなく、さりとて使用人でもないという中途半端な存在の彼女は、どちらの世界にも属さない透明人間のような暮らしにいつしか慣れてしまっていた。

そんなある日、リリアンは公園でひとりの男性に声をかけられる。舞台役者にして画家のデレク・ホーキンズだ。そして、雨あられと降り注がれる賛辞と、きみを私のものにする、永遠に、ということばにほだされ、彼に愛されていると信じ、途方もない頼みごとを聞いてしまう。裸体画のモデルになったのだ。

たしかにとんでもない所業ではあったが、それはたいせつに思う男性のためだった。それに、その裸体画は自分だけのもの、ほかのだれにも見せない、とデレクは約束してくれたのだ。だからこそ、思いきってモデルになったのに、その絵が王立美術院の展覧会最終日に公開されることになってしまう――それがリリアンの起こした醜聞だった。

＊＊＊

アレックはまず、当時としては当然の帰結として、ホーキンズをリリアンと結婚させて醜聞の責任を取らせようと考えます。ところが、実際に本人に会ってみて、その案は却下します（理由は、本書をお読みいただければおわかりになると思います）。けれど、この時代に醜聞を起こした女性を救う解決策であった〝結婚〟にはこだわり、問題の絵が公開される前になんとか彼女に夫をあてがおうとします。なんだか意固地になっているみたいに、だれでもいいからとにかくリリアンを嫁がせようとむきになるのです。

それもそのはずで、アレックはリリアンに強く惹かれていたのです。後見人としてあるまじきこと、というのが表向きの理由ですが、じつはアレックは大きなトラウマを抱えていて、自分はリリアンにふさわしくないと思いこんでいます。リリアンどころか、どんな女性にもふさわしくないと。

大柄で屈強で剛胆で、なんでもがははと笑い飛ばしてしまいそうなのに、その内心は乙女そのもの。訳しながらギャップに萌えました。

孤独のあまりデレクにいいように操られてしまったわけですが、芯に対するリリアンは、孤独のあまりデレクにいいように操られてしまったわけですが、芯には強さがあり、結婚が解決策であるとは考えず、ロンドンから遠く離れた場所でひとりで暮らすことを希望します。身分の面でも、体格の面でも、アレックに怖じ気づいてもおかしくないのに、果敢に抗います。丁々発止のやりとりや、にやりとしてしまう皮肉とユーモア、内に秘めたいじらしさ――不自由なこの時代でも、あがき、もがき、ついには真の愛を手に入れる女性を描くのが、マクリーンはほんとうにうまいと感じます。

冒頭でも言及したとおり、本書は三部作の二作めで、一作めや別シリーズの登場人物も顔を出していますが、物語としては独立しているので、前作を読んでいなくてもご安心ください。本作を気に入っていただけて、それをきっかけに前作や別シリーズにも手を伸ばしてもらえたら、これにまさる幸せはありません。

お断りを何点か。

前作の最後に本作の予告のような形で『醜聞と放蕩者』の記事があり、本作の冒頭でもその記事が用いられていますが、内容が微妙に異なり、日付もちがい、なによりヒロインのリアンの名字が前作記事中ではハーウッドだったものが、本作ではハーグローヴになっています。海外の小説にはこういうことはままあるのですが、これだけ重なるのは珍しく、いろいろ悩んだ末に、本書の記述を優先することにしました。さらに、本書の記事にある日付の曜日が実際とは異なっていたため、こちらは日付を優先して曜日を変更してあります。

もうひとつ、本書で脇役を務めたダンカン・ウェストですが、彼は前シリーズ（竹書房刊）にも登場しており、最初はドノヴァン・ウェストでした。それが途中からダンカンに変わったのですが、同一シリーズ中は（もやもやしながらも）ドノヴァンで統一しました。本書は別シリーズですし、版元もちがうので、原書のままダンカンで出てもらうことにしました。マクリーンの作品を読んでこられた方は「あれ？」と思われたかもしれませんが、そういう事情であることをおふくみおきいただければ幸いです。

三部作最後の"The Day Of The Duchess"は、一作めの『不埒な侯爵と甘い旅路を』でヒロインを務めたソフィの長姉のセラフィーナと、その夫のヘイヴン公爵の物語になっています。不遇のセラフィーナが気になっていたので、こちらもいずれみなさんのもとにお届けできるよう切に願っています。

二〇二〇年八月

ライムブックス

公爵(こうしゃく)と忘(わす)れられた美女(びじょ)

著　者　　サラ・マクリーン
訳　者　　辻(つじ) 早苗(さなえ)

2020年9月20日　初版第一刷発行

発行人　成瀬雅人
発行所　株式会社原書房
〒160-0022東京都新宿区新宿1-25-13
電話・代表03-3354-0685　http://www.harashobo.co.jp
振替・00150-6-151594
カバーデザイン　松山はるみ
印刷所　図書印刷株式会社

落丁・乱丁本はお取替えいたします。
定価は、カバーに表示してあります。
 ISBN978-4-562-06536-3 Printed in Japan